ALICE HOFFMAN
Herzensbrecher

BUCH Immer wieder wurde Teresa von ihrer Mutter Dina die Sage von den Arias erzählt – Männern, die auf weißen Pferden reitend aus dem Nichts auftauchen und wartende Frauen in neue und aufregende Welten tragen können. Dina selbst hatte an diese Sage geglaubt, als sie ihr enges Zuhause in New Mexico verließ und nach Kalifornien aufbrach. Jetzt ist ihre Tochter Teresa diesem Mythos zum Opfer gefallen. Sie wartet auf ihren Prinzen, und während sie wartet, richten sich all ihre Hoffnungen, Phantasien und Sehnsüchte auf den älteren Bruder Silver. Immer tiefer verstrickt sie sich in die Abhängigkeit von ihrem als Herzensbrecher bekannten Bruder – bis sie eines Tages erkennen muß, daß er gar nicht der Traumprinz ist, für den sie ihn so lange gehalten hat...

Herzensbrecher – ein wunderbar poetischer Roman über das Erwachsenwerden einer jungen Frau von der Autorin des Bucherfolgs *Der siebte Himmel.*

»Alice Hoffman kann ihre Figuren mit Wärme und Schmelz ausstatten, und nie wird sie schwül oder schmalzig. Das ist selten genug – und allemal lesenswert.« *(Die Zeit)*

AUTORIN Alice Hoffman wurde 1952 in New York geboren. Sie ist die Autorin von acht Romanen und zahlreichen Erzählungen und lebt mit ihrem Mann und zwei Söhnen in der Nähe von Boston.

Von Alice Hoffman sind im Goldmann Verlag bereits erschienen:

Wo bleiben Vögel im Regen. Roman (9379 / Großschrift 7269)
Das erste Kind. Roman (9784)
Die Nacht der tausend Lichter. Roman (9378)
Das halbe und das ganze Leben. Roman (41349)
Der siebte Himmel. Roman (41029)

In gebundener Ausgabe liegt vor:

Zaubermond. Roman (30445)

ALICE HOFFMAN

Herzensbrecher

Roman

Aus dem Amerikanischen
von Elke vom Scheidt

GOLDMANN VERLAG

Die Originalausgabe erschien unter dem Titel *White Horses*
1982 im Verlag G. P. Putnam's, New York

Neuübersetzung. Die deutsche Erstausgabe erschien in der Übersetzung von Karin Fleischanderl als Knaur Taschenbuch.

Umwelthinweis:
Alle bedruckten Materialien
dieses Taschenbuches
sind chlorfrei und umweltschonend.

Der Goldmann Verlag
ist ein Unternehmen der Verlagsgruppe Bertelsmann

Umschlaggestaltung: Design Team München
Made in Germany · Verlagsnummer: 42526

ISBN 3-442-42526-3

Für Elaine Markson,
für Ron Bernstein,
für Faith Sale.

1

Sie wohnten in einem Haus in Santa Rosa, in dem es im Sommer immer am dunkelsten war. Vor den Fenstern im Wohnzimmer hingen Bettüberwürfe, die Jalousien waren heruntergelassen, die Fliegengittertür in der Küche mit alten vergilbten Zeitungen verkleidet, die das Sonnenlicht filterten. Im Kühlschrank stand stets ein Krug Limonade aus frischen, sauren Zitronen und Leitungswasser; Stechmücken und langflügelige Libellen schwirrten auf der hinteren Veranda und warteten auf die Gelegenheit, pfeilschnell ins Haus zu schlüpfen. Anfang Juli hielten sich die meisten Bewohner der Stadt in ihren Vorgärten auf, angezogen vom Geruch nach Wasser. Obwohl der Fluß fast zehn Meilen außerhalb der Stadt verlief, schienen seine Gerüche die Entfernung zu überbrükken. Sie stiegen vom Asphalt, aus den ungepflasterten Einfahrten und Gärten auf und überzogen Sonnenblumen, Rosen und Mangold mit dem Aroma von braunem Wasser und Fisch.

An besonders heißen Tagen, wenn die Temperatur lange vor Mittag neunzig Grad Fahrenheit erreichte, lockte der Geruch des Flusses die Kinder aus ihren Häusern in die großen gelben Felder gleich vor der Stadt; selbst Teresa, die sich nie weit von daheim entfernte, trat ans Fenster und sog die kühle Luft ein. Es gab Zeiten, in denen Teresa kurz daran dachte wegzulaufen, diesem Flußgeruch durch die Stadt zu folgen, vorbei am Highway und den Feldern, und erst anzuhalten, wenn sie eines der kleinen Dörfer erreichte, wo die Häuser auf hohen Holzpfählen standen; während der Sommerdürre lagen ihre Türen weit über der Wasseroberfläche, doch nach den Oktoberregen waren sie nur Zentimeter von der reißenden Strömung entfernt. Aber Teresa war nur bei gelegentlichen Angelausflügen mit ihrem Vater durch diese Flußdörfer gekommen; an den Uferstränden war sie nur zweimal gewesen, bei Klassenausflügen am Ende des Schultrimesters. Sie wußte nicht einmal, ob der Fluß von Norden nach Süden oder von Osten nach Westen floß. So blieb sie daheim; Teresa mochte sich zwar auf den Pfaden und Schotterwegen verirren, die kreuz und quer zum Fluß führten, aber auf den rissigen Bürgersteigen ihres Viertels, auf den unbebauten Grundstücken hinter dem Einkaufszentrum und in den dunklen Ecken ihres eigenen Kellers würde sie sich immer zurechtfinden. Da standen Gläser mit eingemachten Früchten und Gemüsen aufgereiht in den Holzregalen – rubinrot schimmernde Brombeermarmelade und eingekochte Aprikosen von der Farbe des Honigs, ein wundervolles, blasses Gold. In dem Sommer, in dem sie elf war, glaubte Teresa, daß die Grillen, die im Unkraut in den Sprüngen des Gehwegs wohnten, ihr etwas sagen wollten. Nachts, wenn der Rest der Familie schlief, saß sie in ihrem Zimmer im ersten Stock dicht am Fenster, versuchte auf die Worte zu hören, die die Insekten ihrer Überzeugung nach bildeten, und wartete auf ein klares, grünes Lied. Manchmal schlief Teresa in dem hölzernen Sessel ein, während sie noch auf die Botschaft der Grillen hoffte, die Füße unter sich gezogen, die langen Zöpfe noch immer ordentlich und fest geflochten. Manchmal blieb sie fast bis zum Morgen wach, überzeugt, wenn sie still genug sei und lange genug warte, würde die Nacht sich ihr in einem langsamen, von Flügeln geformten Strom aus Silben offenbaren, einem Lied, das nur sie allein verstehen könnte.

Nach solchen durchwachten Nächten hätte Teresa bis nachmittags schlafen können, aber ihre Mutter Dina hatte andere Pläne. Dina hielt sechs Uhr morgens für die beste Zeit, um im Garten zu arbeiten; je höher die Sonne stieg, desto gefährlicher wurde der Tag. Dina glaubte fest daran, daß jeder Temperatursprung Streit entfachen und der Mittagsdunst Geister heraufbeschwören konnte. Ihren Mann und ihre beiden Söhne ließ sie zwar schlafen, aber Dina brauchte einen Helfer, um Schaufel und Spaten zu tragen, sie brauchte ihre Tochter, um die schwarzen Eichhörnchen und die hungrigen Vögel zu vertreiben, und so kam sie, wenn der Himmel milchig und grau war, und weckte Teresa.

Ob sie sie schlafend im Bett oder in dem Sessel am Fenster fand, war Dina egal. »Beeil dich«, flüsterte sie dann, zog das Laken aus Teresas Fingern oder klopfte auf die Rückenlehne des Holzsessels. »Wir müssen nach draußen, bevor es zu heiß ist. Die Sonne wartet nicht auf uns.«

Ganz gleich, wie müde sie war, Teresa zog sich rasch an; während ihre älteren Brüder, Reuben und Silver, im Nebenzimmer träumten, kämmte Teresa ihr Haar, flocht ihre Zöpfe neu und folgte ihrer Mutter nach unten. In der Küche gab es immer eine Kanne starken, heißen Kaffee, und Teresa und Dina standen nebeneinander und tranken aus blauweißen Porzellantassen. Das war ein Fest – kein anderes Mädchen, das Teresa kannte, weder in der Schule noch in der Nachbarschaft, durfte Kaffee trinken, nicht einmal mit heißer Milch und Zucker. Teresa war es gleich, ob er ihr Wachstum beeinträchtigte; der Kaffee war wunderbar dunkel und heißer als der Atem der Männer oben, wenn sie sich im Schlaf umdrehten. Teresa rührte Zucker in ihre Tasse und beobachtete durch das Fenster, wie Kolibris aus dem Salbei am Rand des Gemüsebeetes tranken.

Bald würden die Männer oben das Haus verlassen; doch wenn Dina und Teresa in den Garten hinaustraten, zog Teresas Vater gerade erst seine Arbeitsstiefel an. Reuben, der älteste Sohn, würde erst um halb neun zum Safeway hinuntergehen, wo er Gemüse in Kisten verpackte, und bis Silver auch nur aufwachte, würden noch Stunden vergehen. Wenn sie Unkraut jäteten und aushackten, trug Dina einen Chiffonschal über dem langen Haar und Teresa ein Baumwollkopftuch, das an den Ohren scheuerte. Beide trugen Leinenhandschuhe, damit sie Löwenzahnwurzeln und Ambrosienkraut ausreißen konnten, ohne sich die Hände zu zerkratzen. Um halb acht, als Teresas Vater die Vordertür hinter sich zuschlug und zur Schottereinfahrt ging, hatten Teresa und Dina schon die erste Reihe Tomaten gejätet. Harry Connors, den seine Freunde King nannten, schaute nicht einmal zum Garten herüber. Den ganzen Sommer lang arbeitete er auf einer Baustelle in Santa Rosa; es war selten, daß er so nahe an seinem Wohnort zu tun hatte, und es ging King auf die Nerven, so viel Zeit mit seiner Frau zu verbringen. Er ertappte sich dabei, daß er sich Jobs wünschte, die ihn weiter und weiter wegführen würden – nach Arizona oder Oregon oder Südkalifornien. Hier zu Hause nämlich schien nichts, was er tat, jemals richtig zu sein.

»Andere Leute haben Autos. Schau, was wir haben«, sagte Dina, als sie King in dem Lieferwagen sah. »Andere Leute haben Autos«, rief sie ihrem Mann zu.

In der Einfahrt trat King Connors auf das Gaspedal; der Motor stotterte und erstarb. King Connors stieg aus und schwenkte einen Schraubenschlüssel. »Dann besorg du uns doch etwas Besseres«, sagte er zu Dina, während er die Motorhaube öffnete.

»Ich!« Dina lachte. »Ich habe ja nicht mal einen Job. Womit sollte ich den Wagen bezahlen – mit Rüben? Oder Brombeeren?«

Teresa ließ ihren Spaten auf dem Boden liegen und ging zur Einfahrt. Sie sah zu, wie ihr Vater den Vergaser überprüfte. Ihre Augen waren groß und wachsam.

»Verdammt, was guckst du?« fragte King Connors, als er sie am Kotflügel lehnen sah. »Willst du dich auch beschweren?«

Teresa fuhr mit dem Finger über die abgeblätterte Farbe auf der Motorhaube. King Connors' Schwester besaß das Auto, das Teresa sich immer gewünscht hatte: einen Zweisitzer, wendig genug, um mit Höchstgeschwindigkeit alle Kurven zu nehmen, und strahlend weiß. Als King Connors die Motorhaube schloß und wieder ins Führerhaus kletterte, folgte Teresa ihm und stellte sich vor das offene Fenster.

»Wie wär's mit einer Corvette?« fragte sie.

King Connors würde bereits zu spät zur Arbeit kommen; er hatte zwei halbwüchsige Söhne, die noch in ihren Betten schliefen, und eine Frau, die mit den Pflanzen in ihrem Garten mehr redete als mit ihm. »Was zum Teufel verstehst du schon von Corvettes?« sagte er zu seiner Tochter.

»Renée fährt einen«, sagte Teresa.

»Renée.« King Connors drehte den Schlüssel im Zündschloß, ließ den Motor an, setzte den Lieferwagen zurück und lehnte sich dann aus dem Fenster. Er sah Teresa scharf an. »Ein schickes Auto willst du?« sagte er und fuhr langsam die Einfahrt hinunter. »Dann zieh doch nach Portland. Zieh zu meiner verdammten Schwester.«

Teresa sah dem Lieferwagen nach, der in der Divisadero Street verschwand, ehe sie in den Garten zurückkehrte. Eines der Rücklichter war von oben bis unten gesprungen, und der metallene Stoßdämpfer hing an einem Draht.

»Er hat gesagt, ich soll zu Renée ziehen, wenn ich ein schickes Auto will«, sagte Teresa zu ihrer Mutter.

»Ha, das ist gut«, sagte Dina. Sie reichte Teresa den Spaten. »Kinder sind das letzte auf der Welt, was diese Frau will. Hätte sie welche, könnte sie sich ihren Sportwagen nicht mehr leisten.«

Später am Morgen, als Reuben zur Arbeit im Supermarkt gegangen war und die Sonne heißer schien, arbeitete Teresa allein in der dritten Tomatenreihe. Dina stand im Schatten des Hauses, eine Hand über den Augen; sie betrachtete die Hitzewellen, die vor den Eukalyptusbäumen waberten, mit dem gleichen Mißtrauen wie vor Jahren die rosenfarbenen Mesas in den Außenbezirken von Santa Fe.

In ihrer Kindheit hatte Dina sich selten aus dem eigenen Haus gewagt. Im ummauerten Garten der Familie gab es im Juli immer Rosen, im August Gardenien. Selbst wenn auf der anderen Seite der Mauer die Erde nur noch Staub war, fein genug, um durch die Finger einer Frau zu rinnen, blühte der Garten. Dina ging nur zum Markt, zu Freundinnen oder unternahm abends Spaziergänge mit ihrem Vater, wenn die Mesa so blau wirkte wie Wasser. Erst als sie achtzehn war und King Connors kennenlernte, überschritt Dina die Staatsgrenze von Neumexiko; da sah sie zum ersten Mal den Asphalt der Interstate, die westlich in Richtung Arizona führte.

King Connors war nur vorübergehend nach Neumexiko gekommen; er goß Zement in einem Kraftwerk in Los Alamos, und an seinen freien Tagen fuhr er nach Santa Fé. Er saß vor weißen Mauern aus ungebrannten

Lehmziegeln und trank Bier; er dachte an Frauen und daran, nach Kalifornien zurückzukehren, wo ein Baum nicht sorgfältig gewässert und beschnitten werden mußte, um zu wachsen. Er traf Dina zufällig, auf einer Dinnerparty bei einer Familie, die er kaum kannte. Sie aßen gegrilltes Huhn und Reis; Dina trug ein weißes Baumwollkleid und war dankbar, daß nur ihr Vater sie begleitet hatte und ihre Mutter nicht mitgekommen war, um ein wachsames Auge auf sie zu haben. Als King Connors drei Wochen später Neumexiko verließ, war Dina bei ihm; ihre Augen leuchteten, als sie das Schild sah, das sie in Kalifornien willkommen hieß. Ihre Hand lag in seiner, und ihre Finger waren ineinander verschlungen.

Obwohl fast zwanzig Jahre vergangen waren, seit Dina Neumexiko verlassen hatte, konnte sie sich noch an jeden Rosenstrauch im Garten ihres Vaters erinnern. Sie konnte noch immer die Stimme ihrer Mutter hören, die ihr sagte, sie solle im Schatten bleiben, und sie warnte, Hitze und grelles Licht könnten böse Geister, Falten und Verzweiflung heraufbeschwören. In ihrer Mädchenzeit zwischen behüteten Blumen und Gartenmauern hatte Dina nie gelernt, der freien Luft zu trauen. Sie stand an der südwestlichen Ecke des Hauses, beobachtete, wie ihre Tochter den Gemüsegarten wässerte, und trat nur in die Sonne, um Eichelhäher zu verscheuchen, die zwischen den Tomatenreihen landeten.

»Binde dein Tuch fest«, rief sie, als Teresas Schal verrutschte und ihren Kopf der Sonne aussetzte.

Teresa hörte die Warnung ihrer Mutter nicht. Sie richtete den Wasserstrahl auf die Pflanzen, und zwischen den Tropfen konnte sie einen Wagen in die Divisadero Street einbiegen sehen. Der Mann hinter dem Steuer trug ein Jackett, obwohl eine rekordträchtige trockene gelbe

Hitze herrschte – es war ein Tag, an dem kein Mann, den Teresa kannte, mehr anziehen würde als Jeans und ein T-Shirt.

»Du ertränkst sie«, sagte Dina, trat aus dem Schatten und nahm Teresa den Schlauch aus der Hand. Um die Tomatenpflanzen hatten sich Pfützen gebildet. Die Blätter trieften.

»Sie können ja nicht mal atmen, wie sollen sie da ertrinken?« sagte Teresa.

Dina schaute zum Himmel und schüttelte den Kopf. Ihre Wimpern waren so lang, daß die Tränen immer daran hängenblieben und ihr die Sicht nahmen, wenn sie weinte.

»Also, wie können sie ertrinken?« fragte Teresa.

»Ich kann dir niemals etwas beibringen«, sagte Dina. »Du bist mir zu ähnlich. Ich wollte auch nie zuhören; ich dachte auch immer, ich wüßte alles.«

Teresa schwieg jetzt; sie hatte keine Ahnung, was es bedeutete, so zu sein wie Dina. Immer war es ihr vorgekommen, als habe Dina keine Vergangenheit, schon gar nicht eine, über die gesprochen wurde. Teresa wußte, daß Dina aus Neumexiko gekommen war, aber sie hatte keine Ahnung, wann oder warum, und kannte nicht einmal den Mädchennamen ihrer Mutter. Für Teresa hätte Dina ebensogut immer in Santa Rosa gelebt haben können; wahrscheinlich war sie nie ein Kind gewesen, hatte nie den Grillen gelauscht oder Glühwürmchen in Marmeladengläser gesteckt, hatte nie die langsame weiße Bahn der Abendwolken verfolgt oder im Kleiderschrank nach Geistern gesucht.

»Du bist wie ich, und Reuben ist wie dein Vater«, sagte Dina zu Teresa, während sie den Schlauch wegräumte. Jeder konnte sehen, daß Reuben Dinas am wenigsten geliebtes Kind war – sie beachtete ihn kaum, es machte ihr nichts aus, wenn er die ganze Nacht über wegblieb, und sie fragte sich nie, wo er war oder wann er nach Hause kommen würde. Silver war derjenige, um den sie sich sorgte, Silver, der sie an einen Mann erinnerte, den sie nie kennengelernt hatte, einen Mann, von dem ihr Vater ihr vor Jahren erzählt hatte: einen Aria, einen Gesetzlosen, den Mann, der Silver eines Tages werden würde – davon war Dina überzeugt. »Silver gleicht keinem, den wir kennen«, sagte Dina immer zu ihrer Tochter. »Er ist etwas Besonderes.«

Als sie mit ihrer Arbeit fertig waren, gingen sie ins Haus und fanden Silver am Küchentisch, wo er sorgfältig seine neuen Lederstiefel wienerte. Dina nahm eine Dusche und bürstete die Erde unter ihren Fingernägeln ab. Teresa holte den fast leeren Krug aus dem Kühlschrank und griff nach einigen Zitronen und dem Glasbehälter mit Zucker. Als sie auf dem Abtropfbrett neben der Spüle Zitronen halbierte, klopfte jemand an die Tür.

»Geh hin«, sagte Silver zu seiner Schwester.

»Ich bin beschäftigt«, sagte Teresa, während sie sorgfältig Zitronenscheiben in den Glaskrug schichtete. Teresa stellte sich auf die Zehenspitzen; wenn derjenige, der an der Tür stand, ein paar Zentimeter zurücktreten würde, könnte sie ihn durch das Fenster über der Spüle sehen.

Es klopfte wieder, doch Teresa ignorierte es; Dina hatte ihr gesagt, sie solle niemals Fremden trauen, und sie konnte sich niemanden vorstellen, der wichtig genug war, um sie bei der Zubereitung ihrer Limonade zu stören.

Das Klopfen hatte aufgehört. »Da draußen ist niemand«, sagte Teresa, aber sie konnte den Mann in der Jacke sehen, als er von der Tür zurücktrat, um das Haus zu betrachten. »Bloß ein paar Eichelhäher, die das Gemüse fressen«, sagte sie sachlich, denn es gab keine Möglichkeit, den Garten vor allen vorbeiziehenden Vögeln und Schnecken zu schützen.

Der Mann auf der hinteren Veranda, der darauf wartete, daß Teresa die Tür öffnete, war zwanzig Jahre zuvor angeheuert worden, um Dina zu finden. Als Dina mit King Connors durchgebrannt war, war ihr Vater ihnen gefolgt. Er hatte den Zug von Santa Fé nach Los Angeles und dann einen Greyhoundbus nach San Francisco genommen. Nachdem er seine Tochter einige Wochen gesucht hatte, merkte der alte Mann, daß er nicht den Mut hatte weiterzusuchen. Alles an Kalifornien verwirrte ihn; der kalte, graue Winter schien sich um seine Knochen zu wickeln. Die schnellen Autos in der Market Street, der Geruch nach Algen und Fisch, der aus den Abwasserkanälen hochstieg, der Pazifik, der ihn zu verschlingen drohte – all das machte ihn heimwehkrank und verzweifelt und ließ ihn von Santa Fe träumen. Aber bevor er nach Hause zurückkehrte, mit dem gleichen Bus und dem Zug, mit dem er gekommen war, hatte Dinas Vater Bergen angeheuert.

An dem Tag, an dem er an der Hintertür stand, war Bergen nicht mehr der junge Mann, der er gewesen war, als Dinas Vater zu ihm kam. Inzwischen waren seine Augen schwach; er mußte eine Sonnenbrille tragen, bis die Dämmerung das grelle Tageslicht milderte. Er hatte sein Büro gegenüber der Bushaltestelle in San Francisco aufgegeben – die Mieten waren jetzt zu teuer, und er hatte genug von Scheidungen und Betrügereien. Er hatte alle seine Fälle bis auf einen abgegeben – Dina.

Bergen hatte niemals wirklich die Absicht gehabt, sie zu finden; er hatte sich nicht einmal die Mühe gemacht, nach ihr zu suchen. Zweimal jährlich erhielt er einen Scheck von seinem Kunden aus Santa Fe; er löste ihn ein und glaubte, es sei besser für einen Vater, die Art von Tochter nicht zurückzubekommen, die nicht gefunden werden wollte. Doch vor kurzem hatte er eine Nachricht von der Frau des alten Mannes erhalten. Sie verlangte, daß er nicht länger nach Dina suchte. Da hatte sich Bergen entschlossen, sie aufzuspüren. Der alte Mann, Dinas Vater, war gestorben, zu müde, um seine Rosen zu beschneiden, zu alt, um die Eidechsen zu verjagen, die über die Mauer seines Gartens huschten. Jetzt, da der alte Mann tot war, hatte Bergen den Stachel der Reue gespürt. Er entschloß sich, die Frau zu finden, die zu suchen er sich nie die Mühe gemacht hatte.

Dieser Vorsatz begann rasch zu wanken; je länger Bergen auf der hinteren Veranda stand und darauf wartete, daß jemand auf sein Klopfen reagierte, desto stärker wurde sein Bedürfnis, wieder in seinen Wagen zu steigen und auf dem Highway One nach San Francisco zurückzufahren mit der milden Befriedigung, es wenigstens versucht zu haben. Als er von der Tür zurücktrat, konnte Bergen durch das Küchenfenster ein Mädchen sehen, und er war sicher, daß sie ihn auch sehen konnte. Vielleicht war es wegen seiner Jacke, vielleicht aber auch, weil er so unsicher wirkte – auf jeden Fall spürte Teresa, daß es Unheil verhieß, diesem Fremden die Tür zu öffnen.

»Ich sag's dir nicht noch mal«, sagte Silver, als Teresa darauf beharrte, niemand sei an der Tür.

»Was gibst du mir, wenn ich aufmache?« fragte Teresa, während sie sich an einem Geschirrtuch die Hände abwischte. Aber noch ehe Silver antwortete, wußte sie, daß sie alles tun würde, was er verlangte – er war schon immer ihr Liebling gewesen. In letzter Zeit sah es so aus, als sei er jedermanns Liebling. Mädchen aus der High-School riefen spätabends an, wählten in schmalen, sorgfältig mit rosa und weißen Laken bezogenen Betten Silvers Nummer; sie riefen so häufig an, daß Dina dazu überging, den Hörer nicht mehr auf die Gabel zu legen. King Connors, der schon vor Jahren aufgehört hatte, jemanden zu Angelausflügen mitzunehmen, hatte Silver in diesem Jahr zweimal mitgenommen. Manchmal, am Abendbrottisch, hatte Teresa gesehen, wie Dina ihren jüngeren Sohn mit offenem Mund und verwirrtem, bewunderndem Blick anstarrte, als könnte sie sich trotz aller Mühe nicht genau darüber klarwerden, woher Silver gekommen war; er schien zu niemandem zu gehören, er hatte sich nie wie irgend jemandes Kind verhalten.

Silver lächelte über Teresas Scherz. »Wenn du an die Tür gehst, werde ich dir nicht den Arm brechen. Wie wär's damit?« fragte er und strich eine neue Schicht Schuhcreme auf seine Stiefel.

Die Frau des alten Mannes hatte ihm nach der Beerdigung aus Santa Fe geschrieben. »Geben Sie sich keine Mühe mehr. Sie werden aus mir kein Geld herausholen. Jetzt, da er tot ist, werde ich Ihnen die Wahrheit sagen – es ist mir einfach egal. Schicken Sie mir keine Rechnungen, suchen Sie nicht mehr, geben Sie sich keine Mühe mehr, sie zu finden.«

Aber nun war er hier, in Santa Rosa, ein paar Schritte von den Tomatenpflanzen entfernt; seine Augen waren geblendet vom Licht des späten Vormittags, als er sich der Enkelin des alten Mannes gegenübersah. Das Mädchen öffnete die Fliegengittertür nicht, aber sie nahm alle Einzelheiten in sich auf, von Bergens schwarzen Schuhen bis zu seinem Button-down-Hemdkragen.

»Mama«, rief sie endlich, und Bergen war erleichtert. Bald würde er in der dunklen, kühlen Küche sitzen, ein geeistes Getränk schlürfen und mit der Tochter des alten Mannes reden; endlich konnte er seinen letzten Fall abschließen.

»Himmel noch mal«, sagte Silver zu Teresa. »Warum läßt du den Kerl nicht rein? Da draußen herrscht eine Affenhitze.«

Dina kam in die Küche. Sie trug einen schwarzen Baumwollmorgenrock mit einem Rautenmuster. Ihr nasses Haar war von einem blauen Handtuch bedeckt, das sie zu einem Turban zusammengerollt hatte. Sie beachtete ihre Kinder nicht und ging zur Tür, als habe sie einen Besucher erwartet. Aber sie öffnete sie nicht, sondern betrachtete Bergen durch das Fliegengitter.

Der Detektiv ertappte sich dabei, daß er nach dem jungen Mädchen auf dem Foto suchte, das der Mann aus Santa Fe ihm vor so langer Zeit gegeben hatte. Auf diesem Foto war alles an dem Mädchen dunkel und lieblich gewesen, das Fleisch jung, die Haltung still und rein. Die Frau an der Tür schien weniger lebendig als ihr eigenes Bild; die Augen, die Bergen jetzt sah, waren hart, der Mund ein schmaler, blasser Strich. Als Bergen nicht gleich etwas sagte, rückte Dina das Handtuch auf ihrem Kopf zurecht. »Was wünschen Sie?« fragte sie.

»Ihr Vater hat mich geschickt«, sagte Bergen.

Dinas Augen wurden schmal. »Das glaube ich Ihnen nicht«, sagte sie durch das Netz hindurch. »Warum sollte ich auch?«

Teresa stand neben ihrer Mutter; als Bergen sich mit einem Taschentuch über die Stirn wischte, starrte sie auf seine Haut – rot und gedunsen vor Hitze. »Möchten Sie eine Limonade?« fragte Teresa den Detektiv in einem plötzlichen Anflug von Mitleid.

Dina drehte sich um und funkelte ihre Tochter an. »Er ist nicht an Limonade interessiert.«

»Eigentlich«, sagte Bergen, »hört sich das ganz gut an. Heiß«, erklärte er. »Fünfzehn Grad heißer als in San Francisco.«

»Wir sind sehr beschäftigt. Wir haben keine Zeit, mit Ihnen zu reden«, sagte Dina zu Bergen, als sei er ein Zigeuner mit einem Karren voller Medizin, für die sie keine Verwendung hatte.

Bergen senkte die Stimme; Teresa mußte sich anstrengen, um ihn zu verstehen. »Ich habe Sie zwanzig Jahre lang gesucht«, sagte er zu Dina.

Als er ihr seine Karte reichte, öffnete Dina die Tür nur einen Spalt, um sie entgegenzunehmen. Sie betrachtete sie genau. »Und Sie haben all diese Jahre gebraucht, um mich zu finden?« sagte sie. »Ich glaube Ihnen kein Wort.« Sie gab ihm die Karte wieder zurück.

»Ihr Vater ist tot«, sagte Bergen leise. Dina verzog keine Miene; nur für einen Augenblick spürte sie eine Schwäche in den Knien, als werde sie vor Erschöpfung oder Hitze gleich ohnmächtig. »Ich wollte nur, daß Sie wissen, daß er die ganze Zeit nach Ihnen gesucht hat.«

»Gehen Sie weg«, sagte Dina und kämpfte gegen die Erinnerung an ihren Vater an, mußte aber gleichzeitig an die schweren schwarzen Schuhe denken, die er sonntags getragen hatte, an die klaren dunklen Augen, die die Mesa jenseits der Stadt anstarrten, an die Stille, die sich ausbreitete, wenn er einen Raum betrat.

»Dina«, sagte Bergen. »Macht es Ihnen etwas aus, wenn ich Sie Dina nenne?«

Am Küchentisch legte Silver die Schuhcreme und die Stiefel aus der Hand. Er sah, daß seine Mutter stocksteif dastand und daß Teresa sich wie hypnotisiert vorbeugte.

»Gehen Sie weg«, flüsterte Dina, als sei Bergen ein Geist, dem sie befehlen könne, dessen Fleisch sie durch bloßes Wünschen zwingen könne, sich gleich hier auf der Hinterveranda zu entmaterialisieren.

»Ich sollte nach Ihnen suchen«, fuhr Bergen fort. »Aber das habe ich nie getan.« Die beiden Hunde der Familie, die die ganze Nacht durch die Nachbarschaft gestreift waren, kamen jetzt in den Garten zurück. Reggie, der ältere, legte sich in den Schatten des Eukalyptusbaumes, aber Atlas, der junge Collie, kam die Verandastufen herauf. Er setzte sich zu Bergens Füßen und schaute zu ihm auf, als kenne er den Detektiv schon ewig, als sei er ein lange vermißter Freund. Bergen legte die Hand auf den Kopf des Collies. »Es war leicht, Sie zu finden, als ich es schließlich versuchte. Ich sah mir die Lohnlisten von ein paar Baufirmen in San Francisco an und fand den Namen Ihres Mannes.« Hinter der Drahtgittertür schwankte Dina, Erinnerungen stiegen in ihr hoch. Bergen benutzte die Gelegenheit, um die Tür zu öffnen und ihr seine Karte wieder in die Hand zu drücken. »Falls Sie mich einmal brauchen sollten«, sagte er.

Silver kam näher und stieß die Tür mit seinem nackten Fuß zu. »Sie haben doch gehört, was meine Mutter gesagt hat«, sagte er zu Bergen. »Sie hat gesagt, daß Sie gehen sollen.«

Der Collie erschrak, als er Silvers erhobene Stimme hörte; vorsichtig ging er die Stufen hinunter und versteckte sich unter der Veranda. Aber Bergen rührte sich nicht – er hatte Burschen wie Silver schon tausendmal gesehen. Manchmal waren sie älter, manchmal waren ihre Gesichter gezeichnet von Betrügereien oder Messerstichen, aber im Grunde waren sie alle gleich: junge Männer, die von den Frauen begehrt wurden, die sie verlassen hatten; die Schmuck oder Autos oder das Herz einer älteren Frau gestohlen hatten. Sie waren die Sorte Menschen, die jemandem seine letzte Sehnsucht nach Unschuld zerstört hatten, nach Unschuld, die trügerisch in Blue Jeans und Verlangen gehüllt war.

»Ich habe mit deiner Mutter geredet«, sagte Bergen leichthin.

»Sind Sie taub oder bloß dumm, Alter?« sagte Silver ebenso leichthin, doch in jedem Wort, das er sprach, lag die Drohung von Gewalt.

»Wenn deine Mutter will, daß ich gehe, dann gehe ich«, sagte Bergen. Während der Detektiv sprach, machte er sich nicht die Mühe, Silver anzusehen; er hätte keine zwei Cents für das Schicksal dieses Jungen gegeben. Er behielt Dina im Auge, und je länger er sie ansah, desto ähnlicher wurde sie dem Mädchen auf dem Foto.

»Ich möchte, daß Sie gehen«, sagte Dina langsam, obwohl sie keineswegs sicher war, was sie in diesem Augenblick wollte – sie hatte nie damit gerechnet, daß ein solcher Moment kommen würde. Sie hatte sich nie vorgestellt, daß ihre Vergangenheit an einem heißen Nachmittag in einem Ford-Kombi aus San Francisco kommen würde.

»Na, haben Sie es jetzt gehört?« sagte Silver, aber der Detektiv hatte sich schon umgedreht und ging die Stufen hinunter. Atlas kam unter der Veranda hervor und trottete neben Bergen her. »Gehen Sie bloß weiter«, rief Silver durch die Tür, als Bergen innehielt und sich umschaute.

Aber Dina wußte, daß Bergen sie noch immer ansah, als er in seinen Wagen stieg. Sie ging zur Spüle, um sich ein Glas kaltes Wasser zu holen, und sah ihn hinter dem Steuer, wie er sie über die Straße hinweg anstarrte. Als er den Zündschlüssel drehte, schloß Dina die Augen.

Teresa drückte die Nase an das Fliegengitter und sah zu, wie der Detektiv wegfuhr. Dann drehte sie sich zu ihrer Mutter um. »Wer ist gestorben?« fragte sie.

»Niemand«, sagte Dina und hielt das Wasserglas an ihre Stirn; erst jetzt fiel ihr ein, daß sie ein Handtuch um das feuchte Haar trug, und sie war verlegen, daß ein Fremder sie so gesehen hatte.

»Der Mann mit der Jacke hat gesagt, daß jemand gestorben ist«, sagte Teresa.

»Sei nicht frech«, sagte Dina zu ihrer Tochter. »Niemand mag Mädchen, die zu viele Fragen stellen.«

Als Dina ging, um ihr Haar auszukämmen und sich anzuziehen, setzte sich Teresa zu ihrem Bruder an den Tisch und studierte Bergens Geschäftskarte. »Ist mir egal, was sie sagt«, sagte Teresa zu Silver. »Jemand ist gestorben.«

»Klar ist jemand gestorben«, sagte Silver. Er zog seine Stiefel an und bewunderte das weiche Leder. »Unser Großvater.«

»Das denkst du dir aus«, sagte Teresa. Sie wußte, es hatte einen Großvater gegeben – Kings und Renées Vater, einen Holzfäller, der seine letzten Jahre nördlich von Spokane verlebt hatte, in einer Stadt, die so kalt war, daß die Schmetterlinge dort erst Mitte Juni erschienen. Aber dieser Großvater war schon lange tot; er hatte in einem Bett ohne Laken gelegen und sich abgemüht, die Luft aus seinen Lungen zu pressen. Als Teresa noch ein Baby war, konnte der alte Großvater nicht mehr ein- und ausatmen, und er war gestorben, bevor King Connors nach Spokane fahren konnte.

»Hast du nicht gewußt, daß wir noch einen Großvater hatten?« fragte Silver. »Hast du nicht gewußt, daß sie auch Eltern hatte?«

Dina hatte immer den Eindruck erweckt, als habe sie nicht einen Hauch von Staub aus Neumexiko an den Füßen; sie hatte nie von einer Mutter, einem Vater, einer Heimatstadt gesprochen, nie den Mann erwähnt, der ihr Herz erobert und sie nach Kalifornien geführt hatte.

»Das ist erst der Anfang«, sagte Silver. »Paß nur auf, bald sind wir Waisenkinder.«

Als Silver ging, um hinter der Texaco-Tankstelle in der

South Street seine Freunde zu treffen, blieb Teresa allein zurück und fragte sich, was sie sonst noch alles nicht über ihre Familie wußte. Sie wünschte sich, Bergen würde mit einer Aktenmappe voller Papiere wiederkommen, den Tatsachen über das Leben ihrer Mutter. Doch die Straße war jetzt leer; auf der hinteren Veranda, wo der Detektiv gestanden hatte, saß ein Eichelhäher mit einem eingezogenen Flügel. Die beiden Hunde warfen die Köpfe zurück und jaulten, obwohl der aufgehende Mond noch kaum zu sehen war, und der Tag war noch immer heiß; die Hitzewellen waren zu einer Reihe von Metalldolchen geworden, höher als die Bäume.

Zwei Wochen, nachdem Dina vom Tod ihres Vaters erfahren hatte, wollte sie noch immer nicht das Haus verlassen. Nichts, was King Connors tat, konnte sie bewegen, nach draußen zu gehen; sie weigerte sich, die Wäsche auf die Leine zu hängen, und hängte sie statt dessen in der Küche auf, so daß man sich den Weg vom Kühlschrank zum Herd durch weiße Laken bahnen mußte. Dina hörte auch auf, im Garten zu arbeiten, und Teresa pflückte die Blaubeeren und wässerte die Melonen allein, aber die Arbeit war zuviel für eine Person, und bald hörte sie auf, zwischen den Reihen zu jäten. Statt dessen saß sie neben dem Haus und sah zu, wie die Bienen sich an Pollen berauschten; sie schrie nicht einmal auf, wenn Eichhörnchen sich die Backen mit Tomaten füllten.

Jetzt, da sie morgens sich selbst überlassen war, dachte Teresa mehr und mehr über die Familie ihrer Mutter nach. Aber weil Bergen nicht wiederkam und niemand sonst über die Vergangenheit reden wollte, beschloß Teresa, allein Nachforschungen anzustellen. An einem Sonntag, als King Connors draußen in der Einfahrt an seinem Lieferwagen arbeitete und Dina in ihrem Zimmer bei geschlossenen Jalousien schlief, fand Teresa, was sie gesucht hatte. In der untersten Schublade der Kommode im Wohnzimmer, unter einem Stapel von Spitzentischdecken und Servietten, entdeckte sie ein Fotoalbum. Teresa setzte sich auf die Couch. Der Ledereinband fühlte sich an wie Fleisch. Sie hielt die Vergangenheit ihrer Mutter in den Händen.

Auf jeder Seite waren Gesichter von Männern und Frauen, die vor vielen Jahren gelebt hatten; da waren Lehmziegelhäuser, umgeben von Wacholderbäumen; Frauen in Baumwollkleidern hielten Fächer aus Seide und Perlmutt. Teresa konnte sehen, wie das Lächeln auf den Gesichtern dieser Frauen zu Lachen wurde, sie war sicher, ihre Schoßhündchen bellen zu hören. Sie merkte erst, daß Dina ins Zimmer gekommen war, als es zu spät war. Dina packte Teresa und schlug ihrer Tochter ins Gesicht. Sie griff nach dem Album, öffnete die Schublade der Kommode und warf die Fotos hinein. Als sie sich wieder zu Teresa umdrehte, war Dinas Gesicht heiß.

»Öffne niemals wieder diese Schublade«, sagte Dina. Sie zog Teresa an den Schultern hoch. King Connors kam in dem Moment von draußen herein, als Dina zum nächsten Schlag ausholte. Er hielt ihren Arm fest.

»Verflucht, du bist wohl verrückt geworden«, sagte er.

»Sprich nicht so zu mir«, sagte Dina zu ihrem Mann. Sie sagte es mit der leisen, scharfen Stimme, die sie immer benutzte, wenn Gewalt wie eine Wolke über dem Wohnzimmer hing.

»Sie hat mich geschlagen«, sagte Teresa.

»Du hast sie geschlagen«, sagte King Connors zu seiner Frau.

»Du sollst nicht fluchen, wenn du mit mir redest«, sagte Dina. Ihre Stimme zischte wie eine zusammengerollte Schlange.

»Wen habe ich bloß geheiratet?« sagte King Connors jetzt. »Eine Verrückte. Eine verdammte Wahnsinnige.«

»Ich hab' mir nur das Fotoalbum angesehen«, sagte Teresa, ängstlich wegen dem, was sie zwischen ihren Eltern ausgelöst hatte. »Ich tu's auch nie wieder«, fügte sie hinzu.

»Das Album«, sagte King Connors grimmig. Er ging zur Kommode und zog die unterste Schublade heraus.

»Rühr es nicht an!« sagte Dina. Ihre Stimme klang eher wie ein Fluch als wie eine Warnung.

King Connors lächelte kurz, bevor er die Schublade auf den Boden warf. Langsam glitten die Fotos heraus, die Teresa sich angesehen hatte.

»Die gehören mir«, sagte Dina und kniete nieder, um die Fotos einzusammeln.

»Dir?« sagte King Connors. »Nichts in diesem Haus gehört dir.«

Wenn erst ein Streit zwischen Dina und King ausgebrochen war, konnte nichts ihn aufhalten; er ging weiter, bis jemand blaue Flecken hatte, bis jemand verletzt war oder laut schrie. Hinterher verschwand King Connors manchmal für Tage, manchmal für Wochen und kam erst zurück, wenn alle Wunden, die der Streit hinterlassen hatte, verheilt zu sein schienen. Teresa zog sich auf die Couch zurück.

»Begreifst du, daß nichts hier dir gehört?« fragte King Connors seine Frau.

»Ist ja gut«, flüsterte Dina. Sie schaute vom Boden auf; der Schildpattkamm war aus ihrem Haar gefallen, und lange, wilde Strähnen fielen ihr in den Nacken.

»Warum hast du mich geheiratet?« sagte King zu Dina. »Von dem Tag an hast du uns beide unglücklich gemacht.«

»Ich wollte bloß etwas über den Großvater erfahren,

von dem Bergen gesprochen hat«, sagte Teresa. Dina schaute rasch zu ihr herüber, und Teresa verstummte sofort.

»Bergen?« sagte King Connors und stieß Dina mit der Spitze seines Stiefels an. »Von wem zum Teufel redet sie?«

Teresa wußte jetzt, daß sie einen Fehler gemacht hatte, als sie Bergen erwähnte. Sie sah zu, wie ihre Mutter den Kopf senkte, und hörte, wie Dina stotterte, als sie sprach.

»Mein Vater hatte einen Detektiv angeheuert«, sagte Dina zu ihrem Mann. »Er kam her und sagte mir, daß mein Vater gestorben ist.«

»Nach all diesen Jahren ist er jetzt gekommen?« sagte King Connors. »Du bist eine Lügnerin«, flüsterte er. »Wer ist Bergen?« wollte er wissen.

»Er ist Detektiv«, sagte Teresa.

»Wer hat dich gefragt?« sagte King Connors zu seiner Tochter. »Wer ist er?« fragte er Dina noch einmal.

»Ich hab's dir schon gesagt«, sagte Dina. »Er ist bloß ein Detektiv. Er war keine zehn Minuten hier, vor zwei Wochen. Ich hab' ihn nicht mal hereingelassen.«

»Und das soll ich dir glauben?« sagte King Connors. »Warum hast du mir nicht eher von ihm erzählt? Vielleicht hast du heimlich einen anderen und quälst mich für nichts und wieder nichts.«

Dina fuhr sich mit der Zungenspitze über die trockenen Lippen. »Ich wollte nicht, daß du dich aufregst«, sagte sie.

»Ach, wirklich?« sagte King Connors. »Seit wann kümmert dich das?«

Der Zorn strömte in Wellen aus King Connors heraus; er griff nach unten und hob einen Stapel Fotos auf. »Dein Vater«, sagte er zu Dina. »Er ist derjenige, der dir eingeredet hat, du seist so viel besser als alle anderen. Aber – das bist du nicht.« Lächelnd zerriß er die Fotos. Dina sah ihn fassungslos an, dann rappelte sie sich auf, raffte ihren Rock zusammen und rannte auf King Connors zu. Sie stürzte sich auf ihn und krallte die Finger um seinen Hals.

»O nein, das tust du nicht«, sagte King Connors. Er löste Dinas Griff, aber bis er sie zu Boden warf, hatte sie ihre Male hinterlassen: King Connors' Haut war blau vom Druck ihrer Finger, Blut rann ihm in den Kragen.

Dina kauerte sich auf den Boden und sammelte die zerrissenen Fotos ein. Teresa sah zu, wie ihre Mutter versuchte, die Frauen in Weiß, die Korbmöbel, den Hund, der in die weiche Wüstenluft sprang, den alten Mann unter hohen Pappeln wieder zusammenzusetzen. Doch es hatte keinen Sinn, die Bilder waren nicht mehr zu flicken. Kein Leim konnte diese Damen in Sommerkleidern zusammenhalten, kein Klebestreifen die zerrissenen Junitage wieder heilen.

»Ich hab' das alles so satt«, sagte King Connors. »So satt.«

Dina hatte zu schluchzen begonnen. Ihre Tränen benetzten den Holzboden. Teresa hatte ihre Mutter noch nie weinen sehen. Dina weinte nicht, wenn King Connors müde von der Baustelle zurückkam und streitlustig wurde, sobald jemand ihn ein bißchen zu lange ansah. Dina hatte nicht geweint, als Reuben von dem Eukalyptusbaum gefallen war und sich beide Arme gebrochen hatte, sie hatte nicht geweint, als ihre alte Katze überfahren worden war, nachdem sie mitten auf der Divisadero Street geschlafen hatte. Dieser Streit war anders als alle, die Teresa früher gesehen hatte – endgültiger, trauriger, ohne die geringste Spur von Hoffnung.

Dina hatte die Beherrschung verloren; sie hielt die zerrissenen Fotos in den Händen und schien nicht zu merken, daß ihre Stimme immer lauter wurde. Jedes Schluchzen wurde zu einem Schrei. Teresa hielt sich die Ohren zu. Sie wünschte sich, sie hätte die Kommodenschublade nie geöffnet, sie wünschte sich, eine Million Meilen weit weg zu sein.

»Ich halte es nicht mehr aus«, sagte King Connors. Er schaute auf seine Frau herab. »Ich warne dich«, sagte er heiser.

Doch Dinas Geheul wurde noch lauter, ihre Stimme ließ die Fensterscheiben erzittern und trieb King Connors in die Küche. Als er zurückkam, hatte er ein langes Tranchiermesser in der linken Hand.

Teresa wünschte, ihre Brüder wären zu Hause, vor allem Silver. Reuben hätte King vielleicht mit einer Flasche Tequila und ein paar Zitronen beruhigt, aber Silver hätte sie alle beschützt, er hätte sich auf das Tranchiermesser gestürzt. Er wäre bereit gewesen, sie vor King zu retten. Doch an diesem Nachmittag waren beide Brüder in einem Rasthaus, in dem der Barmann sich leicht überreden ließ, Bier an Minderjährige zu verkaufen. Teresa war so gut wie allein, denn Dina war keinerlei Hilfe – als sie King Connors mit dem Messer sah, warf sie den Kopf zurück und begann zu lachen. Sie saß mitten im Wohnzimmer, zerrissene Fotos im Schoß, und blickte King Connors gerade in die Augen.

»Nur zu«, forderte sie ihren Mann auf. »Töte mich. Töte uns alle.«

Teresa glaubte, daß King Connors genau das vorhatte. Sie schloß die Augen. Sie bereitete sich auf das Sterben vor. Doch statt Fleisch traf Kings Messer die Kommode. Wieder und wieder stach er auf die Schublade ein, in der das Fotoalbum gewesen war. Weiße Schrammen erschienen im Holz, überall weiße Schrammen. Als er fertig war, ging King Connors' Atem leichter, und er schaute traurig seine Frau an. »Was nutzt das?« sagte er. Dann ging er zu dem Sessel neben der Couch, setzte sich und zündete sich eine Lucky Strike an; als er das Streichholz in den schwarzen Marmoraschenbecher warf, merkte er, daß seine Tochter ihn anstarrte.

»Was guckst du?« fragte King. »Guck mich nicht so an«, sagte er zu ihr.

Teresa senkte den Blick – wenn sie versucht hätte, ein Wort zu sagen, wäre sie in Tränen ausgebrochen.

»Du sollst mich ansehen, wenn ich mit dir rede«, sagte ihr Vater zu ihr.

Teresa wußte nicht, wohin sie schauen sollte; sie starrte auf die Wand hinter dem Kopf ihres Vaters.

»Du mußt mich immer ansehen, wenn ich mit dir rede«, fuhr King Connors fort. King bemerkte jetzt, daß seine Tochter so dünn war, daß man fast ihre Knochen sah. Sie versuchte, die Beine geradezuhalten, aber ihre Füße reichten nicht bis auf den Boden, und in diesem Augenblick erinnerte sie ihren Vater an einen kleinen Vogel – einen Sittich oder eine Taube. Er beruhigte sich. »Ach, zum Teufel«, sagte er sanfter. »Du bist in Ordnung. Ich hab's nicht so gemeint. Komm her«, sagte King Connors. »Komm her, ich tu dir nichts.«

Teresa stand auf und stellte sich vor ihren Vater; selbst im Sitzen war er größer als sie. Seine Augen waren blaßblau.

»Hör auf meinen Rat«, sagte King Connors. »Gib dich nicht mit der Vergangenheit ab. Im Ernst«, sagte er, zog an seiner Zigarette und blies den Rauch aus. »Es kommt nichts Gutes dabei raus. Es macht deine Mutter nicht glücklich, sich diese Fotos anzusehen – es regt sie bloß auf. Wer will an etwas erinnert werden, was er nicht mehr hat?«

Teresa versuchte, King zuzuhören, aber sie konnte ihn

kaum verstehen, seine Worte kamen von weit her. King Connors zog sich den Polsterschemel heran, hob seine Arbeitsstiefel und streckte seine langen Beine aus. »Man sollte nicht mal an früher denken«, sagte er zu seiner Tochter.

Teresa spürte, wie ihr die Augen zufielen, sie fühlte sich schwindlig, sie konnte nicht mehr stehen. Als sie zusammenbrach, wußte Teresa, was vor sich ging, aber ihr Geist zog sich in sich selbst zurück und hinterließ nur eine dünne braune Schale.

»Steh auf«, sagte King Connors, als Teresa auf dem Boden lag. »Ein hysterisches Weib reicht mir.«

Dina blickte von ihren zerrissenen Fotos hoch. »Hast du deinen Vater gehört?« sagte sie zu Teresa. »Steh auf.«

Als Teresa sich nicht rührte, ging Dina zu ihr; sie schüttelte ihre Tochter an den Schultern und legte dann das Ohr auf Teresas Herz. Nach einer Weile wandte sie sich ihrem Mann zu. »Da stimmt was nicht«, sagte sie. »Etwas, was schlimm sein könnte.«

»Schlimm?« sagte King Connors. »So ist's recht. Rede du nur dumm daher.«

Dina wiegte sich auf den Fersen vor und zurück. »Das ist alles deine Schuld«, sagte sie zu ihrem Mann.

King Connors stand auf und stieß Dina beiseite. »Sie ist ganz in Ordnung«, sagte er zu ihr. Er beugte sich nieder und lauschte Teresas langsamen Atemzügen. Er hob ihre Augenlider und sah das Weiße ihrer Augäpfel. Dann bemerkte er, daß sich auf der linken Gesichtshälfte seiner Tochter schon ein blauer Fleck bildete und Blut aus einer schmalen Schnittwunde an ihrem Kopf sickerte.

»Deck sie mit einer Decke zu und putz diesen Dreck weg«, sagte King zu seiner Frau. Er wich zurück; der Anblick von Teresas Blut auf dem Fußboden verursachte ihm Übelkeit.

Dina ging zum Telefon und nahm den Hörer ab. »Ich rufe einen Arzt«, sagte sie, doch ehe sie wählen konnte, nahm King ihr den Hörer aus der Hand. »Weißt du, was sie denken, wenn man ihnen ein Kind mit blauen Flekken bringt?« flüsterte King. »Sie werden sagen, wir hätten sie verprügelt. Ich könnte im Gefängnis landen.«

Dina warf einen Blick auf Teresa, dann sah sie wieder King an. »Was machen wir?« flüsterte sie.

»Deck sie mit einer Decke zu«, sagte King, und als Dina zögerte, packte er sie grob am Arm. »Ich sag dir doch – sie kommt schon wieder in Ordnung.«

Als Silver nach Hause kam, spät am Nachmittag, war das Haus so dunkel, daß er im Flur stolperte; es roch bestürzend nach Rosen, der Duft war überall, in jeder Ecke, in jedem Zimmer. Im Wohnzimmer brannten zwei Kerzen, und das erste, was er sah, war die auf dem Fußboden schlafende Teresa, in eine Decke gehüllt wie in einen Kokon. Als er niederkniete, war der Rosenduft überwältigend, als hätten Büsche und Bäume im Wohnzimmerboden Wurzeln geschlagen. Er berührte Teresas Stirn; ihre Haut war eiskalt. Als Silvers Augen sich an das Kerzenlicht gewöhnt hatten, bemerkte er Dina, die auf der Couch saß.

»Was ist los?« fragte Silver seine Mutter. »Was fehlt ihr?«

Dina schüttelte den Kopf. Sie hatte den ganzen Nachmittag geweint, und ihre Augen waren verschwollen und rot. »Wir wissen nicht, was ihr fehlt«, gestand sie.

»Hast du einen Arzt gerufen?« fragte Silver, und als Dina den Kopf schüttelte, starrte Silver sie an. Er hob Teresa auf und trug sie in die Küche; die Decke schleifte hinter ihm her und blieb an den Bodendielen und dem Möbeln hängen. King Connors saß am Küchentisch. Als Silver den Raum betrat, trank er gerade ein Bier und wünschte sich, er sei in irgendeiner Stadt, nur nicht in Santa Rosa – in einer Stadt, wo es Zitronenbäume, heiße Nächte und Frauen gab, die ihn in den Armen halten wollten, wie es Dina einst getan hatte, bevor alles schiefzulaufen begann. Als er sah, mit welchem Zorn und welcher Verachtung sein sechzehnjähriger Sohn auf ihn herabschaute, duckte sich King Connors. Wenn Silver seinen Vater aufgefordert hätte, sein Verhalten zu erklären, hätte King nicht antworten können: Er hatte einfach Angst, war überzeugt, daß er für ein anderes Leben bestimmt war. Doch das einzige, was Silver an diesem Tag von ihm verlangte, waren die Schlüssel für den Lieferwagen.

»Sei kein Dummkopf«, sagte King. »Du hast keinen Führerschein. Du kannst keinen Lieferwagen fahren.«

»Gib mir die Schlüssel«, sagte Silver leise, und zum ersten Mal in seinem Leben hatte er das Gefühl, das, was er tat, sei absolut richtig; er fühlte sich, als sei er für diesen Augenblick geschaffen. »Ich bringe sie ins Krankenhaus«, sagte er zu seinem Vater.

»Ihr fehlt nichts«, behauptete King, aber er wich zurück; das Starren seines Sohnes brannte Löcher in seine Haut.

»Ich bitte dich nicht noch mal«, sagte Silver, und in seinem Herzen war er ein Adler, in seinem Blut war er ein Rebell, der ein Nein als Antwort nicht akzeptieren würde.

King Connors griff in die Tasche, gab Silver die Schlüssel und sah dann zu, wie sein Sohn mit dem Fuß die Fliegengittertür aufstieß und Teresa nach draußen trug. King ging zum Fenster, und während Silver Teresa in den Lieferwagen hob, einstieg und den Motor anließ, fühlte sich King, als habe er gerade seine letzten verbliebenen Rechte in seinem eigenen Haus aufgegeben, und in diesem Augenblick begann er mit dem Gedanken zu spielen, seinen Koffer zu packen und Santa Rosa für immer zu verlassen.

Draußen in der Einfahrt hämmerte Silvers Herz; er hatte bisher nur wenige Male ein Auto gefahren, geliehene Wagen, in denen er mit Höchstgeschwindigkeit durch die Straßen raste. Doch nun fuhr Silver langsam. Neben ihm lag Teresa in tiefem Schlaf; sie hatte die Fäuste geballt und die Knie angezogen, und ihr Kopf lag so auf dem Sitz, daß ihre Zöpfe über Silvers rechtes Bein fielen. Der Rosenduft machte ihn noch immer benommen, doch je näher Silver dem Krankenhaus kam, desto selbstsicherer wurde er. Er fühlte sich, als sei er tausend Jahre alt; endlich war es ihm gelungen, zu dieser Art von Männern zu gehören, von denen Dina immer geredet hatte: Männern, die einen Feind mit einem Blick niederstarren konnten, deren Nerven wie Stahl waren, Männer, deren Herzen immer dem Mädchen gehörten, das sie gerettet hatten. Als sie die Notaufnahme erreichten, sah Silver mit einer neuen Zärtlichkeit auf Teresa hinunter; er trug sie mit größter Behutsamkeit über den Parkplatz und in die Notaufnahme und hatte das Gefühl, die zerbrechlichste Sache der Welt zu tragen.

Silver wollte auf Teresa warten, aber er mußte sie zu weiteren Untersuchungen im Krankenhaus zurücklassen. Als sie untersucht wurde, fand man keinen niedrigen Blutzucker und keine auffallende Anzahl weißer Blutkörperchen; ihre Gehirnströme waren normal, ihr Herzschlag regelmäßig. Doch selbst die Prellungen, die sie bei ihrem Fall davongetragen hatte, hätten sie nicht für acht Stunden am Aufwachen hindern dürfen, während sie von Ärzten betastet und zu weiteren Untersuchungen in den Gängen hin und her gefahren wurde. Als King am folgenden Morgen kam, um seine Tochter abzuholen, war er sicher, daß jeder Pfleger und jede Krankenschwester ihn durchschaute und genau wußte, daß er die Art von Vater war, die nicht den Mut besaß, das eigene Kind in die Notaufnahme zu fahren. Als die Ärzte ihm mitteilten, sie könnten ihm nichts über Teresas Krankheit sagen, fragte er sich, ob sie es ihm vielleicht nur nicht verraten wollten.

Zusammen gingen sie zum Lieferwagen. Teresas Wange war mit einem weißen Verband bedeckt, und King Connors hielt sich von ihr fern, als erwarte er, daß sie jeden Augenblick zusammenbreche. Doch nachdem sie im Wagen saßen, konnte King ihr nicht länger ausweichen. Als Teresa fragte, wie sie ins Krankenhaus gekommen sei, sagte er ihr die Wahrheit. Als sie hörte, daß Silver derjenige gewesen war, der sie in die Notaufnahme gebracht hatte, blickte Teresa aus dem Fenster. Sie wollte nicht, daß ihr Vater ihre Gefühle bemerkte. Was Teresa sich immer gewünscht hatte, mehr als alles andere, war Silvers Aufmerksamkeit, und endlich, an einem Julitag, an dem sie fest schlief und es nicht einmal wußte, hatte er sie bemerkt, hatte sich sogar um sie gekümmert, und auf dem ganzen Heimweg dachte Teresa mehr über ihren Bruder nach als über ihre geheimnisvolle Krankheit.

Nachdem sie in die Einfahrt eingebogen waren, ging King Connors ins Haus, doch Teresa blieb draußen auf der vorderen Veranda und sah zu, wie der Himmel dunkel wurde.

»Es könnte psychisch sein«, sagte King zu seiner Frau. »Und es könnte neurologisch sein, was zum Teufel das auch sein mag. Mehr haben sie mir nicht gesagt.«

»Ich weiß, was Teresa fehlt«, sagte Dina und griff nach einem Glas Eiskaffee. »Sie steht unter einem Bann, der eine besondere Art von Fieber hervorruft, und kein Arzt in diesem Krankenhaus wird ihr helfen können.«

Draußen auf der Veranda wartete Teresa auf Silver. Als die Lichter in allen Häusern der Divisadero Street brannten, kam er nach Hause. Teresa erschauerte, als sie seine Stiefel auf dem Gehsteig hörte, und als er sich neben sie auf die Veranda setzte, fühlte sie sich leicht benommen.

»Na, wie geht's dir?« fragte Silver. Er zündete sich eine Zigarette an und machte sich nicht einmal die Mühe, die Glut mit der Handfläche zu bedecken, damit King nichts bemerkte, wenn er zufällig aus dem Fenster schauen oder zum Luftschnappen nach draußen kommen sollte. Jetzt, da er es gewagt hatte, seinem Vater zu widersprechen, konnte Silver sich seine alten Ängste vor möglicher Strafe nicht mehr gestatten.

Teresa zuckte mit den Schultern und sah zu, wie der Rauch spiralförmig zwischen Silvers Fingern aufstieg.

»Haben sie nicht herausgefunden, was dir fehlt?« fragte er.

»Ich habe so eine Art Schlafkrankheit«, sagte Teresa.

»Das weiß ich«, sagte Silver gedehnt. »Himmel, kannst du mir nichts Neues berichten?«

»Du hast mich ins Krankenhaus gebracht«, flüsterte Teresa.

»Dauernd sagst du mir Sachen, die ich schon weiß«, sagte Silver.

»Ich hab' Angst«, gestand Teresa. »Keiner weiß, was mir fehlt.«

»Scheiße, hab keine Angst«, sagte Silver. »Ich hab' mich doch um dich gekümmert, nicht?«

Zusammen aßen sie im Dunkeln; durch das offene Wohnzimmerfenster konnten sie den Fernsehapparat hören, den King eingeschaltet hatte, sie konnten Grillen im Garten hören, sie konnten beinahe den Herzschlag des anderen hören.

»Danke«, sagte Teresa endlich.

»Laß es bloß nicht zur Gewohnheit werden«, sagte Silver zu ihr. »Bilde dir nicht ein, ich könnte andauernd auf dich aufpassen. Ich hab' andere Sachen im Kopf.«

»In Ordnung«, sagte Teresa.

»Hast du mich verstanden?« fragte Silver.

»Ich hab' doch gesagt, in Ordnung.« Teresa stand auf und ging hinein. Sie schlug die Haustür fest hinter sich zu. Doch oben in ihrem Zimmer konnte sie Silver noch immer draußen auf der vorderen Veranda sehen, den Umriß seines weißen Hemdes und den Rauch einer weiteren Zigarette. Später an diesem Abend würde Silver ihre Tür öffnen, aber Teresa würde schon schlafen. Und so hatte Silver nie die Gelegenheit, ihr zu sagen, er habe das draußen auf der Veranda nicht so gemeint, und er werde sie beschützen; dennoch träumte Teresa in dieser Nacht von ihm, und in ihren Träumen rettete er sie tausendmal, und dafür dankte sie ihm tausendmal; sie brachte ihm Geschenke, Schokolade und rosenfarbene Grußkarten zum Valentinstag, die über und über mit seinem Namen beschrieben waren.

Kurz nach Teresas Rückkehr aus dem Krankenhaus versuchte Dina eine Erklärung für die geheimnisvolle Krankheit zu finden. Sie tranken in der Küche Limonade, und Dina untersuchte die Handfläche ihrer Tochter.

»Für mich sieht sie ganz normal aus«, sagte Dina. »Du hast eine lange Lebenslinie, und deine Liebeslinie ist tiefer als die meisten anderen. Es könnte Gehirnfieber sein.« Dina nickte. »Es könnten auch böse Geister sein oder ein Bann, mit dem dich jemand belegt hat.«

»Wer würde mir so was antun?« fragte Teresa und überlegte, ob sie irgend etwas schrecklich Falsches getan hatte.

»Laß uns einfach abwarten«, schlug Dina vor. »Wenn es ein Fieber ist, dann kommt und geht es vielleicht, aber kein Fieber dauert ewig. Früher oder später werden wir herausbekommen, was dir fehlt.«

Teresas Krankheit trat wieder auf – unregelmäßig, unvorhersehbar, manchmal für Stunden, manchmal für Minuten. In diesem September während der ersten Schulwoche bekam Teresa das Fieber, während sie in der Klasse ein Gedicht aufsagen sollte. Ihre Augen fielen zu, während ihr Mund noch offen stand. Die Lehrerin geriet in Panik; sie beauftragte ein anderes Mädchen, auf Teresa aufzupassen, und eilte in das Büro des Direktors, um bei Teresa zu Hause anzurufen. Silver nahm den Anruf entgegen; er war in diesen Tagen selten in der Schule. Er zählte die Stunden, bis er alle Kurse beenden und sich nach einem Job umsehen konnte. Er wollte so viel verdienen, daß er sich ein Auto kaufen konnte und sich keine Gedanken mehr über Geld machen mußte oder weiterhin darauf angewiesen war, von den Ersparnissen seiner Eltern zu stehlen, die Dina in einer Kaffeedose unter der Küchenspüle aufbewahrte.

Als Teresas Lehrerin anrief, reagierte Silver schnell. Lügen fiel ihm nicht schwer, und Teresa zu beschützen, war leicht. »Meine Schwester hat eine milde Form von Epilepsie«, sagte Silver beruhigend. »Nur ein leichtes Gehirnfieber, das kommt und geht. Nichts, worüber man sich Sorgen machen müßte.« Und tatsächlich, als die Lehrerin in die Klasse zurückkam, sagte Teresa gerade die letzte Strophe des Gedichts auf, als habe sie niemals die Augen geschlossen.

Doch es gab auch längere Anfälle, Fieberschüsse, die zu lange dauerten, um sich so leicht erklären zu lassen. Ein- oder zweimal wachte Teresa morgens einfach nicht auf; sie schlief den ganzen Tag und bis in die folgende Nacht, und es gab Zeiten, zu denen Silver sich zu ihrer geschlossenen Schlafzimmertür hingezogen fühlte und den Duft von Rosen nicht ignorieren konnte, der Teresa immer zu umgeben schien, wenn sie schlief.

Während der längsten Anfälle zündete Dina rings um Teresas Bett Kerzen an. Sie schloß alle Fenster, ganz gleich, wie heiß es in dem Schlafzimmer im ersten Stock war, um Teresa vor Geistern und Faltern zu schützen. Dann saß sie da und wartete darauf, daß das, was mit ihrer Tochter geschehen war, wieder aufhörte. Sehr bald würde der Bann, der Teresas Schlafkrankheit ausgelöst hatte, sich in Pfützen des Bösen auflösen, die Dina unter das Bett fegen konnte. Und Teresa war immer erleichtert, wenn beim Aufwachen ihre Mutter da war. Sie glaubte Dina, als diese versprach, ein Fieber könne nicht ewig dauern, ein Bann könne immer durchbrochen werden. Außerdem war Teresa sicher, daß auch Silver auf sie aufpaßte, auch wenn er sich manchmal benahm, als sei es ihm egal, und daß er derjenige sein würde, der sie rettete.

Der erste Sommer, in dem Teresas Krankheit auftrat, war der letzte, den die Familie zusammen verbrachte. Im folgenden Jahr fing Silver an, in seinem Zimmer Marihuana zu rauchen; Reuben kaufte sich mit seinem Lohn aus dem Supermarkt einen alten Ford, den er erst wieder in Gang bringen mußte, und King Connors verschwand.

Es war ein schlechtes Jahr für die Bauwirtschaft gewesen, und den ganzen Frühling über war King Connors arbeitslos. Er saß im Haus herum und schickte Reuben oder Silver in den Laden an der Ecke, um Bier zu holen. Manchmal ging er dann in den Garten, der von frühen Blumen, wildem Gras und Lauch überwuchert war.

»Was wir brauchen, sind Zitronenbäume«, sagte er zu Teresa, als er sie im hinteren Garten überraschte, wo sie

Weißbrotreste für die Eichelhäher auslegte. »Dann könnten wir Zitronentorte mit Baiser essen. Wir bräuchten nie wieder zum Safeway zu gehen.«

Doch das Klima in Santa Rosa war am besten für Eukalyptus und Fichten geeignet, und Zitronenbäume würde man sorgfältig pflegen müssen; außerdem mußte King Connors schon in dem Augenblick, als er mit seiner Tochter im Garten stand, gewußt haben, daß er nicht mehr sehr lange in Santa Rosa bleiben würde.

Als er zu arbeiten aufhörte, dachten alle, Kings Anwesenheit würde das Haus erdrücken, aber es gab Tage, an denen er so still war, daß sie alle seine Anwesenheit vergaßen. Als er schließlich ging, dauerte es eine Zeitlang, bis jemand sein Fehlen bemerkte. Eines Morgens, bevor die anderen erwachten, ging King hinaus in die Einfahrt, stieg in den Lieferwagen, löste die Handbremse und glitt aus der Einfahrt. Er ließ den Motor erst an, als er lautlos die halbe Divisadero Street hinuntergerollt war. Später entdeckten sie, daß er nichts mitgenommen hatte, außer einem Koffer voller Arbeitskleidung, einer Landkarte von Kalifornien und dem Brillantring, den er Dina geschenkt hatte, als sie heirateten.

Als King eine Woche fort war, begann Teresa sich zu fragen, ob ihre Schlafanfälle ansteckend waren; sie sorgte sich, ihr Vater könnte am Steuer des Lieferwagens eingeschlafen oder zum Angeln gegangen sein und auf dem Boden eines gemieteten Kanus träumen. Sie sehnte sich danach, jemanden zu fragen, was mit King Connors geschehen war, aber keiner erwähnte ihn, keiner schien sich darum zu kümmern. Dina putzte das Haus mit neuer Leidenschaft und sang vor sich hin, während sie Staub saugte und wischte. Silver und Reuben brachten jetzt Bier für sich selbst statt für King mit nach Hause. Am Tischende wurde noch immer ein Gedeck aufgelegt, nur für den Fall, daß King Connors wieder erscheinen würde, nur für den Fall, daß er seine langen Beine über die Rücklehne eines Küchenstuhls schwingen und nach Kartoffeln oder Lammfleisch greifen würde. Und dann, eines Abends, sagte Dina ihnen ohne Vorwarnung, sie alle würden heimgehen. In ihre Heimat – nach Neumexiko. Sie sagte allen, sie sollten packen, und ehe noch jemand Zeit hatte, sich zu beschweren, saßen sie in dem Bus nach Oakland und dann im Zug nach Los Angeles, wo sie zum letzten Mal umsteigen mußten.

Teresa blickte aus dem Zugfenster, versunken in die Bewegung und die offene Weite. Erst als Reuben geräuschvoll die Beine übereinanderschlug, erinnerte sich Teresa, daß der Zug ein Innen und ein Außen hatte. Und je weiter sie reisten, desto lauter wurde Reuben. Er war achtzehn, er hatte Pläne, in denen eine Zugfahrt mit seiner Familie nicht vorkam; er interessierte sich nicht für den Staub, den die Zugräder aufwirbelten, und für die Bahnhöfe, an denen sie vorbeifuhren, ohne ihre Fahrt zu verlangsamen. Teresa aber konnte gar nicht genug bekommen vom Reisen; der Himmel war so hell und die Felder so golden, daß sie blinzeln und ihre Augen beschatten mußte. Dennoch wandte sie keinen Blick vom Fenster und drückte ihre Nase an die Scheibe.

Dina hatte sich für die Reise schwarz gekleidet und weigerte sich, mit Gepäckträgern oder anderen Reisenden zu sprechen. Silver dagegen langweilte sich nur. Er legte seine Stiefel auf den gegenüberliegenden Sitz, und nach weniger als einer Stunde Zugfahrt zündete er sich eine Zigarette an. Als er den Rauch einsog, schüttelte Dina traurig den Kopf; Silver erwiderte amüsiert ihren Blick, und er lächelte, als seine Mutter ihn flüsternd aufforderte, nicht zu rauchen.

»Was willst du dagegen machen?« sagte er.

Als Silver den Rauch ausstieß, beschlug das Fenster. Teresa rieb die Scheibe mit der Manschette ihres Baumwollkleides klar; Ruß klebte an ihrem Ärmel. Obwohl sie das Gefühl hatte, für alle Zeit im Zug fahren zu können, wollte Teresa wie ihre Brüder nicht nach Santa Fe. Sie fürchtete sich vor der Großmutter, die sie nie zuvor gesehen hatte. Sie fragte sich, ob man sie zwingen würde, das Grab ihres Großvaters zu besuchen, ob man sie an einem Abend ohne Mondschein auf den Friedhof mitnehmen würde, wenn kein einziger Stern am Himmel stand. Teresa fühlte sich wohler bei der Vorstellung, die Zugfahrt würde ewig dauern. Sie konzentrierte sich auf den Geruch von Orangen, als sie an langen grünen Hainen außerhalb von Salinas vorbeifuhren, und auf die vollkommene Farbe des Himmels.

Als Dina einschlief, nahm Silver eine Plastiktüte voller Marihuana heraus. Er rollte eine dünne Zigarette, die er anzündete und an Reuben weitergab.

»So eine Scheiße«, sagte Silver zu seinem Bruder. »Ich denke überhaupt nicht daran, nach Neumexiko zu gehen.«

»Du bist schon unterwegs.« Reuben lächelte. Teresa sah ihren ältesten Bruder an und beobachtete, wie er inhalierte; er hatte die gleichen Augen wie King Connors; wenn er den Rauch ausstieß, weiteten sich seine Nüstern und verbreiteten süßen, schweren Qualm.

»Ich könnte beim nächsten Halt aus dem Zug springen«, sagte Silver nachdenklich.

»Den Teufel wirst du tun«, sagte Reuben. »Du freust dich darauf, alle Mädchen kennenzulernen, die in Santa Fe wohnen. Du wirst ihnen weismachen, daß du ein Filmstar aus Kalifornien bist.«

»Wenn sie das glauben wollen« – Silver zuckte mit den Schultern – »kann ich sie nicht daran hindern.«

Reuben beugte sich zu Silver vor und sprach flüsternd. »Ich habe nicht vor, den Rest meines Lebens in Santa Fe zuzubringen und in Santa Rosa auch nicht.«

Teresa war sicher, daß sie nicht in Santa Fe bleiben würden; dies war nur ein Besuch. Schließlich wartete das Haus in Santa Rosa auf sie; die Möbel waren mit sauberen Laken bedeckt, um den Staub abzuhalten, auf dem Abtropfbrett stand noch Geschirr, die beiden Hunde wanderten im Garten herum, entflohen bei jeder Gelegenheit den Nachbarn, bei denen man sie zurückgelassen hatte, und heulten auf der Veranda des leeren Hauses den Mond an. Vielleicht war auch King Connors zurückgekommen wie schon viele Male vorher; er saß vielleicht vor dem Fernseher, riß den Verschluß einer kalten Bierdose auf und fragte sich, wohin alle verschwunden waren.

»Du redest bloß großartig daher«, flüsterte Reuben jetzt Silver zu, »aber ich werde wirklich was tun. Ich gehe nie mehr zurück.« Er nickte in Dinas Richtung. »Und du kannst mir glauben – ihr wird das egal sein.«

In Los Angeles stiegen sie um. Silver kaufte auf dem Bahnhof weitere Zigaretten, Teresa starrte die Ölbohrtürme an, Reuben schloß die Augen und lächelte, beschäftigt mit seinen eigenen Geheimnissen. Im nächsten Zug fuhren sie durch Nevada und Arizona; sie verbrachten Tage in diesem Zug, aßen die von Dina zubereiteten Sandwiches, betrachteten den aufgehenden Mond und gingen einander auf die Nerven. Teresa kaufte im Speisewagen Cola und zwang Silver, mit ihr Karten zu spielen.

»Du wirst verlieren«, warnte Silver sie vor jedem Spiel, aber in Wirklichkeit ließ er sie fast jedesmal gewinnen.

Eines Morgens überquerten sie endlich die Grenze nach Neumexiko, aber sie erreichten Lamy, die Santa Fe nächstgelegene Station, erst in der Dämmerung. Als sie aus dem Zug stiegen, trugen Reuben und Silver die Koffer und die mit blauen Schnüren zugebundenen Kartons. Teresa folgte ihnen und wünschte sich, sie hätte mehr zu tragen, einen schweren Schrankkoffer zum Beispiel, der sie am Boden hielt, damit sie nicht in den Himmel Neumexikos entschwebte. Weil es so spät war, mußte die Familie ein überfülltes Bustaxi nehmen. Teresa legte den Kopf an Silvers Schulter und ließ sich vom Geschnatter der anderen Mitfahrenden einhüllen. Der Geruch einer Blume, die Teresa nicht kannte, strömte durch die offenen Fenster des Wagens, und über der Straße, in den höchsten Zweigen der Bäume, riefen Eulen einander zu.

Als sie vor dem Haus anhielten, in dem Dina aufgewachsen war, standen Hunderte von roten Sternen am Himmel. Noch immer umgab dieselbe Mauer aus ungebrannten Lehmziegeln das Haus, noch immer öffnete sich darin dasselbe Eisentor, mit staubigen Rosen behangen. Dina läutete die Glocke, und die Familie wartete, während das Taxi knirschend über die Kiesel davonrollte. Bald öffnete eine junge Frau, ein Dienstmädchen, das Tor und forderte mit einem Nicken zum Eintreten auf. Sie schwiegen, als sie ihr folgten, als hätten sie alle die Sprache verloren. Dinas Gesicht war ruhig, sie sah jünger aus, man hätte denken können, mit jedem Schritt auf das Haus zu falle ein Jahr von ihr ab. Das Mondlicht ließ Wege erscheinen, wo keine waren, das Haus schimmerte hell und wirkte doppelt so groß wie in Wirklichkeit. Teresa hatte Angst; sie war noch nie von zu Hause fortgewesen, und dieser Ort schien von Minute zu Minute fremdartiger zu werden.

Drinnen wartete Teresas Großmutter auf sie. Dina hatte ein paar Tage zuvor eine Nachricht geschickt, die nur die Zeit ihrer Ankunft und ihren Namen enthielt. Das weiße Haar der Großmutter war mit Schildpattkämmen zurückgesteckt, und sie trug an allen Fingern Ringe. Teresa schaute zu Silver hinüber; sie wußte, er dachte, er könnte jahrelang von dem leben, was diese Ringe beim Pfandleiher einbringen würden.

Teresas Großmutter bot ihnen keinen Platz an; die beiden Brüder hielten Pakete in den Händen, die Schnüre schnitten ihnen in die Finger. Alle hatten staubige Schuhe, und das Rollen des Zuges dröhnte noch in Teresas Kopf. Als Dina ihre Mutter begrüßte, die sie nicht mehr gesehen hatte, seit sie mit King Connors durchgebrannt war, gab es weder Küsse noch Tränen.

»Ich verstehe nicht, warum du jetzt zurückkommst«, sagte Teresas Großmutter zu Dina.

Dina zuckte mit den Schultern; sie wußte es selbst nicht. Teresa war müde; sie lehnte sich mit den Ellbogen auf einen Tisch, der fast so groß war wie sie, aber sie stützte sich zu schwer auf, so daß der Tisch kippte und ein Paar hölzerner Kerzenleuchter zu Boden fielen. Die Großmutter sah zu Teresa und ihren Brüdern hinüber.

»Von ihm?« sagte sie zu Dina.

»Natürlich«, sagte Dina. »Was glaubst du denn, wie viele Ehemänner ich hatte?«

Die Großmutter zeigte mit dem Finger auf Silver. Teresa hörte Silver stöhnen. Er zögerte, und die Großmutter lächelte. »Hab keine Angst«, sagte sie.

Silver zog die Augenbrauen hoch und erwiderte das Lächeln. Er benahm sich, als sei ihm das Wort Angst völlig unbekannt. Als er zur Großmutter hinüberging, nahm die alte Frau seine Hand.

»Dieser ist ein schöner Junge«, sagte sie zu Dina.

Als die Großmutter Silvers Hand nahm, wußte der Rest der Familie, daß sie sie in ihrem Haus willkommen geheißen hatte. Sie blieben den ganzen Sommer, eine Jahreszeit voller Hitze und Blumen. Teresa verbrachte die meiste Zeit im Garten, folgte alten Pfaden, kletterte auf die Mauer und schaute auf Santa Fe hinab, das sich vor ihr wie ein Lichtermeer ausbreitete. Den ganzen Sommer lang fühlte Teresa sich wie eine Fremde. Sie lernte nie, wie die Blumen hießen, die im Garten wuchsen, und wußte nie, wie sie ihre Großmutter ansprechen sollte. Silver und Reuben verbrachten ihre ganze Zeit in der Stadt und kamen erst nach Einbruch der Dunkelheit nach Hause. Zum ersten Mal in seinem Leben fühlte Silver sich reich, und er mochte das Gefühl. Ihre Großmutter hatte angefangen, ihm Geld zu geben. Niemandem sonst, nur Silver, und er brauchte nicht einmal darum zu bitten. Er hatte genug für alles, was er benötigte, und behielt etwas übrig, um Teresa Geschenke mitzubringen – kandierte Früchte in Sirup, einen goldbestickten Schal, eine kleine hölzerne Marionette, die an Fäden tanzte.

Teresa und Reuben waren beide froh, von ihrer Großmutter ignoriert zu werden. Reuben verließ das Haus früh, schloß leise das Eisentor hinter sich, und Teresa brachte die meisten Tage damit zu, im Garten mit Pastellkreiden Bilder auf einen Block zu malen; beides hatte King Connors ihr zu ihrem zwölften Geburtstag geschenkt. Manchmal, während sie zeichnete, sah Teresa Dina durch den Garten gehen. Dina wußte nicht, daß jemand sie beobachtete; ihre Augen waren naß, ihr Rock schleifte hinter ihr her und blieb an niedrigen Ästen hängen, hinterließ Fetzen, die wie dunkle Fähnchen daran klebten. Eines Nachmittags schlief Teresa am hellichten Tag ein. Sie träumte, sie sei älter, alt genug, um mit Silver auf einer Party zu tanzen, wo alle Frauen Sommerkleider aus Chiffon trugen. Als sie erwachte, kniete Dina neben ihr; Teresa wollte weinen. Sie konnte nicht glauben, daß sie noch immer zwölf Jahre alt war.

»Wie lange habe ich geschlafen?« fragte Teresa. Ihre

Anfälle erschreckten sie jetzt immer weniger; sie waren noch immer geheimnisvoll, aber angenehm wie ein wiederkehrender Traum.

Dina zuckte mit den Schultern. »Nicht so lange. Ein paar Stunden. Vielleicht vertreibt die Luft hier die Anfälle.«

»Das glaube ich nicht«, sagte Teresa. Sie wollte ihrer Mutter keinen Grund geben, in Neumexiko zu bleiben. »Es hat wohl was mit dem Alter zu tun.« Das hatte Teresa viele Male von King Connors gehört.

Insekten schwirrten durch die Luft. Dina verscheuchte die Käfer und setzte sich neben Teresa unter eine Pappel. »Das war einer der Lieblingsbäume meines Vaters«, sagte sie.

»Hast du meinen Vater kennengelernt, als du noch in diesem Haus gelebt hast?« fragte Teresa.

»Deinen Vater? Dieser tolle Hecht konnte nicht mal Hitze vertragen. Ich habe alles an ihn vergeudet«, sagte Dina und zog mit einem Stock saubere Linien in die Erde. »Ich war dumm. Ich war so jung, daß ich nicht wußte, was ich wollte.«

Teresa wischte sich die Schweißperlen vom Gesicht und versuchte, sich ihre Mutter als junges Mädchen in diesem Garten vorzustellen.

»Ich wünschte mir jemanden, der mich weit fortbringt. Nicht unbedingt nach Santa Rosa.« Dina lachte. »Nur fort.«

»Er war nicht der Richtige«, stimmte Teresa traurig zu. Der Richtige hätte niemals einen Lieferwagen besessen, der Richtige hätte niemals so kalte blaue Augen gehabt und so wenig freundliche oder lobende Worte.

»Ich denke, ich hätte ein bißchen länger warten sollen«, sagte Dina.

Als das junge Dienstmädchen, das sie bei ihrer Ankunft eingelassen hatte, auf seinem Weg zum Einkaufen vorbeikam, verstummten Teresa und Dina wie Verschwörer. Das Mädchen hieß Annette; sie hatte langes blondes Haar, und obwohl sie erst achtzehn war, arbeitete sie schon seit drei Jahren für Teresas Großmutter. Annette hätte sich wahrscheinlich gefreut, mit Dina und Teresa unter der Pappel zu sitzen, aber sie wollten nicht, daß Annette sah, wo sie waren.

»Sie ist nicht allzu helle«, sagte Dina über das Mädchen, als dieses den Garten verlassen und das Tor hinter sich geschlossen hatte, »meine Mutter könnte sie mit einem Zuckerwürfel bestechen.«

Teresa fragte sich, wie man den Richtigen erkennen konnte, wenn er erschien. »Was wäre passiert, wenn du nicht weggelaufen wärst?« fragte sie. »Was wäre passiert, wenn du lange genug gewartet hättest?«

»Ich glaube noch immer, jemand wäre zu mir gekommen«, sagte Dina. »Jemand wäre geradewegs durch dieses Tor gekommen. Ein Aria«, flüsterte Dina.

Noch jetzt, so viele Jahre, nachdem ihr Vater ihr von den Arias erzählt hatte, ertappte Dina sich nachts dabei, auf sie zu lauschen. Wenn alle anderen im Haus schliefen, ging sie zu ihrem Schlafzimmer, öffnete die hölzernen Läden und schaute auf die Mesa, die noch immer vom gleichen Blau war wie in den Nächten, als sie nicht viel älter gewesen war als Teresa. Doch Dinas Glaube, ein Aria werde sie im Haus ihrer Eltern finden, wurde mit jedem in Santa Fe verbrachten Tag schwächer; die Nächte schienen kürzer, als sie in ihrer Mädchenzeit gewesen waren, und die Zeit, in der ein Aria sie hätte retten können, schien vorbei.

Im Garten unter dem Baum, den Dinas Vater immer so sorgfältig bewässert hatte, wollte Teresa jetzt mehr über Arias wissen. Dina sprach immer so zögernd und verschwommen von ihnen, daß Teresa sich einen Aria nie wirklich hatte vorstellen können.

»Wie sehen sie aus?« fragte Teresa.

»Was ist denn das für eine Frage?« sagte Dina ärgerlich. »Ich hab's dir doch schon gesagt – sie reiten noch immer auf Pferden, sie haben Satteltaschen mit Knöpfen aus Türkisen...«

»Welche Farbe haben ihre Augen?« fragte Teresa. »Und ihr Haar?«

Dina machte die Augen zu und schürzte die Lippen; ihre Hände zitterten, als sei sie in Trance. »Dunkle Augen«, sagte sie. Ihre Lider waren noch immer geschlossen, ihre Stimme leise und sicher. »Dunkles Haar, ein bißchen länger als die meisten anderen Männer es tragen. Groß und schlank.« Dina öffnete die Augen. »Aber nicht zu groß. Und sie haben so ein gewisses Feuer in den Augen, und sie fürchten sich nicht vor Donner, und sie sind schweigsam – es gibt Zeiten, da geben sie sich einfach nicht mit Reden ab.«

Es war fast Abendessenszeit, als Dina und Teresa ins Haus zurückgingen. Silver und Reuben würden bald wiederkommen, sie alle würden um den Holztisch im Eßzimmer sitzen und klare Hühnerbrühe essen, dann Schweinefleisch, gekocht mit Kohl und Wacholderbeeren. Und während des ganzen Essens an diesem Abend würde Teresa feststellen, daß sie nichts essen konnte, und die Speisen an den Tellerrand schieben. Sie würde zu Silver hinüberstarren und an einen Mann denken, der sich nicht vor Donner fürchtete, einen Mann mit dunklen Augen, der so nahe war, daß sie ihn hätte berühren können, wenn sie den Mut gehabt hätte, über den Eßtisch zu greifen.

Später im Sommer entschied Teresa, wenn Silver und Reuben ausgehen und Santa Fe erforschen konnten, könne sie das auch. Und so verließ Teresa eines Abends, als Glühwürmchen die Straße in die Stadt erleuchteten, das Haus ihrer Großmutter. Doch um das Zentrum von Santa Fe zu erreichen, mußte sie an dem Friedhof vorbei, auf dem ihr Großvater begraben lag. Am Tag nach ihrer Ankunft in Neumexiko hatte Dina sie alle zum Friedhof mitgenommen. Sie hatten schwarze Kleidung getragen und die Köpfe gesenkt; Teresa hatte gefürchtet, die Knochen würden aus dem Boden dringen und nach ihrem Fußknöchel greifen, würden sie in die Erde zerren, hinunter an die Stelle, wo Würmer hellblaue Schmetterlinge verschlangen. Rings um das Grab des Großvaters hatten Gräber von Indianern gelegen; Muschelschalen umgaben Erdhügel, alle ohne Grabstein, alle jahrzehntealt. Als Teresa diesmal an den Eisentoren des Friedhofs vorbeiging, trat sie nicht ein; sie blieb nur stehen und spähte über das Tor, aber das Eisen war so verrostet, daß sie Eisen einatmete, als sie ihre Lippen dicht an das Tor hielt. Von dort bis ins Zentrum von Santa Fe rannte Teresa. Sie rannte die Straße hinunter, ihre Zöpfe flogen hinter ihr, und sie blieb erst stehen, als sie ein Gartencafé erreichte. Selbst nachdem sie auf die Terrasse des Cafés geklettert war, war sie noch nicht sicher, daß die Knochen aus dem Friedhof ihr nicht bis ins Herz der Stadt gefolgt waren.

Teresa roch Orangen und Wein und bittere Limonen; sie ging über die hölzernen, blaßblau gestrichenen Planken – blaßblau wie die Eier von Rotkehlchen oder die Augen mancher Männer. Einige Familien saßen bei einem späten Essen, doch größtenteils war das Café voller Männer: Sie saßen auf der Terrasse, auf der kleine Holztische standen, und sie saßen drinnen, wo die Bar und die Tanzfläche waren. So setzte sich Teresa auf die hölzernen Stufen und atmete den heißen Nachtwind ein, der in einem ständigen lebendigen Strom Insekten mit sich trug. Sie war nicht gewohnt, so spätabends allein draußen zu sein, daher rückte Teresa näher an eine Familie heran, die am nächsten Tisch saß, und tat so, als gehöre sie dazu.

Die Frau der Familie hielt ein Kind auf dem Schoß; der Mann trank dunkles Bier. Als Teresa näher heranrückte, merkten sie, daß sie da war, aber sie stellten ihr keine Fragen, sondern reichten ihr Bonbons, pastellgrüne Pfefferminzbonbons mit Zuckerüberzug. Hier im Café roch die Luft nicht nach Eisen, hier trug niemand Schwarz. Es gab Musik und den Duft von Parfum – Flieder und Moschus.

Mit der Zeit wurde Teresa ruhiger, und sie war sicher, falls jemand sie suchte, würde er sie ohne weiteres am Fuß der Stufen finden. Sie kaute die kühl schmeckenden Bonbons und nickte mit dem Kopf zu der Musik, die drinnen spielte. Jedesmal, wenn eine Eidechse unter den blauen Holzplanken der Caféterrasse hervorkam, schrie die Familie an Teresas Tisch auf und warf Steinchen, und die Eidechse entwischte wieder unter die Planken; Teresa lachte, wenn sie sie davonrascheln hörte.

Teresa wurde mutiger; sie ging über die Terrasse und spähte durch die Fenster in die Bar. Innen brannte auf jedem Tisch eine Kerze in einer Glaskugel. An der Wand saßen Paare, redeten, ruhten sich vom Tanzen aus, rauchten eine Zigarette oder lehnten die Köpfe an die weißen Wände und küßten sich. Sie küßten sich auf den Mund, sie küßten sich mit Zungenküssen, und manchmal beugte ein Mann sich vor und küßte einer Frau den Hals, genau wie Silver es tat, als Teresa ihn durch das Fenster erblickte.

Sobald sie ihn gesehen hatte, trat Teresa näher an die

Scheibe; sie konnte den Blick nicht abwenden, obwohl sie es wollte. Silvers Augen waren geschlossen, seine Lippen bewegten sich, als trinke er ein Glas Wein. Die Frau, die bei ihm saß, war Annette; mit einer Hand hielt sie ihr langes Haar aus dem Nacken, dann lehnte sie den Kopf zurück und lächelte. Teresa sah, wie Silver und Annette auf die Tanzfläche gingen; sie hielten einander so eng umschlungen, daß man kaum sehen konnte, wo Silver aufhörte und Annette begann. Teresa war nicht die einzige, die sie beobachtete; fast alle Frauen im Café beobachteten Silver, und es war klar, daß alle sich vorstellten, selbst in seinen Armen zu sein.

Teresa setzte sich auf einen freien Stuhl; Annette schlang ihren Arm um Silvers Taille. Als Teresa andere Männer ansah, in der Bar oder draußen auf der Terrasse, schienen ihre Gesichter zu verschwinden; das Café kam ihr plötzlich häßlich vor. Die Musik war zu laut, die Tänzer bewegten sich kaum, unter der Terrasse liefen Eidechsen im Kreis herum. Teresa lief zurück zum Haus ihrer Großmutter. Sie rannte auf dem ganzen Heimweg. Sie hätte schwören können, daß die Eidechsen ihr dicht auf den Fersen waren. Sie ging durch den Garten und ins Haus, doch als sie im Bett lag, wußte Teresa, daß sie nicht würde schlafen können. Und später, als sie zwischen kalten Laken lag, hörte Teresa Silver kurz vor der Morgendämmerung das eiserne Tor zuschlagen, und ihre Augen waren offen, als Silver durch den Flur zu seinem Schlafzimmer ging, vor sich hin summte und nicht ahnte, daß jemand ihn im Café gesehen hatte – oder daß jemand sich betrogen fühlte.

In den folgenden Tagen ertappte Teresa sich bei dem Wunsch, es Silver heimzuzahlen. Eines Abends, als sie in den Garten ging, sah Teresa Reuben in einem schmiedeeisernen Sessel sitzen, eine Zigarre rauchen und den

Himmel anstarren. Sie war noch immer wütend auf Silver, und sie dachte, vielleicht könnte Reuben ihr Lieblingsbruder sein.

»Was willst du?« fragte Reuben, als er sie sah, und seine Stimme klang genau wie die von King Connors.

»Wann fahren wir nach Hause?« fragte Teresa und dachte an die flinken Eidechsen im Café.

»Irgendwann«, sagte Reuben. Er atmete aus, und Rauchringe umkreisten sie beide. Plötzlich faßte er Vertrauen zu Teresa. Vielleicht vertraute er seiner Schwester, weil es dunkel war oder niemand sonst ihn hören konnte, vielleicht redete er nicht so sehr mit Teresa, sondern mehr mit sich selbst. Reuben sagte Teresa, er arbeite; auf einem örtlichen Markt packe er Obst in Kisten, klebrig von der Sonne, bedeckt mit Fliegen; er trage hölzerne Kisten voll lebender Hühner; er bediene eine Registrierkasse und fahre mit einem Lieferwagen voller Lebensmittel durch die ganze Stadt. All das, um nicht zurück nach Santa Rosa zu müssen. Statt wieder nach Hause zu fahren, werde er nach Los Angeles gehen. Er sei es leid, wie Dina ihn behandele, er habe es satt, daß Silver immer ihr Liebling sei. Wenigstens King Connors liege an ihm, er habe ihn, Reuben, bei seiner Arbeitsstelle angerufen, und jetzt habe er die Adresse ihres Vaters in Los Angeles in seiner Hemdtasche.

»Laß mich mit dir gehen«, flüsterte Teresa.

Der Mond stand hoch, Insekten surrten in der Luft, und Teresa wehrte in der Dunkelheit Mücken ab.

»Erzähl bloß keinem von alldem«, sagte Reuben. Er hatte fast vergessen, daß Teresa da war; er war in seine eigenen Pläne vertieft. »Wenn dich jemand fragt, weißt du nicht, wo unser Vater ist, kapiert? Und wenn ich weggehe, dann erzähl bloß keinem, daß du weißt, wo ich bin.«

Sie hatte nicht wirklich mit Reuben gehen wollen, sie hatte nur weggehen und Silver eine Lektion erteilen wollen. Teresa betrachtete ihren ältesten Bruder; ganz gleich, wie enttäuscht sie von Silver war, sie wußte jetzt, daß Reuben niemals ihr Lieblingsbruder sein konnte. »Dann geh doch«, sagte sie zu Reuben. »Geh nach Los Angeles. Mir ist das egal.«

Reuben lachte nervös. »Ich hab' dich nur aufgezogen«, sagte er. »Ich weiß ja, daß du's keinem sagen wirst. Ich weiß, daß du den Mund halten wirst.«

Aber er hatte sie nicht aufgezogen, und Teresa wußte das. Er würde nicht nach Santa Rosa zurückkehren, und er wußte, wo King Connors war. Teresa dachte, wieviel einfacher es für ihre Brüder war; sie brauchten nicht darauf zu warten, daß jemand käme und sie rettete, sie konnten losgehen und sich eine Eisenbahnkarte kaufen, wohin immer sie wollten.

Am Ende des Sommers, in der letzten Augustwoche, rief Dina ihre Kinder in ihr Zimmer. Die Läden vor dem Fenster waren geschlossen, und nur ein paar vereinzelte Lichtstrahlen drangen hindurch. Seit Wochen schon hatte Dina aufgehört, nach Arias Ausschau zu halten. Wenn abends der Wind auffrischte und die Kletterpflanzen vor ihrem Fenster raschelten, stellte Dina sich nicht mehr vor, ein dunkler Fremder klettere zu ihrem Schlafzimmer empor, obwohl es ihr fast das Herz brach, nicht mehr zum Fenster zu laufen, um hinauszuschauen.

»Wir fahren heute abend ab«, sagte Dina. »Es war ein Fehler, hierher zurückzukommen.« Dina ging zum Fenster und öffnete die Läden; ihre Kinder blinzelten ob der plötzlichen Helligkeit. »Wir essen zu Abend«, sagte Dina, »und dann gehen wir. Aber sagt kein Wort zu eurer Großmutter. Sie erfährt es früh genug, wenn wir unsere Koffer nehmen und das Haus verlassen.«

An diesem Abend zogen sie sich alle zum Essen um. Die Spannung am Tisch machte Teresa nervös. Dina, die selten trank, leerte drei Gläser Wein und rührte ihr Essen nicht an. Silver sah aus dem Fenster und beobachtete, wie Annette das Haus verließ, um heimzugehen und sich das Haar zu waschen, damit es rechtzeitig trocken war für die Verabredung mit Silver, die nicht eingehalten werden würde. Als die Großmutter sich eine Tasse Kaffee eingoß, räusperte sich Dina. »Ich habe beschlossen abzureisen«, sagte sie zu ihrer Mutter.

Die Großmutter rührte ihren Kaffee um; der Löffel klirrte gegen den Tassenrand. »Du hättest überhaupt nicht weggehen sollen, und du hättest nicht zurückkommen sollen. Du tust alles zur falschen Zeit, Dina. Du hast dazu beigetragen, deinen Vater ins Grab zu bringen, und dann bist du zurückgekommen. Was erwartest du jetzt von mir?«

Dina zuckte mit den Schultern. »Dir lag nie etwas an mir«, sagte sie. »Nur meinem Vater lag an mir.«

»Ha«, sagte die Großmutter und trank ihren Kaffee.

»Ich weiß das«, sagte Dina. »Er hat Bergen angeheuert, damit er mich findet.«

»Er hat also einen zweitklassigen Detektiv angeheuert«, sagte die Großmutter. »Na und?«

Dina stand auf und stieß mit einer Armbewegung ihren Stuhl zurück. »Ich brauche mir das nicht anzuhören.«

»Du hättest auf mich hören sollen«, sagte die Großmutter. »Ich habe dir gesagt, du sollst nicht mit diesem Mann davonlaufen.«

Dina ging zu dem Schrank, wo die bereits gepackten Koffer versteckt waren. Sie mühte sich ab, sie hochzuheben; ihr Kleid war bereits zerknittert, obwohl sie ihre Reise noch gar nicht angetreten hatte.

»Nun, erwarte nicht, daß ich noch einmal wiederkomme«, sagte Dina.

»Wer sagt denn, du sollst wiederkommen?« fragte die alte Frau.

»Gehen wir«, sagte Dina und gab ihren Kindern ein Zeichen.

»Er nicht«, sagte die Großmutter und deutete auf Silver.

»Ich sagte, gehen wir«, wiederholte Dina.

Teresa und Reuben standen vom Tisch auf und gingen in die Diele, wo ihre Mutter wartete. Silver saß reglos auf seinem Stuhl.

»Hast du mich gehört?« sagte Dina zu Silver.

Er war der Liebling der Großmutter, und falls er blieb, würde sie ihm alles erlauben; er konnte jeden Abend in das Café gehen, er konnte Annette und ein Dutzend anderer Frauen auf einem Feld in der Nähe des Friedhofs treffen, wohin die Liebespaare gingen. Wenn er bliebe, würde er vielleicht den Schmuck der alten Frau erben, das Haus, alles, was sie besaß.

Teresa wartete auf Silvers Entscheidung. Sie konnte schwere Atemzüge im Raum hören, als hätten die Wände des Eßzimmers Münder, Zungen, mit Luft gefüllte Lungen.

»Silver soll hierbleiben?« Dina lachte. »Du machst Witze. In diesem Haus?« Sie sah ihren Sohn an. »Hier gibt es nichts zu holen«, sagte sie zu ihm. »Glaub mir.«

»Bleib«, sagte die Großmutter zu Silver, und Teresa hätte beinahe laut aufgeschrien; jetzt bereute sie, jemals gedacht zu haben, Reuben könnte ihr Lieblingsbruder sein. Sie konnte sich nicht vorstellen, Silver zurückzulassen, und sie fragte sich, ob sie auch würde bleiben dürfen, wenn Silver der Großmutter zusagte. Sie könnte ein Zimmer auf der Rückseite des Hauses bekommen, die ganze Wäsche ihrer Großmutter waschen, und an Wochenenden könnten sie und Silver lange Spaziergänge in die dem Friedhof mit dem Eisentor entgegengesetzte Richtung machen.

Ihre Großmutter stand auf und ging zu Silver hinüber. Er saß noch immer am Eßtisch, als die Großmutter ihre Diamantohrringe abnahm und in seine Hand legte. Silver betrachtete die Diamanten auf seiner flachen Hand und lächelte. Dann ballte er die Hand zur Faust und stand auf. Er war sicher, etwas zu verlieren, wenn er in diesem Haus blieb, und nicht einmal Diamanten konnten ihn dazu bringen, tausend höfliche Abendessen, Nachmittagstees und die Bewunderung einer alten Frau zu ertragen.

»Es tut mir leid«, sagte Silver zu seiner Großmutter und steckte die Ohrringe in seine Hemdtasche. Dann küßte er die alte Frau auf die Wange. Sobald er das Angebot der Großmutter ausgeschlagen hatte, verzieh Teresa Silver, daß er mit Annette getanzt hatte. Sie sah zu, wie Silver zur Haustür ging. Als er stehenblieb, um einen Koffer aufzunehmen, trat Dina zu ihm.

»Gib ihr die Ohrringe zurück«, sagte sie. »Wir brauchen nichts von ihr.«

»Warum sollte ich?« sagte Silver. »Ich verdiene sie«, sagte er zu seiner Mutter. »Ich war nett zu der alten Dame, und dafür hat sie mich bezahlt. Ich habe sie verdient.«

Als Reuben und Silver die Koffer auf die Straße trugen, blieb Teresa mit Dina zurück und betrachtete ihre Großmutter. Die alte Dame stand neben dem Eßtisch. Teresa hatte noch nie jemanden gesehen, der so alt aussah wie ihre Großmutter in diesem Augenblick. Ihre Augen waren feucht.

»Er ist ein schöner Junge«, erklärte die Großmutter.

»Du kannst ihn nicht haben«, sagte Dina triumphierend.

»Du«, sagte die Großmutter kopfschüttelnd, »du warst schon immer dumm. Mußtest mit dem ersten Mann durchbrennen, der dich ansah.«

»Er war nicht der erste, der mich ansah«, sagte Dina.

»Du kannst nicht mal Kinder erziehen«, seufzte die Großmutter. »Diesem Jungen hast du lauter falsche Sachen beigebracht.«

Dina und ihre Mutter küßten sich zum Abschied, aber nur flüchtig. Sie wußten, daß sie einander nie wiedersehen würden. Dina ging durch die Diele zur Haustür, und als Teresa ihr folgen wollte, fühlte sie eine Hand auf ihrer Schulter. Das war das erste Mal während des ganzen Sommers, daß ihre Großmutter sie berührte, und die Kraft der alten Frau schockierte Teresa.

»Du glaubst, ich hätte dich nicht bemerkt«, sagte die Großmutter zu Teresa. »Ich habe dich bemerkt – du bist meine Enkelin.«

Teresa hörte draußen das Taxi vorfahren; sie war sicher, daß ihre Koffer bereits in den Kofferraum gepackt wurden, aber sie konnte sich nicht bewegen. Ihre Großmutter hielt noch immer ihre Schulter fest, und sie konnte die Tränen sehen, die sich in den Augen der alten Dame gebildet hatten.

»Ich hatte meine Gründe, Silver hierbehalten zu wollen«, sagte die Großmutter jetzt. »Er ist gefährlich, und ich weiß das, aber was könnte er einer alten Frau wie mir antun – das Herz brechen?«

Draußen hupte das Taxi, doch Teresa wurde von ihrer Großmutter zurückgehalten.

»Denk daran, vorsichtig zu sein«, sagte die Großmutter zu Teresa. »Sei schlau. Und erinnere dich, daß ich dich bemerkt habe.«

Teresa nickte und rannte dann aus der Tür. Sie stolperte durch den Garten, und als sie die Straße erreichte, winkte Silver ihr zu, sie solle sich beeilen.

»Schau dir die an«, flüsterte Silver, als Teresa im Taxi saß. Er öffnete seine Hand und zeigte Teresa die Diamantohrringe. »Davon werde ich mir ein Auto kaufen.«

Silver legte die Ohrringe für einen Augenblick in Teresas Hand; sie schienen zu brennen und sich zu bewegen, als besäßen sie ein Eigenleben. »Ich will sie nicht«, sagte Teresa.

»Gut«, sagte Silver, nahm die Diamanten und steckte sie wieder in seine Hemdtasche. »Sie sind auch nicht für dich bestimmt.«

Sie fuhren los, den Kiesweg hinunter, am Friedhof vorbei, vorbei an den Feldern voll Blumen und Staub. Dann nahmen sie den Zug zurück nach Los Angeles, wo sie umsteigen würden. Diese Reise kam ihnen viel kürzer vor als bei der Hinfahrt, so daß alle überrascht waren, als sie plötzlich Los Angeles erreichten. Reuben atmete tief ein, als könne er nicht genug Luft bekommen. Nach dem Umsteigen entschloß er sich, auszusteigen und eine Zeitung zu kaufen. Er legte die Hand auf Teresas Schulter.

»Bis dann«, sagte er.

Teresa wandte den Blick ab; sie wußte, daß er nicht zurückkommen würde, wußte, daß er King Connors' Adresse in der Tasche hatte, daß er Pläne hatte.

»Sieh mich an«, sagte Reuben zu ihr, und als sie es tat, schüttelte er den Kopf. »Bitte, versteh doch«, flüsterte er. »Ich muß es versuchen. Ich kann einfach nicht zurück.«

Als der Zug sich in Bewegung setzte und die Schaffner die Stationen ausriefen, lehnte sich Silver aus dem offenen Fenster.

»Was ist mit Reuben?« sagte er. »Soll ich aussteigen und ihn suchen?«

»Ich bin keine Idiotin«, sagte Dina. »Ich weiß, wohin Reuben geht. Er will bei seinem Vater sein – laß ihn gehen.«

»Vielleicht hat er den Zug nicht pfeifen hören«, sagte Silver. »Vielleicht sollte ich ihn suchen gehen.«

Dina schüttelte den Kopf und lächelte. »Ich will nicht dich auch noch verlieren«, sagte sie zu ihrem Lieblingssohn. »Ein Kind zu verlieren, ist nicht so schlimm«, sagte sie zu ihnen, aber sie erwähnte nicht, daß es eine große Rolle spielte, welches Kind das war.

So kehrten sie nur zu dritt nach Santa Rosa zurück und wurden von den beiden Hunden begrüßt, die über den Zaun des Nachbarn sprangen, sobald das Taxi in die Divisadero Street einbog. Dina und Silver und Teresa waren allein im Haus, als die Fenster geöffnet wurden, um die kühle Luft und den Geruch des Flusses in alle Zimmer zu lassen; nur zu dritt tranken sie jeden Morgen Kaffee, und sie tranken aus den blauweißen Porzellantassen, als seien sie nie anderswo gewesen, als seien sie überhaupt nie weggefahren.

2

Silver verkaufte die Diamantohrringe, die seine Großmutter ihm gegeben hatte, und steckte jeden Cent davon in den alten Ford, den Reuben zurückgelassen hatte. Er brachte ihn wieder zum Laufen und kaufte dann extrabreite Reifen und neue Schalensitze. Er ließ die Karosserie lackieren – schwarz wie die dunkelste Stunde der Nacht. Zwei Wochen, nachdem er den Wagen perfekt aufpoliert hatte, baute er auf der River Road einen Totalschaden; er nahm eine Kurve zu schnell und reagierte eine Sekunde zu spät. Danach ging Silver ohne eine Schramme nach Hause, aber der Ford hatte weniger als einen Monat gehalten, und jetzt war er für immer unbrauchbar, lag in einem Graben, der sich Anfang November mit Regenwasser gefüllt haben würde. Und Silver fragte sich unwillkürlich, ob seine Großmutter die Diamanten, die sie ihm gegeben hatte, verhext hatte, denn nach einem Moment des Reichtums hatte er überhaupt nichts mehr.

Und so nahm Silver im Herbst einen Job bei Leona's an, wo es ein Menü gab und genügend schmutzige Töpfe und Pfannen für zwei Tellerwäscher. In diesem Jahr mußte Teresa darauf verzichten, von Silver, wie versprochen, in die Schule gebracht zu werden; sie saß niemals auf dem Beifahrersitz seines schicken Ford, wurde nie von bewundernden Augen beobachtet, wenn sie vor der Junior High School abgesetzt wurde. Während Silver am Spülbecken des Restaurants arbeitete, Seite an Seite mit einem alten Exsträfling namens Jim, beide bis zu den Ellbogen in schmutzigem Wasser, ließ Teresa sich durch ein Schulhalbjahr treiben. Sie saß in der letzten Reihe jedes Klassenzimmers und fehlte so oft, wie ihr eine gute Entschuldigung einfiel. Es gab keine gewalttätigen Auseinandersetzungen mehr zu Hause, seit King Connors gegangen war – diesmal war klar, daß er nicht zurückkam, und seit seinem Fortgang hatten Teresas Schlafanfälle nachgelassen. Doch bald hatte Teresa eine narrensichere Entschuldigung, um der Schule fernzubleiben – Dina war krank. Auch ihre Krankheit hatte keinen Namen, aber nicht der Schlaf machte Dina zu schaffen, sondern jeder wache Moment. Ihre Hände zitterten, sie konnte nachts nicht schlafen, sie hatte nicht die Kraft, das Haus zu putzen oder in die Stadt zum Wohlfahrtsamt zu gehen und sich für das anzumelden, was ihr nun zustand, da sie verlassen worden war. Die Ärzte in der Haven Street Clinic gaben Dina Valium, das sie die Toilette herunterspülte. Die Ärzte vermuteten, Dinas Schlaflosigkeit, ihr Ausschlag und ihre Angst, sie könne mitten in der Nacht zu atmen aufhören, seien seelischer Natur.

»Dann reparieren Sie meine Seele«, sagte Dina zu ihnen. »Sie sind so klug – reparieren Sie sie.«

Als die Ärzte Dina daran erinnerten, nur sie selbst könne sich wieder gesund machen, fragte sie sich, ob ihre Familie verflucht sei: Keine Seele konnte die roten Bläschen hervorbringen, die ihre Arme bedeckten, keine Einbildungskraft konnte diese mit verzweifeltem Keuchen erfüllten Nächte hervorbringen. Weil Dina sicher war, daß die Ärzte sich irrten, weil sie sicher war, daß es für ihre Krankheit einen Namen und eine Heilung gab, verbrachte Teresa viele der Tage, an denen sie in der Schule fehlte, in der Bücherei. Dort blätterte sie mit ihrer Mutter in medizinischen Lehrbüchern, und zusammen versuchten sie, Dinas Krankheit zu benennen.

»Vielleicht ist sie das«, flüsterte Dina, als sie eine dermatologische Zeitschrift durchblätterten.

Teresa las die Unterschrift unter dem Foto eines roten, schuppigen Ausschlags. »Nur in Indien«, sagte sie zu ihrer Mutter. »Diese Krankheit bekommst du nur, wenn du in Indien lebst und dich mit verunreinigtem Wasser wäschst.«

»Klar«, sagte Dina, »das erzählen sie einem. Glaubst du jedes Wort, das du liest?« Sie rollte ihren Ärmel hoch und zeigte Teresa ihre fleckige Haut. »Sie haben gesagt, das sei wegen meiner Seele. Glaubst du das auch?«

In diesen Tagen war Dina die ganze Zeit müde, und es fiel ihr schwer zu glauben, daß sie noch nicht einmal vierzig war; sie vernachlässigte den Garten – bald übernahmen Schnecken und Unkraut die Herrschaft. Seit ihrer Rückkehr aus Neumexiko wurde Dina ständig dünner, allabendlich kratzte sie fast ihr gesamtes Abendessen vom Teller und gab es den Hunden. Reuben erwähnte sie nie, sie packte nur all seine Kleider in einen Karton und ließ ihn von Silver in den Keller tragen. Sie trank keinen Kaffee mehr und machte sich nicht die Mühe, Körner in die Vogelhäuschen zu schütten, die an den Eukalyptusbäumen hingen. Nach einer Weile war Teresa so besorgt, daß sie ein Ferngespräch mit ihrer Tante in Portland führte. Nach weniger als einer Woche, als der Himmel grau und die Straßen glitschig vor Nässe waren, kam Renée, King Connors' Schwester, mit ihrer Corvette in Santa Rosa an.

»Was ist hier los«, sagte Renée, als sie die schmutzigen Teller im Spülbecken und die Spinnweben in den Ecken sah. Sie warf ihren Koffer auf die Couch, strich sich das Haar glatt, schleuderte die hochhackigen Schuhe von den Füßen und vertauschte ihre grüne Seidenbluse mit einem T-Shirt. »Zuerst King und dann Reuben.« Sie seufzte. »Verständlich, warum sollten sie nicht weggehen? So, wie es hier aussieht, scheint deine Mutter alle vertreiben zu wollen.«

Während Dina unterwegs war, um einen neuen Arzt in der Haven Street Clinic aufzusuchen, der auf Ekzeme spezialisiert war, verpflichtete Renée Teresa, ihr beim Säubern des Hauses zu helfen. Sie füllte Eimer mit Seifenlauge, sperrte die Hunde in den Garten und fand den Schrubber. »Mach dir keine Sorgen«, sagte sie zu Teresa, »ehe du dich versiehst, habe ich das Haus wieder in Ordnung.«

Als Dina aus der Klinik zurückkam und Renées Auto in der Zufahrt sah, stieß sie heftig die Fliegengittertür auf. »Was machst du hier?« fragte sie.

Renée umarmte Dinas steifen Körper. »Schätzchen«, sagte sie, »das mit King tut mir so leid.« Sie trat zurück und betrachtete ihre Schwägerin genau. »Was ist mit dir passiert?« fragte sie. »Du siehst schrecklich aus.«

Dina starrte Teresa an. »Hast du deine Tante eingeladen?« fragte sie.

Teresa fühlte sich wie eine Verräterin und stammelte eine Entschuldigung. »Ich hab' sie angerufen«, gestand sie.

»Es ist gut, daß sie angerufen hat«, sagte Renée zu ihrer Schwägerin. »Ich bin hier, weil ich dir helfen will, dein Leben wieder in Ordnung zu bringen. Das ist das mindeste, was ich tun kann, nachdem mein Bruder dich verlassen hat.«

Während ihres ganzen Besuches ließ Renée Silver ihren Wagen fahren. Sie ließen Dina zu Hause zurück und fuhren zum Fluß, Silver am Steuer, Teresa hinten, wo Renée gewöhnlich Koffer und Einkaufstüten verstaute.

»He, langsamer«, sagte Renée, wenn Silver zu schnell fuhr, aber sie meinte es nicht wirklich ernst; man konnte sehen, daß Renée die Geschwindigkeit mochte, weil sie ihr Fenster herunterkurbelte, sich ein Chiffontuch um den Kopf band und das Radio auf volle Lautstärke drehte. Und wenn sie so dahinfuhren, mußte sogar Silver, der alles haßte, was mit ihrem Vater zu tun hatte, zugeben, daß alles besser ging, seit Renée da war.

Teresa dachte, daß auch sie gern so sein wollte wie Renée; sie fing an, ihrer Tante zu vertrauen – schließlich erzählte sie Renée von den Schlafanfällen.

»Das ist eine Phase«, beruhigte Renée ihre Nichte. »Egal, was deine Mutter dir erzählt hat, so etwas wie einen Bann gibt es nicht. Als ich in deinem Alter war, wurde ich gelegentlich ohnmächtig, aber sobald ich meinen ersten Freund hatte, überwand ich diese Anfälle. Ich mußte. Ich konnte mich nicht auf ihn verlassen, ich mußte die Augen weit offen halten. Warte einfach ab.« Renée nickte. »Du wirst sehen, daß es nur eine Phase ist.«

Als Renée eines Abends Dina in Teresas Zimmer fand, wurde ihr klar, daß ihre Schwägerin nicht glaubte, Teresa mache bloß eine Phase durch. Teresa war am späten Nachmittag eingeschlafen, und Dina war so an die Anfälle ihrer Tochter gewöhnt, daß sie sofort rund um das Bett Kerzen aufstellte, ohne auch nur den Versuch zu machen, sie zu wecken.

»Was zum Teufel soll das?« fragte Renée, als sie die Kerzen sah. »Ist das eine Teufelsaustreibung?« Sie beugte sich vor und blies die Flammen aus.

»Du hältst dich für so schlau«, sagte Dina zu ihrer Schwägerin. »Weißt du, daß die Ärzte keine Ahnung haben, was ihr fehlt?«

»Das liegt daran, daß ihr nichts fehlt«, sagte Renée. Sie packte Teresas Schultern und schüttelte sie. »Wach auf«, sagte sie zu ihrer Nichte. »Verdammt, mach die Augen auf.«

Zu Dinas Erstaunen tat Teresa genau das.

»Hab' ich einen Anfall gehabt?« fragte Teresa, als sie erwachte.

»Ich weiß nicht«, gestand Dina. »Vielleicht hast du bloß einen Mittagsschlaf gemacht.«

»Vielleicht hast du ein Heilmittel gefunden«, sagte Teresa zu ihrer Tante.

»Es gibt kein Heilmittel«, antwortete Renée ihr darauf. »Weil es keine Krankheit ist.«

Und obwohl Dina Renée nicht mochte und es kaum ertragen konnte, in die blauen Augen zu sehen, die genau wie die von King Connors waren, unternahm sie nichts gegen ihre Schwägerin – was hätte sie auch tun können? Teresa wirkte tatsächlich gesünder, und man konnte Renée nichts vorwerfen. Bis zu dem Abend, an dem Silver vom Sheriff nach Hause gebracht wurde.

An diesem Abend machte Dina die Haustür auf, starrte auf die Handschellen um Silvers Gelenke und wandte sich dann an Renée. »Daran bist du schuld«, sagte sie zu ihrer Schwägerin.

Der Sheriff stand da, den Hut in der Hand. »Er ist mit achtzig Meilen pro Stunde gefahren. Ich habe seine Geschwindigkeit gemessen.«

Renée zündete sich eine Zigarette an und lächelte. Sie trug ihre jadegrüne Seidenbluse, und als sie den Sheriff ins Wohnzimmer bat, erwiderte er ihr Lächeln. »Mein Neffe hat mit meinem Wagen eine Probefahrt gemacht«, log sie. »Er hat gerade neue Bremsen bekommen, und ich habe Silver gebeten, sie für mich zu testen. Also, wenn mein Neffe zu schnell gefahren ist und das Gesetz gebrochen hat – dann müssen Sie mich verhaften. Es war meine Schuld.«

»Du bist genau wie King«, sagte Dina zu Renée. »Du kommst einfach und ruinierst allen das Leben.«

Silvers Atem ging leichter. Bewundernd hörte er sich Renées Lügen an, und er lächelte ihr zu wie ein Verschwörer, als der Sheriff ihm die Handschellen abnahm.

»Meine Nichte«, sagte Renée, indem sie dem Sheriff Teresa vorstellte. Teresa schüttelte ihm die Hand und wich dann zurück. »Und das ist meine Schwägerin«, sagte Renée und deutete auf Dina. »Schlimme Zeiten«, erklärte sie. »Mein Bruder hat sie verlassen.«

»Klar«, sagte Dina. »Erzähl nur jedem von unseren Angelegenheiten. Ich hab' genug davon – ich möchte, daß du gehst. Ich hab' deinen Bruder geheiratet, nicht dich.«

»Sie ist nicht mehr sie selbst«, sagte Renée entschuldigend.

»Ach, nein?« sagte Dina. Sie verließ das Zimmer, und als sie wiederkam, trug sie Renées Koffer, aus dem Schals und Satintücher quollen. Dina öffnete die Haustür und warf den Koffer nach draußen.

»Also wirklich!« sagte Renée.

»Du hast mich verstanden«, sagte Dina zu ihr. »Ich will, daß du verschwindest.«

Teresa schaute zu Silver hinüber; sie wußte, daß er an die weiße Corvette dachte. Sie fragte sich, ob Renée vielleicht auf die Idee kommen würde, sie beide mitzunehmen, wenn sie ging.

»Das ist nicht dein Ernst«, sagte Renée zu Dina. »Denk an deine Kinder – du hast doch kaum noch eine Familie. Du weißt nicht mal, wo dein ältester Sohn ist. Denk wenigstens an diese beiden.«

»Mein ältester Sohn ist bei seinem Vater«, sagte Dina. »Warum auch nicht? Sie haben die gleichen bösen Augen, sie gehören zusammen.«

»Sie glaubt an Geister«, erklärte Renée dem Sheriff.

»Nur weiter so!« Jetzt war Dina wütend. »Erzähl diesem Fremden meine Lebensgeschichte.« Sie stampfte mit dem Fuß auf, schneller und schneller. Sie griff nach einer Vase voller Strohblumen und schleuderte sie gegen die Wand. Alle sahen zu, wie das Porzellan zerbrach und den Boden mit violettem Staub bedeckte. Unter der Couch jaulte Reggie, der alte Hund, und kratzte mit den Pfoten auf den Dielen. Renée dachte, wenn King Connors jemals zurückkehrte, war es seine eigene Schuld.

»Wollen Sie Anzeige erstatten?« fragte der Sheriff Renée.

Ja, dachte Teresa. O ja.

Seit Dina an ihren seltsamen Beschwerden litt, schien das Haus in der Divisadero Street nur noch mit Kummer erfüllt, und Teresa glaubte, sie würden vielleicht alle glücklicher sein, wenn sie es hinter sich ließen.

»Was ist mit mir?« sagte Dina. »Vielleicht will ich Anzeige erstatten. Vielleicht bin ich müde. Vielleicht bin ich krank und will nicht die Gesellschaft von jemandem, den ich überhaupt nie eingeladen habe.«

Renée ging zum Wandschrank und nahm ihren Wildledermantel und ihre Tasche heraus. »Teresa«, sagte sie mit einem Nicken ihres Kopfes. »Silver.«

In diesem Augenblick wünschte sich Teresa nichts sehnlicher, als die Küste entlang nach Oregon hinaufzufahren; Renée würde auf dem Beifahrersitz sitzen, Silver am Steuer, und Teresa wäre sicher auf dem Rücksitz untergebracht.

»Ich muß jetzt gehen«, sagte Renée zu ihnen.

Sie spielt Theater, dachte Teresa, als ihre Tante sich niederbeugte, um sie zum Abschied zu küssen. Sie will nicht, daß irgend jemand auf die Idee kommt, daß sie uns in der nächsten Sekunde wegbringen wird.

»Wiedersehen«, murmelte Renée, als sie sich von Teresa entfernte und zur Tür ging. Teresa rannte zum Fenster. Sie sah zu, wie Renée und der Sheriff nebeneinander die Einfahrt hinuntergingen. Das Spiel war zu weit gegangen; Renée drehte sich nicht um, sie öffnete den Schlag der weißen Corvette.

»Auf Nimmerwiedersehen«, sagte Dina. »Fahr mit deinen verdammten blauen Augen nach Oregon zurück.«

Renée sprach durch das offene Fenster ihres Wagens mit dem Sheriff; dann drehte sie den Zündschlüssel, und eine Abgaswolke schwebte in der Luft. Als sie die Einfahrt verließ, folgte ihr der Streifenwagen, und nach weniger als einer Minute waren die beiden Wagen die Divisadero Street hinunter verschwunden. Später, als Teresa sich auf die vordere Veranda setzte, konnte sie noch immer den Schatten der blauen Abgase sehen. Noch lange, nachdem Dina schlafen gegangen war und seit Wochen richtig Ruhe fand, saß Teresa auf der Veranda. Es wurde kühler, der Mond ging auf, und Teresa wartete.

Silver ließ die Hunde aus dem Haus und kam dann auf die Veranda. Er wollte sich eigentlich mit ein paar Freunden treffen, denen es gelungen war, sich ein Auto zu leihen, aber als er Teresa allein dasitzen sah, setzte er sich neben sie. Er stellte ihr keine Fragen, doch nach einer Weile wandte Teresa sich zu ihm um, als habe er welche gestellt.

»Ich warte bloß«, sagte sie. »Das ist alles.«

»Ach, ja?« sagte Silver. Er lehnte sich an das Geländer der Veranda. »Auf wen?«

Teresa war schockiert; sie hatte angenommen, Silver wisse es. »Auf Renée.«

»Aha«, sagte Silver. »Renée.« Er nahm eine Schachtel

Zigaretten aus der Tasche und zündete sich eine an. »Hör zu – du brauchst nicht auf Renée zu warten.«

»Sie kommt wieder«, sagte Teresa. Sie wagte nicht, Silver anzusehen. Sie konnte nicht riskieren, die Augen einen Augenblick von der Straße zu wenden, nur für den Fall, daß die Corvette geräuschlos angefahren kam.

»Sie kommt genausowenig zurück wie King«, sagte Silver.

Teresa blieb hartnäckig. »Du irrst dich«, sagte sie zu ihm.

Es war schon zu spät für Silver, um seine Freunde zu treffen und an den Stadtrand zu fahren und bis zum Morgen Bier zu trinken. Also blieb er fast bis Mitternacht bei Teresa.

»Du mußt erwachsen werden«, sagte er zu ihr, als es so spät war, daß Renée vielleicht schon die Stadtgrenze von Portland erreicht hatte, vielleicht aber auch haltgemacht hatte, um in einem dunklen Zimmer im Lamplighter Motel in der Sechzehnten Straße den Sheriff zu umarmen. »Vergiß Renée.«

»Ich kann nicht«, beharrte Teresa.

»Solltest du aber«, sagte Silver sanft. »Schau, solange du mich hast, brauchst du dir keine Sorgen zu machen. Alles klar?« fragte er.

Und Teresa nickte mit dem Kopf, aber sie ging erst ins Haus, als keine Hoffnung mehr bestand, daß Renée in dieser Nacht zurückkommen würde.

Oben in ihrem Zimmer trat sie ans Fenster. Silver war draußen, allein, nur er und die leere Straße. Wochenlang noch beobachtete Teresa diese Straße von ihrem Fenster aus; sie lauschte, ob Renées Hupe sie vielleicht rufen würde. Doch nach einer Weile hörte Teresa zu warten auf; sie konnte sich nicht mehr erinnern, ob das Innere der Corvette schwarz oder braun war. Bald konnte sie sich nicht einmal mehr an Renées Gesicht erinnern, sie konnte sich nicht mehr vorstellen, warum sie die kalifornische Küste nach Oregon hatte hinauffahren wollen zu einem Ort, wo die Hügel noch grüner waren als die Flügel der Falter, die sich um die Kerzen sammelten, die Dina noch immer an das Fußende von Teresas Bett stellte, um böse Geister abzuhalten.

Was Teresa nicht vergaß, war Renées Rat, sich einen Freund zu suchen. Teilweise wollte sie Silver eifersüchtig machen – er verbrachte jetzt mehr und mehr Zeit außer Haus, es gab Nächte, in denen er überhaupt nicht heimkehrte, und weder Dina noch Teresa wagten ihn zu fragen, wo er gewesen war. So begann Teresa am Ende des Winters, einen Monat vor ihrem vierzehnten Geburtstag, sich mit Cosmo zu treffen. Er war sechzehn und hielt sich für einen Herzensbrecher.

»Alle wollen meine Freundin sein«, sagte er zu Teresa, als sie zunächst nichts mit ihm zu tun haben wollte. »Ich bin der Richtige für dich«, flüsterte er, als sie eines Abends in der Turnhalle der High School zusammen tanzten. Doch Cosmo hatte nichts an sich, was ihn als etwas Besonderes kennzeichnete, und so wies sie ihn ab; sie dachte nicht weiter an ihn, bis sie ihn eines Morgens vor ihrem Haus traf, wo er in seinem Chevy auf sie wartete.

»Verschwinde«, sagte Teresa zu ihm. »Geh weg«, flüsterte sie und drehte sich um, um zu sehen, ob Dina sie vom Fenster aus beobachtete.

»Gib mir eine Chance«, sagte Cosmo. Er folgte ihr in seinem Auto und rief aus dem Beifahrerfenster nach ihr, während er mit einer Hand lenkte.

Als sie einen Block vom Haus entfernt waren, stieg Teresa ein. »Was willst du?« fragte sie. Statt zu antworten, lächelte Cosmo. Als sie seine breiten, ebenmäßigen

Zähne sah, legte Teresa die Hand auf den Türgriff. Sie war bereit, aus dem fahrenden Auto zu springen. »Ich bin erst dreizehn«, sagte sie. »Ich bin zu jung für dich.«

»Keine ist zu jung für mich«, sagte Cosmo und trat auf das Gaspedal.

Teresa war nicht sicher, ob ihr sein Äußeres gefiel; sie kannte nicht einmal seinen Nachnamen. Trotzdem lehnte sie sich auf dem Beifahrersitz zurück und drückte den Türknopf auf ihrer Seite zu.

»Schöner Wagen, nicht?« sagte Cosmo, als sie an der Junior High School vorbeifuhren. »Gehört einem Vetter von mir. Ihm ist es egal, ob ich einen Führerschein habe oder nicht. Er vertraut mir.« Cosmo hatte eine Hand auf ihr Bein gelegt. »Ich hoffe, du vertraust mir auch.«

Und obwohl sie das nicht tat, fand Teresa sich bereit, ihn jeden Tag nach der Schule zu treffen. Während des ganzen Februars parkten sie auf unbebauten Grundstükken. Cosmo brachte ihr bei, den Mund offen zu halten, wenn sie sich küßten. Er sagte ihr, sie sei ihm zuerst wegen ihrer langen, dunklen Haare aufgefallen. Er versicherte ihr, niemand werde es erfahren, wenn sie auf dem Rücksitz des Autos seines Vetters ihre Bluse auszöge.

Doch kurz nach ihrem vierzehnten Geburtstag beschloß Teresa, daß sie sich nicht mehr mit Cosmo treffen wollte, ganz gleich, wie viele Mädchen angeblich wild auf ihn waren. Eines Nachmittags, als sie auf einer Wiese in der Nähe einer Pfirsichplantage parkten, sagte Teresa Cosmo die Wahrheit.

»Ich glaube, wir sollten uns nicht mehr sehen.«

»Wovon redest du?« sagte Cosmo. »Natürlich sollten wir uns sehen. Hör mal, Teresa, du weißt nicht, welches Glück du hast – Mädchen streiten sich mit Messern um mich.«

Trotzdem war Teresa nicht zu überreden – Cosmo

kannte sie nicht einmal, er sah nicht in ihre Augen, suchte nicht nach ihrer Seele, er sah nicht weiter als bis zum Rücksitz des geliehenen Autos. Und sie wagte nicht, ihn mit Silver zu vergleichen – das wäre lächerlich gewesen, sie hätte jedesmal kichern müssen, wenn sie sich küßten.

»Okay, okay«, sagte Cosmo, als Teresa den Kopf schüttelte und darauf beharrte, daß sie nicht füreinander geschaffen waren. »Du bist diejenige, die dabei verliert. Aber es ist eine Schande«, seufzte er. »Du hättest irgendwann einen Diamantring bekommen können.«

»Tut mir leid«, sagte Teresa.

»Es wird dir leid tun«, brummte Cosmo, aber dann wandte er sich ihr zu und lächelte. »Da wir heute vielleicht zum letzten Mal zusammen sind, laß mich dich wirklich anfassen.«

Teresa runzelte die Stirn. Er hatte jedesmal, wenn sie beieinander waren, ihre Brüste berührt. »Wo?« fragte sie.

»Du weißt schon«, drängte Cosmo. »Es ist nichts«, versprach er. »Es ist nicht Ficken.«

Teresa öffnete den Reißverschluß ihrer Jeans und zog sie aus. Sie schloß die Augen, als Cosmo seine Hand in das elastische Taillenband ihres Slips schob. Als Cosmo fertig war, stand Teresa auf und zog sich an. Sie fühlte sich, als hätte sie in einem dunklen Kino einen Film gesehen, als hätte nicht sie, sondern jemand anderer das alles erlebt.

»Du bist verrückt nach mir«, sagte Cosmo zu ihr, als er sie an der Ecke der Divisadero Street absetzte. Teresa stieg aus und schloß den Wagenschlag. »Gib's doch zu«, rief Cosmo ihr nach. »Du kannst mich nicht aufgeben.« Teresa machte sich nicht die Mühe zu antworten; eine Hälfte von ihr ging die Straße entlang, setzte einen Fuß vor den anderen, doch die andere Hälfte schwebte in einer Wolke unklarer Verwirrung über dem Gehsteig. Ihr Magen war in Aufruhr, alles in ihr tat weh. Als sie nach Hause kam, war Silver im vorderen Garten. Teresa wollte an ihm vorbeigehen, aber Silver packte sie am Arm.

»Wo zum Teufel bist du gewesen?« fragte er sie.

»Ich glaube, mir wird schlecht«, sagte Teresa. Sie wollte in ihr Zimmer, zu der schweigenden Tapete – Apfelblüten an dünnen Zweigen, die bis an die Decke reichten.

Unwillkürlich fühlte sich Silver für Teresa verantwortlich. »Erzähl mir keinen Stuß«, sagte er. »Ich hab' dich gerade aus einem Auto steigen sehen. Und ich hab' dich früher schon gesehen. Wer ist der Kerl, mit dem du herumfährst?«

Teresa fühlte sich schwindlig. »Mir ist schlecht«, sagte sie. »Vielleicht muß ich mich übergeben.«

Silver ließ ihren Arm nicht los. «Wer ist er?« fragte er. »Sag's mir auf der Stelle, sonst halte ich dich fest.«

Teresas Kopf dröhnte, der Boden schien sich weiter und weiter zu entfernen. Sie riß sich los und rannte zum Haus. Silver lief ihr nach. Dann folgte er ihr durch das Wohnzimmer ins Bad, wo sie sich über das Waschbecken beugte.

»Los, sag's mir«, flüsterte Silver.

Teresa hielt sich den Magen; ihre Stirn war feucht.

»In Ordnung«, sagte Silver. »Ich werd' ihn schon finden. Ich werd' die Wahrheit aus ihm herausholen.«

Teresa ließ kaltes Wasser laufen und spritzte es sich ins Gesicht. Als sie nach einem Handtuch griff, schaute sie nach unten. Auf ihrem Schuh war ein großer Blutfleck, und eine Linie von Blut zog sich über den ganzen Badezimmerboden. »O Gott«, sagte sie. Sie setzte sich auf den Toilettensitz; überall war Blut. »Ich glaube, ich sterbe«, sagte sie.

Silver sah Teresa an und schüttelte den Kopf. Er hielt einen Waschlappen unter den Wasserhahn und reichte ihn ihr. »Hier«, sagte er. »Mach dich sauber.«

Teresa wischte ihr Bein und dann ihren Schuh ab; sie konnte Blut spüren, das in ihren Slip sickerte.

»Er hat seine Finger in mich gesteckt«, sagte sie zu Silver. Tränen traten ihr in die Augen; sie ließ den Kopf hängen. »Ich sterbe«, sagte Teresa. »Ich weiß es.«

Silver setzte sich auf den Rand der Badewanne. »Weißt du denn überhaupt nichts?« sagte er. Als Teresa nicht antwortete, atmete Silver tief ein. »Das ist eine Sache, die Frauen passiert«, sagte er. »Jeden verdammten Monat.«

»Meine Periode«, sagte Teresa, der es besser ging, als sie erkannte, daß sie nicht sterben würde. »Darüber hab' ich in der Schule einen Film gesehen.«

»Gut«, sagte Silver. »Also los, kümmre dich darum.« Er stand auf, um das Badezimmer zu verlassen, aber seine Schwester hielt ihn zurück. Noch immer standen Tränen in ihren Augen.

»Ich weiß nicht, was ich machen muß«, flüsterte Teresa.

»Ich komm mir vor wie eine verdammte Krankenschwester«, sagte Silver, als er in den Schrank unter dem Waschbecken griff. Er nahm eine Packung Damenbinden heraus und gab sie ihr.

Teresa untersuchte die Packung. »Was soll ich damit?« fragte sie.

»Herrgott!« sagte Silver. »Keine Ahnung. Du wirst es schon rausfinden.«

Das Brennen in ihrem Magen war noch da, aber Teresa fühlte sich ruhiger, weil Silver versprach, vor der Badezimmertür auf sie zu warten. »Hol mir einen Slip«, rief sie ihm zu. Sie hörte Silver murren, aber er ging nach oben in ihr Zimmer. Als er zurückkam, klopfte er an die Tür und warf den Slip hinein. Teresa zog ihn an, legte die Binde hinein, wusch sich dann die Hände und ging nach draußen, wo Silver auf sie wartete.

»Alles unter Kontrolle?« fragte Silver.

Teresa sah ihn verächtlich an. »Natürlich«, sagte sie. »Hältst du mich für eine Idiotin?«

»Stell mir bloß keine Fragen mehr«, sagte Silver, froh, die ganze Sache überstanden zu haben. »Und vergiß, daß ich dir den ganzen Scheiß erzählt habe.«

»Wo gehst du hin?« fragte Teresa, als Silver ins Wohnzimmer ging.

Silver blieb an der Haustür stehen. »Was zum Teufel glaubst du, wo ich hingehe?« sagte er, ehe er nach draußen trat. »Ich werde deinen Freund finden.«

Von da an schaute Cosmo, wenn er Teresa begegnete, in die andere Richtung. Wenn sie sich zufällig in der Stadt sahen, ging er auf die andere Straßenseite. Teresa war so froh, daß Cosmo sie in Ruhe ließ, daß sie Silver nie fragte, was passiert war, und obwohl sie überlegte, ob Silver Cosmo ein blaues Auge oder einen gesplitterten Zahn verpaßt hatte, kam sie ihm nie nahe genug, um nachzusehen. Die Tatsache, daß Silver sie beschützt hatte, machte sie benommen vor Entzücken; er hatte genau das getan, was er ihr in der Nacht versprochen hatte, in der Renée nach Oregon zurückfuhr – er hatte sich um sie gekümmert.

Im März und April hatte Teresa keinen einzigen Schlafanfall, sie versäumte keinen Schultag, und vermutlich war es reiner Zufall, daß ihre gute Laune mit dem Frühling und mit Dinas Genesung zusammentraf.

Der Detektiv Arnie Bergen hatte angefangen, gelegentlich anzurufen. Er hatte sie nicht vergessen, und in seinem Kopf war das Haus genauso, wie er es zum letzten Mal gesehen hatte, vor der Reise der Familie nach Neumexiko: Der Garten stand in voller Blüte, Artischockenpflanzen überwucherten die Beete, Paprika und Tomaten waren reif zum Pflücken, an den Ranken hingen Kürbisse.

Als er zum ersten Mal anrief, dachte er an diesen Garten. Teresa nahm den Hörer ab und rief dann ihre Mutter. »Es ist der Detektiv.«

Dina wedelte mit den Armen und schüttelte verneinend den Kopf. »Ich bin nicht da«, flüsterte sie.

»In Ordnung«, hatte Bergen zu Teresa gesagt, nachdem sie ihm das ausgerichtet hatte. »Sag ihr, ich melde mich nächste Woche wieder.«

In der folgenden Woche, am Freitag um die gleiche Zeit, läutete das Telefon. Dina hatte auf der Couch gesessen und den Apparat beobachtet. Trotzdem fuhr sie zusammen, als es klingelte. Beim fünften Läuten nahm sie den Hörer ab.

»Ich bin nicht da«, sagte sie schnell und warf den Hörer auf die Gabel zurück. Trotzdem blieb sie reglos sitzen, starrte das Telefon an, und ihre Haut brannte, als ob man sie an Elektroden angeschlossen hätte. Als das Telefon noch einmal klingelte, nahm Dina ab, aber diesmal sagte sie kein Wort.

»Hallo«, sagte Bergen in ihr Schweigen. »Dina?«

»Was wollen Sie?« flüsterte Dina.

»Ist es in Ordnung, wenn ich Sie Dina nenne?« fuhr Bergen fort. »Das ist doch nicht unhöflich, oder?«

»Nein«, meinte Dina. »Ist es nicht.«

»Ich wollte mich erkundigen, wie es Ihnen geht«, sagte Bergen verlegen.

»Bestens«, antwortete Dina.

»Ach, gut«, sagte Bergen. »Sehr gut«, sagte er, und dann legte er rasch den Hörer auf.

An diesem Wochenende arbeitete Dina zum ersten Mal seit Monaten im Garten; sie begann das Unkraut zu jäten, das das Gemüsebeet überwucherte. Am Mittwoch war sie soweit, die erste Reihe Tomaten zu setzen, und am Donnerstag wartete sie bereits auf den Anruf, der, wie sie wußte, am folgenden Tag genau um halb vier kommen würde.

»Hallo«, sagte Dina sofort.

»Ich wollte mich nur mal melden«, sagte Bergen zu ihr. »Wollte nur wissen, ob Sie etwas brauchen.«

»Etwas brauchen?« sagte Dina verwirrt.

»Etwas für den Garten?« fragte Bergen.

»Kompost«, sagte Dina. »Etwas Kompost könnte ich brauchen.«

»Fein«, sagte Bergen. »Prima.«

An diesem Wochenende erschien er mit einem Hundertpfundsack Kompost im Wagen. Er trug das gleiche Sportjackett wie damals, als er zum ersten Mal an die Tür kam – nur trug er jetzt eine Nelke im Knopfloch. Dina und Teresa sahen aus dem Küchenfenster zu, wie Bergen den Kompost auslud.

»Manche Männer bringen Blumensträuße mit«, sagte Dina. »Er bringt hundert Blumensträuße.«

»Das ist Dünger!« sagte Teresa.

»Sei nicht unhöflich«, sagte Dina. »Mach ihm die Tür auf.« Sie strich ihr Haar zurecht und gab Teresa dann einen Schubs.

Bergen hatte den Sack neben den Werkzeugschuppen gestellt. Er stand da und betrachtete den Garten, aber dessen jetziges Aussehen verschmolz mit seiner Erinnerung, und er sah Begonien und gesunde Reihen von Mais, wo jetzt nur hohes, unbotmäßiges Unkraut stand. Dina hatte das Mittagessen schon am Vorabend gekocht; Bergens Teller stand auf dem Tisch, ehe er durch die Tür getreten war.

»Sie müssen hungrig sein«, sagte sie besorgt, als sei er den ganzen Weg von San Francisco zu Fuß hergekommen.

»Ja, bin ich«, gestand Bergen. Er zog sein Jackett aus und krempelte die Hemdsärmel auf, bevor er sich an den Tisch setzte.

»Häng das Jackett in den Schrank«, sagte Dina zu Teresa.

Als Teresa vom Schrank in der Diele zurückkam, aß Bergen gemächlich sein Mittagessen, und Dina stand am Küchenausguß und wusch Geschirr. Teresa setzte sich Bergen gegenüber und sah ihm beim Essen zu.

»Du bist also jetzt dreizehn«, sagte Bergen zu Teresa.

»Vierzehn«, berichtigte Teresa ihn. »Ich hatte letzten Monat Geburtstag.«

»Fische.« Bergen nickte.

»Vierzehn und einen Monat«, ließ Teresa ihn wissen.

»Aha«, sagte Bergen. Sorgfältig schnitt er sein gebratenes Huhn klein. »Schon fast erwachsen.«

»Ha!« sagte Dina vom Spülbecken her.

»Kinder werden heutzutage schnell erwachsen«, sagte Bergen.

»Kann man wohl sagen.« Dina hielt ein Glas ans Licht, das sie gerade gespült hatte. »Und sie erinnern sich nie, wer sie die ganze Nacht herumgetragen hat, sie erinnern sich nie, wer all ihre Schuhe bezahlt hat.«

»Nein«, stimmte Bergen zu, »das tun sie nie.«

»Haben Sie jemals einen Mörder gefangen?« fragte Teresa.

»Kann ich nicht behaupten«, antwortete Bergen. »Ich

hatte größtenteils mit Scheidungen, Testamenten und dergleichen zu tun.« Als Teresa enttäuscht aussah, fügte er hinzu: »Einmal habe ich einen Bankräuber geschnappt.« Teresas Augen leuchteten auf. »Er wurde auch wegen Unterhaltsschulden gesucht – deswegen hatte ich damit zu tun. Er kam in Petaluma in den Knast. Ein übler Bursche.«

»Hat er versucht, Sie zu erschießen?« fragte Teresa.

»Er hatte eine Waffe«, sagte Bergen. »Vermutlich hätte er versuchen können, auf mich zu schießen.«

Als Teresa Limonade holte, starrte der Detektiv auf seinen leeren Teller. »Vermutlich denken Sie, daß ich ganz schön frech bin, einfach so herzukommen.«

»Wie kann jemand durch dieses schreckliche Leben kommen ohne eine Portion Frechheit?« fragte Dina.

»Ich habe seit unserer letzten Begegnung viel an Sie gedacht«, sagte Bergen leise.

Dina tastete nach dem Schildpattkamm in ihrem Haar. »Wie hat Ihnen das Mittagessen geschmeckt?« fragte sie.

»Köstlich«, sagte Bergen. »Ganz wunderbar.«

Sie gingen hinaus, um zusammen im Garten zu arbeiten; der Geruch von Kompost hing in der Luft. Schwarze und gelbe Schmetterlinge flatterten von einer Tomatenpflanze zur anderen, obwohl die Erde noch so kalt war, daß Dina dicke Arbeitshandschuhe tragen mußte. Als Silver von der Arbeit im Restaurant zurückkam, waren Bergen und Dina noch immer im Garten. Teresa saß am Küchentisch und machte Hausaufgaben.

Silver trat an die Fliegengittertür und schaute hinaus. »Verdammt, was soll das denn bedeuten?« sagte er. »Was macht der alte Detektiv hier?«

»Bergen«, sagte Teresa. »Er heißt Arnie Bergen, und er hat Dünger mitgebracht.«

»Typisch«, sagte Silver, während er zum Kühlschrank ging, um sich ein Bier zu holen. »Er ist ein Verlierer. Das steht ihm ins Gesicht geschrieben, groß und fett. *Verlierer.*« Er setzte sich an den Tisch, nahm seinen Lohn von Leona's heraus und zählte jeden einzelnen Penny. »Ich wette mit dir, daß er nie in seinem Leben einen Fall gelöst hat.«

Danach kam Bergen jedes Wochenende nach Santa Rosa hinauf. Freitag abends wusch Dina sich die Haare, und dann bereitete sie das Essen zu, das sie Bergen am nächsten Tag servieren würde. Wenn er samstags nachts in der Stadt blieb, und das tat er manchmal, nahm Bergen sich ein Zimmer im Lamplighter Motel in der Sechzehnten Straße. Im Motel gab es einen Pool, und oft lud er die ganze Familie ein, zum Schwimmen zu kommen. Silver weigerte sich natürlich.

»Warum zum Teufel vergeudet sie ihre Zeit mit ihm?« fragte er Teresa.

»Weiß ich nicht«, sagte Teresa. »Vermutlich mag sie ihn.«

Aber als Teresa ihre Mutter fragte, ob sie in Bergen verliebt sei, lachte Dina laut auf. »In den alten Mann?« sagte sie, während sie Cold Cream auf ihr Gesicht strich. »Ich bin einundvierzig, er ist fast sechzig.«

»Zweiundfünfzig«, sagte Teresa. »Ich hab' ihn gefragt.«

»Das mit ihm könnte ich nie ernst nehmen«, sagte Dina zu ihrer Tochter. »Du glaubst doch wohl nicht, daß ich mein ganzes Leben herumgesessen und auf Bergen gewartet habe, oder?«

Doch während Dina sprach, sogar wenn sie Arnie Bergens Fehler aufzählte, verriet sie sich. Jedes bißchen Cold Cream, jedes für den Detektiv zubereitete Abendessen sprach Bände, und der Ausdruck auf ihrem Gesicht, wenn er ihr eines der mitgebrachten Geschenke überreichte – Brotlaibe, Tischtücher, antiquarische Bücher, eine braune Papiertüte voller Tulpenzwiebeln, einen Strauß Wildblumen, Mohnsamen und Heidekraut –, zeigte, wie entzückt sie war.

»Du mußt verstehen«, erklärte Bergen Teresa eines Tages am Rand des Pools im Lamplighter Motel, »deine Mutter möchte sich im Augenblick nicht binden. Schließlich ist sie keine freie Frau. Vor dem Gesetz ist sie noch immer verheiratet.«

Doch jeden Samstag wäre niemand auf die Idee gekommen, daß Dina und Bergen etwas anderes waren als Mann und Frau. Dina kochte das Abendessen, und hinterher wusch Bergen das Geschirr ab, eine Schürze um die Taille gebunden. Dann pflegten sie Karten zu spielen oder Radio zu hören und Wein zu trinken. Danach, wenn es dunkel war, saßen sie auf der hinteren Veranda im Mondschein und beobachteten den Garten, als ob sie die Iriszwiebeln sich unter der Erde rühren hörten, und als ob sie den Duft des Oktoberkohls schon riechen könnten.

Zuerst ging Bergen davon aus, eines Tages nach Santa Rosa zu ziehen – wenn schon nicht in das Haus, dann wenigstens in die Nähe. Er hatte eine Rente aus der Zeit seines Militärsdienstes und eine Lebensversicherung, und die Besitztümer in seinem Apartment in San Francisco hätten leicht in ein paar Pappkartons gepaßt. Aber Dina wollte davon nichts hören; ihr gefielen die Dinge so, wie sie waren. Jedes Wochenende war sie sicher, daß etwas geschehen würde: Ein Mann würde in ihre Küche treten, und ihr Leben würde wunderbar verändert sein. Sie lebte für die Samstage, sie war wild nach den Sonntagvormittagen, war jedesmal begeistert, wenn Bergen seinen Wagen an der Ecke der Divisadero Street parkte.

»Zum letzten Mal – nein«, sagte sie, als Bergen wieder einmal vorschlug, nach Santa Rosa zu ziehen. »Ich bin eine verheiratete Frau.«

»Ich könnte King finden«, sagte Bergen zu ihr. »Ich habe ihn schon einmal gefunden. Ich hab' dich gefunden.«

Dina schüttelte den Kopf. »Warum sollte ich mir wünschen, daß er gefunden wird?«

»Um dich von ihm scheiden zu lassen«, antwortete Bergen.

»Ha!« sagte Dina. »Glaubst du, er würde in eine Scheidung einwilligen? Glaubst du, er würde mir irgend etwas geben, was ich haben will?«

Es gab Zeiten, da sah Bergen Dina durch den Schleier der Vergangenheit – ihr Gesicht war das Gesicht auf dem Foto, das er so lange in der Tasche getragen hatte; sie war das Mädchen, das weggelaufen war, einen Vater zurückgelassen hatte, der um sie trauerte, nachts dem Begehren hinterhergelaufen war, ohne sich jemals umzuschauen. Doch es gab andere Zeiten, da sah Bergen Dina so, wie sie wirklich war – ihr feines Haar mit Grau durchsetzt, die Falten auf ihrer Stirn und um ihre Augen, wo einst das aprikosenfarbene Fleisch der Jugend gewesen war, bedruckte Kleider und Haarkämme aus Schildpatt und Silber. Immer, wenn er sie so sah, wie sie wirklich war – wenn sie durch die Küche ging, um den Kühlschrank zu öffnen und eine Tüte Milch herauszunehmen, oder wenn sie sich einen Pullover überstreifte und draußen auf der hinteren Veranda saß und den Duft der Rosen einatmete, die am Rand des Gartens wuchsen – immer, wenn er sie ansah und eine Frau von einundvierzig Jahren erblickte, dann haßte Bergen King Connors, und er haßte ihn mit jedem Tag mehr. Bergen vergaß die zerstörerische Arbeit der Zeit; er gab King Connors die Schuld, weil das Mädchen auf dem Foto ihrer Jugend beraubt war, und er gab King Connors die Schuld, weil er ihn dieses Mädchens beraubte.

»Ich könnte das in Ordnung bringen«, sagte Bergen zu Dina, während sie Seite an Seite auf der Veranda saßen. »Ich könnte ihn dazu bringen, sich scheiden zu lassen.«

»Du kennst King nicht. Es gibt nichts, was du tun könntest.«

»Tja«, sagte Bergen nach einer Weile, gerade laut genug, um über den Gesang der Grillen im Gemüsegarten hinweg gehört zu werden, »dann könnte ich ihn umbringen.«

Dina lachte nicht, wie manche Frauen es wohl getan hätten, und sie zweifelte keine Minute daran, daß Bergen es ernst meinte. Sie sah den Detektiv mit einer neuen Art von Leidenschaft an; sie legte den Arm um ihn und spürte seine Hitze durch seine Kleider hindurch. »Mein Liebling«, sagte sie.

Sie hatte ihn nie anders als bei seinem Namen genannt, und nun zitterte Bergen vor Mut und Angst. »Ich könnte das, weißt du«, sagte er hartnäckig.

»Nein«, sagte Dina. »Das ist unmöglich. Das wäre eine Sünde. Wir werden irgendwie zurechtkommen.«

»In Ordnung«, stimmte Bergen zu, obwohl seine Hände noch immer feucht waren und Mordpläne durch seinen Kopf rasten. »In Ordnung«, sagte er zu Dina. »Wir werden zurechtkommen.«

Teresa schlief oben in ihrem Zimmer. Silver würde nicht vor Morgengrauen zurückkommen, und so verbrachten sie zusammen die Nacht in dem Bett, das Dina so viele Jahre mit King Connors geteilt hatte, obwohl Bergen sein Zimmer im Lamplighter Motel bereits bezahlt hatte. Dina war schüchtern, aber Bergen war so behutsam, als halte er ein Foto in den Armen statt einer

Frau. Und sie achteten darauf, leise zu sein, leise genug, um Teresa nicht zu wecken, leise genug, um ihren eigenen Atem zu hören, während sie ihre Körper durch die Zeit rückwärts reisen ließen, so daß Dina wieder ein siebzehnjähriges Mädchen war, das Santa Fe nie verlassen hatte, und Bergen ein junger Mann mit Sternen in den Augen. Um fünf Uhr am nächsten Morgen, nur eine Stunde, nachdem Silver nach einer Nacht mit schnellen Autos und Tequila zurückgekommen war, ging Bergen auf Zehenspitzen die Treppe hinunter, stieg in seinen Wagen und fuhr ins Lamplighter Motel. Und als sie einander wiedersahen, fünf Stunden später, getrennt durch den Küchentisch und den sonntäglichen *Chronicle*, gaben Bergen und Dina ihre gemeinsame Nacht mit einem kurzen Lächeln zu erkennen, das sie so heimlich tauschten, daß keiner es bemerkt hätte. Und obwohl sie von diesem Wochenende an zusammenbleiben sollten, sprachen sie niemals über ihren Liebesakt, sie behandelten ihn wie einen Traum oder einen Nachtfilm in Zeitlupe, in dem sie sowohl in der Gegenwart als auch in der nicht existierenden Vergangenheit ein Liebespaar waren.

Nicht lange nach dieser ersten Nacht, die Bergen und Dina zusammen verbrachten, kam King Connors in die Stadt zurück. Er wohnte im Lamplighter Motel, nur ein paar Zimmer von Bergen entfernt, doch als Bergen am Sonntagnachmittag nach San Francisco zurückfuhr, blieb Connors da. Die beiden Männer trafen sich nie; sie hätten einander nicht gekannt, wenn sie zur selben Zeit an der Eismaschine vorbeigekommen wären, obwohl Bergen überzeugt war, er werde King überall entdecken und Dinas Mann so leicht erkennen, wie er eine Klapperschlange im hohen gelben Gras erkannte. Falls Bergen fürchtete, King könnte eines Tages zurückkommen und verlangen, was rechtmäßig ihm gehörte – seine Frau, sein Haus, den Garten, wo Bergen Tulpen und Spargel gepflanzt hatte –, so brauchte der alte Detektiv sich keine Sorgen zu machen. Um kein Geld der Welt wäre King Connors zurückgekommen und geblieben; nicht einmal ein Sack voller Goldmünzen hätte ihn veranlassen können, noch eine Nacht mit Dina zu verbringen oder zurückzugehen und das Verbrechen einer traurigen gemeinsamen Vergangenheit erneut zu durchleben.

King Connors war nicht zurückgekommen, um zu bleiben; er wollte nur sein Gewissen beruhigen. Er war gekommen, um sich zu vergewissern, daß das Haus noch immer ein Dach hatte, daß seine Kinder nicht in Lumpen gingen und seine Frau nicht bis auf Haut und Knochen abgemagert war. Er hatte sich von einer Freundin in Los Angeles ein Auto geliehen, das niemand erkennen würde, trug einen Strohhut und ein Baumwolltuch um den Hals. Wenn irgend jemand ihn plötzlich erblickt hätte, so hätte er sein Gesicht in diesem Tuch vergraben und wäre schnell in die andere Richtung gefahren. Er parkte in der Divisadero Street und betrachtete das Haus im Mondlicht. Das Dach, das er vor drei Jahren gedeckt hatte, war noch so gut wie neu; keine Schreie ertönten aus den Fenstern im oberen Stockwerk, keine Bussarde umkreisten den Kamin. Kings Schuldgefühle, weil er sein Haus verlassen hatte, waren geringer geworden, nachdem Reuben zu ihm gekommen war. Doch jetzt stand Reuben auf eigenen Füßen – er hatte ein Apartment im Valley und einen Job in einer Volvo-Werkstatt –, und King wollte sich vergewissern, daß es seinen jüngeren Kindern so gut ging wie seinem ältesten Sohn. Als Teresa am Montag morgen das Haus verließ, um zur Schule zu gehen, folgte King ihr in dem geliehenen Wagen; als Teresa an der Texaco-Tankstelle stehenblieb, um eine Cola zu kaufen, fuhr King an die Zapfsäule, redete mit dem Tankwart und ging dann zu dem Getränkeautomaten. Teresa hatte nicht erwartet, King noch einmal zu sehen, doch als sie ihn jetzt erblickte, war sie nicht überrascht.

»Magst du ein Stück mitfahren?« sagte King Connors leichthin, als sei er nicht zwei Jahre fort gewesen.

»In Ordnung«, hörte Teresa sich sagen. Sie stieg in den Wagen, und sie fuhren in Richtung River Road.

»Wie kannst du so früh am Tag Cola trinken?« sagte King Connors.

»Wieso nicht?« sagte Teresa achselzuckend. »Ist Geschmackssache.«

Sie fuhren aus der Stadt in westlicher Richtung, überquerten den Fluß und fuhren dann am Ufer entlang. Teresa streckte den Kopf aus dem Fenster und schloß die Augen. Der Geruch des Flusses drang in das Innere des Wagens und hinterließ seinen feuchten Eindruck auf Teresas Augenlidern, nur unterbrochen vom Schwefelduft, als King Connors sich eine Zigarette anzündete und das Streichholz aus dem Fenster warf.

»So fangen Waldbrände an«, sagte Teresa zu ihm.

»Dazu ist es noch zu früh im Jahr«, antwortete King Connors. Dann sah er sie scharf an. »Seit wann sagst du mir, was ich zu tun habe?«

Teresa wandte sich von ihm ab, wütend, daß er sich nach all der Zeit noch immer berechtigt fühlte, so mit ihr zu reden. Sie sah ihn nicht mehr an, bis sie Guerneville erreicht hatten und King an den Straßenrand fuhr und hielt.

»Warum halten wir hier?« fragte sie.

»Ich dachte, du brauchst vielleicht etwas«, sagte King Connors. »Etwas zum Anziehen für die Schule?«

Leute aus Santa Rosa kauften nicht in Guerneville ein, wenn sie nicht etwas zu verbergen hatten, wenn sie nicht Flüchtlinge waren, die nur für ein paar Stunden zurückgekommen waren. »Meine Mutter hat mir alles gekauft, was ich für die Schule brauche«, sagte Teresa steif. »Aber ich hätte Lust auf noch eine Cola.«

King Connors gab ihr etwas Geld, und Teresa stieg aus dem Wagen.

»Weißt du, was passiert, wenn du weiterhin so viel Limonade trinkst?« rief King Connors durch sein offenes Fenster, als Teresa die Straße zum Drugstore überquerte. »Du wirst Magenprobleme kriegen, das wird passieren.«

Teresa ging weiter. Sie öffnete die Tür des Drugstores und trat ein; sie machte sich nicht die Mühe, auf King Connors' Ratschlag zu hören; warum sollte sie? Sie nahm eine Flasche aus dem Eiskasten, bezahlte und ging zum Auto zurück. Da saßen sie im geparkten Wagen, und weil King Connors keine Anstalten machte, anderswo hinzufahren, lehnte Teresa sich zurück und trank ihre Cola. »Bist du immer noch krank?« fragte King. »Hast du immer noch diese Schlafkrankheit?«

»Es geht ganz gut«, sagte Teresa. »Es ist besser geworden, seit wir in Neumexiko waren.« Sie sah King an und wartete auf seine Reaktion.

»Deine verdammte Mutter«, sagte King. »Ich weiß, daß sie euch alle nach Neumexiko geschleppt hat. Reuben hat es mir erzählt. Er hat eine Zeitlang bei mir gewohnt.«

»Das weiß ich«, sagte Teresa ärgerlich. »Er hat mir von all seinen Plänen erzählt. Er hat mir alles gesagt, schon vorher.«

»Ach, ja?« sagte King. »Und du hast es deiner Mutter erzählt«, vermutete er. Teresa warf ihrem Vater einen angewiderten Blick zu. »Nein, das hast du natürlich nicht«, berichtigte sich King. »Ich kenne dich. Du hast kein Wort gesagt und alles für dich behalten.«

»Ich war die einzige, der er's erzählt hat«, sagte Teresa stolz.

»Er wohnt jetzt nicht mehr bei mir«, sagte King Connors. »Er hat eine eigene Wohnung. Sehr hübsch übrigens. Ich hab' sie gesehen.«

»Silver geht nicht mehr zur Schule«, ließ Teresa ihren Vater wissen.

»Das überrascht mich nicht«, sagte King.

»Und ich gehe vielleicht von zu Hause weg.« Sie hatte nicht die leiseste Ahnung, was sie veranlaßte, so etwas zu sagen; sie hatte länger nicht mehr daran gedacht wegzulaufen.

»Ach?« sagte King Connors.

»Ja, das stimmt«, sagte Teresa, der der Gedanke jetzt gefiel. »Vielleicht gehe ich ganz bald aus der Stadt weg.«

»Und wohin wirst du gehen?« fragte King, und Teresa überlegte. Sie dachte, sie könne es vielleicht mit Oregon versuchen, oder mit der Ostküste, vielleicht auch mit Kanada, dem weißesten Teil von Kanada, wo die Schneeverwehungen bis zu den Dachsparren reichten. »Eins will ich dir sagen«, meinte King jetzt, ehe Teresa ihm antworten konnte, »bei mir wirst du ganz bestimmt nicht wohnen. Ich habe zwanzig Jahre verloren, und was ist dabei herausgekommen? Keiner war glücklich dabei. Also vergiß es bloß, falls du das im Sinn hattest.«

Teresa warf den Kopf hoch; sie schloß die Lippen so fest, daß ein Laut der Überraschung herauskam.

»Ich hab' einfach keinen Platz«, sagte King Connors. »Nicht, daß ich dich nicht wollte – aber meine Wohnung ist winzig. Selbst Reuben hat das verstanden.«

»Ich hab' nie gesagt, daß ich zu dir wollte«, sagte Teresa rasch.

»Schon gut«, sagte King. »In Ordnung. Solange das zwischen uns klar ist.«

»Wieso denkst du, ich wollte zu dir?« sagte Teresa. Sie wandte den Kopf zur Seite und starrte aus dem Fenster. Ihre Augen brannten, als hätte jemand ein Streichholz an ihre Lider gehalten.

»Nimm's nicht persönlich«, sagte King.

Teresa drehte sich um und sah ihn an. »Meine Mutter hat recht – du bist nicht der Richtige. Sie hätte warten sollen, bis ein Besserer gekommen wäre.«

King Connors nickte und drehte den Schlüssel im Zündschloß. Er wendete und fuhr zurück nach Santa Rosa. Teresa schwieg auf dem ganzen Rückweg. Was sie betraf, hatten sie einander nichts mehr zu sagen. Doch King Connors hörte nun gar nicht mehr auf zu reden, er verbreitete sich endlos über seine Arbeit: Er war Lastwagenfahrer und lieferte Zitronen von den Plantagen an große Lagerhäuser; sein Lastwagen war immer voller frischer Früchte. Teresa versuchte, nicht zuzuhören, aber sie hätte schwören können, Zitronenblüten zu riechen, und fragte sich, ob die Haut ihres Vaters gelb werden würde, ob Bienen ihm folgten, wohin immer er ging; sie atmete tief ein, und beim Ausatmen hätte sie beinahe geschluchzt.

Selbst später, als King den Wagen einen Block vom Haus entfernt anhielt, redete er noch über Bäume: die Zitronenbäume, wo er arbeitete, die Orangenbäume, die auf einem leeren Grundstück hinter seinem Apartmenthaus wuchsen, süße Mandelzweige, die jedesmal seinen Kopf streiften, wenn er aus seiner Haustür trat. Teresa konnte nicht verstehen, wie ein Mann so lange über etwas wie Bäume reden konnte, und sie hatte ihren Vater noch nie in ihrem Leben so viele Worte auf einmal sagen hören. Von diesem Tag an würde Teresas Kopf jedesmal, wenn sie an King Connors dachte, mit demselben Zitronenduft angefüllt sein wie an dem Tag, an dem sie nach Guerneville fuhren; manchmal würde der Duft so stark sein, daß sie aufspringen und sich umdrehen würde, überzeugt, King sei im Raum.

Es war später Nachmittag, als King und Teresa in dem geparkten Auto saßen und zum letzten Mal miteinander sprachen. King zündete sich eine Zigarette an, Teresa hielt sich die leere Colaflasche an die Lippen und blies eine leise, tonlose Melodie.

»Wenn du weiterhin dieses Zeug trinkst, wirst du dir den Magen vergiften«, sagte King und zeigte auf die Flasche.

»Ich habe keine Angst vor Gift«, sagte Teresa achselzuckend.

Jedesmal, wenn King an seiner Zigarette zog, hustete er. Sie starrten beide vor sich hin und beobachteten, wie Libellen gegen die Windschutzscheibe prallten.

»Ich war in sie verliebt«, sagte King zu seiner Tochter. »Nur ging es schief«, sagte er. »Es stellte sich heraus, daß sie mich für jemanden gehalten hatte, der ich nicht war.«

In diesem Augenblick wußte Teresa, daß sie weinen würde, wenn sie ihn ansähe.

»Ich hab' dir was aus Südkalifornien mitgebracht«, sagte King zu ihr. Er griff zur Seite und öffnete das Handschuhfach. Er nahm eine braune Papiertüte heraus und reichte sie Teresa. Sie enthielt ein Dutzend Aprikosen, die leuchteten wie eingefangenes Sonnenlicht.

Teresa dankte ihm und verschloß die Tüte wieder – es schien dunkler zu werden, als sie das tat, und sie schüttelte die Tüte, um sich zu vergewissern, daß die Früchte noch darin waren.

»Für deine Mutter und Silver war ich nicht hier«, sagte King.

»In Ordnung«, stimmte Teresa zu. »Du warst nicht hier.«

»Vielleicht wirst du mich vergessen«, sagte King Connors und nahm den letzten Zug aus seiner Zigarette. »Ich weiß, daß du mich vielleicht vergessen wirst. Aber ich muß mich selbst retten, verstehst du? Ich habe auch ein Leben, weißt du.«

Teresa öffnete den Wagenschlag und stieg aus. Sie ging schnell, die Augen fest geradeaus gerichtet; sie drehte sich nicht um, als sie den Wagen wegfahren hörte, sie winkte nicht einmal. Als sie sich umdrehte, war King Connors schon verschwunden. Also ging sie weiter, und während sie es vermied, auf die Sprünge im Zement zu treten, dachte sie an King Connors' Namen und buchstabierte ihn ein dutzendmal, bis die Buchstaben sich zu keinem Namen mehr addierten. Als sie ihr Haus erreichte, war Teresa fertig mit dem Namen ihres Vaters – er war durchgestrichen wie der Name irgendeines Deserteurs. Und ehe sie das Haus betrat, ging Teresa zur Mülltonne, hob den Deckel, und als sie die Tüte mit den Aprikosen hineinwarf, fiel sie so schnell herunter, daß es eine Tüte mit Steinen hätte sein können statt mit Früchten von der Farbe der Sonne.

In diesem Sommer war Teresa noch häufiger krank als gewöhnlich. Sie wollte nicht zu dem Wasserreservoir hinter Cannon's Field zum Schwimmen gehen, sie fürchtete Supermärkte, Parks und alle öffentlichen Plätze; sie war sicher, daß sie in tiefen Schlaf fallen und sich eine Menschenmenge um sie sammeln würde. So verbrachte Teresa den größten Teil des Juni und des Juli allein. Dina war mit der Vorbereitung auf ihre Wochenenden mit Bergen beschäftigt, Silver hatte so viele Freundinnen, daß er ihnen abwechselnd Verabredungen und Liebeskummer bescherte, und seine Energie reichte für nichts anderes. Obwohl Teresa fast allen in der Schule auswich und niemandem Gelegenheit gab, mit ihr zu reden, hatte sie eine Freundin, Maureen, die einzige Tochter der Raleighs, die gleich nebenan wohnten. An den Tagen, an denen Teresa sich vor ihren Schlafanfällen sicher fühlte, saßen die beiden Mädchen im Garten; neben ihnen scharrten Atlas und Reggie Löcher in die Erde und hechelten in der Hitze. Teresa und Maureen zählten Kolibris und Bienen und bedauerten es, vierzehn zu sein. Um zwei Uhr, wenn der Eiswagen durch die Divisadero Street fuhr, kauften sie Brombeereis am Stiel, das auf den Zement tropfte, während sie nach Hause zurückgingen.

»Was ist mit Sex?« fragte Maureen eines Tages.

»Was soll damit sein?« fragte Teresa. Sie hatte Cosmo Maureen gegenüber nie erwähnt, sie hatte sich ihrer Freundin nie anvertraut, nicht ein einziges Mal. Tatsächlich hatte Teresa ihre intimen Gedanken nie jemandem anvertraut, nicht einmal Silver. Sie waren in ihrem Kopf gespeichert, wo sie herumwirbelten, und Teresa glaubte, Intimität bestünde nur aus solchen dunklen Gedanken.

»Kennst du jemanden, der es schon mal gemacht hat?« fragte Maureen. Teresa schüttelte den Kopf; sie weigerte sich, das, was sie auf dem Rücksitz von Cosmos Wagen getan hatte, als Sex zu betrachten. »Ich wette, Silver hat es gemacht«, flüsterte Maureen. »Ich mache jede Wette, daß er's gemacht hat.«

»Nein«, sagte Teresa, aber unwillkürlich mußte sie an Annette in Neumexiko und die vielen Dutzend Mädchen denken, die anriefen.

»Frag ihn«, sagte Maureen. »Ich mache jede Wette, daß er's getan hat.«

»Komm«, sagte Teresa und wischte den Gedanken an Silver mit Frauen, die Geheimnisse über die Liebe wußten, beiseite. »Gehen wir zu dir nach Hause.«

Als Gegenleistung dafür, daß sie mit Teresa das Thema Sex anschneiden durfte, mußte Maureen für sie Klavier spielen.

»Zuerst«, sagte Maureen, als sie im Wohnzimmer der Raleighs auf der Klavierbank saß, »den Titelsong aus dem Film *Charade* mit Cary Grant in der Hauptrolle.«

Teresa saß auf einem eierschalenfarbenen Zweiersofa und hörte Maureens Spiel zu. Draußen auf der vorderen Veranda der Raleighs winselte Atlas und stieß mit der Schnauze an die Fliegengittertür.

»Und jetzt«, sagte Maureen und wandte sich Teresa zu, als sie mit dem ersten Lied fertig war, »der Titelsong aus dem denkwürdigen Stück *Oklahoma*.«

Atlas winselte noch lauter und begann zu jaulen. Teresa ging auf Zehenspitzen zur Tür. »Geh weg«, sagte sie zu dem Collie. Sie und Atlas starrten einander an. »Kannst du nicht brav sein wie Reggie?« fragte sie ihn.

Während des restlichen Liedes war Atlas einigermaßen ruhig, und Maureen schloß mit ein paar Akkorden. »Na, was meinst du?« fragte sie, als sie fertig war.

Teresa ging zum Klavier hinüber und fuhr mit einem Finger über die Tasten. Maureens Darbietung hatte ihr nicht gefallen – die heftigen Brüche, die mißtönenden Fehler –, aber Teresa stellte sich eine ganz andere Art von Musik vor, wenn sie selbst spielen könnte: die süßesten Oktaven, die musikalischsten Akkorde, leicht, aber mit jeder Note kräftiger. »Ich wünschte, ich könnte spielen«, gestand Teresa.

Das andere Mädchen strahlte. »Ich könnte es dir beibringen«, sagte sie. »Ich habe seit fast fünf Jahren Klavierstunden.«

Teresa überlegte. »Ich könnte dir nichts bezahlen«, sagte sie.

»Du könntest mir deinen schwarzen Samtrock geben«, schlug Maureen vor.

Gerade wollten sie einen Handel abschließen, als Dina von nebenan gelaufen kam und an die Fliegengittertür schlug. »Teresa«, rief sie, »komm raus!«

Teresa rannte auf die Veranda; Dinas Haar fiel ihr in die Augen, und an ihren Händen war Blut. »Ich hab' dich überall gesucht«, sagte Dina.

Das Klavier im Wohnzimmer war nicht mehr wichtig, alle Gedanken an Klavierstunden verschwanden auf der Stelle. Teresa starrte auf das Blut an den Händen ihrer Mutter. Sie fürchtete, Silver sei von einer Diebesbande angegriffen worden, jemand habe ihm ein Messer ins Herz gestoßen, sie fürchtete, Bergen sei von einem Sträfling erschossen worden, den er vor Jahren wegen geschuldeter Unterhaltszahlungen ins Gefängnis gebracht hatte.

»Es ist Reggie«, sagte Dina. »Etwas stimmt nicht mit Reggie.«

Teresa und Dina rannten nach nebenan, einer Blutspur folgend, Atlas auf den Fersen. Als sie die hintere Veranda erreichten, waren sie außer Atem.

»Er ist da drunter«, flüsterte Dina, als sie beide unter die Veranda spähten. »Er will nicht rauskommen.«

»Reggie«, rief Teresa den alten Hund. Atlas saß neben ihr, als sie gebückt auf der Erde hockte; er winselte wie vorhin auf Maureens Veranda.

»Er will nicht rauskommen«, sagte Teresa zu ihrer Mutter.

Dina ging ins Haus und kam mit einem sauberen weißen Laken zurück. Sie legte das Laken doppelt und machte Teresa dann ein Zeichen. »Wir müssen ihn rausziehen. Dann legen wir ihn hier drauf.«

Teresa war diejenige, die unter die Veranda griff und Reggie herauszog. Atlas zitterte und scharrte in der Erde. Der andere Hund hatte geblutet, und er hatte so viel Blut verloren, daß er nicht einmal winselte, als Dina und Teresa ihn auf das Laken legten. Dina war bleich, sie knirschte mit den Zähnen. »Das Alter«, sagte sie zu Teresa. »So geht's, wenn man alt wird.«

Jede von ihnen faßte das Laken an einem Ende, und sie trugen Reggie wie in einer Hängematte. Sie gingen die halbe Meile zur Tierklinik zu Fuß und hinterließen eine dünne Blutspur auf dem Zement, als sei ein kleiner Vogel in rote Farbe getreten und dann durch die ganze Divisadero Street spaziert. Dina hielt das Laken mit nach hinten gedrehten Armen und schaute starr geradeaus. Einmal drehte sie sich um und rief Teresa zu: »Wenn er nicht stirbt, müssen wir ihn töten lassen.«

»Nein«, sagte Teresa.

»Einschläfern«, berichtigte sich Dina. Sie gingen so schnell, wie Reggies Gewicht es zuließ. »Sie nennen es ›Einschläfern‹, und glaub mir, das machen sie nicht umsonst.«

»Das tun wir nicht«, beharrte Teresa.

»Es ist sowie ein einziges Leiden«, rief Dina über die Schulter. »Das ganze Leben ist so.«

Atlas wartete auf den Stufen der Tierklinik, als sie hineingingen. Aber es gab keine Hoffnung: Reggie war dreizehn, fast so alt wie Teresa, und er war gestorben, während sie ihn durch die Straßen trugen. Auf dem Heimweg blieb der Collie fast einen halben Block hinter ihnen; Dina ging mit militärischem Schritt, den Mund fest geschlossen.

»So ist das Leben«, erinnerte sie Teresa.

Es war ein Sommer der Verluste gewesen, ein Jahr der Abschiede. Und jetzt starrte Teresa auf den Zement, während sie nach Hause ging; sie konzentrierte sich darauf, nicht an King Connors zu denken, nicht an Renée, nicht an den alten Hund, den sie gerade in die Tierklinik getragen hatten. Als sie nach Hause kamen, ging Dina ins Haus, um das Abendessen zu kochen, als habe sie kein Laken getragen, aus dem die Blutflecken sich nicht mehr würden entfernen lassen. Doch Teresa blieb draußen im Garten. Während Dina die Kühlschranktür öffnete und nach einem Paket Hackfleisch griff, schob sich Teresa unter die Veranda. Sie versuchte, den Collie zu sich zu locken; sie schnalzte mit der Zunge und klopfte auf den Boden, aber Atlas wandte sich ab und streckte sich unter den Eukalyptusbäumen aus.

Unter der Veranda war es feucht und dunkel; die Erde war mit den Wurzeln der Glyzinie durchsetzt, die über der Tür wuchs. Teresa legte den Kopf auf die kühle Erde und schloß die Augen. Wenn sie sich Mühe gab, konnte sie sich vorstellen, daß sie auf Wellen von Musik schwebte – sie war besser als jeder Pianist, bewegte sich mit den Arpeggien und flog bei jedem Akkord höher in die Luft.

Als sie sie am nächsten Morgen fanden, waren Teresas Knie angewinkelt, und sie hatte Spinnweben im Haar. Dina hatte am Vorabend das Haus durchsucht, und Silver hatte sich einen Wagen geliehen, war durch die Nachbarschaft gefahren und hatte ihren Namen gerufen.

»Ich bring sie um«, sagte Silver, als Dina und er sich bückten und Teresa unter der Veranda schlafen sahen.

»Laß sie schlafen«, flüsterte Dina.

»Ich war die ganze Nacht auf und hab' sie gesucht«, sagte Silver. »Ich brech ihr das Genick.«

Teresa bewegte sich; ihr Haar blieb an einer Glyzinienwurzel hängen; sie träumte von Mondschein und tiefen Oktaven.

»Scheiße«, sagte Silver. Als er aufstand, bemerkte er getrocknetes Blut an seiner Hand, wo er sich auf die Erde gestützt hatte.

»Von Reggie«, sagte Dina.

»Scheißköter«, sagte Silver und wischte das Blut an seiner gebügelten Jeans ab.

Sie zogen Teresa heraus, und Silver trug sie nach oben in ihr Zimmer. Sie wachte nicht auf, sie spürte nicht, daß sie getragen wurde, und als sie erwachte, erinnerte sie sich nicht daran, daß man sie in ihr eigenes Bett getragen und zwischen frische Laken in ein Zimmer gelegt hatte, dessen Jalousien heruntergelassen waren, und wo es fast so dunkel war wie unter der hinteren Veranda.

Neuerdings gab es Zeiten, in denen Silver Teresa um ihre Schlafkrankheit beneidete; es gab Tage, an denen er sich wünschte, nicht aufwachen zu müssen. Für ihn war jeder Tag gleich; er ging zu Leona's Restaurant, um das Abendessen des Vortages von weißen Porzellantellern zu schaben, er stand über einem Spülbecken mit heißem, fettigem Wasser. Selbst die Nächte und die Wochenenden waren monoton; sich betrinken, mit Frauen schlafen, mit neunzig Meilen pro Stunde im Wagen eines Freundes fahren – all das schien fade wie Toast und so langweilig, daß Silver alle Szenen mit geschlossenen Augen durchleben konnte. Um diese Zeit seines Lebens wurde Silver zum ersten Mal klar, daß vielleicht nicht alle seine Wünsche in Erfüllung gehen würden. Ein Jahr zuvor, als er zum letzten Mal durch die Korridore der High School gegangen war, hatte er von Freiheit geträumt. Er wünschte sich ein Auto, Geld in der Tasche, die Auswahl zwischen einem Dutzend Mädchen, die alle wild auf ihn waren, alle bereit, auf dem Rücksitz seines schicken Autos die Beine für ihn breitzumachen. Doch wie sich herausstellte, gab es kein Auto und kein Geld, obwohl er immerhin Frauen hatte – Blondinen, die ihn in der Schule beobachtet hatten, warteten an der Küchentür von Leona's auf ihn, Kellnerinnen, die fast so alt waren wie Dina, steckten ihm ihre Telefonnummern zu. Doch keine dieser Frauen war wichtig, keine konnte die Tatsache vergessen machen, daß seine Hände rissig waren vom heißen Spülwasser, daß er mit der kalten Demütigung lebte, etwas verloren zu haben, das er nie besessen hatte.

Silver trank mehr als früher; wenn er mit Freunden ausging – viele von ihnen waren noch in der High School und machten sich Sorgen um Dinge, die Silver schon lange verachtete –, war Silver immer derjenige, der am meisten trank. Er hielt sich an Tequila, ein Schnaps, so geheimnisvoll, wie er sich selbst zu sein einbildete. Er sehnte sich nach Prärien; er würde ein wildes Pferd reiten wie die Männer, die Dina als Arias bezeichnete; sein Haar würde so lang und verfilzt sein wie Unkraut. Er wollte polierte Türkise und Frauen in Weiß, und statt dessen bekam er Spülwasser und auf die Rückseite von Streichholzheftchen gekritzelte Telefonnummern. Im Alter von siebzehn Jahren war er verbittert – er wollte einen Mord begehen, etwas riskieren. Er fühlte sich zu einem Leben hingezogen, das die Bürgersteige von Santa Rosa erzittern lassen würde, etwas, das im Reich des Verbrechens lag.

Nach und nach begann Silver seinen alten Freunden aus dem Weg zu gehen. An manchen Abenden ging er allein in die Stadt zu der Spielhalle in der Sechzehnten Straße oder in eine Bar namens The Dragon. Er beobachtete Männer, die älter waren als er selbst – Männer mit Tätowierungen, mit einer Vergangenheit im Gefängnis oder auf der Straße. Er kaufte sich ein Messer mit Elfenbeingriff und belauschte die Gespräche von Drogendealern. Er war überzeugt, daß er früher oder später eine Glückssträhne haben würde; es war nur eine Frage des Timings, bloß eine Frage der Zeit.

Der erste Coup war keine große Sache – jeder mit zuwenig Geld und ein bißchen Pep hätte dasselbe getan. Silver heuerte zwei alte Freunde an, Eddie und Roland; zusammen gelang es ihnen, fast zweihundert Dollar aus der Kasse der Texaco-Tankstelle zu stehlen, als der Tankwart nicht aufpaßte.

»Kinderkram«, sagte Angel Gregory an der Bar des Dragon zu Silver, als dieser sich der Beute rühmte.

»Ach ja?« sagte Silver zu dem älteren Mann. Er griff in die Tasche nach der Rolle der Geldscheine und zeigte sie Gregory. »Und wie nennst du das?«

Gregory lächelte und griff nach seiner eigenen Barschaft. In einem diamantbesetzten Geldclip steckten Fünfziger und Hunderter; selbst Silver war beeindruckt. »Sag mir Bescheid, wenn du für große Sachen bereit bist«, sagte Gregory. »Ruf mich an, wenn du aufhörst rumzuspielen.«

Silver wußte, daß Gregory sein Geld mit Drogenhandel verdiente – mindestens einmal im Monat fuhr Gregory nach San Francisco und kam mit Kokain und Marihuana zurück.

»Soll das heißen, daß du einen Partner suchst?« fragte Silver an jenem Abend in der Bar.

»Partner?« sagte Gregory. »Scheiße, ich suche einen Laufburschen. Jemand, der die Fahrten in die Stadt für mich übernimmt.«

Silver lehnte das Angebot auf der Stelle ab; er war niemandes Laufbursche. Und er war nicht ganz sicher, was er von Drogenhandel hielt; wenn er von zu Hause aus arbeitete, würde Bergen, der alte Detektiv, herumschnüffeln. Und außerdem hatte Silver sowieso eigene Pläne. Mit dem Geld aus seinem ersten Job kaufte er eine Waffe von Jim, dem alten Tellerwäscher bei Leona's, der wegen bewaffneten Raubes in Vacaville gesessen hatte.

»Weißt du genau, daß du damit umgehen kannst?« fragte der Tellerwäscher, als sie in der Gasse hinter dem Restaurant standen.

Silver war fahrig, aber er steckte die Waffe in den Bund seiner Jeans, als hätte er sie sein ganzes Leben lang getragen. »Klar«, sagte er. »Ich weiß, wie man damit umgeht.«

»Hast du sie gesichert?« scherzte Jim.

Rasch griff Silver nach der Waffe und prüfte sie. »Natürlich hab' ich sie gesichert.«

»Braucht Übung«, sagte Jim, ehe sie in die Küche zurückgingen. »Ein Leben als Verbrecher verlangt Übung und harte Arbeit. Aber ich glaube, du hast alles, was man dazu braucht«, sagte er und klopfte Silver auf die Schulter. »Dir fehlt's bloß an Übung.«

Nachdem Silver an diesem Abend das Restaurant verlassen hatte, schlich er nach Hause wie ein Apache, unbesiegbar und dunkel; er war ein Gesetzloser von siebzehn Jahren, der einen Überfall auf Denny's Restaurant gleich vor der Stadt plante. In derselben Woche, spät in der Nacht, als der Horizont blaßblau und rot war, fuhren die drei alten Freunde in einem von Rolands Schwager geliehenen Oldsmobile auf den Parkplatz von Denny's. Roland blieb im Wagen und ließ den Motor laufen; er sah zu, wie Eddie und Silver ausstiegen und in das hell erleuchtete Restaurant gingen. Innen, an der Theke, saßen zwei Lastwagenfahrer, die die Nacht hindurch nach Eureka unterwegs waren, und aßen Eier und Schinken. Die Kellnerin wickelte sich eine blonde Haarsträhne um den Finger und stützte sich mit den Ellbogen auf den Tresen.

Silver und Eddie setzten sich auf die Hocker, die der Registrierkasse am nächsten waren; sie bestellten Kaffee, schwarz, und machten sich nicht einmal die Mühe, die Kellnerin anzulächeln. Sie warteten darauf, daß die Lastwagenfahrer ihr nächtliches Frühstück beenden, bezahlen und gehen würden. Als der Lastwagen den Parkplatz verließ, rieselte Silver ein Schauer über den Rükken. Aber er hatte alles unter Kontrolle; er trank seinen Kaffee aus und sagte Eddie dann, er solle bezahlen.

Eddie stand neben der Kellnerin, als diese den Rechnungsbetrag in die Kasse tippte. Als die Schublade aufsprang, warf Eddie Silver einen besorgten Blick zu und wartete auf sein Okay. Silver nickte und stand auf. »Also los«, sagte er zu Eddie.

»Gib uns alles, was du hast«, sagte Eddie zu der Kellnerin.

»Mit Vergnügen«, sagte die Kellnerin und zwinkerte.

»Das Geld«, sagte Silver grob. Er nahm die Waffe heraus und richtete sie auf sie. »Alles.«

»Scheiße«, sagte die Kellnerin, und sie füllte die Papiertüte, die Eddie ihr hinhielt, mit Geldscheinen. »Man wird mich rausschmeißen«, sagte sie zu Silver.

»Na und?« sagte Silver achselzuckend. »Wem liegt schon an so einem Drecksjob?«

Eddie steckte die Papiertüte mit dem Geld in die Tasche und ging zur Tür.

»Vergiß, daß du uns gesehen hast«, sagte Silver zu der Kellnerin. Er wedelte mit der Waffe durch die Luft und steckte sie dann wieder in seinen Hosenbund. »Wenn du dich gut genug erinnerst, um uns zu beschreiben, dann werde ich mich auch an dich erinnern. Und dann komme ich wieder«, warnte Silver die Kellnerin. Er drehte sich um und ging hinaus; Eddie wartete vor der Tür auf ihn.

»Komm«, sagte Silver und ging zum Wagen. Er setzte

sich auf den Beifahrersitz; Eddie stieg hinten ein und schwenkte die Papiertüte.

»Wir haben's geschafft!« schrie Eddie, während Roland auf das Gaspedal trat und der Oldsmobile den Parkplatz verließ.

Obwohl er sich schweigend in die Polster lehnte, widersprach ihm Silver in seinem Inneren: Er wußte es besser als Eddie. Er allein hatte es geschafft, und der Sieg durchströmte ihn und machte ihn benommen.

Sie hielten bei einem Schnapsladen in der Sechzehnten Straße und kauften Tequila, Whiskey und Zigaretten. Dann fuhren sie aus der Stadt, weil sie beschlossen hatten, sich am besten nicht sehen zu lassen, bis die Kellnerin das Revier angerufen und die Polizei verständigt hatte. Es war fast sechs Uhr morgens, als sie Cannon's Field erreichten. Das Gras stand hoch, und sie parkten den geliehenen Wagen im Schatten von Pinien. Silver kannte Cannon's Field so gut wie die anderen; er und Reuben und Teresa hatten dort viele Stunden verbracht, als sie jünger waren, und sie waren fast jeden Tag im nahen Wasserreservoir geschwommen.

»Hier sucht uns keiner«, sagte Silver zu seinen Freunden. Er stieg aus dem Wagen, öffnete die Tequilaflasche und atmete so tief ein, daß er glaubte, seine Lungen würden platzen. Der Fluß war weniger als fünf Meilen von Cannon's Field entfernt, und überall erhob sich Dunst. Silver zog sein Hemd aus und legte es auf den Boden, ehe er sich hinsetzte.

»Wir sind reich«, sagte Roland, als er herüberkam. Er warf sich hin und öffnete den Whiskey.

»Reich?« sagte Silver, während er das Geld in drei Stapel teilte. Für jeden gab es hundertzwanzig Dollar. »Das ist noch gar nichts im Vergleich zu dem, was wir machen könnten.«

»Woran denkst du?« fragte Roland.

»An einen Seven-Eleven-Laden«, sagte Silver zu ihm.

Roland schüttelte den Kopf. Er war von Anfang an nervös gewesen; wenn er mehr hätte tun müssen als im Auto sitzen, hätte er nicht mitgemacht. »Ich weiß nicht, ob ich den Wagen noch mal kriegen kann«, sagte er unbehaglich.

»Du kannst ihn kriegen«, versicherte Silver ihm.

»Ich weiß nicht«, sagte Roland. »Mein Schwager ist ziemlich heikel. Wenn wir je geschnappt würden und er erfahren würde, wozu ich den Wagen benutzt habe, würde er mich umbringen.«

»Wir werden nicht geschnappt«, sagte Silver. Er hielt die Tequilaflasche ins Licht der aufgehenden Sonne und zwinkerte.

»Ich weiß nicht«, sagte Roland. »Dauernd werden Leute geschnappt.«

»Er hat recht«, sagte Eddie. Er steckte seinen Anteil des Geldes in die Tasche. »Wir sollten für eine Weile in Deckung gehen.«

Silver nahm die Waffe heraus und strich mit dem Finger über den Lauf. »Ihr habt Angst«, sagte er zu Eddie und Roland.

»Scheiße«, sagte Eddie. »Angst?«

»Man braucht drei Mann für einen Überfall«, fuhr Silver fort. »Vielleicht auch nur zwei, aber dann ist es schwierig.« Silver hatte all seine Kenntnisse über Verbrechen aus dunklen Kinos und Bars. Alle seine Pläne waren schon hundertmal gemacht worden, und zwar von Schmalspurganoven, von Hollywoodhelden und Schlägern. Silvers Pläne waren die Pläne phantasierter Indianer, die Pläne von Männern, die in der Nacht Planwagenkolonnen überfielen, um Diamanten und Bargeld einzusammeln. »Ich sag euch was«, sagte Silver zu seinen

Freunden. »Wenn ihr beide Angst habt, gibt es massenhaft Möglichkeiten, wie ein einzelner Mann an Geld kommen kann. Es gibt tausend Dinge, die ich allein machen kann.«

Während Silver in Cannon's Field mit seinen Freunden Tequila trank, zog Teresa sich gerade an. Sie ging nach unten, kochte eine Kanne Kaffee, trank eine Tasse und ließ den Rest für Dina stehen. Es war Samstag, und der Himmel war wolkenlos. Als sie um acht Uhr das Haus verließ, war die Luft noch frisch, und von Westen her wehte eine Brise. Bald würde Bergen aus San Francisco kommen und eine Ladung Schieferplatten mitbringen. Er und Dina wollten damit den Garten einzäunen; wenn Teresa zu Hause blieb, würde sie mithelfen müssen. Wenn sie nicht da war, würden sie sie nicht vermissen. Also ging sie an diesem Tag zeitig fort; sie trug einen Badeanzug unter der Kleidung, und Atlas folgte ihr auf dem Fuße. Falken kreisten über den Hügeln, als Teresa die Haustür schloß und sich in Richtung Cannon's Field aufmachte.

Bald würde es heiß werden, mindestens vierzig Grad. Nach einer Stunde fühlte Teresa sich schlaff; sie hätte die Schuhe ausgezogen und wäre barfuß gelaufen, wenn der Asphalt nicht schon so brennend heiß gewesen wäre. Später, als sie den Stadtrand erreicht hatte, behielt sie trotzdem die Schuhe an; die Felder waren trocken und hart, und die Kletten, die im Fell des Collies hängenblieben, hätten ihre Fußsohlen zerstochen.

Der Fluß war zu weit entfernt, um zu Fuß hinzugehen, und an heißen Sommertagen war er sowieso überfüllt. Der Stausee in Cannon's Field war der beste Platz, um allein zu sein, und der beste Platz zum Schwimmen. Als Teresa den Kiefernwald erreichte, der die Straße von Cannon's Field trennte, dachte sie nicht daran, jemand anderer könne dort sein. Sie ging da, wo das Gras hoch war und Wildblumen wuchsen, deren Duft sie an Neumexiko erinnerte. Als sie nur noch fünfzig Yards entfernt war, nicht weiter als die Falken am Himmel, bemerkte Teresa ein im Wald verstecktes Auto. Überrascht blieb sie stehen, blinzelte dann und wandte sich dem offenen Feld zu, als suche sie nach Wilderern.

Sie sah die beiden anderen gar nicht – zumindest nicht gleich. Sie sah nur Silver, der mit gekreuzten Beinen auf einem sauberen weißen Hemd unter einer kalifornischen Eiche saß und aus einer Tequilaflasche trank.

Etwas hielt Teresa davon ab, zu lächeln und zu rufen; sie ging nicht weiter, sondern kniete in dem hohen Gras nieder, versteckte sich und beobachtete, während im Feld Hitzewellen aufzusteigen begannen. Sie hielt Atlas am Halsband fest und ließ ihn neben sich liegen. So hockten die beiden da und rührten sich nicht, und der Wind, so heiß, daß er keine Erfrischung brachte, wehte über ihren Köpfen.

Eddie, Silver und Roland draußen auf dem Feld waren betrunken. Silver hatte die Tequilaflasche fast geleert, und Eddie drehte einen Joint.

»Zu schade«, sagte Silver, als Eddie ihm den Joint reichte, »daß wir nicht genug Geld gekriegt haben, um ein Auto zu kaufen. Mit einem Auto könnte ich alles schaffen.«

»Man kann nicht alles haben«, sagte Eddie achselzuk-kend.

»Ach nein?« sagte Silver lächelnd. »Ich werde alles haben. Jedes verdammte Ding, das ich haben will.«

Fünfzig Yards entfernt im Schatten fragte sich Teresa, wo Silver die ganze Nacht gewesen sein mochte. Wenn er nicht nach Hause kam, wirkte das Haus leer, die Bodendielen knackten, die Grillen zirpten wie Sirenen bis zum Morgen. Während sie ihn aus dieser Entfernung beobachtete, verstand Teresa, warum Frauen immer Silver ansahen. Neben ihm waren Roland und Eddie unsichtbar. Als Teresa ihnen zusah, wie sie Whiskey und Tequila tranken, bekam sie plötzlich Durst. Sie fuhr sich mit der Zunge über die Lippen und wünschte sich kalte Limonade, literweise Eiswasser, kaltes Himbeersorbet. Und dann hörten die drei plötzlich zu trinken auf – sie schauten in dieselbe Richtung, und Teresa spürte über das Feld und die Hitze hinweg ihre Blicke. Alle drei sprangen auf und standen dann einen Moment still. Nichts rührte sich, sogar der Himmel schien erstarrt, und Atlas neben Teresa verhielt sich vollkommen ruhig. Nur in Teresas Innerem herrschte Aufruhr. Ihr Atem ging rauh und schmerzte, alles schmerzte – die Sonne, das stechende Gras, ihr Baumwollkleid, die Träger ihres Badeanzugs.

Ehe Teresa sie auch nur laufen sah, standen sie bereits vor ihr. Atlas riß sich los und stürzte auf sie zu, bellend und die Zähne fletschend, bis er Silver erkannte. Silver stand Teresa am nächsten, die Waffe war auf ihren Kopf gerichtet. Er war zu dieser Stelle gelaufen, weil er wußte, daß jemand sich dort versteckte und sie beobachtet hatte. Der Tequila in ihm kochte über. Vorher, während des Überfalls, hatte er nicht gewußt, ob er wirklich jemanden töten könnte. Nun wußte er, daß er mit der richtigen Menge Alkohol und der richtigen Menge Angst mühelos abdrücken konnte. Selbst als er sah, daß es nur Teresa war, die sich da im Gras versteckte, beruhigte sich Silvers Puls nicht. Er stand über ihr und war sicher, daß ihn nur Sekunden von einem Mord getrennt hatten. In diesem Augenblick erkannte Silver, wie leicht es für ihn wäre, jemanden zu töten. Äußerlich sah er unverändert aus, aber innerlich bebte er.

»Was zum Teufel machst du hier?« sagte Roland zu Teresa.

»Sie belauscht uns«, sagte Eddie. »Stimmt's?« fragte er sie.

Teresa überlegte, ob sie schneller laufen könnte als die Jungen. Sie war immer eine schnelle Läuferin gewesen, und sie könnte den ganzen Weg nach Hause in Windeseile zurücklegen. Aber ihre Beine schienen ihr nicht mehr zu gehören, und sie war nicht sicher, ob sie auch nur stehen könnte.

»Ich weiß, wozu du hergekommen bist«, sagte Eddie jetzt. Er setzte sich neben sie. »Ich habe gesehen, wie du mich angestarrt hast. Ich weiß, daß du mich magst.«

Eddie legte eine Hand auf sie, und unter seinen Fingern wurde Teresas Haut glühend heiß.

»Ich wollte schwimmen gehen«, erklärte sie. »Ich wußte nicht einmal, daß ihr hier seid.«

»Klar«, sagte Eddie. Er rückte näher an sie heran. »Komm.« Er nickte in Richtung des Waldes jenseits des Feldes. »Wenn ich mit dir fertig bin, wirst du diesen Tag in deinem Tagebuch rot anstreichen.«

Als Silver seine Waffe entsicherte, war das Klicken laut wie ein Donnerschlag. Alle sahen ihn an und merkten, daß die Waffe genau auf Eddies Herz gerichtet war.

»Rühr dich nicht vom Fleck«, sagte Silver. »Faß meine Schwester nicht an.«

Eddie warf den Kopf zurück und lachte. Der Collie stand dicht neben Silver, winselte leise, scharrte mit den Pfoten und zitterte.

»Sag mir nicht, was ich zu tun habe«, sagte Eddie. »Du bist hier nicht der Chef. Wer zum Teufel hat dich zum Chef erklärt?«

»Sieh es doch ein«, sagte Silver. »Das letzte Nacht wäre nie passiert, wenn ich nicht jeden Schritt geplant hätte. Du bist ein Verlierer«, sagte er zu Eddie. »Mehr kann ich nicht sagen.«

»Was meinst du damit?« fragte Eddie. »Was zum Teufel meinst du damit?«

»Vergiß es«, sagte Roland. »Hört doch auf zu streiten.«

»Was hast du gegen mich?« sagte Eddie zu Silver. »Bin ich nicht gut genug für deine Schwester, ist es das?«

»Richtig«, sagte Silver. »Du bist nicht gut genug.«

»Vielleicht ist Teresa nicht deiner Meinung«, sagte Eddie. Er streckte die Hand aus und fuhr ihr mit einem Finger über die Wange. »Du bist hübsch«, sagte er zu ihr. »Du bist wirklich hübsch.«

Silver schoß, und der Knall explodierte über ihnen. Wenn Eddie sich nicht bewegt hätte, um Teresa zu küssen, hätte die Kugel genau seine Brust getroffen.

»Mein Gott«, flüsterte Eddie. Die Kugel war in den Baum direkt hinter ihm eingedrungen.

»Was zum Teufel ist hier los?« sagte Roland. »Ich dachte, wir wären Freunde.«

Silver beachtete Eddie und Roland nicht. Er streckte die Hand aus und half Teresa beim Aufstehen. »Gehen wir«, sagte er zu ihr. »Du wolltest schwimmen gehen, und genau das wirst du auch tun.«

Teresa klopfte den Staub von ihrem Kleid und wartete, während Silver die Tequilaflasche aufhob. Sie fühlte sich atemlos und fragte sich, ob ihr Puls ihre Haut sprengen würde. Wie ein Gesetzloser aus den Bergen hatte Silver sie gerettet, und nun folgte sie ihm über das Feld zum Wald und zum Reservoir. Sie wäre ihm auch durch die Wüste gefolgt und hätte sich nicht über Eidechsen und Staub beschwert.

»Das werd' ich mir merken«, rief Eddie ihnen nach.

»Laß ihn in Ruhe«, warnte ihn Roland und legte einen Arm um seine Schultern.

»Verdammt, das werd' ich mir merken«, schrie Eddie.

Silver drehte sich um und blieb stehen. »Ich bin mit

euch beiden fertig«, sagte er. »Wenn ich jemals sehe, daß einer von euch meine Schwester belästigt, bringe ich ihn um. Kapiert?«

Eddie und Roland beobachteten, wie Silver seine Schwester zum Stausee führte. Als sie Teresas Schatten nicht mehr sehen konnten, drehte Eddie sich zu Roland um und flüsterte so leise, daß Silver ihn keinesfalls hören konnte: »Ich glaube, das ist sein Ernst.«

Beim Gehen hinterließen Silvers Stiefel Abdrücke in der Erde, und Tequila spritzte aus der Flasche, die er am Hals hielt. Sie gingen hintereinander – zuerst der Hund, dann Silver, dann Teresa. Teresa sah Silvers nackten Rücken; er trug sein Hemd wie ein Cape über die linke Schulter geworfen, und die Pistole hatte er in den Bund seiner Jeans gesteckt.

»Wo hast du die Pistole her?« fragte Teresa.

Silver blieb stehen und drehte sich um. »Hast du je Marihuana geraucht?« fragte er. Als Teresa den Kopf schüttelte, griff Silver nach einem Joint in seiner Tasche, zündete ihn an und reichte ihn Teresa. Der Rauch machte sie benommen, aber sie beklagte sich nicht. Sie inhalierte, dann atmete sie sofort wieder aus.

»So nicht«, sagte Silver. »Du mußt den Rauch in der Lunge behalten, sonst ist er verschwendet«, riet er ihr.

Teresa inhalierte wieder und behielt so viel Rauch wie möglich in der Lunge.

»Besser«, sagte Silver, »viel besser.«

Sie gingen weiter; es wurde immer heißer, die Kleider juckten Teresa, und ihr Kopf war leicht.

»Kümmer dich nicht darum, woher ich die Pistole habe«, sagte Silver jetzt. »Ich muß einfach eine haben. Glaub mir, mir gefällt das auch nicht, aber ich werde verdammt nicht für alle Zeit arm sein. Und ich will dir noch was sagen: Wenn ich reich bin, bleibe ich nicht in Santa Rosa.«

»Gehst du nach Los Angeles?« fragte Teresa und stellte sich ein Haus ohne Silver vor – noch ein Deserteur, der sich in Obstgärten Südkaliforniens versteckte.

»Los Angeles?« sagte Silver. »Scheiße. Nicht nach Los Angeles. Glaubst du, ich bin ein Verlierer wie Reuben? Glaubst du, ich werde meine Zeit damit vergeuden, King zu suchen?«

Endlich erreichten sie die Lichtung beim Stausee; am grünen Wasser wuchsen Lilien, und sie hörten Libellen surren. Silver setzte sich und lehnte den Rücken an eine Pinie.

»Komm her«, sagte er.

Teresa blieb stehen, wo sie war. Atlas war ans Ufer gelaufen und jagte Mücken; seine Kiefer schnappten, wenn er eine Fliege fing. Silver hob die Flasche, trank den Tequila aus und ließ die leere Flasche dann in einen Graben rollen.

»Komm her«, sagte Silver. Er klopfte auf den Boden neben sich. »Ich tu dir nichts.«

Als sie sich neben Silver setzte, hatte Teresa Angst, obwohl sie nicht genau wußte warum. Ich könnte weglaufen, dachte sie bei sich. Er ist betrunken, und wenn ich nicht hier sein will, kann ich weglaufen wie der Blitz.

»Näher«, sagte Silver jetzt. Seine Stimme klang nicht vertraut; die Worte waren leise und verschwommen, und er sah aus wie in jener Nacht in Neumexiko, als Teresa ihn in dem Café gesehen hatte. Seine Arme hatten genauso um Annettes Taille gelegen, wie sie jetzt Teresa umfaßten. Als Silver seinen Mund auf ihren drückte, schmeckte er wie bitterer Schnaps, wie allzu süßer Rauch. Er preßte seine Lippen so lange auf ihre, bis Teresa das Gefühl hatte zu ersticken.

»Hast du das schon mal gemacht?« fragte Silver, aber dann schüttelte er den Kopf. »Sag's mir nicht«, flüsterte er. »Ich will nicht wissen, was du gemacht hast.«

Er küßte sie wieder. Teresa fühlte sich, als verliere sie sich selbst, als ertrinke sie Zentimeter für Zentimeter. Silver war betrunken und schien mit jedem Kuß betrunkener zu werden. Sein Atem war derselbe, den sie jede Nacht auf der anderen Seite der Schlafzimmerwand hörte, seine Arme waren dieselben, nach denen sie sich immer gesehnt hatte. Ganz plötzlich war es einfach für Teresa; sie lauschte dem Geräusch der Mücken über dem kühlen Wasser und schloß die Augen.

»Keiner wird es erfahren«, versprach Silver.

Teresa zog ihr Kleid aus; sie waren einander so nahe, daß ihre Haut mit der seinen verschmolz. Dennoch mußte Teresa sich unwillkürlich fragen, ob es wirklich Silver war, der sie hielt, ob es wirklich sein Gesicht war, das ihrem so nahe war. Sie verbot sich das Denken, sie konzentrierte sich auf den Geruch des Grases und die Bewegungen der Flügel eines Falken hoch oben in der Luft.

»Keiner wird es erfahren«, wiederholte Silver. Teresa erschauerte und sah zu, wie er die Träger ihres Badeanzugs herunterschob, als gehörten diese Träger jemand anderem. Sie bewegten sich im gleichen Rhythmus, als hätten sie es geplant, als sei diese Stunde immer geplant gewesen, von Anfang an. Jeder seiner Küsse war stark, verwirrend, verrückt wie eine Droge. Einmal, als er seinen Kopf von ihr abwandte, fand Teresa Silvers Mund mit ihrer Zunge; sie hielt ihn, als habe sie und nicht Silver den Weg zum Reservoir eingeschlagen, als sei das Ganze ihre Idee gewesen. Und danach, wie konnte sie ihn aufhalten? Wie konnte sie, nachdem sie ihn geküßt hatte, nein sagen, als er ihren Badeanzug herunterzog und den Reißverschluß seiner Jeans öffnete? Als sein Penis in sie eindrang, steckte Teresa die Hand in den Mund und biß zu, bis Blut kam; der Schmerz war nicht größer, als wenn sie ihm in die Wüste gefolgt wäre, überallhin gefolgt wäre, wohin er gehen wollte. Und als er sie so fest hielt, daß sie glaubte, er presse alle Luft aus ihr heraus, als er sich schneller und schneller bewegte, dachte Teresa nicht daran, nein zu ihm zu sagen; sie wußte, daß es dazu schon zu spät gewesen war, als sie sich neben ihn gesetzt hatte. Es gab keine Entschuldigungen. Sie hatte nichts getrunken, und das Marihuana war verflogen. Sie wollte dort sein, und sie wollte nicht dort sein, und schließlich hörte sie einfach auf zu denken.

Einmal, als er noch in ihr war, öffnete Teresa die Augen – Silvers Augen waren ebenfalls offen, und sie sahen aus wie Teresas eigene, ein dunkler Spiegel, die Augen eines Zwillings. Nachdem Silver sie zum letzten Mal geküßt hatte und eingeschlafen war, lief Teresa trotzdem nicht fort. Sie bewegte sich nicht, bis sie sicher war, daß Silver nicht aufwachen würde; dann schlüpfte sie aus seinen Armen, nahm ihre Kleider und ging zum Stausee hinunter. Sie ließ ihren Badeanzug und ihr Kleid am Ufer liegen und trat ins Wasser. Der blutige Streifen an ihren Schenkeln verschwand, das Wasser umschloß sie, Kaulquappen schwammen zwischen ihren Zehen hindurch. Der Collie folgte Teresa und lief am Ufer entlang, wo sie schwamm. Sie zählte jede Schwimmbewegung, während sie durch das Wasser glitt, sie zählte, bis sie atemlos und schwach war und ihre Beine zitterten. Als sie so lange geschwommen war, daß ihre Arme schmerzten, schaute Teresa zur Lichtung hinüber und sah, daß Silver sich aufsetzte. Sie stieg aus dem Wasser, zog sich an, kämmte ihr Haar mit den Fingern und flocht es rasch. Als Silver zu ihr kam, sah Teresa genauso aus wie vorher, als er sie im hohen Gras entdeckt hatte, nur war ihr Haar jetzt naß, und grüne Tropfen fielen auf ihre Schultern und liefen an ihrem Kleid herunter.

Silver beschattete seine Augen mit der Hand und betrachtete Teresa, als sei sie eine Fremde. Er zog sein Hemd an, knöpfte es zu, zündete sich eine Zigarette an und zog daran, doch der Rauch überdeckte nicht den Duft von Rosen, der auf seiner Haut zurückgeblieben war. »Gehen wir«, flüsterte er. »Ruf den verdammten Hund, und dann gehen wir.«

Sie gingen den gleichen Weg zurück, den sie gekommen waren, und obwohl ihre Haut noch feucht war, fühlte Teresa sich glühend heiß. Sie schritten durch das hohe Gras und stellten sich dann an den Straßenrand, um von einem Auto mitgenommen zu werden. Jedesmal, wenn ein Auto oder ein Lastwagen vorbeikam, streckte Silver den Daumen aus. Keiner, der ihn sah, ahnte, daß etwas geschehen war, keiner dachte, daß die beiden, die da am Straßenrand standen, sich vor einer kleinen Weile bewegt hatten wie Liebende. Sie waren zwei Anhalter: ein junger Mann im weißen Hemd, der in der Mittagshitze verdrossen wirkte, und ein Mädchen mit dunklem Haar, das verloren aussah.

Eine halbe Stunde später hatte noch immer niemand angehalten. »Herrgott«, sagte Silver. »Gehen wir zu Fuß.«

Sie gingen fast eine Meile weit hintereinander am Straßenrand, bis endlich ein Kombiwagen anhielt. Teresa und der Collie stiegen hinten ein, Silver saß vorn.

Der Fahrer schaltete das Radio ein, und außer der Stimme des Diskjockeys sprach auf dem ganzen Weg in die Stadt niemand. Teresa und Silver wurden in der Divisadero Street abgesetzt, drei Blocks von ihrem eigenen Haus entfernt. Silver hielt Teresa den Wagenschlag auf,

Atlas sprang heraus und schüttelte sich. Silver schlug die Tür des Kombis wieder zu, und dann gingen sie nach Hause.

»Ich möchte, daß du etwas verstehst«, sagte Silver, als sie nur noch einen Block von ihrem Haus entfernt waren. Sie standen an einer Straßenecke. Er zog an seinen Fingerknöcheln, und einer nach dem anderen knackte. »Da draußen ist nichts passiert, verstanden?«

Teresa nickte zustimmend.

»Ich war betrunken«, sagte Silver zu ihr.

In dieser Nacht würde es keine Sterne geben, die Nacht würde so heiß sein, daß alle in der Stadt schlaflos auf zerknitterten Laken lagen. Durch die Wand würde Teresa hören, wie Silver sich in seinem Bett herumwarf, so, wie sie es immer tat. Aber jetzt, draußen im Sonnenschein, schluckte Teresa und wandte sich ab, um Silvers Blick auszuweichen. Sie war nicht betrunken gewesen, sie hätte weglaufen können, sie hätte schneller laufen können als die Mücken über dem Fluß, mit Flügeln, die vor Schnelligkeit unsichtbar waren.

»Wenn du reingehst, tu so, als wäre nichts gewesen«, warnte Silver sie.

»In Ordnung«, stimmte Teresa zu. »In Ordnung«, flüsterte sie.

»Gut«, sagte Silver. Er atmete leichter. Er tätschelte ihren Kopf. »Ich wußte, daß ich mich auf dich verlassen kann«, sagte er. »Ich wußte, daß du den Mund halten würdest. Und außerdem«, sagte Silver, als sie sich wieder in Bewegung setzten, »ist ja wirklich nichts passiert. Gar nichts.«

Als sie die Stufen zur Veranda hinaufgingen, dachte Teresa an die Bewegungen der Flügel des Falken, sie erinnerte sich an den Geruch von trockenem Gras und die Tiefe des jadefarbenen Wassers, das sie verschluckt hatte, als sie im Kreis schwamm. Sie wußte, wenn sie es versuchte, würde sie vergessen können: Alles konnte man auswischen, jede Erinnerung konnte man ersticken. Als sie ins Haus gingen und die Fliegengittertür hinter ihnen ins Schloß fiel, war das, was wirklich zwischen ihnen geschehen war, bereits im Verschwinden begriffen. Bald würde Teresa sich an nichts weiter erinnern als an einen kurzen Kuß im Schatten – an einem Tag, an dem überall sonst Sommer war und mehr als vierzig Grad Hitze herrschten.

3

Der Sommer endete mit einer guten Tomaten- und Kürbisernte, endete mit Buschfeuern oben in den Hügeln, wo das Gras golden und verdorrt war. Teresa war im Spätsommer krank; sie hatte einen Anfall nach dem anderen. Wenn sie gekonnt hätte, hätte sie für alle Zeit geschlafen. Sie wünschte sich ständigen, tiefblauen Schlaf, sie wollte der Hitze, den Augustschmetterlingen, dem Blick in Silvers Augen entgehen, der sie jedesmal traf, wenn sie sich auf dem Treppenabsatz begegneten.

»Was ist mit dir los?« fragte Dina ihre Tochter. »Immer verkriechst du dich in deinem Zimmer, nie redest du mit jemandem. Bist du menschenscheu? Bist du krank?«

»Es ist nichts«, behauptete Teresa. »Ich will bloß allein sein.«

»Ach, natürlich«, scherzte Dina. »Alle suchen ja deine Gesellschaft.«

»Laß sie in Ruhe«, riet ihr Bergen. »Vierzehn Jahre alt zu sein, ist gar nicht so einfach.«

»Ich hab's überlebt«, sagte Dina achselzuckend. »Alle überleben es.«

Oben in ihrem Zimmer versuchte Teresa, ihre Gedanken zu ordnen. Sie wünschte sich verzweifelt, nicht denken zu müssen – aber es half nichts. Unwillkürlich ertappte sie sich dabei, daß sie jeden Tag mehr und mehr in die Vergangenheit zurückging. Manchmal merkte sie, daß sie an King Connors dachte. Wenn sie sich anstrengte, konnte sie ihn fast hören, draußen in der Einfahrt, wo er vor Sonnenaufgang an seinem Lieferwagen arbeitete und dann wegfuhr, solange der Morgen noch bitter und dunkel war. Oben in ihrem Zimmer stellte Teresa fest, daß es nicht so leicht war zu vergessen. Spät in der Nacht hörte sie, wie Silver sein Schlafzimmerfenster öffnete und die Mitternachtsluft hereinließ, sie spürte jeden Schritt, wenn er auf und ab ging. Daher hatte Teresa keine Angst, wenn sie ihre Schlafanfälle bekam – sie wünschte sie sich, sie wollte sie, sie kannte keinen besseren Fluchtweg aus ihrem Zimmer hinaus in die Nacht.

Aber sie fühlte sich einsam, und so willigte sie schnell ein, als Maureen von nebenan vorschlug, sie sollten einen Babysitter-Service gründen. Alles war besser, als über die Vergangenheit nachzudenken oder auf Silver zu lauschen, wenn er spätnachts nach Hause kam. Teresa arbeitete jedes Wochenende, nach Möglichkeit sogar jeden Abend. Sie saß in den Häusern anderer Leute, ließ die Kinder viel länger aufbleiben, als sie sollten, dankbar für ihre Gesellschaft und die Ablenkung durch Kartenspiele und Fläschchen und Tränen. Maureen und Teresa legten ihre Einnahmen zusammen; in einem Monat hatten sie fast hundert Dollar gespart. Es war ganz recht, daß Teresa einen Job hatte, denn auf dem Sparkonto von King Connors und Dina war kein Geld mehr, und wenn Teresa sich etwas wünschte – eine neue Bluse oder ein Taschenbuch –, mußte sie an das Geld vom Babysitten gehen und den Betrag sorgfältig in das blaue Notizbuch eintragen, das Maureen in ihrer Schreibtischlade aufbewahrte.

Es passierte so schnell, daß Dina darauf nicht vorbereitet war: An einem Montag im Oktober hatte sie kein Geld mehr, keinen Cent. Und als sie die Zahlungen für das Haus nicht mehr leisten konnte und Hypotheken- und Steuerrechnungen einen braunen Weidenkorb füllten, kaufte Arnie Bergen das Haus in der Divisadero Street. Der Detektiv händigte den Kaufvertrag für das Haus sofort Dina aus, und zu aller Verwunderung begann Dina keinen Streit; sie sagte Bergen nicht, er solle sich um seine eigenen Angelegenheiten kümmern, zerriß nicht den Kaufvertrag und lieferte sich auch nicht der Gnade der First National Bank aus. Statt dessen küßte sie Bergen auf die Wange, faltete den Vertrag zusammen, steckte ihn in eine Kaffeedose und verstaute diese ganz hinten im Küchenschrank. Dina erklärte Teresa, es gebe keinen Grund, warum Bergen das Haus nicht kaufen sollte. Er habe Ersparnisse und wenig Ausgaben, es sei eine gute Anlage, und er sei ein guter Freund, ein Geschenk des Himmels. Teresa dankte Bergen, indem sie ihm einen Schokoladenkuchen buk, und er aß ihn trotz seines hohen Blutzuckers und erklärte, es sei der beste Kuchen, den er je gegessen habe. Als er nach dem Wochenende in seinen Wagen stieg, um nach San Francisco zurückzufahren, fand Bergen auf dem Armaturenbrett einen violetten Briefumschlag. Darin lag eine Dankeskarte mit Dinas Unterschrift in blasser Tinte, Tinte, die sich vom Papier erhob und Bergen in Dankbarkeit hüllte.

Jetzt, da das Haus ihm nicht mehr gehörte, dachten alle an King Connors. Wenn er zurückkäme, würde das Haus für ihn unverändert aussehen. Ein Trugbild aus Holz, ein Dach, das er erst vor ein paar Jahren geteert hatte, ein Eichengeländer, das er mit Abbeizmittel und Stahlwolle aufgearbeitet hatte, der dunkle Ölfleck draußen in der Einfahrt. Aber alle wußten, daß King niemals in die Divisadero Street zurückkommen würde. Wie konnte er sein Arbeitshemd ausziehen und zum Kühlschrank gehen, um sich ein Bier zu holen, wo doch nun alles Bergen gehörte, sogar der Garten, in dem King Connors immer Zitronenbäume hatte pflanzen wollen, so daß der Duft der frühen Zitronenblüten die hintere Veranda erfüllen würde. Bergens Name stand jetzt auf dem Vertrag, obwohl Dina die einzige war, die wußte, wo dieser Vertrag aufbewahrt wurde. Silver paßte es nicht, im Haus eines anderen Mannes zu wohnen. Wenn er vorher selten zu Hause gewesen war, dann war er jetzt noch seltener anwesend – an Wochenenden wußten Teresa und Silver, daß er überhaupt nicht zurückkommen würde; er setzte keinen Fuß in das Haus, bevor Arnie Bergen nicht nach San Francisco zurückgefahren war.

Es fiel Silver leicht, an den Wochenenden zu fliehen; endlich hatte er ein Auto gekauft, einen blauen Chevy mit weißen Ledersitzen. Er hatte seinen Job in Leona's Restaurant aufgegeben und besaß ein neues Zeitgefühl, eines, das nichts mit Uhren zu tun hatte. An Wochentagen, wenn Teresa zur Schule ging, kam Silver erst in der Morgendämmerung nach Hause. Er schlief dann bis nachmittags, und um zwei oder drei Uhr wachte er auf und zog eine der Blue Jeans an, die Dina für ihn bügeln mußte. Nach Kaffee und Frühstück pflegte Silver das Haus zu verlassen und in die Stadt zum Dragon zu fahren. Dort traf er sich mit Angel Gregory.

Silver war Angel Gregorys Laufbursche geworden; er fuhr die ganze Nacht hindurch nach Oakland oder South San Francisco, um in braunes Papier gewickelte und mit Kordel verschnürte Päckchen zu holen, saß auf den Hokkern in Bars in der Mission Street, mit einem Auge die Tür beobachtend, um sicher zu sein, daß ihn keine mitternächtliche Razzia daran hindern würde, nach Santa Rosa zurückzufahren und die Ware bei Gregory abzuliefern. Wenn es daran ging, die Droge zu verschneiden und zu verkaufen, stand Silver nur daneben und war der Bote. Silver hielt die Kontakte aufrecht, doch Gregory besaß die Kontakte, und der wichtigste war ein Mann namens

Vallais. Das große Geld gehörte Gregory, doch Silver brachte zweihundert Dollar pro Woche nach Hause, genug, um den Chevy zu kaufen, genug, um ihn für den Augenblick zufriedenzustellen, aber nur für den Augenblick – binnen kurzem, da war sich Silver sicher, würde er seinen Chevy gegen etwas Lohnenderes eintauschen können, würde er in einem brandneuen Sportwagen nach San Francisco fahren können, dessen Metall glänzen würde, wenn er im Mondschein über die Golden Gate Bridge fuhr, alle Fenster geöffnet, das Sternenlicht im Gesicht.

Gewiß, zu Beginn des Sommers hatte Silver geschworen, er werde nie für Gregory arbeiten, aber immerhin war es besser als die Arbeit bei Leona's und viel besser als der Umgang mit Nichtsnutzen wie Eddie und Roland. Außerdem hatte Silver nicht vor, ewig Laufbursche zu sein; er hatte die Absicht, Chef zu werden.

»Wo gehst du hin?« fragte Dina eines Tages, als Silver zum Kaffee in die Küche herunterkam. Es war fast vier Uhr nachmittags. »Wo bist du jede Nacht?« sagte Dina, während sie Tasse und Untertasse vor ihren Sohn hinstellte.

»Ich hab' ein anderes Leben«, sagte Silver lächelnd. »Ein geheimes Leben«, sagte er zu Dina. »Tagsüber bin ich nur ein armer Junge, aber nachts ...«

»Nachts?« fragte Dina.

Silver ging zu seiner Mutter und blieb dicht vor ihr stehen. »Millionär«, flüsterte er.

Silver strahlte eine Hitze aus, als brenne etwas unter seiner Haut. Dina schob ihn weg. »Millionär? Wie wär's dann, wenn du ein paar von unseren Rechnungen bezahlen würdest?«

Silver ging zum Tisch zurück und nahm seine Kaffeetasse. »Warum sollte ich?« fragte er. »Dazu hast du doch Bergen.«

»Arnie Bergen bezahlt nicht meine Rechnungen«, sagte Dina.

»Schon gut«, sagte Silver achselzuckend. »Wenn du meinst.«

»Wenn du denkst, es sei etwas zwischen mir und Arnie, dann irrst du dich.«

»Erzähl mir doch keinen Blödsinn«, sagte Silver. »Was glaubst du, wen du hinters Licht führen kannst? Außerdem ist es mir egal. Es ist dein Leben.«

Dina ging zur Hintertür und stieß sie mit dem Fuß auf. Es war ihr peinlich zuzugeben, daß sie tatsächlich mit einem Mann zusammen war, den ihr Sohn nicht mochte. »Raus«, sagte sie zu Silver.

»Ach, komm«, sagte Silver. »Du willst doch gar nicht, daß ich gehe.«

»Es ist mein Ernst.« Dinas Mund war zusammengepreßt, doch sobald sie sich das Haus ohne Silver vorzustellen begann, das Haus ohne diesen Geruch nach Feuer, bereute sie, die Tür aufgestoßen zu haben.

»Es ist nicht dein Ernst«, sagte Silver zu seiner Mutter. Er trank seinen Kaffee aus und stellte die Tasse auf das Abtropfbrett neben der Spüle. »Was würdest du ohne mich tun?« fragte er, während er seine Autoschlüssel vom Tresen nahm. »Schließlich«, sagte er zu Dina und ging zur Tür, »bin ich doch dein Liebling.«

Das stimmte. Wenn es Silver gewesen wäre und nicht Reuben, der in Los Angeles aus dem Zug stieg, dann hätte Dina sich monatelang in den Schlaf geweint und hätte für den Rest ihres Lebens an den Jahrestagen Kerzen angezündet. Sie bevorzugte Silver nicht, weil er jemand Bestimmtem ähnlich sah – obwohl er die dunklen Augen von Dinas Vater und die langen Beine von King Connors hatte –, sondern weil er so sehr er selbst war. Um Silver zu retten, hätte sie ihre beiden anderen Kindern sofort geopfert, und jedesmal, wenn sie ihn ansah, war sie sicher, daß er der vollkommene Fremde war, den sie schon seit jeher gekannt hatte.

Dina hatte immer von Männern wie Silver gehört; er war genau wie jene Gesetzlosen, die ihr Vater Arias genannt hatte – sein Name für die Männer, die aus dem Nirgendwo auftauchten, die auf weißen Pferden über die Mesas ritten und kein bestimmtes Ziel hatten, außer roten Wüsten, kühlen Wasserlöchern und den Flüssen, die sich ihren Weg durch Meilen schwarzer Felsen schnitten. Diese Arias waren keine Verlorenen, das hatte Dinas Vater sehr deutlich gesagt. Sie waren Reiter, die den Rückweg in die Städte kannten, aus denen sie gekommen waren, und sie kannten den Weg nach Hause, nach Virginia, New York oder ins ferne Spanien, aber sie kehrten nie um, gingen nie nach Hause, sondern waren immer unterwegs nach Westen, bewegten sich immer auf die Sonne zu.

Dinas Vater war ein seßhafter Mann, er wußte, daß er jeden Rosenbusch, den er pflanzte, blühen und gedeihen sehen würde. Er besaß ein Geschäft für Baumaterial, das vor ihm schon seinem Vater gehört hatte. Er beklagte sich nie, drohte nie, zu einem anderen Leben davonzulaufen. Dennoch beobachtete er die Hügel, und als Dina noch ein Kind war, unternahmen sie und ihr Vater nächtliche Spaziergänge. Sie ließen Dinas Mutter zu Hause und gingen so weit, daß sie keine Häuser mehr sehen konnten.

»Geister«, flüsterte Dina dann, wenn sie aus der Ferne ein Geräusch hörten, ein Geräusch, das leicht ein brechender Zweig oder die erste Andeutung eines Donners sein konnte.

»Ein Aria«, erwiderte ihr Vater dann. »Ein Mann, der nachts unterwegs ist.«

Mit der Zeit fand Dina heraus, wieso ihr Vater von solchen Männern wußte. Als er ein Junge gewesen war, war Dinas Vater von zu Hause weggelaufen. Er brach mitten in der Nacht auf, und zwar mit schweren Stiefeln und einem Lederrucksack, gefüllt mit Früchten und Brot. Er ging in die Hügel, an einen Ort, der Black Mesa hieß, wo die Felsen mondfarben und kalt waren. Zu Hause hatte es einen Streit gegeben – die Worte seines Vaters waren oft strenger als beabsichtigt, und der Streit war häßlich gewesen, über etwas so Dummes wie nicht in den Schrank gehängte Kleider und nicht gefütterte Hühner. Aber Dinas Vater war ein stolzer Junge; er ging in Richtung der Hügel und dachte nicht an Heimkehr. Er wanderte drei Tage lang, aber am vierten Tag gingen ihm die Lebensmittel aus, seine Stiefel waren plötzlich nicht mehr warm genug, und er schien viel zu weit von zu Hause entfernt zu sein. Und dann traf er eines Abends kurz nach Einbruch der Dunkelheit einen Aria, einen Mann auf einem Pferd, der von Osten kam.

Der Reiter trug dicke Satteltaschen und einen mit Türkisen besetzten Gürtel. Als er vom Pferd stieg, warf er keinen Schatten, und Dinas Vater ertappte sich bei dem Wunsch, sein eigener Vater möge bei ihm sein.

»Wenn du dich verirrt hast, gehörst du nicht nach hier draußen«, sagte der Aria, und dem mußte Dinas Vater zustimmen. »Solange du das weißt«, sagte der Aria zu dem Jungen, »gehörst du nach Hause.«

Der Aria teilte sein Abendessen mit dem Jungen. Der Mond war aufgegangen, und ein großer Falke kreiste am Himmel, während der Aria sein Essen verschlang und dann seine Töpfe mit schwarzem Sand reinigte. Dinas Vater bemerkte, daß sein Gefährte eine silberne Waffe trug, eine Pistole. Jeder Stern glänzte und war zehnmal so groß wie sonst.

In dieser Nacht konnte der Junge nicht schlafen. Er stellte sich Wölfe und Bären vor und ungezähmte Pferde mit diamantbesetzten Hufen. In der Morgendämmerung hob der Aria Dinas Vater auf sein Pferd, um ihn nach Santa Fe zurückzubringen. Jeder Augenblick versetzte den Jungen weiter in die Vergangenheit; er hielt Ausschau nach Koyoten und hielt sich an einem Mann fest, der sich auf dem Rücken des Pferdes so behaglich fühlte, als sei er sein ganzes Leben lang über die Mesa geritten.

Unterwegs flog dem Jungen Sand in die Augen; trotzdem kamen sie viel zu schnell nach Santa Fe. Der Reiter ließ ihn am Rand der Stadt vor einer Bäckerei zurück. Sie hatten kaum miteinander gesprochen, doch als der Aria davonritt und ihn auf einer Straße zurückließ, wo Zimt und Nelken in staubigen Flecken auf den Boden fielen, fühlte sich Dinas Vater, als würde ihm das Herz brechen. Er hätte alles dafür gegeben, in den Stiefeln des Aria zu stecken oder ihm wenigstens zu folgen, auf einem Pony reitend, das jeden Befehl an einem schlichten Nicken oder Zungenschnalzen erkannte. Doch der Aria hatte die Wahrheit gleich geahnt; Dinas Vater gehörte nicht nach dort draußen. Er war ein Stadtjunge, dessen Mut für dunkle Nächte und noch dunklere Begierden nicht reichte.

Sosehr er sich auch bemühte, Dinas Vater konnte diesen Reiter nicht vergessen, und in Gewitternächten, wenn Wildpferde über die Mesas zu stürmen schienen, schaute Dinas Vater immer zu den Hügeln, und Dina konnte sehen, wie er sich vor Sehnsucht verzehrte. Jedesmal, wenn das Gerücht ging, jemand sei über einen Gartenzaun geklettert, um Orangen oder Wasser zu stehlen, schwieg Dinas Vater still; er blickte auf den Sand zu seinen Füßen und suchte etwas Zeitloses, etwas, das mit dem Auge nicht zu erkennen war.

Als ihr Vater angefangen hatte, über die Männer in den Hügeln zu sprechen, war Dina ein Mädchen von zehn Jahren. Sie überlegte, ob sie weglaufen und sich ihnen anschließen sollte. Sie stellte sich vor, daß Frauen bei diesen Männern waren, Frauen, die Rubinohrringe trugen und ein Feuer entfachen konnten, indem sie Sand zwischen den Fingern rieben. Als sie ihrem Vater davon erzählte, lachte er laut auf. Diese Frauen, an die du denkst, sind nicht in den Hügeln, sagte Dinas Vater zu seiner Tochter, sie leben in Häusern am Stadtrand. Ihre Haustüre ist immer offen, und immer köchelt Essen auf dem Herd, das sie jederzeit servieren können. Diese Frauen wissen nie, wann und für wie lange ihre Männer nach Hause kommen werden. Sie wissen nie, ob ihre Männer Gold heimbringen oder nur Läuse. Einige von ihnen sind mit Arias verheiratet, andere nicht, aber sie alle warten an der Tür und schlafen fast jede Nacht allein.

Wenn der Mond voll und von einem bestimmten Orange ist, dann nehmen die Arias diese Frauen vielleicht mit. In diesen Nächten wissen die Frauen, warum die Arias so oft fern von zu Hause sind, sie wissen, warum ihre Männer eigentlich kein Heim haben und auch nie haben werden. Im Mondschein erschauern die Frauen, und das geschieht nicht, weil ihnen kalt wäre – es ist die Schönheit der Nacht, die sie frösteln läßt, und das Wissen, daß sie sich bis zum nächsten Ritt über die Mesas mit Häusern begnügen müssen, in denen es nie warm genug ist, und mit Dächern, die bei jedem Regen undicht sind.

Bald hörte Dina auf, an nächtliche Ritte zu denken, aber sie hatte beschlossen, den Rat ihres Vaters zu ignorieren. Halte niemals Ausschau nach einem dieser Männer, hatte er zu ihr gesagt, diese Männer sind wie Wölfe, sie kommen aus der Stille, wenn du sie am wenigsten erwartest. Sie haben eine Vorliebe für kostbare Steine und eisblaue Einsamkeit, und manchmal sind sie böse und manchmal nur stolz, aber sie handeln nie so, wie wir es tun. Sie denken anders als wir über Richtig und Falsch, sie kümmern sich nie um gelbe Rosen an einer Steinmauer, um Abendessen, das auf einem Porzellanteller serviert wird, um jemanden, mit dem sie reden können. Jeder Mann, der sagt, er würde nicht seine Haut hergeben, um einer von ihnen zu sein, ist ein Lügner, obwohl die Klugen wissen, daß sie mehr hergeben müßten als nur ihre Haut. Aber eine Frau, die nach ihnen Ausschau hält, verdient alles, was sie bekommt, und sie bekommt Einsamkeit bei Tag und auch bei Nacht.

Dina war bereit gewesen, dieses Risiko einzugehen, und zwar schon lange bevor sie King Connors kennenlernte. Und so stellte sie sich, als sie neben King im Garten der Nachbarn saß, dunkle Nächte, Küsse und orangefarbene Monde vor. Auf der Stelle entschied Dina, mit ihm zu gehen, wenn er die Stadt verließ.

»Ich gehe von hier weg, sobald ich kann«, sagte King an diesem Tag zu Dina. »Da, wo ich hingehe, gibt es blaue Reiher und Pelikane. Dunst steigt jeden Morgen vom Fluß auf, und die Schmetterlinge sind gelb und so groß wie meine Hand.«

»Kalifornien«, sagte Dina. Sie flüsterte das Wort wie verzaubert.

»Weiter kann man nicht gehen«, sagte King Connors zu ihr. »Wenn man am Strand von Goat's Rock steht und hinausschaut, könnte man ebensogut am Rand der Erde stehen.«

Als ihre Nachbarn das Essen servierten, zitterte Dina; sie hatte immer gewußt, daß dieser Tag kommen würde. King Connors war der Richtige für sie, da war sie sicher.

Dina saß neben ihm auf einem hölzernen Klappstuhl, zu nervös, um ihre Limonade zu trinken. Doch Dinas Vater erkannte Connors als das, was er wirklich war – ein Mann, der sich treiben ließ und keinen Wert auf ein Heim legte, selbst wenn das hieß, in einem von Obstbäumen umgebenen Wohnwagen zu leben. Als Dinas Vater die Augen zusammenkniff, konnte er sehen, daß seine Tochter unter irgendeinem Bann stand – er konnte es an ihrem weißen Baumwollrock, der knapp bis an die Knie reichte, und an der unberührten Limonade erkennen. Er rief sie beiseite; sie standen unter einem Aprikosenbaum.

»Du magst ihn, nicht?« fragte Dinas Vater, und als seine Tochter bejahte, knirschte er mit den Zähnen. »Dieser Mann ist nichts wert. Es gibt Millionen wie ihn.«

Dinas Haar war mit einer Samtschleife zurückgebunden; sie lehnte den Kopf an den Aprikosenbaum und lächelte.

Sie glaubt, sie habe ein Geheimnis, dachte der alte Mann. Sie glaubt, sie wisse etwas.

»Schau ihn dir doch an«, sagte Dinas Vater. »Er ist ein Niemand. Schau dir seine Stiefel an, Mädchen. Schau dir seine Hände an.«

Nach dem Essen, als der alte Mann mit seiner Tochter das Haus der Nachbarn verließ, wußte er, daß er sie verloren hatte. »Was siehst du in ihm?« fragte er.

»Ich dachte, du wüßtest das«, sagte Dina. »Er ist ein Aria!«

»Ein Aria!« sagte Dinas Vater. Er sprach jetzt leiser. »Ich weiß nicht mal, ob es so etwas gibt. Vielleicht habe ich die Arias erfunden.«

Dina schüttelte den Kopf. »Er ist einer von ihnen«, sagte sie zu ihrem Vater, und als sie aufschaute, fielen Sterne vom Himmel, und Pferde jagten über die Wolken.

Am anderen Ende der Stadt, in einem Motelzimmer mit

blauen Wänden und einem kleinen Spiegel über der Kommode, packte King Connors all seine Sachen ein. Er bezahlte seine Rechnung und fuhr dann zu einer Tankstelle, wo er sein Auto volltankte. Er säuberte die Windschutzscheibe und ging in den Verkaufsraum, um eine Schachtel Zigaretten und eine Karte von Neumexiko zu kaufen. Später traf Dina mit ihm zusammen. Als sie um Mitternacht aus dem Fenster ihres Schlafzimmers kletterte, hörte ihr Vater, wie sie sich an den Efeu klammerte, der bis zum Schornstein wuchs. Nachdem sie durch den Garten und aus dem Tor gelaufen war, ging der alte Mann nach oben in ihr Zimmer. Dort sah er auf der Fensterbank ihre staubigen Fußabdrücke. Er zog einen hölzernen Stuhl heran und starrte darauf, bis auch sie verschwunden waren, und um diese Zeit war Dina schon nach Westen unterwegs.

Als Dina entdeckte, daß sie sich in bezug auf King geirrt hatte, daß er alles andere als ein Aria war, war es zu spät. Nie hätte sie ihrem Vater ihren Irrtum gestehen können. Doch neuerdings spürte Dina, daß nicht alles umsonst gewesen war; neuerdings war sie sicher, daß ihr Vater jemanden beschrieben hatte, der damals noch nicht geboren war. Dina wünschte sich, ihr Vater hätte lange genug gelebt, um herauszufinden, daß einer von diesen Arias tatsächlich sein eigener Enkel war. Sein Enkel bewegte sich durch Santa Rosa wie ein nächtlicher Reiter, sein Enkel kannte keine Einsamkeit oder Angst. Dinas Vater hätte Silver bewundert, er hätte sich aus Furcht vor ihm zurückgezogen, und er hätte den Jungen gesegnet.

»Dieser Junge«, sagte Mrs. Raleigh, Maureens Mutter, eines Nachmittags, als sie und Dina in ihren Gärten standen, getrennt durch eine Hecke aus Jasmin und Unkraut; beide sahen zu, wie Silver in sein Auto stieg, auf das Gaspedal trat und mit quietschenden Reifen davonfuhr. »Er sollte lieber in die Schule gehen«, sagte Mrs. Raleigh. »Das würde ihm Schwierigkeiten ersparen.«

»Unmöglich«, sagte Dina zu ihrer Nachbarin. »Silver ist dafür bestimmt, in Schwierigkeiten zu geraten. Es gibt nichts, wovor er Angst hat.«

»Es gibt Gesetze, wissen Sie«, sagte Mrs. Raleigh. »Es gibt Gefängnisse. Es gibt eine Menge, wovor jemand Angst haben müßte, der sich so verrückt benimmt wie er.«

»Ich mache mir nie Sorgen um Silver«, sagte Dina stolz hinter der Jasminhecke. »Niemals.«

Obwohl er das niemandem eingestanden hätte, gab es einige Dinge, die Silver angst machten: der Gedanke, für den Rest seines Lebens für Angel Gregory zu arbeiten, die Aussicht, arm zu sein, und die Möglichkeit, daß die Frauen ihn eines Tages nicht mehr begehrten. Und Teresa. Er hatte Angst vor seiner Schwester, obwohl er nicht genau wußte warum. Wenn er dem Abendessen aus dem Weg ging, ging er Teresas Augen aus dem Weg, wenn er über die Wochenenden verschwand, war es nicht Bergens Anwesenheit, die ihn vertrieb, sondern Teresas. Die Kurve ihrer Wange ließ ihn erschauern, ein Blick von ihr erfüllte ihn mit plötzlichem Kummer; es gab Zeiten, in denen er sich bei dem Wunsch ertappte, sie wären noch Kinder und würden nie erwachsen werden. Teresa wußte nicht, wie oft Silver an sie dachte, sie wußte nur, was sie sah, und sie sah, daß Silver ihr auswich. Ein Teil von ihr war erleichtert, ein Teil von ihr wollte nichts mit ihm zu tun haben. Doch in ihrem Herzen fühlte sie sich verlassen. Je mehr sie sich von Silver distanzierte, desto einsamer fühlte sie sich, und sie begann die Angebote anzunehmen, die sie in der Schule von Jungen bekam. Sie ging in Kinos und zu Tanzabenden, sie kaufte sich Eyeliner und ein Paar hochhackige Schuhe, und bald nach ihrem fünfzehnten Geburtstag hörte sie auf, ihr Haar zu Zöpfen zu flechten, und trug es offen. Silver tat so, als bemerke er die Veränderung seiner Schwester nicht, aber sie entging ihm nicht. Männer blieben stehen und drehten sich nach ihr um, wenn sie über die Straße ging, Autos verlangsamten die Fahrt, und die Fahrer boten ihr an, sie mitzunehmen. Je häufiger sie zu Verabredungen ging, desto weniger Kontrolle glaubte Teresa darüber zu haben, wer sie war; allmählich glaubte sie, sie sei dazu bestimmt, alles zu sein, was von ihr erwartet wurde, und mit der Zeit ging sie mit jedem Jungen aus, der sie darum bat.

Nach einer Weile wußten es alle Jungen in der Schule – wenn man sie drängte, gab Teresa nach; wenn man sie erst überredet hatte, sich auf den Rücksitz eines Wagens zu setzen oder das Schlafzimmer im Haus eines Fremden zu betreten, war Teresa zu nahezu allem bereit. Sex brachte sie dem Vergessen einen Schritt näher; wenn Jungen, deren Namen sie kaum kannte, ihre Arme um sie schlangen, konnte sie Silver beinahe vergessen. Es dauerte nicht lange, bis Teresa eine viel erfahrenere Liebhaberin war als jeder der Jungen – bald war es Teresa, die als erste ins Schlafzimmer ging, aber sie blieb eine Schwimmerin, die in der Vergangenheit ertrank, die im jadefarbenen Wasser des Stausees feststeckte. Sie wurde zur Schauspielerin. Es gab Jungen, die überzeugt waren, sie sei verrückt nach ihnen, aber in diesem Herbst lehnte Teresa drei Angebote von drei Jungen ab, fest mit ihnen zu gehen. Maureen von nebenan war beeindruckt. Sie hatte nur einen Freund, Larry, dessen Namensarmband sie trug, bis er es zurückhaben wollte. Eines Nachmittags saßen die Mädchen nebeneinander auf der vorderen Veranda der Raleighs, beobachteten den Regen und teilten sich eine Zigarette, die Maureen aus der Handtasche ihrer Mutter stiebitzt hatte. Maureen sprach über ihren Bruch mit Larry und hatte Tränen in den Augen.

»Wenn er mich küßte«, gestand Maureen, »bewegte sich die Erde.«

»Ach, Maureen«, sagte Teresa. Sie zog an der gestohlenen Zigarette. »Wenn sich die Erde bewegt hat, so muß es ein Erdbeben gewesen sein.«

»Wir haben es getan«, sagte Maureen jetzt.

»Was getan?« fragte Teresa, obwohl sie eigentlich nicht mehr wissen wollte.

»Und jetzt stimmt etwas nicht«, sagte Maureen. Der Regen plätscherte auf das Verandageländer dicht vor ihren Füßen. Teresa knöpfte ihre Jacke zu und wünschte, Maureen würde den Mund halten. »Ich habe meine Periode nicht mehr«, flüsterte Maureen. »Sie kommt einfach nicht.«

Maureen und Teresa beobachteten den Regen; sie sahen einander nicht an, und ihr Atem bildete Wölkchen.

»Seit wann?« fragte Teresa endlich.

»Seit drei Monaten«, antwortete Maureen. »Vielleicht bin ich krank«, flüsterte sie hoffnungsvoll. »Vielleicht hab' ich einen Tumor.«

»Du bist schwanger«, sagte Teresa.

»Bin ich nicht«, weinte Maureen. »Bin ich nicht. Ich hab's nur zweimal gemacht.«

Teresa starrte in die Pfützen auf der Veranda. »Was willst du tun?«

Maureen zuckte mit den Schultern. »Nichts. Was kann ich tun?«

»Was ist mit Larry?« fragte Teresa. »Willst du's ihm nicht sagen?«

»Nein«, antwortete Maureen entsetzt.

Bei allen Jungen, mit denen sie in den letzten paar

Monaten zusammengewesen war, hatte Teresa nicht ein einziges Mal an Schwangerschaft gedacht – das war etwas, was anderen Leuten passierte, Mädchen in anderen Städten, niemals jemandem, den sie kannte.

»Deine Eltern«, sagte Teresa.

»Wenn du irgend jemandem ein Wort sagst, bring ich dich um«, sagte Maureen. »Ich rede nie wieder mit dir.«

Bald fanden die Raleighs Maureens Zustand von selbst heraus. Ende des Monats war Maureen von der Schule abgemeldet; die Koffer mit ihren Kleidern waren gepackt. An einem selten sonnigen Tag in der letzten Novemberwoche wusch Mr. Raleigh sein Auto und warf dann drei Koffer in den Kofferraum.

»Ich gehe weg«, flüsterte Maureen Teresa durch die Hecke zu, die ihre Hintergärten trennte.

»Sie können dich nicht einfach wegschicken«, sagte Teresa. »Sie können dich nicht zwingen.«

»Es ist schon in Ordnung«, sagte Maureen. »Ich gehe ja nicht in eine Besserungsanstalt oder so. Es ist wie ein Internat; es gibt sogar ein Schwimmbad. Ein Hallenschwimmbad.«

»Tut mir leid«, sagte Teresa.

»Wenn du irgend jemandem in der Schule etwas sagst, bin ich nie wieder deine Freundin«, schwor Maureen.

»Niemals«, versprach Teresa.

»Ich bekomme bloß das Baby, und dann komme ich zurück«, sagte Maureen. »Aber du sollst keine andere beste Freundin haben, solange ich weg bin.«

»Mach dir darüber keine Sorgen«, sagte Teresa. »Das würde ich nie tun.«

Als Teresa sah, wie der Wagen der Raleighs aus der Einfahrt fuhr, bedauerte sie keine Minute lang, daß sie Maureen nicht ihre eigenen Geheimnisse erzählt hatte. Aus Maureens Fortgang lernte sie, vorsichtiger zu sein, zu verlangen, daß ihre Freunde sie vor einer Schwangerschaft schützten. Es war ihr egal, wie sie das taten, sie wollte es gar nicht wissen, sie wollte nur, daß es geschah. Und obwohl keiner ihrer regelmäßigen Freunde dagegen protestierte, gab Teresa allmählich einem nach dem anderen den Laufpaß. Die Jungen, die sie kannte, waren Lichtjahre von der Vollkommenheit eines Aria entfernt; sie wirkten wie Kinder, und sie hätte nie daran gedacht, einen von ihnen nach Hause mitzubringen – Silver hätte in einer Ecke gesessen und jeden einzelnen der Jungen ausgelacht, mit denen sie sich traf. Wenn sie mit jemandem ausging, mußte es jemand sein, den Silver respektieren oder wenigstens nicht auslachen würde. Und das war der Grund, warum Teresa an einem Winternachmittag die Einladung von Silvers ehemaligem Freund Eddie annahm.

Teresa saß in einer Nische in Max's Café in der Webster Street. Sie hatte sich nach der Schule dorthin geflüchtet, um einem Regenguß zu entgehen, und hatte Pommes frites und eine große Vanille-Coke bestellt. Jetzt, da Maureen fort war, war Teresa reich – sie hatte das ganze Geld vom Babysitten geerbt und arbeitete fast jeden Abend. An diesem Nachmittag, als die Pommes gerade auf dem Tisch standen, dachte Teresa an Maureen und fragte sich, wann ihr Baby zur Welt kommen würde. Dann blickte sie zufällig auf – Eddie stand an der Theke, trank einen Kaffee und starrte sie an.

Rasch wandte sie den Blick ab. Teresa hatte Eddie seit jenem Tag am Stausee nicht mehr gesehen. Sie trank ihre Coke und hatte Angst aufzuschauen, Angst, Eddie könnte sie für das Ende seiner Freundschaft mit Silver verantwortlich machen. Ohne hinzusehen, wußte sie, daß er seine Tasse genommen hatte und durch den Gang kam. Als er vor ihrer Nische stehenblieb, fühlte sich

Teresa, als könnte ihr Herz ihr durch den Mund entweichen, und so preßte sie die Lippen zusammen. Sie schaute erst auf, als Eddie mit den Fingerknöcheln auf die Resopaltischplatte klopfte.

»Was dagegen, daß ich mich hinsetze?« fragte Eddie. Er hatte seine Tasse schon auf den Tisch gestellt.

Teresa zuckte mit den Achseln. »Nein«, sagte sie, aber sie nahm die Hände vom Tisch und legte sie in den Schoß. Er sollte nicht sehen, daß sie zitterte.

Eddie kam gleich zur Sache. »Du siehst gut aus«, sagte er zu Teresa. »Wirklich gut.«

«Ja?« sagte Teresa. Sie griff nach ihrer Limonade und trank. »Findest du?«

»Anders«, sagte Eddie. »Erwachsen.«

Teresa wurde kühner. »Fragst du nicht nach meinem Bruder?« sagte sie.

»Nein«, sagte Eddie. »Tu ich nicht.«

»Er arbeitet jetzt für jemanden namens Gregory«, sagte Teresa ungefragt. »Er ist fast nie mehr zu Hause.«

»Ach ja?« sagte Eddie lächelnd. »Ist das eine Einladung?«

»Nein«, sagte Teresa rasch. Dann begegnete sie Eddies Blick. Er sah ebenfalls anders aus, fast so gut wie Silver. Und Teresa lächelte, als sie sich vorstellte, wie wütend und eifersüchtig Silver sein würde, wenn sie sich mit Eddie traf. »Vielleicht doch«, räumte sie ein.

»Ich hab' einen Job in einer Werkstatt«, sagte Eddie zu ihr. »Ich hab' einen eigenen Wagen.«

»Silver hat auch einen Wagen«, sagte Teresa. »Einen Chevy. Dunkelblau mit weißen Sitzen.«

»Hör zu«, sagte Eddie. Er beugte sich über die Tischplatte und nahm Teresas Hand in seine. »Erwähne in meiner Gegenwart nie mehr dieses Arschloch, kapiert?«

Teresa nickte und entzog ihm ihre Hand. Ihr Herz

pochte – sie brauchte nur ein Wort zu Silver sagen. Nur aufstehen, nach Hause gehen und Silver sagen, daß Eddie ihre Hand gepackt hatte. Ein Wort, und Silver würde vor Eddies Haustür stehen und am Fliegengitter rütteln, bereit, sich für sie zu schlagen. Teresa lehnte sich zurück, lächelte und nahm dann eine Zigarette aus Eddies Pakkung Marlboros. Sie zündete ein Streichholz an und blies es aus, während sie Eddie ansah.

»Wenn ich Silver sagen würde, was du gerade gesagt hast, würde er dich umbringen.«

»Sagen wir, er würde es versuchen«, sagte Eddie.

Sie waren dabei, etwas Gefährliches zu tun, und sie wußten es. Über den Tisch hinweg lächelten sie einander an.

»Ich finde, daß du schön bist«, sagte Eddie. »Habe ich immer gefunden.«

»Nein, hast du nicht«, sagte Teresa, plötzlich schüchtern.

»Na, aber jetzt finde ich's«, sagte Eddie zu ihr. »Du bist schön.«

Teresas Gesicht fühlte sich heiß an; sie senkte den Blick. »Ich hab' auch einen Job«, sagte sie zu Eddie. »Als Babysitter. Heute abend bin ich in der Greene Street fünfundvierzig. Da gibt es einen Zweijährigen, aber er ist um acht im Bett.«

»Acht Uhr«, wiederholte Eddie.

Sie saßen am Tisch und rauchten Zigaretten. Draußen hörte es zu regnen auf.

»Wenn er wüßte, daß wir hier zusammengesessen haben, würden wir Schwierigkeiten bekommen«, sagte Teresa mit leiser Stimme.

»Ach ja?« sagte Eddie. »Und was wäre, wenn er wüßte, daß ich heute abend in die Greene Street fünfundvierzig komme?«

»Du kommst ja nicht«, sagte Teresa, aber sie wußte, daß er kommen würde; mehr noch, sie wünschte sich, er würde kommen.

Als Teresa das Café verließ, war ihr schwindlig vor Aufregung und Scham. Sie war erleichtert, als Silver zum Abendessen nicht nach Hause kam; so brauchte sie ihm nicht ins Gesicht zu sehen, ehe sie das Haus verließ. Sie hatte sich mit der gleichen Lässigkeit gekleidet wie für einen alten Bekannten; sie tat so, als sei sie nicht nervös und als fühle sich nicht jeder Schritt, den sie ging, wie ein Verrat an. Sie versuchte sich einzureden, das Treffen mit Eddie habe nichts mit Rache an Silver zu tun, aber sie war nervös wie jemand auf der Flucht, und als Linda und Joel Harmon an diesem Abend ins Kino gingen, hätte Teresa sie fast gebeten, zu Hause zu bleiben. Sie bereute, daß sie Eddie gesagt hatte, wo sie arbeitete. Aber es half alles nichts: Teresa war einverstanden gewesen, Eddie zu treffen, weil sie wußte, wenn sie und Eddie sich küßten, würde auch Silver anwesend sein. Später am Abend, wenn sie ins Schlafzimmer gehen und die Rolläden herunterlassen würden, wenn Eddie seine Jeans ausziehen und sie über einen Eichenstuhl legen würde, würde Teresa so intensiv an Silver denken, daß ihre Gedanken Silver fast aus der Bar in Oakland trieben, wo er ein Bier trank und auf ein Treffen mit einem von Gregorys Kontaktleuten wartete.

Doch für eine Absage war es zu spät, zu spät, alle Türen und Fenster zu verschließen. Teresa brachte den Zweijährigen zu Bett, und dann wartete sie. Um halb neun bog Eddie in die Einfahrt. Teresa fuhr sich mit dem Kamm durchs Haar und überprüfte ihr Maskara; sie nahm die Whiskeyflasche heraus, die Joel Harmon unter der Spüle in der Küche versteckte. Um zehn Uhr waren sie bei ihrem zweiten Whiskey und hatten fast ein halbes Päckchen von Eddies Zigaretten geraucht. Sie saßen im Wohnzimmer und sprachen wenig, sondern lauschten dem Wind. Eddie saß in einem Schaukelstuhl. Die Ärmel seines Hemdes waren aufgekrempelt, und seine Augen waren prüfend auf Teresa gerichtet.

»Für mich siehst du nicht aus wie fünfzehn«, sagte Eddie. »Vom Aussehen her bist du mein Typ.«

Er nahm ihre Hand und führte sie ins Schlafzimmer, als sei er schon hundertmal im Haus gewesen. Teresa ließ die Jalousien herunter; dann setzte sie sich auf das Bett und zog die Schuhe aus. Sie griff nach oben, um den Reißverschluß ihrer Jacke zu öffnen.

»Das mache ich«, sagte Eddie. Er kam herüber und zog ihr die Jacke über den Kopf. Dann sagte er Teresa, sie solle sich hinlegen. Er drückte sie auf das Laken mit dem Palmenmuster. »Laß mir Zeit«, sagte er zu Teresa. »Wir haben ja den ganzen Abend, nicht? Und ich habe darauf gewartet«, flüsterte er. »Ich habe lange darauf gewartet.«

Alle Jungen, die Teresa gekannt hatte, hatten es eilig gehabt, sie hatten ihre Jeans auf den Rücksitzen der Autos ausgezogen und es so schnell wie möglich gemacht. Jetzt aber zog Eddie Teresa alle Kleider aus und entkleidete sich auch selbst ganz; er ließ sie still auf dem Bett liegen und fuhr ihr so langsam mit den Händen über die Brüste, daß sie erschauerte. Sie spürte, daß er über sie lachte, sie konnte es an seinen Fingerspitzen fühlen. Als das Telefon läutete, wollte Teresa aufstehen, um den Hörer abzunehmen, aber Eddie hielt sie zurück.

»Laß es klingeln«, sagte er.

»Es könnte Mrs. Harmon sein«, sagte Teresa. »Es könnten alle möglichen Leute sein.«

»Es ist mir egal, wer das ist«, sagte Eddie. »Laß es klingeln.«

Als er dann auf ihr lag, konnte Teresa sich nicht mehr

bewegen. Er fuhr mit der Zunge über ihre Ohrmuschel, als das Telefon wieder läutete, läutete, läutete. Dann flüsterte er: »Vielleicht ist das Silver. Vielleicht weiß er, was ich in diesem Augenblick mache.«

Teresa fröstelte; sie war nervös in der Dunkelheit, wußte, daß sie nicht allein waren. Sie war nicht die einzige, die an Silver gedacht hatte, und jetzt war offenkundig, daß Eddie nur aus einem einzigen Grund hier war. Er war grob, als wollte er sie zum Schreien bringen, denn als sie keuchte, schien er sie noch mehr zu begehren, er schien bei jedem Ton Silvers Stimme zu hören. Teresa hätte alles getan, was er sagte; als er ihr befahl, sich umzudrehen und sich auf Hände und Knie zu erheben, damit er seinen Penis gewaltsam in ihren After einführen konnte, schloß Teresa die Augen und gehorchte. Eddie gab die Befehle, Eddie arrangierte die Sache so, wie er sich das lange vorgestellt hatte, und selbst als Teresa sicher war, daß er im Café nur deshalb zu ihr an den Tisch gekommen war, weil sie Silvers Schwester war, verfluchte sie diese Begegnung nicht. Erst als ihr klar wurde, daß er sie vermutlich nie wirklich für schön gehalten hatte, begann sie zu weinen. Aber sie tat es heimlich, sie gab keinen Laut von sich, nur ihre Tränen fielen auf das Laken. Wieder und wieder stellte Teresa sich vor, daß sie bestraft wurde; im stillen flehte sie Silver an, ihr zu vergeben. Als Eddie sich aus ihr zurückgezogen hatte und bäuchlings auf das Bett gefallen war, zog Teresa die Beine an und umklammerte das Kissen, so fest sie konnte.

»Ich wußte es«, sagte Eddie später, als er sich zu ihr umwandte. »Ich wußte, daß ich dich früher oder später kriegen würde. Ich wußte es in der Minute, in der er sagte, ich wäre nicht gut genug.«

Teresa lehnte sich an das hölzerne Kopfende des Bettes, die Arme noch immer um das Federkissen geschlungen. Eddie zog sich an; er griff nach seinen Stiefeln und seiner Jeansjacke. Im Nebenzimmer drehte sich der Zweijährige im Schlaf um; am anderen Ende der Stadt sahen sich seine Eltern im Dunkeln einen Film an, während Teresa in ihrem Bett die Knie anzog und erst allmählich merkte, wie wund sie war.

Eddie zündete sich eine Zigarette an und setzte sich ans Fußende des Bettes. Teresa wünschte sich, er würde einfach verschwinden; er wollte gehen, er wollte sich umdrehen und ohne ein weiteres Wort aus der Tür gehen, das konnte Teresa an seinen Augen sehen und daran, wie er mit den Knöpfen seiner Jacke spielte.

»Du verstehst, daß ich dich nicht anrufen werde«, sagte Eddie.

Teresa zuckte mit den Schultern; als sie ihn ansah, erkannte sie ihn kaum.

»Ich weiß, daß du Silver nichts erzählen wirst«, sagte Eddie jetzt. »So dumm bist du nicht.«

Vorsichtig sah Teresa zu ihm auf; sie konnte nicht glauben, daß er sie vor wenigen Augenblicken noch berührt hatte. Er klopfte auf die Bettdecke; jetzt, da es vorbei war, schien er nervös. Doch Eddie brauchte sich keine Sorgen zu machen; es war zu spät für Teresa, Silver davon zu erzählen. Wenn sie es jemals täte, würde er sie nur anstarren, weiter nichts, aber in seinen Augen würde sie den Vorwurf erkennen, ihn verraten zu haben.

»Nein«, sagte Eddie. »Natürlich wirst du ihm nichts erzählen. Das wagst du nicht.«

Als er ging, brachte ihn Teresa nicht zur Tür. Sie blieb, wo sie war, und hörte, wie die Haustür zufiel. Doch auch als er fort war, machte sie sich nicht die Mühe, aufzustehen und in der Küche das Licht auszuschalten, sie kümmerte sich nicht darum, ob die Haustür abgeschlossen war. Sie ließ ihre Kleider in einem Häufchen auf dem Boden liegen und zog die Decke um sich, bis es sich so anfühlte, als werde sie statt von Federn und Baumwolle von einem Menschen umschlungen. Sie dachte an den Sommer und stellte sich vor, draußen zirpten Grillen und sängen sie in den Schlaf. Und so wurde sie von den Harmons gefunden, als sie in dieser Nacht um halb zwei nach Hause kamen. Linda Harmon kniete neben dem Bett nieder und flüsterte, Teresa solle aufstehen; Joel Harmon stand in der Schlafzimmertür und starrte auf das Kleiderhäufchen auf dem Boden.

In dieser Nacht schliefen die Harmons im Wohnzimmer. Zuerst riefen sie Dina an, um ihr zu sagen, Teresa übernachte bei ihnen; dann nahmen sie die Kissen von der Couch, zogen sie aus, bezogen sie mit blauen Laken und sahen nach ihrem Sohn. Schließlich bemerkten sie die beiden halbleeren Whiskeygläser und rochen den Qualm, der in der Luft hing, und sie flüsterten darüber, welchen Vortrag sie Teresa am nächsten Morgen halten würden. Doch morgens wollte Teresa noch immer nicht aufwachen.

Joel Harmon hatte Lust, die Polizei zu rufen, er wollte sehen, wie sie Teresa auf einer Bahre wegtrugen. Aber als Linda ins Schlafzimmer ging, sich niederbeugte und Teresas langsamen Atemzügen lauschte, verwandelte sich die Wut, die sie in der Nacht auf das Mädchen gehabt hatte, in Furcht. Sie überredete ihren Mann, nochmals Teresas Mutter anzurufen; sie sagte zu Joel, es sei besser, wenn sie das Mädchen nicht anfaßten, ja, sie nicht einmal ansähen.

Nach dem Anruf saßen die Harmons auf der Couch. Sie hätten nicht nervöser sein können, wenn ein Braunbär in ihrem Bett geschlafen hätte. Ein paar Blocks entfernt starrte Dina einen Augenblick das Telefon an, nachdem sie den Hörer aufgelegt hatte. Dann ging sie nach oben in Silvers Zimmer und weckte ihn. »Ich möchte, daß du in die Greene Street fährst«, sagte sie zu ihm. »Du mußt Teresa abholen.«

Silver zog sich die Decke über den Kopf. »Um die Zeit?« sagte er. »Ich bin erst um drei nach Hause gekommen.«

»Jetzt sofort«, sagte Dina. »Teresa ist wieder krank.«

Silver stand auf und zog sich an, streifte eine zerknitterte Jeans, ein blaues Hemd und eine schwarze Lederjacke über; er machte sich nicht einmal die Mühe, sich mit einem Kamm durchs Haar zu fahren. Auf dem Weg in die Greene Street trat er das Gaspedal durch; er hatte noch keine Zigarette geraucht und keinen Kaffee getrunken. Als er in die Einfahrt einbog, erwartete ihn Joel Harmon an der Haustür.

»Ich weiß nicht, was zum Teufel sich gestern abend hier abgespielt hat«, sagte Joel Harmon. »Vermutlich Drogen, irgendeine Drogenparty, und jetzt kriegen wir sie nicht wach.«

Silver ging ins Schlafzimmer; die Jalousien waren noch geschlossen, es hätte Mitternacht sein können. Er sammelte Teresas Kleider ein, ging dann ins Wohnzimer und gab sie Linda.

»Könnten sie die in eine Einkaufstüte tun?« fragte er.

Linda Harmon nickte; sie ging in die Küche, nahm eine braune Papiertüte heraus, faltete die Kleider zusammen und legte sie hinein. Ihr Herz raste. Sie wollte sie aus dem Haus haben, beide, das schlafende Mädchen und den jungen Mann, der so früh am Morgen schwarzes Leder trug.

Silver war ins Schlafzimmer zurückgegangen, und nachdem er dort war, fühlte er sich wie hypnotisiert. Er hätte Teresa für alle Ewigkeit im Schlaf beobachten können. Er fragte sich, ob er sich überhaupt würde bewegen können, und als er es tat, bewegte er sich schnell, als fürchte er, für immer zu erstarren. Silver zog die Decke zurück; Teresa hatte die Beine angezogen, und ihr linker Arm verdeckte eine Brust. Er versuchte, nicht zu lange hinzusehen, zog das Laken heraus und hüllte sie darin ein. Dann hob er Teresa vom Bett. Ihr langes Haar fiel in losen Strähnen herunter, und jede Strähne blieb an Silvers Haut kleben und fühlte sich an wie elektrisch geladen.

»Wo wollen Sie denn mit diesem Laken hin?« fragte Joel Harmon, als Silver im Wohnzimmer innehielt, um die Tüte mit Teresas Kleidern mitzunehmen.

Silver lächelte kurz. »Sie ist nackt«, sagte er. »Wollen Sie ihr das Laken abnehmen?«

»Bringen Sie sie nach Hause«, drängte Linda Harmon. »Das ist alles, was wir wollen.«

Silver ging nach draußen; er öffnete die Beifahrertür des Chevy und hob Teresa auf den Sitz. Während er fuhr, lehnte ihr Kopf an seinem Schenkel; das Laken verschob sich ein wenig und zeigte ihre nackten Schultern. Zu Hause hatte Dina bereits Teresas Bett vorbereitet, eine Kerze auf der Kommode angezündet und die Vorhänge zugezogen. Sie stand auf dem Treppenabsatz und sah zu, wie Silver Teresa nach oben trug. Während Dina die Augen schloß, sich auf das Geländer stützte und wünschte, sie hätte mehr Glück, legte Silver Teresa auf das Bett. Er zog die Decke zurück, wickelte sie aus dem geliehenen Laken und betrachtete sie, solange er es wagte. Als er sie schließlich zudeckte, wußte er, daß er nie fragen würde, was in der Nacht zuvor geschehen war. Er konnte nicht einen Augenblick länger bleiben, nicht, ohne an den Stausee zu denken, nicht, ohne sich an einen Tag zu erinnern, an dem Falken über einen Himmel flogen, der blau wie Saphire war. Silver ging hinaus, schloß die Tür hinter sich und stieg dann hinunter zu Dina, um ihr zu sagen, alles sei in Ordnung.

Teresa schlief fast zwanzig Stunden; als sie aufwachte, war die Kerze heruntergebrannt, und Silver war schon zu seinen nächtlichen Ausflügen aufgebrochen. Sosehr Teresa sich auch anstrengte, ihn auf der anderen Seite der Wand zu hören, sie vernahm seine Schritte nicht – denn er hatte bereits all seine Päckchen für Gregory ausgeliefert und saß jetzt in seinem geparkten Wagen vor einem einstöckigen Haus am anderen Ende der Stadt. Im oberen Stockwerk wartete ein siebzehnjähriges Mädchen namens Lee darauf, heimlich aus dem Schlafzimmerfenster zu klettern; fast jede Nacht kroch sie über das Garagendach und ließ sich dann an der Regenrinne hinunter. Wenn sie sicher war, daß ihre Füße nahe über dem Boden waren, sprang sie und rannte dann zu Silvers Auto. Eigentlich wollte Silver keine feste Freundin, keine Liebste mit großen blauen Augen. Er traf sich mit Lee, weil es einfach war – er hatte sie niemals auch nur ausgeführt. Lee war eines Nachts im Dragon auf ihn zugekommen. Sie hatte sich mit dem Führerschein ihrer älteren Schwester ausgewiesen, und als sie Silver auf der anderen Seite des Raumes sah, hatte sie sich eher wie fünfundzwanzig als wie siebzehn gefühlt; sie fühlte sich zu ihm hingezogen, angezogen von heißen, weißen Fäden.

Lee achtete darauf, um nichts zu bitten – um keine Geburtstagsgeschenke oder Telefonanrufe, keine Versprechen unsterblicher Liebe, nicht einmal um Treue. Es war nicht so, daß sie sich all das nicht gewünscht hätte, aber sie wußte, Silver diktierte die Bedingungen ihres Zusammenseins, und sie spürte, daß seine Bedingungen sich jederzeit ändern konnten. Wenn sie um Mitternacht nicht die Scheinwerfer von Silvers Wagen vor ihrem Haus sah, konnte sie die ganze Nacht nicht schlafen; sie stellte sich Silver mit anderen Mädchen vor, mit älteren Frauen, die mehr von Liebe verstanden als sie. Sie flüsterte seinen Namen, sie kaute an ihren Fingernägeln, bis sie bluteten und auf ihrem Nachthemd und ihrem blauen Lambswoolpullover rote Spuren hinterließen.

Doch in den Nächten, in denen er auftauchte, schien sich all das Warten gelohnt zu haben. Wenn sie über die Straße gingen, drehten sich alle Frauen um, um Silver anzustarren, aber es war Lee, die sich bei ihm einhakte, und sie warf den Kopf zurück, so daß ihr blondes Haar triumphierend flog. Sie wußte, daß ihre Stellung unsicher war; jede ihrer Freundinnen hätte liebend gern mit ihr getauscht, und sie war sicher, daß jede einzelne sie betrügen würde, wenn sie die Chance dazu hätte: ein Anruf, ein Zwinkern, eine Einladung zu einer Nacht des Begehrens. Also klammerte sie sich fest an Silver, schrieb seinen und ihren Namen in die Toiletten aller Bars in der Stadt und umrandete die Namen mit blutroten Herzen. Wenn Frauen im Dragon Silver etwas zu lange ansahen, dann schob Lee ihre Hand in Silvers Jeans; es war ihr egal, wer sie sah, sie wollte, daß die Frauen zuschauten, und sie starrte sie an, bis sie die Blicke senkten.

Es war so einfach, mit Lee zusammenzusein, daß Silver mehr und mehr Zeit mit ihr verbrachte; es wurde gesagt, sie sei seine feste Freundin, es wurde geklatscht, er habe sich endlich verliebt. Eigentlich war es Silver egal, was andere Leute sagten – er kannte die Wahrheit. Er wollte jederzeit eine Frau, und es war ihm ziemlich gleichgültig, um wen es sich dabei handelte.

In der Nacht, als Teresa gerade aus dem Schlaf erwachte, der in der Greene Street begonnen hatte, hatte

Silver seinen ersten ernsthaften Streit mit Angel Gregory. Silver war nervös in dieser Nacht, er war es von Anfang an gewesen. Er konnte nicht aufhören, darüber nachzudenken, was in der Greene Street passiert war – und das Nachdenken machte ihn ohnmächtig und aggressiv. Als Lee durch die Dunkelheit gelaufen kam und in seinen Wagen stieg, sagte Silver kein Wort zu ihr. Er beugte sich über das Steuer und dachte an Teresa, und als Lee sich herüberbeugte und ihn küßte, stieß er sie nicht weg, sondern sah sie verwirrt an, als sei sie eine Fremde. Ihr Parfum duftete nach Flieder; als sie ihn küßte, fühlte ihr Mund sich kalt an.

»Mußt du heute nacht für Gregory arbeiten?« fragte Lee, während sie zum Dragon fuhren. Obwohl Lee Silver auf einigen seiner Fahrten spät in der Nacht begleitet und im geparkten Wagen auf ihn gewartet hatte, hatte sie ihn nie gefragt, worin seine Tätigkeit genau bestand. Sie begriff, daß er ihr nur soviel sagen würde, wie er für gut befand.

»Ich *muß* für keinen arbeiten«, sagte Silver mürrisch, und Lee merkte, daß er bereits getrunken hatte.

»Hast du für heute alle Lieferungen erledigt?« fragte Lee, als arbeite Silver für eine Apotheke oder ein Lager mit Autoersatzteilen statt für einen Drogendealer.

»Scheiße«, sagte Silver. Er rümpfte die Nase. »Was ist das für ein Geruch, verdammt?«

Lee lehnte sich in die Lederpolster. »Parfum«, sagte sie.

»Na, mir gefällt's nicht«, sagte Silver. »Nimm es nicht mehr.«

Später, als sie ins Dragon kamen und Silver für sich einen Tequila und für Lee eine Limonade bestellt hatte, ging Lee in die Damentoilette und wusch sich mit einem feuchten Papiertuch Hals und Handgelenke ab. Sie rieb an ihrer Haut, bis der letzte Rest des Parfumdufts verschwunden war, doch noch als sie an die Bar zurückging, hatte sie Angst, der Geruch von Flieder – das Parfum hieß »Verlangen« – hafte noch an ihr und bringe Silver dazu, sich abzuwenden. Als sie am Türsteher vorbeikam, lächelte er ihr zu und verlangte keinen Altersnachweis; er wußte, daß sie zu Silver gehörte, und das war Beweis genug. An der Bar stand Gregory neben Silver, aber Silver schaute geradeaus, seine Augen waren schmal und dunkel.

»Ich bin nicht dein Junge«, hörte Lee ihn zu Gregory sagen. »Also nenne mich nicht so.«

»Solange du für mich arbeitest, nenne ich dich, wie ich will«, sagte Gregory.

»Für dich arbeiten?« sagte Silver. »Ich könnte dein Geschäft auf der Stelle übernehmen. Bei mir wären die Kunden zufriedener als bei dir.«

»Also das hast du im Sinn?« sagte Gregory. »Dann will ich dir gleich sagen, daß ich für einen Vizepräsidenten keine Verwendung habe.«

»Wozu streiten wir uns?« sagte Silver daraufhin zu Gregory, und er spendierte dem anderen Mann einen Drink und stieß sogar auf Gregorys weiteren Erfolg an. Aber später, als er und Lee auf einer ungepflasterten Straße in der Nähe von Cannon's Field parkten, wurde Silver den Gedanken an Angel Gregory nicht los.

»Er benimmt sich wie ein verdammter Diktator«, sagte Silver. »Aber ich laß mir von keinem Vorschriften machen.«

»Vergiß ihn«, sagte Lee. Sie schaltete die Standheizung ein und kletterte auf den Rücksitz. »Denk an mich«, flüsterte sie, während sie Silvers Arm ergriff und ihn aufforderte, zu ihr nach hinten zu kommen.

Sie liebten sich schweigend. Die ganze Zeit, während

er sie in den Armen hielt, dachte Silver daran, wie er Gregorys Geschäft übernehmen könnte, und als sie fertig waren und Lee ihn zu einem letzten Kuß zu sich herunterzog, wußte Silver, was er tun würde.

In den nächsten paar Wochen widersprach Silver Gregory niemals, er war der perfekte Angestellte. Doch jedesmal, wenn er Ware lieferte, redete er den Kunden ein, sie seien unzufrieden mit Gregory. Als er wußte, daß er ein Feuer entzündet hatte, schlug er vor, sie sollten sich in Zukunft an ihn halten. Silver bot Preisnachlässe an, er sprach in aufrichtigem Ton, und wenn es nötig war, log er. Er deutete geschickt an, Gregory habe einmal einen seiner Kunden verpfiffen und sei kein vertrauenswürdiger Mann. Binnen kurzer Zeit waren Dutzende von Kontakten bereit, zu Silver überzulaufen. Das einzige Problem war, sich Gregory vom Hals zu schaffen, und zwar nach Möglichkeit ohne Mord.

Nicht lange nach seinem achtzehnten Geburtstag war Silver zum ersten Mal höflich zu Bergen; er hatte einen Plan und wollte die Meinung des Detektivs hören. Und so überraschte Silver die Familie eines Samstagabends damit, daß er zum Essen daheim blieb.

»Was würden Sie sagen«, fragte Silver Bergen, »wenn Sie Polizist wären und einen anonymen Anruf bekämen, einen Hinweis auf irgendwelche kriminellen Aktivitäten?«

Bergen löffelte Bratensaft über sein Roastbeef. »Ich war nie Polizist«, sagte er zu Silver. »Also kann ich dir eigentlich nicht sagen, was ich denken würde.«

Silver unterdrückte ein verächtliches Schnauben. »Na ja«, sagte er und schob seinen Teller weg, »benutzen Sie Ihre Phantasie.« Silver griff nach einer Flasche Bier. »Gehen Sie der Sache nach und nehmen Sie den Kerl fest, oder tun Sie den Anruf als dummes Zeug ab?«

»Ich sehe nach, ob es eine Akte über ihn gibt«, sagte Bergen. »Wenn es eine gibt, beobachte ich ihn vielleicht. Wenn nicht, vergesse ich die ganze Sache, fahre nach Hause und esse zu Abend.« Bergen wandte sich an Teresa. »Das ist der Nutzen von Erfahrung. Man hat bei Ratespielen die Oberhand.«

»Und wenn er eine Akte hat, nehmen Sie ihn unter die Lupe?« beharrte Silver.

»Vielleicht.« Bergen nickte. »Weshalb interessiert dich das so?«

»Interessieren?« sagte Silver. Endlich griff er nach seiner Gabel und begann zu essen. »Ich bin bloß neugierig, wie Ihr Hirn arbeitet, Bergen, das ist alles.«

»Sein Hirn arbeitet ausgezeichnet«, sagte Dina. Sie tätschelte Bergen im Vorbeigehen den Kopf, als sie vom Herd weiteren Bratensaft holte. »Das ist mehr, als ich von dir behaupten kann«, neckte sie Silver.

»Ach wirklich?« sagte Silver lächelnd. Er war zufrieden und sicher, Bergen habe die langsame Denkweise eines Polizisten. Der alte Detektiv hatte ihm gerade das Startsignal gegeben. »Das wird sich noch zeigen«, sagte Silver zu seiner Mutter.

Als Silver später in dieser Woche im Revier anrief, hatte er dafür gesorgt, daß der Kofferraum von Gregorys Wagen voller Stoff war. Er erbot sich, so viele Besorgungen zu übernehmen, daß Gregory sich schon fragte, ob derartiger Einsatz nicht vielleicht eine Gehaltserhöhung verdiene. In Wirklichkeit aber plazierte Silver jedesmal, wenn er Zugang zu Gregorys Wohnung hatte, Beweise in die Kleiderschränke, in die Schubladen, in denen Gregory seine Pullover aufbewahrte, in das Gemüsefach seines Kühlschranks. In dieser Woche machte er keine Auslieferungen, sondern füllte statt dessen zwei Koffer mit Drogen und ließ sie im Dielenschrank in Gregorys Wohnung, und am Tag, ehe er Gregory an die Polizei verriet, stahl er das rotlederne Adreßbuch, das auf Gregorys Schreibtisch lag, so daß er endlich alle Namen und Telefonnummern von Gregorys wichtigsten Verbindungsleuten besaß. Am Tag des Anrufes machte Silver sich nicht die Mühe, die Stimme zu verstellen; ungerührt gab er Gregorys Namen und Adresse an und war sogar so freundlich, Gregorys Vorstrafe von einem Überfall im Jahre 1964 zu erwähnen. Nachdem er aufgelegt hatte, rauchte Silver eine Zigarette, nahm dann wieder den Hörer und wählte Gregorys Nummer. Er hinterließ eine Nachricht auf dem Anrufbeantworter des Dealers – er werde an diesem Abend nicht zur Arbeit kommen, vielleicht die ganze Woche nicht, er habe Grippe und sei viel zu schwach, um auch nur eine Lieferung abzuholen.

An dem Abend, als drei Beamte an Angel Gregorys Wohnungstür klopften, saß Silver im Wohnzimmer seines Hauses und sah mit Dina und Teresa fern. Er hatte die Stiefel auf den Couchtisch gelegt; jedes Gesicht auf dem Bildschirm war das von Gregory, und zwar in dem Augenblick, wenn die Polizisten geradewegs auf den Schrank in der Diele zugehen und zwei Koffer voller Stoff finden würden.

»Du hast so gute Laune«, sagte Dina zu ihrem Sohn.

»Ist das verboten?« sagte Silver.

Teresa saß auf dem Boden, mit dem Rücken gegen die Couch gelehnt, ihre Hausaufgaben vor sich. »Ein Mädchen in der Schule hat mir gesagt, du hättest eine feste Freundin«, sagte sie zu Silver.

»Fest?« sagte Silver. »Seh ich so aus?«

»Sie hat's mir gesagt«, antwortete Teresa achselzuckend.

»Wie heißt dieses Mädchen?« sagte Silver. »Ich werd' sie zur Rede stellen.«

»Also, hast du nun eine feste Freundin oder nicht?« fragte Dina.

»Natürlich nicht«, sagte Silver. Er wandte sich an Teresa. »Glaub nicht, was die Leute klatschen«, sagte er zu ihr.

»Du wirst ja rot«, sagte Dina in der Hoffnung, ihn zu überrumpeln, damit er die Wahrheit sagte.

»Blödsinn«, sagte Silver. »Ich werde nicht rot – ich glaub nicht daran.«

»Nun, die ganze Stadt redet darüber«, sagte Teresa.

Silver stieß Teresa mit dem Stiefel an. »Mach dir keine Sorgen«, sagte er. »Wenn ich eine feste Freundin habe, bist du die erste, die es erfährt.«

»Ich mach mir keine Sorgen«, sagte Teresa. Sie blätterte eine Seite ihres Schulbuchs um, ohne wirklich auf die Wörter zu schauen; sie wollte glauben, daß Silver Frauen hatte, Dutzende von Frauen, aber keine besondere, keine, die er liebte.

»Ach nein?« sagte Silver. »Du machst dir keine Sorgen?« Er senkte die Stimme. »Ich hab' die Wahrheit gesagt, da ist kein Mädchen.«

»Nein, natürlich nicht«, sagte Dina. »Wir alle wissen, daß für dich keine gut genug ist.«

»Richtig«, sagte Silver und nickte. »Das ist genau richtig.«

Silver hielt sich im Hintergrund, bis Gregory festgenommen und angeklagt war und nicht die leiseste Hoffnung auf Kaution bestand. Als er sicher war, daß Gregory nicht kommen und ihn suchen würde, handelte Silver schnell. Er stieg in seinen Wagen und besuchte sämtliche Verbindungsleute Gregorys; ehe die Nacht vorüber war, war Silver kein Laufbursche mehr – er hatte Gregorys Geschäft übernommen, und als er die Straße entlangging, hatte er das Gefühl, er trage Gregorys rote Schlangenlederstiefel. Doch weil Silver niemals den Fehler machen wollte, den Gregory gemacht hatte – nämlich einem hungrigen Jungen zuviel über sein Geschäft zu verraten –, mußte er doppelt so hart arbeiten wie vorher. Nachts war er im Dragon und knüpfte lokale Beziehungen, und tagsüber fuhr er seine alte Route nach Oakland und San Francisco. Er schlief sehr wenig – vom Morgengrauen bis neun oder zehn Uhr morgens. Er verlor Gewicht, er sah doppelt, und manchmal zitterte seine Hand, wenn er nach einem Drink griff. Er lagerte Kartons mit Stoff in der Garage, hatte zwei Schuhschachteln mit Bargeld unter seinem Bett, und als sie voll waren, begann er, die größten Scheine in der untersten Schublade seiner Kommode aufzubewahren. Doch er hatte keine Gelegenheit, sein Geld auszugeben; er hatte viel zuviel zu tun, und er fühlte sich, als könnte er sich keinen Augenblick Ruhe gönnen.

Bergen merkte bald, daß etwas nicht stimmte.

»Er sieht nicht gut aus«, sagte er eines Samstags zu Dina.

»Ich mache mir nie Sorgen um Silver«, sagte Dina. »Ich weiß, er kann auf sich selbst aufpassen.«

»Er hat mindestens zehn Pfund abgenommen«, sagte Bergen. »Vielleicht arbeitet er zu schwer. Vielleicht sollte er seine Stunden in diesem Restaurant verringern.«

»Leona's?« sagte Dina. »Da ist er schon seit dem Sommer nicht mehr.«

Bergen sah sie rasch an und wandte dann den Blick ab. »Das hast du mir nie erzählt«, sagte er mit leisem Vorwurf.

»Du hast nie danach gefragt«, sagte Dina. »Außerdem dachte ich, du wüßtest es. Silver ist nicht zum Tellerwäscher geboren.«

Bergen verbrachte den Tag damit, den Küchenboden mit neuem Linoleum auszulegen. Als er eine Pause machte, um eine Limonade zu trinken, erwähnte er Silver erneut. »Wenn er seinen Job aufgegeben hat, woher hat er dann sein Geld?«

»In der Ecke ist der Belag schief«, sagte Dina, während sie den neuen Boden prüfte.

»Wie kann er sich das Auto leisten?« fragte Bergen. »Woher hat er alle seine neuen Kleider?«

»Er ist ein schlauer Junge«, sagte Dina.

»Dina!« sagte Bergen. »So schlau, daß er Luft zu Geld machen kann, ist er nicht.«

»Schon gut«, sagte Dina. »Ich weiß nicht, woher er sein Geld hat. Und ich will es auch nicht wissen.«

Bergen sagte kein Wort mehr. Er ging nach draußen in den Garten und blieb da stehen, wo Dina und er die Erde umgegraben und für das nächste Jahr vorbereitet hatten. Wenn es nicht gerade Silver gewesen wäre, hätte Bergen es schon lange herausgefunden, doch sogar jetzt versuchte er, Entschuldigungen für den Jungen zu finden. Jedesmal, wenn er an Silver dachte, dachte er auch an Dina: Dina in einem Bus zum Vacaville-Gefängnis, im Sommer, wenn es im Bus viel zu heiß war und die Passagiere auf ihren Sitzen klebten; Dina in einem Gerichtssaal oder auf einem Friedhof; Dina, die Silvers Namen schrie; Dina, bleich vor Sorge, krank und alt; Dina ohne ihren Sohn, ohne Silver.

Als sie in den Garten hinaustrat, in einem Pullover, den der Detektiv ihr geschenkt hatte, hatte Bergen bereits beschlossen, Dina keine seiner Theorien mitzuteilen; was immer er über Silver vermutete, würde er für sich behalten.

Dina trat dicht hinter ihn, er konnte sie riechen – einen Duft nach Kaffee, Eau de Cologne und Angst.

»Was glaubst *du,* woher er sein Geld hat?« fragte Dina jetzt.

Bergen starrte auf die Schiefereinfassung um das Gemüsebeet, die er und Dina angelegt hatten; Meilen entfernt stand der Fluß so hoch, daß er die Kronen einiger Bäume bedeckte. »Es spielt keine Rolle«, sagte Bergen. »Ich möchte nicht über Silver reden.« Er drehte sich um und nahm Dina in die Arme. »Du bist diejenige, um die ich mir Sorgen mache«, flüsterte er. »Hier draußen ohne Mantel. Soll ich dich zum Abendessen ausführen?«

»Bloß, weil ich keinen Mantel habe?« fragte Dina.

»Vielleicht sollte ich dir einen neuen Mantel kaufen, nachdem ich dich zum Essen ausgeführt habe«, meinte Bergen.

»Jemand könnte einen Mann wie dich lieben«, sagte Dina.

Bergen suchte nach Anzeichen eines Geständnisses, aber Dina schaute zu Boden.

»Jemand wie du?« fragte Bergen.

Dina verbarg ihr Gesicht an seiner Brust. »Führ mich zum Essen aus«, sagte sie. »Nur wir beide.«

Wenn Bergen gewollt hätte, hätte er jeden Schritt in Erfahrung bringen können, den Silver in den letzten paar Wochen getan hatte. Er hätte ihm in einem Mietwagen, den Silver nicht erkennen würde, nach Oakland folgen und sich jeden Drogenkontakt in ein Ringbuch schreiben können. Statt dessen führte er die Frau, die für ihn die schönste der Welt war, in ein italienisches Restaurant, wo Kerzen in Glaskugeln die blaßgelben Winterfalter anzogen. Wenn Bergen gewollt hätte, hätte er Silver auf der Stelle finden können, binnen weniger Stunden, aber er hatte sich schon entschieden – er würde Silver niemals folgen, er würde versuchen, nicht einmal mehr mit dem Jungen zu reden, er wollte nichts von ihm wissen.

Lee dagegen hätte alles getan, um einige Tricks aus Bergens Beruf zu kennen; allein in ihrem Zimmer, umgeben von weißen Möbeln und Sehnsucht, hatte sie nicht die leiseste Ahnung, wie sie sich mit Silver in Verbindung setzen sollte. Wochenlang hatte sie aus dem Fenster gesehen und auf die Scheinwerfer seines Wagens gewartet, bereit, zu ihm hinauszulaufen. Sie lungerte in der Nähe der High School herum, bis es dunkel wurde, und hoffte, Silver würde wissen, wie dringend sie ihn sehen mußte. Wenn das Telefon läutete, rannte sie hin, um den Hörer abzunehmen.

Sie war sicher, daß Silver wütend war, weil sie etwas Falsches gesagt hatte. Sie konnte den Gedanken nicht ertragen, daß er einfach nicht an sie dachte. Tatsächlich aber war Silver beschäftigt. Es gab zwar eine Frau in South San Francisco, mit der er gelegentlich die Nacht verbrachte, aber sonst niemanden – er war einfach zu beschäftigt, er hatte keine Zeit mehr für Lee. Als sie fast einen Monat lang nichts von ihm gehört hatte, fing Lee an, in seinem Haus anzurufen. Beim ersten Mal nahm Teresa den Hörer ab – Lee legte sofort auf. Obwohl sie aufhören wollte, konnte sie es nicht; sie rief wieder und wieder an, aber nie meldete sich Silver am Telefon.

»Es war für dich«, sagte Teresa eines Tages zu Silver, nachdem sie den Hörer abgenommen und sich niemand gemeldet hatte.

»Woher weißt du das?« fragte Silver.

»Irgendein Mädchen«, sagte Teresa achselzuckend. »Es ist immer für dich, wenn sie anrufen und dann auflegen.«

Weil Lee mindestens einmal täglich anrief, fühlte Teresa allmählich eine Art Verbundenheit zwischen ihnen. Sie war sicher, daß das Mädchen, das nicht sprechen wollte, schrecklich verletzt war; vielleicht begegneten sie und Teresa sich jeden zweiten Tag auf der Straße oder in der Schule und dachten beide gleichzeitig an Silver. Jedesmal, wenn sie anrief, hoffte Teresa, sie werde nicht auflegen; zwar ging Silver nie ans Telefon, obwohl Lee bei jedem Anruf darum betete, aber schließlich sprach sie doch.

»Ist Silver da?« fragte sie leise.

Teresa war so überrascht, als die Anruferin endlich gesprochen hatte, daß sie nicht antwortete.

»Ist er da?« fragte Lee.

»Nein«, sagte Teresa. »Nach dem Abendessen ist er nie da. Wenn du ihn erreichen willst, ist es um diese Zeit ganz ungünstig.« Teresa konnte das Mädchen seufzen hören. »Soll ich ihm etwas ausrichten?« erbot sie sich.

»Nein«, sagte Lee. »Er würde mich umbringen, wenn er wüßte, daß ich versucht habe, ihn zu Hause anzurufen.«

»Bist du seine Freundin?« fragte Teresa.

Lee zögerte. »Ja«, sagte sie.

»Oh«, sagte Teresa. Nun, da sie tatsächlich miteinander gesprochen hatten, fühlte Teresa, wie die Beziehung zwischen ihnen zerbrach. Mit Lee zu reden, schien jetzt wie ein Verrat an Silver. »Nun, mach dir keine Sorgen«, sagte Teresa, »vermutlich wird er dich früher oder später anrufen.«

Aber das tat er nicht, und Lee merkte bald, daß sie an nichts anderes mehr denken konnte als an Silver. Jedesmal, wenn sie auf der Straße einen Mann seiner Größe sah, hatte Lee den Drang, ihm zu folgen, und manchmal tat sie genau das. Sie lief Männern nach, die nicht achtzehn waren, sondern dreißig, und sie erkannte den Irrtum, sobald sie sie aus der Nähe und bei Licht sah. Doch selbst wenn sie feststellte, daß der Mann, dem sie gefolgt war, Silver nicht im geringsten ähnelte, war Lee nie ganz sicher, ob es nicht Silver war, der sich verkleidet hatte, der es irgendwie geschafft hatte, sich physisch zu verändern, um ihr aus dem Weg zu gehen.

Sie begann, morgens und am späten Nachmittag an seinem Haus vorbeizugehen, obwohl sie wußte, wie wütend Silver gewesen wäre, wenn er je aus dem Haus gekommen wäre und sie auf dem Gehsteig entdeckt hätte. Er hatte ihr von Anfang an gesagt, sie solle ihn nie belästigen. Sie würden einander nur sehen, wenn er das wollte, und wenn er sie wollte, dann würde sie es wissen – sie würde seinen Wagen vor ihrem Haus geparkt sehen, sie würde seinen Herzschlag hören, sie würde spüren, daß er sie riefe, sie würde es fühlen. Doch nach einem Monat des Schweigens konnte Lee nicht länger auf Silvers Anruf warten. Eines Nachts im späten Winter kletterte sie aus ihrem Schlafzimmerfenster, sprang auf den Boden und fuhr per Anhalter zum Dragon. Sie hatte den Ausweis ihrer Schwester nicht bei sich, und wenn Silver nicht bei ihr war, würde man sie nicht hereinlassen. Also wartete sie draußen; sie lehnte sich an die Ziegelmauer und betrachtete jeden Mann, der vorbeiging. Irgendwann nach Mitternacht begann es zu regnen, und Lee band sich ein Kopftuch um; sie hatte vor, die ganze Nacht zu warten, wenn es sein mußte.

Es war fast drei Uhr morgens, als sie seinen Wagen sah, Silver parkte, stellte Scheibenwischer und Scheinwerfer ab, stieg aus und schlug die Tür zu. Er hatte den Kragen hochgeschlagen und ging schnell, wobei er den Pfützen auf dem Gehsteig auswich. Als Lee aus dem Schatten trat, war Silver nicht überrascht. Er kam auf sie zu, als habe er sie die ganze Zeit erwartet. Er lehnte sich an die Ziegelmauer, und wenn Lee nur ein wenig die Hand ausgestreckt hätte, hätte sie ihn berühren können.

»Bißchen spät, um ganz allein hier draußen zu sein«, sagte Silver.

Jetzt, da sie ihn vor sich hatte, merkte Lee, daß sie nicht sprechen konnte. Es war so einfach, etwas Falsches zu sagen, so einfach, ihn wütend zu machen. Sie schaute zwar zu Boden, doch sie spürte, daß er sie ansah; seine Augen brannten sich durch ihre Haut.

»Du läufst mir doch nicht etwa nach?« Silvers Stimme war grob. »Du spionierst mir doch nicht nach, um zu sehen, ob ich ein anderes Mädchen habe, oder?«

»Nein«, sagte Lee. »Ich wollte dich bloß sehen.«

Silver nahm eine Zigarette heraus und zündete sie an. »Na, nun hast du mich gesehen«, sagte er zu Lee. »Zufrieden?«

Da begann Lee zu weinen, und das überraschte sie selbst – sie hatte vorher nie gewagt, in seiner Gegenwart zu weinen.

»Oh, Scheiße«, sagte Silver. »Komm. Nicht weinen.«

Lee bedeckte das Gesicht mit den Händen, aber es war zu spät – sie hätte nicht mehr aufhören können, selbst wenn sie gewollt hätte.

»Komm, nun wein doch nicht«, sagte Silver. Er zog sie an sich und flüsterte ihr ins Ohr: »Tut mir leid, daß ich dich nicht angerufen habe. Aber tu nicht so, als sei das ein verdammtes Verbrechen. Laß dir einen Drink spendieren, und wir vergessen die Sache.«

Lee schüttelte den Kopf.

»Gehen wir rein«, drängte Silver. »Ich kauf dir einen Whiskey sour.«

»Ich bin schwanger«, sagte Lee zu ihm.

Silver wich einen Schritt zurück. Er warf seine Zigarette zu Boden und trat sie sorgfältig mit dem Stiefelabsatz aus. »Was?« sagte er zu Lee.

Wimperntusche klebte in Lees Augen; unter ihrem

Seidenschal hatte der Regen ihr Haar zu kleinen, kalten Löckchen gekräuselt. »Ich bin schwanger«, sagte sie.

»Nicht von mir«, sagte Silver sofort.

»Doch!« sagte Lee. »Von dir.«

»Beruhige dich«, sagte Silver zu ihr. »Wie soll ich denken, wenn du heulst?« Er ging im Kreis herum, trat auf sie zu, wich zurück. »Verdammte Scheiße, Lee.«

»Es ist nicht meine Schuld«, flüsterte Lee.

»Das fehlt mir gerade noch«, sagte Silver. Er kniff die Augen zusammen, und als er sie so anstarrte, sah Lee aus wie ein Geist. Er fragte sich, was ihm an ihr überhaupt gefallen hatte. »Was hast du vor?« fragte Silver sie.

Lee zuckte mit den Schultern. Sie griff nach einem Taschentuch in ihrer Tasche. »Es ist von dir«, sagte sie zu Silver.

»In Ordnung!« sagte Silver. »In Ordnung, in Ordnung, es ist von mir!« Er starrte sie so grausam an, daß Lee den Blick abwenden mußte. »Du willst geheiratet werden«, sagte er endlich. »Ist es das?«

Da schaute Lee auf; jetzt hatte sie ihn in der Hand. »Ja«, sagte sie, und sie war ruhiger, als sie je zuvor gewesen war. »Ich will geheiratet werden.«

Silver zerrte an seinem Kragen; seine Fingerknöchel waren weiß. »Ich liebe dich nicht mal«, sagte er. »Weißt du das? Ich liebe dich nicht mal.«

Lee hob das Kinn; sie trug flache Schuhe, aber sie fühlte sich trotzdem ziemlich groß. »Nun, ich will trotzdem heiraten«, sagte sie.

Nur ein paar Meter weiter, im Dragon, steckten Männer in Silvers Alter Münzen in die Musicbox und bestellten Whiskey und Bier. Doch draußen auf dem Gehsteig stieg Dunst auf, es regnete stärker, und Silver spürte, wie er alterte, als sei er schon Ehemann, Vater, Familienoberhaupt. Er hätte fortgehen und Lee allein auf dem Gehsteig stehen lassen können, er hätte ihr das Geld geben können, um die Stadt zu verlassen, er hätte sie sofort zur Bushaltestelle fahren können. Doch Silver hatte Pflichtgefühl; vielleicht konnten King Connors und Reuben weglaufen, wenn ihr Leben nicht verlief wie geplant, doch Silver konnte es nicht. Er lehnte sich ruhig an die Ziegelmauer. »Okay«, sagte er zu Lee. »Wenn es das ist, was du willst.«

Lee schwenkte ihre Handtasche an ihrer goldenen Kette; sie wischte sich die Wimperntusche von den Augen und lächelte. Silver nahm ihren Arm und führte sie auf das Dragon zu; er war entschlossen, ihre unerwartete gemeinsame Zukunft zu feiern.

»Ich spendiere dir einen Drink«, sagte er zu ihr. »Wie versprochen.«

Nachdem er Lee nach Hause gefahren hatte, parkte Silver seinen Wagen in der Einfahrt der Divisadero Street. Während er dasaß und rauchte, hörte der Regen auf, aber selbst die Luft schien flüssig geworden zu sein. So früh am Morgen war der Geruch des Flusses überall; er überzog Silvers Windschutzscheibe mit einem kühlen grünen Film und drang in sein Haar ein. Die Straßen waren leer, und auf dem vorderen Rasen stieg ein grauer Dunst in kalten Wellen auf. Als die Sonne über dem Dach des Hauses aufgegangen war, als die Nacht, die ewig zu dauern schien, endlich vorüber war, stieg Silver aus seinem Wagen und ging ins Haus. Er hörte Dina, die schon wach und unten in der Küche war. Bald würde sie draußen im Garten sein; sie würde die Erde jäten, wo gerade Frühlingszwiebeln und Erbsen aus dem Boden brachen. Als Silver in die Küche trat, hatte Dina sich bereits eine Tasse Kaffee eingegossen und verrührte gerade einen Löffel Zucker.

»Ich ziehe aus«, sagte Silver zu seiner Mutter.

»Das habe ich schon öfter gehört«, sagte Dina ruhig. »Hundertmal habe ich das gehört. Ich weiß, daß du gern hier wohnst – du hast deine Hemden gern so gebügelt, wie ich das mache. Du würdest nie weglaufen wie Reuben und dein Vater.«

Oben schlief Teresa noch, und Silver fragte sich, wer sich um sie kümmern würde, wenn er fortging. Er suchte nach Worten, die das, was er vorhatte, nicht wie Flucht erscheinen ließen.

»Ich muß ausziehen«, sagte Silver zu seiner Mutter. Er lehnte sich an den Kühlschrank; es war, als hätten seine Beine nicht mehr die Kraft, sein Gewicht zu tragen. »Ich heirate«, sagte er.

Dina ließ ihre Kaffeetasse fallen; auf dem Linoleum brach sie in Scherben, und Kaffee floß über den Boden. Sie schüttelte den Kopf, als habe sie nicht richtig gehört. »Was hast du gerade gesagt?« fragte sie.

»Ich heirate«, wiederholte Silver.

Dina ging zu ihm und umarmte ihn. Den Gedanken an Silvers Heirat und Fortgang hatte sie bis jetzt immer verdrängt. Sie wollte glauben, er würde immer nach Hause zurückkommen. Er mochte Tage oder Wochen fort sein, sie und Teresa mochten einsam aus den Fenstern schauen – aber immer würde eine Nacht kommen, in der er zurückkehrte. Nun ging er, und Dina wußte, daß es endgültig sein würde. Silver schloß die Augen; er drückte sich noch dichter an den Kühlschrank, und in seinem Kopf summte es. Er löste sich von seiner Mutter. Dann ging er zum Schrank und holte Besen und Kehrblech. Während ihr Sohn sich bückte, wünschte Dina, sie könne neben ihm knien und aufpassen, daß er sich nicht an den Scherben die Finger zerschnitt. Statt dessen ging sie zum Schrank über dem Herd, nahm eine saubere Tasse und schenkte sich neuen Kaffee ein. Als Silver die

Reste der blauweißen Tasse zusammengefegt hatte, konnte Dina lächeln, als sei sie wirklich glücklich für ihn.

Silver trug durch die Hintertür den Müll hinaus. Die Sonne wurde jetzt von niedrigen Wolken verdeckt. Schnecken hatten Löcher in die Erdbeerpflanzen gefressen, die Dina in engen Reihen gesetzt hatte. Silver blieb neben dem Haus stehen und hielt den Mülleimer so fest, daß er jeden Muskel seiner Arme spüren konnte. Er war daran gewöhnt, die ganze Nacht draußen zu sein und nur ein paar Stunden zu schlafen, doch nachdem er die Mülltonne wieder zugedeckt hatte, war er zu müde, um sich zu bewegen. Er atmete tief ein, und weil es noch so früh am Morgen und so still war, klang Silvers Atem durch den ganzen Garten und hing dann unter den Glyzinienranken, die über die Veranda wuchsen, Ranken, die binnen weniger Tage zu einem violetten Dach von so zarter Farbe werden würden, daß die Veranda immer wie von Verlangen gesäumt schien.

Teresa wollte keine Party zu ihrem sechzehnten Geburtstag, und wenn Arnie Bergen nicht darauf bestanden hätte, sie zum Abendessen auszuführen, hätte sie den Tag ignoriert und lieber jede Feier vermieden, damit sie aus der Sicherheit ihres Zimmers den schieferfarbenen Regen beobachten konnte.

»An meinem Geburtstag regnet es immer«, sagte Teresa zu Bergen. Sie waren zu seinem Wagen gerannt und trotzdem tropfnaß geworden.

»Aha, du nimmst das also persönlich?« sagte Bergen. »Du glaubst, es sei ein Kommentar des Himmels?«

Teresa zuckte mit den Schultern. Sie schlug die Beine übereinander und zog ihren Rock herunter. »Sie brauchen das nicht zu tun«, sagte sie höflich. »Es macht mir nichts aus, wenn wir nicht essen gehen.«

»Aber mir macht es Freude«, sagte Bergen. Er ließ den Wagen an und fuhr die Divisadero Street entlang. »Ich gehe nicht jeden Tag aus, um die Tatsache zu feiern, daß jemand süße Sechzehn ist.«

»So süß bin ich gar nicht«, sagte Teresa.

Zum ersten Mal hatte Silver ihren Geburtstag vergessen. Er war seit Tagen nicht nach Hause gekommen. Er sah sich in San Francisco nach einem Apartment um, brachte seine Geschäfte in Ordnung und transportierte die Kartons in ein Lagerhaus, das er in Daley City gemietet hatte. Er war zu beschäftigt, um einen Seidenschal oder eine Schachtel Pralinen zu hinterlassen, er hatte nicht einmal daran gedacht, eine Karte zu schicken.

»Chinesisch, französisch oder mexikanisch?« fragte Bergen.

Teresa sah ihn an, als habe er gerade die dümmste Frage der Welt gestellt. »Das ist mir egal«, sagte sie.

Bergen wählte ein chinesisches Restaurant; sie parkten im Stadtzentrum und rannten dann in die Gaststätte. Drinnen hängte Bergen zuerst Teresas Mantel auf und dann seinen eigenen. Sie saßen in einer roten Nische, und Bergen gab die Bestellungen auf. Teresa drehte eine Haarsträhne um den Finger und seufzte.

»Ich weiß, daß es nicht leicht ist, jung zu sein«, sagte Bergen, nachdem der Kellner die Speisen auf den Tisch gestellt hatte.

»Wollen Sie damit sagen, daß ich glücklich sein werde, wenn ich alt bin?« fragte Teresa.

Bergen verteilte die Gerichte auf zwei Teller. »Ich bin glücklich«, sagte er.

»Ich bin froh, daß wenigstens einer glücklich ist«, sagte Teresa.

»Was wäre dazu nötig?« fragte Bergen leise. »Was wäre nötig, um dich glücklich zu machen?«

Teresa nahm die Stäbchen auf, die neben dem Teller lagen. »Damit kann ich nicht umgehen«, sagte sie, den Tränen nahe.

»Dann nimm deine Gabel«, schlug Bergen vor. »Weißt du«, sagte er, nachdem sie zu essen begonnen hatten, »ich wollte, daß wir zusammen ausgehen, nur du und ich, weil ich angefangen habe, dich als eine Tochter zu betrachten.«

Teresa legte ihre Gabel hin. »Das bin ich aber nicht«, sagte sie. »Ich bin nicht Ihre Tochter.«

»Das ist mir egal«, sagte Bergen. »Ich betrachte dich trotzdem als Tochter.«

Nach dem Essen legte Bergen das Geschenk, das er ihr mitgebracht hatte, in die Schachtel mit den Glückskeksen. Als Teresa die kleine Schachtel öffnete, sah sie ein Paar Perlohrringe.

»Die sind aber schön«, sagte sie. »Sie sind vollkommen.«

»Der andere Teil deines Geschenks ist von deiner Mutter. Sie geht morgen mit dir zu einem Juwelier, der dir die Ohrläppchen durchsticht. Ich weiß nicht, wer sich so etwas wünschen sollte, aber sie sagte, du wolltest das.«

Teresa stand auf, ging auf die andere Seite der Nische und küßte den Detektiv auf die Wange. »Genau solche hatte ich mir gewünscht«, sagte sie.

Auf dem Heimweg schaltete Teresa das Autoradio ein. »Es war richtig schön«, gestand sie.

Dina war zu Hause geblieben, damit sie Teresa mit einem Schokoladen-Karamel-Kuchen überraschen konnte. Doch nachdem sie wieder daheim waren, war Teresa nicht mehr nach Feiern zumute; sie setzte sich an den Küchentisch und stützte den Kopf in die Hand.

Dina öffnete die Schachtel, die Bergen Teresa geschenkt hatte, und betrachtete die Ohrringe erfreut. »Die kannst du zu Silvers Hochzeit tragen«, sagte sie zu ihrer Tochter.

Teresa schob ihren Kuchenteller weg. Sie hatte Lee einmal gesehen, bei einem Abendessen, das arrangiert worden war, damit die Familien sich kennenlernten. Silver hatte kaum auf seinem Stuhl sitzenbleiben können; er lief im Eßzimmer in Lees Haus herum, als müsse er sich unbedingt die Füße vertreten. Teresa hatte darauf geachtet, Lee nicht zu lange anzusehen, aber ein Blick hatte ihr genügt, um zu sehen, wie glücklich und verliebt Lee war.

Bergen griff nach Teresas Teller. »Wenn du das Stück Kuchen nicht magst, nehme ich es.«

»Aber bitte«, sagte Teresa zu ihm. »Ich hasse Schokolade.«

»Seit wann?« fragte Dina ihre Tochter. »Seit Silver sich entschlossen hat zu heiraten?«

Teresa sah ihre Mutter an. »Es ist mir egal, was er tut.«

»Ach, wirklich?« sagte Dina. »Warum sich vormachen, daß wir ihn nicht vermissen werden?«

Nachdem Bergen ins Wohnzimmer gegangen war, um den Fernseher einzuschalten, fragte Dina, wohin er Teresa zum Essen ausgeführt hatte.

»In ein chinesisches Restaurant«, sagte Teresa. »Er hat bestellt. Ich weiß nicht, wie die Sachen hießen, die wir gegessen haben.«

Dina ging zur Küchentür und schaute ins Wohnzimmer. »Zu schade«, sagte sie zu sich selbst.

»Was ist zu schade?« fragte Teresa.

»Das geht dich nichts an«, sagte Dina zu ihrer Tochter. »Du bist sowieso zu jung, um etwas über die Liebe zu wissen.«

»Zu jung«, wiederholte Teresa.

»Richtig«, sagte Dina. »Sonst wüßtest du genau, was ich meine.«

Aber Teresa wußte es; sie wußte, daß man manche Dinge nicht erzwingen konnte, sosehr man sich auch bemühte. Arnie Bergen konnte nicht ihr Vater sein, ganz gleich, was er tat, ebensowenig, wie er der Mann aus Dinas Träumen sein konnte, der Aria, der durch die Wüste ritt.

»Ich weiß, daß du dir wünschst, du wärst in ihn verliebt«, sagte Teresa.

»Zeig mir mal die Ohrringe«, sagte Dina und ignorierte Teresa. »Ich möchte sicher sein, daß er die richtigen gekauft hat.«

Es waren die richtigen, kleine Perlen mit vierzehnkarätiger Goldfassung. Am nächsten Tag wurden Teresas Ohrläppchen durchstochen. Sie saß im Hinterzimmer eines Juwelierladens in einem kleinen Einkaufszentrum außerhalb der Stadt; eine Frau betupfte ihre Ohren mit Alkohol und stach dann mit einer dünnen Nadel winzige Löcher hinein. Man sagte Teresa, sie solle die Ohrringe für mindestens sechs Wochen nicht ablegen, und so trug sie sie zu Silvers Hochzeit; sie hatte ein blaues Band im Haar, und die Perlen nahmen einen bläulichen Schimmer an, als seien sie von Adern durchzogen. Die Heiratszeremonie fand im Wohnzimmer von Lees Eltern statt; man hatte Girlanden an die Decke gehängt, und neben der Tür stand eine große Vase mit Rosen. Lees ältere Schwester Joyce war Brautjungfrau; sie trug Rot und hatte Blumen in ihr Haar geflochten. Lees Hochzeitskleid war das ihrer Großmutter – man hatte es gekürzt, und weil ihre Großmutter rundlich war, paßte das Kleid über Lees Bauch, und keiner hätte erraten, daß sie schon im fünften Monat schwanger war, keiner hätte das erraten, wenn man nicht Silver am anderen Ende des Wohnzimmers gesehen hätte, seine Panik in seinen dunklen Augen gesehen hätte.

Silver hatte bereits eine Wohnung gefunden, in einem Erdgeschoß im Mission District, eine Wohnung mit zwei Schlafzimmern und einer hölzernen Veranda, die auf einen Garten hinausging, in dem es nichts als Unkraut und herrenlose Paradiesvögel gab. Am Tag seiner Hochzeit trug Silver einen neuen schwarzen Anzug, in Italien geschneidert, und ein so weißes Hemd, daß es wie Neon zu leuchten schien. Er stand in der Mitte des Wohnzimmers neben Lee vor dem Friedensrichter. Als sie ihre Gelöbnisse sprachen, hielt Teresa sich an der Lehne des hölzernen Stuhls fest, und zwar so heftig, daß ihre Finger weiß wurden. Nach der Zeremonie, nachdem er Lee flüchtig geküßt hatte, schüttelte Silver seinem neuen Schwiegervater und Bergen die Hand. Als sich die Verwandten um den Tisch im Eßzimmer scharten, Teller in einer Hand, Drinks in der anderen, lief Teresa hinauf in den ersten Stock und schloß sich im Badezimmer ein. Sie schaltete kein Licht an, sondern lehnte sich über das Waschbecken und betrachtete sich im Spiegel. Sie starrte noch immer in ihre eigenen Augen, als Dina an die Badezimmertür klopfte.

»Wo bist du?« fragte Dina. »Was machst du da drin? Ihre sämtlichen Verwandten sind Schweine. Wenn du nicht in zwei Minuten unten bist, ist das ganze Essen weg, und dann ist es zu spät.«

Teresa ließ Wasser in das Becken laufen und wusch sich Hände und Gesicht.

»Hörst du mich?« sagte Dina.

Im Badezimmer erschauerte Teresa; Dinas Stimme hallte von den Kachelwänden wider, und das Wasser in den Rohren hörte sich an wie tausend Frösche.

»Das ist doch lächerlich«, sagte Dina durch die Tür zu

ihrer Tochter. »Du kannst nicht die ganze Zeit im Badezimmer bleiben. Was soll Silver denken?«

Unten dachte Silver, daß er sich nie so krank gefühlt hatte – er konnte keinen Bissen von den Speisen essen, die auf dem Eßzimmertisch angerichtet waren, nicht die kleinen Käsesandwiches und nicht die winzigen rosa Kuchen. Als er sich im Raum umsah, erblickte er nur Fremde: Lees Mutter, Lees Schwester Joyce und in der Ecke, wo sie sich das Haar glattstrich, Lee selbst.

Silver ging zu ihr hinüber und nahm ihren Arm. »Komm«, sagte er. »Verschwinden wir von hier.«

»Ich hab' noch gar nichts gegessen«, sagte Lee.

»Komm, hab' ich gesagt«, sagte Silver zu ihr. Er nahm sich vom Tisch ein Bier und zog die Autoschlüssel aus der Tasche seines neuen schwarzen Anzugs.

Obwohl Silver sich still davonmachen wollte, folgten ihnen alle nach draußen, um sie zu verabschieden – das war Tradition, man mußte auch mit Reis werfen. Silver schluckte schwer und drehte den Schlüssel im Zündschloß; als er rückwärts aus der Einfahrt steuerte, mußte er langsam fahren, um niemanden umzustoßen.

Lee saß dicht neben ihm. »Wo fahren wir hin?« flüsterte sie.

Silver schaute sie an, als habe er sie nie zuvor gesehen. »Wovon redest du?« fragte er.

»Heute nacht«, sagte sie. »Wo verbringen wir unsere Hochzeitsnacht? Es sollte etwas Besonderes sein.«

»Wir gehen in kein feines Hotel, also vergiß es«, sagte Silver. »Wir fahren einfach nach Hause – warum auch nicht, früher oder später müßten wir das ohnehin«, sagte er zu seiner frischgebackenen Ehefrau, als er die Einfahrt verließ.

Oben öffnete Teresa die Badezimmertür.

»So«, sagte Dina, »das wurde aber auch Zeit.«

»Mir war schlecht«, sagte Teresa.

Dina kniff die Augen zusammen. »Hör mir zu«, sagte sie. »Er ist jetzt verheiratet, und dagegen kannst du nichts machen.«

»Das ist mir egal«, sagte Teresa. »Es ist mir egal, ob er verheiratet ist.«

»Ich konnte ihn nicht hindern«, sagte Dina, und es klang wie eine Entschuldigung. »Er hat nie auf mich gehört, das weißt du.«

»Mir ist schlecht«, weinte Teresa. »Es ist nicht wegen Silver – du bist verrückt, wenn du das denkst.«

Als sie nach unten kamen, war das Haus leer; offene Bierflaschen standen herum, Kuchenstücke, von denen ein oder zwei Bissen gegessen worden waren, und auf der Couch lag ein Stapel Geschenke.

»Wir haben die Verabschiedung verpaßt«, sagte Dina und eilte nach draußen, um noch zu winken. »Beeil dich«, rief Dina, als die Haustür hinter ihr zuschlug.

Aber Teresa beeilte sich nicht, sie bewegte sich nicht einmal. Allein im Haus, hinter der Fliegengittertür stehend, beobachtete sie, wie Silvers Auto auf der Straße wendete und verschwand. Wenn sie die Augen schloß, konnte sie ihn noch immer sehen, sie konnte ihn deutlicher sehen als irgendeiner der Verwandten, die sich in der Einfahrt versammelt hatten, um Reis zu werfen. Er hatte eine Hand am Steuer, sein Kragen war offen, und die neue Anzugjacke hatte er auf den Rücksitz geworfen.

Als Teresa die Augen öffnete und in den Draht der Fliegengittertür starrte, war es, als schaue sie in die Kristallkugel einer Wahrsagerin oder in eine Tasse, in der nur noch Teeblätter waren. Sie konnte Silver noch immer sehen: Er fuhr nach Westen, folgte der Sonne, doch er schaute in den Rückspiegel, und während er das tat, gelang es ihm irgendwie, durch das Glas zu sehen; er konnte geradewegs in das Wohnzimmer sehen, wo Teresa allein stand und noch immer Perlen in den Ohren trug. Dort, zwischen Rosen und Trauer, blickte sie auf ihn zurück, sie rief ihn und ließ ihn nach all der Zeit endlich wissen, daß ihr das Herz brach; es war in kleine Stücke zersprungen, die zu Boden fielen. Und Silver in seinem Auto auf dem Weg nach San Francisco hörte sie weinen, und da wußte er, es würde keinen Tag geben, an dem sie nicht nach Westen schaute, die Sternbilder betrachtete, dem Geräusch des Flusses lauschte und auf seine Rückkehr wartete.

4

Die Zeiten, in denen Dina medizinische Lehrbücher durchblätterte und den Namen einer Krankheit suchte, waren schon lange vergessen. Sie war ein anderer Mensch geworden, das sagten alle. Sie bohnerte die Holzböden im ganzen Haus, bis sie glänzten wie Spiegel; morgens, wenn sie Zimt an den Kaffee gab, den sie aufgoß, füllte der Duft jeden Raum; ihr Garten war der hübscheste des ganzen Häuserblocks – Sonnenblumen wuchsen in Reihen, und in den Bäumen sangen Amseln. An der Stelle, an der sie immer ihr Haar scheitelte, war eine weiße Strähne erschienen, aber das ließ sie nur jünger wirken; sie schien von einer weißen Aura umgeben, einem Wolkenkreis, und ihre dunklen Augen wirkten doppelt so groß wie früher. Immer, wenn sie ihr eigenes Spiegelbild erblickte, im Spiegel auf dem Treppenabsatz oder in dem Glas über dem Medizinschrank im Badezimmer, lächelte Dina scheu. Sie dachte nie daran zu fragen, warum sie plötzlich genauso aussah wie vor vielen Jahren; wunderbarerweise wirkte sie nicht einen Tag älter als das Mädchen, das an den langen und blauen Abenden, an denen die Luft nach Salbei roch und Hufe den Boden erschütterten, am Eisengitter gewartet hatte.

Weil Dina es nicht gewohnt war, glücklich zu sein, weil sie noch immer den bösen Blick fürchtete, wagte sie nie, jemandem zu gestehen, wie verrückt sie nach den Freitagabenden war, wenn Bergen von San Francisco kam, um sie zu besuchen. Sie sagte keiner Menschenseele, daß sie sich verliebt hatte, sie konnte es nicht einmal Bergen sagen. Doch während der Woche schrieb Dina Bergen jeden Abend Briefe, obwohl keine fünfzig Meilen zwischen ihnen lagen. Und dann, jeden Morgen, ging sie hinunter bis an die Ecke. Sie stand in der Sonne und öffnete und schloß vorsichtig den Schlitz des Briefkastens mit der zögernden Bewegung eines Mädchens, das sich Hals über Kopf verliebt hat.

Bergen saß jeden Nachmittag allein in seinem Apartment in einem Liegesessel. Er öffnete die Briefe, die Dina ihm schickte, mit den Fingern statt mit dem Brieföffner aus Messing, der auf seinem Schreibtisch lag. Die Briefe waren immer auf durchscheinendes Schreibpapier geschrieben, das glänzte, wenn Licht darauf fiel, und sie machten den Detektiv fast blind vor Verlangen. Und obwohl sie kein einziges Mal schrieb, daß sie ihn liebte, wußte Bergen, daß sie es tat. Er wußte, daß sie die Vorstellung, von einem Aria gerettet zu werden, schon aufgegeben hatte, ehe sie ihm diesen Traum in einem ihrer letzten Briefe anvertraute. Und obwohl Dina dem Mädchen, dessen Foto er so lange mit sich getragen hatte, überhaupt nicht mehr ähnlich sah, war Bergen verliebter denn je zuvor, und er faltete jeden Brief, den sie schickte, mit der Leidenschaft auseinander, die manche Männer einem Kuß vorbehalten.

Wenn er zu ihr fuhr, sprach Bergen mit Dina niemals über die Briefe, die sie schickte. Seine Gefühle schienen ihm viel zu unbeholfen, seine Worte zu grob. Statt dessen kaufte er ihr Geschenke, die er für sie in der Brusttasche seines Sportjacketts versteckte. Während der Woche kaufte er mit Sorgfalt ein und verbrachte Stunden damit, das richtige Eau de Cologne, einen vollkommenen Schal, eine Flasche portugiesischen Wein, neue Arbeitshandschuhe für den Garten auszuwählen. Es erstaunte Bergen, daß er sie so, wie sie jetzt war, noch mehr lieben konnte: eine Frau von fünfundvierzig Jahren mit dunklem Haar, das nicht mehr vor Jugend glänzte, und deren Fleisch von dünnen, türkisfarbenen Venen durchzogen war. Es war nicht so, als hätte er das Mädchen auf der Fotografie vergessen oder liebe sie nicht mehr, aber die Frau, die aus dem Haus trat, um ihn in der Einfahrt zu empfangen, war diejenige, von der er nun jede Nacht träumte.

Sie waren nun häufiger miteinander allein. Seit ihrem Abschluß in der High School arbeitete Teresa als Kellnerin in Max's Café in der Webster Street. Immer, wenn sie Wochenendschicht hatte, hatten Bergen und Dina das ganze Haus für sich allein. Sie spielten in der Küche Gin Rummy, beobachteten den Himmel unter den Glyzinienranken der hinteren Veranda hervor, hielten sich im Dunkeln bei den Händen. Und obwohl Bergen sich jedesmal, wenn er nach Santa Rosa kam, im Lamplighter Motel anmeldete, gab es Tage, an denen er bis zum Morgen bei Dina blieb, und in diesen Nächten hielten sie einander umarmt und hatten beide das Gefühl, nie zuvor gelebt zu haben. Nach vier Jahren sahen sie sich wie zum ersten Mal, und das war vielleicht der Grund, warum Bergen nicht auffiel, daß Dina abgemagert war, daß ihre Haut farblos geworden war und ihre Hände nun so zerbrechlich wirkten, als ob im Sonnenschein die bleichen Knochen durchschimmerten. Bergen übersah alles bis auf Dinas schöne Augen und ihr Lächeln, wenn sie ihn erspähte. Er übersah alles, und am Ende war es zu spät, um noch irgend etwas zu tun; Dina hatte Krebs.

Es gab kein Heilmittel auf der ganzen Welt; hätte es eines gegeben, Bergen hätte es gefunden. Er hätte sie in jede Klinik in Mexiko gefahren, er hätte alles, was er besaß, verkauft, um eine Maschine zu kaufen, die ihr wieder Leben einhauchen konnte, für wie kurz auch immer – nur noch eine Stunde, nur noch ein Kuß, nur noch eine letzte Nacht an ihrer Seite. Als die Ärzte in der Haven Street ihnen sagten, für Operationen oder Bestrahlungen sei es zu spät, für alles sei es zu spät, zog Bergen aus seinem Apartment in San Francisco in das Lamplighter Motel um. Er stellte Dinas Bild auf die Kommode neben seinen Wecker, er brachte alle fünf Jacketts, die er besaß, mit und hängte sie in den Schrank. Jeden Tag, nachdem Teresa und er Stunden auf den Holzstühlen verbracht hatten, die sie neben Dinas Bett gestellt hatten, fuhr Bergen zurück ins Lamplighter, und abends, wenn der Mond aufgegangen war, machte Bergen lange Spaziergänge, die ihn immer wieder zu demselben Ort führten. Ganz gleich, in welche Richtung er ging, er stand schließlich am Rand des Motelpools, umgeben von leeren Liegestühlen und einer Ketteneinzäunung, die dasselbe eigenartige Grün hatte wie das Wasser in dem unbenutzten Pool.

»Zieh doch ins Haus«, sagte Teresa schließlich. »Du bist jeden Tag hier. Es lohnt sich nicht, in einem Motel zu wohnen.«

Bergen schüttelte verneinend den Kopf. »Sie wollte, daß wir in getrennten Wohnungen leben. Sie war unabhängig.« Der Detektiv war selbst überrascht, daß er von Dina in der Vergangenheitsform sprach, als sei sie schon gestorben. »Sie ist immer noch unabhängig«, fügte er hinzu. »Das wird sie immer sein.«

»Du kannst in Silvers Zimmer ziehen«, sagte Teresa. »Sie wird überhaupt nie erfahren, daß du hier bist.«

»Sie würde es merken«, beharrte Bergen. »Das Motel ist in Ordnung. Jedenfalls«, fügte er scherzend hinzu, »bekomme ich im Lamplighter jeden Morgen ein kostenloses Frühstück – Eier und Toast.«

Bergen erwähnte nicht einmal, daß er die Eier und den Toast niemals aß; er trank zwei Tassen schwarzen Kaffee, eine nach der anderen, und dann stieg er in seinen Wagen und fuhr schnurstracks zur Divisadero Street. Der Detektiv blieb den ganzen Winter über im Motel; die Frauen, die die Laken wechselten und den Teppich staubsaugten, kannten ihn alle beim Namen, und der Kellner im Speisesaal stellte jeden Morgen eine Kanne Kaffee auf Bergens Tisch. Ende März, nicht lange nach Teresas achtzehntem Geburtstag, fiel Bergen auf, daß Dina ohne seine Hilfe den Kopf nicht mehr vom Kissen heben konnte. Bald fiel es ihr schwer, den Tee zu schlucken, den er ihr brachte. Und so bat Bergen eines Abends, nachdem Dina eingeschlafen war, Teresa, mit ihm hinaus zu seinem Auto zu gehen.

»Ich glaube, du solltest Silver anrufen«, sagte Bergen zu Teresa. »Vielleicht sollten wir auch versuchen, Reuben und King zu erreichen.« Der Detektiv stellte fest, daß jetzt auch er Schluckbeschwerden hatte; er schaute zu den Wolken auf, die am Himmel hingen. »Das ist das Ende«, sagte Bergen.

»Du bist kein Arzt.« Teresa war störrisch. »Vielleicht erholt sie sich wieder.«

»Das wird sie nicht«, sagte Bergen.

»Vielleicht doch«, sagte Teresa hartnäckig.

»Teresa«, sagte Bergen. »Nein.«

Am Straßenrand wuchsen bereits die Schwertlilien; sie bildeten einen Kreis um Bergens Auto. Obwohl der Frühling fast da war, knöpfte Teresa die Jacke zu, die sie trug; sie war aus Lambswool, ein Geschenk von Silver zu ihrem letzten Geburtstag. Er hatte seit Teresas schrecklichem sechzehnten Geburtstag nie mehr vergessen, ein Geschenk zu schicken. Aber er rief nie an und war seit mehr als zwei Jahren nicht mehr in Santa Rosa gewesen.

Selbst wenn Lee kam, um ihre Mutter und Schwester zu besuchen, kam Silver nicht mit. Er sagte, er sei zu beschäftigt, er redete sich selbst ein, er habe einfach keine Zeit, aber in Wirklichkeit machte der Gedanke an Santa Rosa ihn benommen; das eine Mal, als er beschlossen hatte, hinzufahren, hatte er angefangen, Rosen zu riechen, sobald er die Stadtgrenze passiert hatte, und als er die Divisadero Street erreichte, war der Duft so stark, als stünde Teresa direkt neben ihm. Silver hatte umkehren müssen. Teresa hatte ihn seit dem Tag seiner Hochzeit nur zweimal gesehen: einmal bei der Taufe seines Sohnes Jackie fünf Monate nach der Hochzeit, und dann, fast anderthalb Jahre später, bei einem Thanksgiving-Dinner im Haus von Lees Familie. Beide Anlässe wurden von Silvers schlechter Laune verdorben; bei der Taufe stritt er mit Lee und weigerte sich, an dem Eßtisch zu sitzen, den Lees Mutter mit kleinen Kürbissen und gelben Chrysanthemen geschmückt hatte. Bei beiden Gelegenheiten gingen Teresa und Silver einander aus dem Weg, doch bei dem Thanksgiving-Dinner bestand Dina darauf, daß Teresa in die Küche ging und Silver wieder an den Tisch zurückholte, nachdem er aus dem Raum gestürmt war, beleidigt über das Essen oder das Wetter oder die Stimme seiner Schwiegermutter. Er hatte mit dem Rücken zu Teresa gestanden, als sie ihn fand, und als sie die Hand ausstreckte und seine Schulter berührte, fuhr Silver zusammen.

»Faß mich nicht an«, hatte er zu ihr gesagt. »Verstanden?«

Teresa hatte sich in der Zeit zurückversetzt gefühlt; statt in einer fremden Küche waren sie am Rand des Stausees. Ihre Ohren klingelten, und sie konnte kaum die Stimmen im Eßzimmer hören, das Klirren von Metall, als Lees Mutter ein Tranchiermesser schärfte. Unwillkürlich erinnerte sie sich an alles, was zwischen ihnen geschehen war, unwillkürlich erinnerte sie sich an mehr als Küsse, an mehr als Lügen.

»Faß mich besser nicht an«, hatte Silver sie an diesem Tag gewarnt. »Was wäre, wenn jemand hereinkäme und dich dabei sähe?« flüsterte er.

Teresa hatte ohne ein weiteres Wort die Küche verlassen; am Tisch, umgeben von Silvers angeheirateter Verwandtschaft, hörte sie die Hintertür zuschlagen. Sie hörte seinen Wagen in der Einfahrt starten und das Quietschen der Reifen, als er auf das Gaspedal trat. Später war er zurückgekommen und hatte versucht, sich zu entschuldigen. »Es tut mir leid«, hatte er gesagt. »Ich hab's nicht so gemeint. Ich wollte nicht so mit dir reden.«

Lee wartete ungeduldig im Wagen, während Dina in der Küche Geschirr spülte und Lees Mutter abtrocknete und die Teller wieder in die Schränke räumte. Silver wartete darauf, daß Teresa ihm vergab und nur ein einziges Wort sagte. Doch selbst wenn Lee nicht aus dem Wagen gestiegen wäre und angefangen hätte, Silvers Namen zu rufen, selbst dann hätte Teresa ihm nicht verziehen – weder damals noch später. Als er ihr ohne Umschweife sagte, sie solle ihn nicht anfassen, fühlte sich Teresa genauso wie vor vielen Jahren, als sie an einer Straßenecke gestanden und Silver versprochen hatte, niemand werde es je erfahren. An diesem Thanksgiving, als Silver sie schließlich verließ, gestand Teresa sich ein, was sie schon seit Jahren gewußt hatte: Jemand wußte es, nämlich sie, und kein Versprechen und keine Warnung konnte sie vergessen lassen. Und da schien es ihr, als sei der einzige Weg, ihren Erinnerungen zu entkommen, Silver ganz zu meiden, und ihn zu meiden, wurde die wichtigste Sache auf der Welt.

Als Bergen an diesem Tag vorschlug, sie solle Silver anrufen, schüttelte Teresa den Kopf. Sie rief Atlas zu sich und legte die Handfläche auf den Kopf des Hundes. »Ich kann es nicht«, sagte sie zu Bergen. »Ich kann nicht mehr mit ihm reden.«

Bergen beobachtete Teresa aufmerksam. »Seit wann?« fragte er. »Ich dachte immer, er sei der einzige, mit dem du reden konntest.«

»Mach du das«, sagte Teresa. »Ruf du Silver an.«

Und so kam es, daß der Detektiv und nicht Teresa Silver anrief, um ihm zu sagen, daß seine Mutter im Sterben lag. Doch ehe Silver mit dem brandneuen Camaro herangebraust kam, den er seit weniger als einem Monat hatte, war es zu spät. Dina starb in dem Bett, das King Connors im ersten Jahr ihrer Ehe aus dem Holz eines Mammutbaums gezimmert hatte, sie starb mit einem Schildpattkamm im Haar, den ihr Vater ihr geschenkt hatte. Dina rief nach Bergen, doch keiner hörte sie – der Detektiv war mit Teresa unten in der Küche und trank Tee und rief alle möglichen Leute an in der Hoffnung, Reuben und King Connors zu erreichen, da er glaubte, ihnen zumindest diese Höflichkeit schuldig zu sein. Dina rief ein zweites Mal seinen Namen, aber danach schien es keine Rolle mehr zu spielen, daß Bergen sie nicht gehört hatte, nicht zwei Stufen auf einmal nehmend die Treppe herauflief. Dina machte sich nicht die Mühe, noch einmal zu rufen, denn plötzlich war es, als sei Bergen bei ihr; er war da, dicht an ihrer Seite. Und obwohl der alte Detektiv unten saß und gerade nach einem Kännchen Sahne griff, war Dina sicher, daß er sich in ihrem Schlafzimmer befand. Als sie die Augen schloß, spürte sie, daß er neben ihr saß, und sie war dankbar, daß Teresa erst heute morgen ihr Bett mit sauberen weißen Laken bezogen hatte. Er hielt ihre Hand, und endlich flüsterte Dina ihm zu, daß sie ihn liebte, und er antwortete, daß er es seit Jahren gewußt hatte. Und sie seufzte, denn nun, ganz zum Schluß, war Dina sicher, daß er bei ihr war, obwohl sie nicht seine Hand hielt, sondern den Kissenbezug. Und später am Morgen, als Teresa nach oben ins Schlafzimmer kam, bewegten sich die Spitzenvorhänge am Fenster hin und her, obwohl kein Wind wehte. Ein Blutfleck in der Form einer wilden Orchidee war auf dem Kissen, und Dinas Finger hielten noch immer den weißen Rand des Kopfkissens wie vorhin, als sie gestorben war.

Bergen sprach kein Wort, als Teresa es ihm sagte; er ging hinaus zu seinem Wagen und setzte sich hinter das Steuer. Es hatte zu regnen begonnen, und ohne Scheibenwischer konnte Bergen nichts sehen; still saß er fast eine Stunde lang da, ehe er fähig war, ins Haus zurückzugehen. Er bestand darauf, daß Teresa etwas zu Mittag aß, und weil sie in einem Schockzustand war, ging sie geradewegs auf den Kühlschrank zu. Nachdem er sich vergewissert hatte, daß Teresa sich ein Sandwich hergerichtet hatte, ging Bergen zum Wandschrank in der Diele, zog sein Sportjackett an und betrat das Wohnzimmer. Er ließ die Jalousien herunter und zog alle Vorhänge zu. Danach setzte der Detektiv sich auf die Couch, genau in die Mitte, wo die beiden Kissen aufeinanderstießen, und weinte, sicher, daß er sich nie davon erholen, nie fähig sein würde, sich einem Leben ohne Dina zu stellen.

Silver erreichte Santa Rosa am späten Nachmittag; als er seinen Camaro in der Einfahrt abstellte, war Dina noch oben, niemand hatte sie angerührt. Doch sobald er aus dem Wagen stieg, wußte Silver, daß es zu spät war – alle Jalousien des Hauses waren heruntergelassen, der Collie saß draußen auf der Veranda, und die spärlichen Grashalme des vorderen Rasens sprachen von Trauer.

Obwohl es noch nicht vier Uhr war, war der Himmel dunkel, und was als Regenschauer begonnen hatte, wurde zum Sturm. Als Silver aufblickte, sah er einen Blitz über dem Haus; die Schindeln, die King Connors auf das Dach gelegt hatte, glänzten. Silver ging zur Haustür, aber dann blieb er stehen, wo er war, auf der oberen Fußmatte – das Haus roch nach Rosen, und der Duft war hypnotisch. Er stellte fest, daß er sich nicht bewegen konnte. Durch die Diele konnte Silver ins Wohnzimmer sehen; Bergen saß auf der Couch, so zusammengesunken, daß er ein Teil des Möbelstücks zu sein schien. Alle Pflanzen im Wohnzimmer – die Begonie und der schwedische Efeu, die Grünpflanzen und der Kaktus – waren eingegangen. Teresa und Bergen hatten in den Monaten von Dinas Krankheit nicht daran gedacht, sie zu gießen, und die Pflanzen waren in ihren Keramiktöpfen verwelkt, eine dünne Schicht brauner Blätter bedeckte den Boden. Als Bergen aufblickte und Silver sah, kam der alte Detektiv in die Diele, um ihm die Hand zu drücken.

»Ich hab' mich um alles gekümmert«, sagte Bergen zu Silver. »Ich habe die Beerdigung arrangiert, und Teresa weiß, daß sie in diesem Haus bleiben kann, solange sie will.«

»Wo ist sie?« fragte Silver.

»Oben«, sagte Bergen. »Sie ist noch oben in ihrem Bett.«

»Ich meine Teresa«, sagte Silver.

»Oh«, sagte Bergen, »Teresa. Ich dachte, du meintest Dina. Dina ist noch oben in ihrem Bett.«

Silver streckte die Hände in die Taschen; Regenwasser rann von seiner Kleidung, und eine Pfütze sammelte sich um seine schwarzen Lederstiefel. »Danke, daß Sie sich um alles gekümmert haben«, sagte Silver.

Bergen blinzelte, überrascht, daß Dinas Sohn höflich

sein konnte. »Du brauchst mir nicht zu danken«, sagte Bergen. »Nichts, was ich getan habe, hat sie gerettet, oder?«

Silver ließ Bergen in der Diele stehen und ging zur Küche; er wußte, daß Teresa dort war. Der Rosenduft war so stark, daß er ihn benommen machte. Was Silver brauchte, war ein Drink, ein warmes Abendessen, ein ruhiger, ungestörter Nachtschlaf, aber er betrat die Küche. Sie drehte ihm den Rücken zu. Vor ihr standen eine Tasse mit kaltem Kaffee und ein ungegessenes Sandwich auf einem blauweißen Porzellanteller. Sie hatte sich nicht gekämmt, ihr Haar war verknotet und fiel wirr über ihren Rücken wie ein Schwarm flüchtender Amseln.

»Es ist passiert«, flüsterte Silver, »genau wie ich dir's gesagt hatte.«

Teresa hatte seit Stunden an der gleichen Stelle gesessen; wenn sie ihre Augen auch nur eine Sekunde schloß, hatte sie das Gefühl, von Wildpferden umgeben zu sein, deren Hufe so scharf wie Dolche waren. Jetzt, da sie Silvers Stimme hörte, konnte sie ihren Kummer nicht mehr beherrschen; sie beugte den Kopf und weinte, und ihre Tränen fielen in die Kaffeetasse. Obwohl er versuchte, nicht näher zu gehen, zog es Silver zu ihr hin; er stand hinter ihr, streckte die Hand aus und legte sie auf ihren Nacken. Er konnte ihren schnellen Puls fühlen.

»Jetzt sind wir Waisen«, flüsterte er.

Teresa schmolz unter seiner Berührung dahin; sie hatte mehr Tränen in sich, als sie für möglich gehalten hätte; sie war sicher, wenn sie sich zu ihm umdrehte, würde sie ihre Arme um Silver schlingen und ihn nie wieder loslassen können.

Silver beugte sich nieder. Er war ihr so nahe, daß Teresa seinen Atem auf der Haut fühlen konnte, als er sprach.

»Jetzt sind nur noch wir beide da«, sagte Silver zu ihr, und obwohl Dina noch oben in ihrem Bett war und Bergen im Wohnzimmer saß und das Foto anstarrte, das Dinas Vater ihm vor so vielen Jahren gegeben hatte, spürte Teresa, wie ihr Herz einen Sprung tat, und Silver nahe zu sein, schien gefährlicher denn je. Und in dieser dunklen Küche, an einem Tag, an dem Blitze über den Himmel fuhren, konnte sie nicht so tun, als hätte sie nicht schon immer darauf gewartet, daß Silver genau diese Worte sagte.

Am Tag der Beerdigung regnete es, und es regnete die ganze folgende Woche. Der Fluß trat über die Ufer, und die auf Pfählen über der Hochwasserlinie errichteten Häuser hatten Pfützen in allen Zimmern. Kühe wurden weggeschwemmt, Hunde verirrten sich auf vertrauten Straßen, Pelikane nisteten in Kaminen, und die Federn ihrer Jungen waren mit Asche bedeckt. In der Stadt blieb jeder zu Hause, der nicht ausgehen mußte; überall in Santa Rosa leckten die Dächer. In der Divisadero Street ertranken Schnecken in dem Gemüsebeet, auf dem Bergen erst vor ein paar Wochen auf Dinas Wunsch hin Mulch ausgebreitet hatte.

Silvers Frau und Sohn waren mit dem Bus nach Santa Rosa gekommen. Tage nach der Beerdigung trug Lee noch immer ihr schwarzes Wollkleid; obwohl sie einen Koffer voller Kleider für Silver und Jackie mitgebracht hatte, hatte sie nicht daran gedacht, für sich selbst Kleider zum Wechseln einzupacken. Das Haus war so still, daß sie unwillkürlich auf Zehenspitzen ging, barfuß, damit ihre hohen Absätze nicht auf dem Boden klapperten. Es war ein Haus voller Schlaf. Teresa hatte sich nach der Beerdigung in ihrem Zimmer eingeschlossen und wollte nicht herauskommen; Bergen, zerrissen zwischen dem

Wunsch, im Lamplighter Motel zu bleiben und nach San Francisco zurückzukehren, schlief schließlich auf der Couch im Wohnzimmer. Silver verbrachte seine Nächte im Dragon und wärmte alte Kontakte wieder auf; wenn er nach Hause kam, schlief er bis Mittag in seinem alten Zimmer und wanderte dann für den Rest des Tages im Haus herum. Das Haus war so feucht, daß Bergen zu keuchen begonnen hatte, und sein schwerer Atem ging Silver auf die Nerven.

»Warum nehmen Sie keine Hustenmedizin?« fragte Silver Bergen ein paar Tage nach der Beerdigung. »Sie machen mich verrückt.«

Bergen verstand den Wink. »Ich weiß, ich sollte fahren«, sagte er.

»Hören Sie, ich habe nicht das Recht, Sie aus dem Haus zu weisen«, räumte Silver ein. »Dieses Haus gehört Ihnen, ich werfe Sie also nicht raus, kapiert?«

»Du wirfst mich nicht raus«, sagte Bergen. »Ich könnte ohne deine Mutter ohnehin nicht hier leben.«

»Wenn Sie gehen wollen, halte ich Sie nicht auf«, sagte Silver, und als der Detektiv endlich von der Couch aufstand, fühlte sich Silver erleichtert, als habe man ihm eine Last vom Rücken genommen; er hatte nie verstanden, was seine Mutter an dem alten Mann fand, und er mochte den Blick nicht, mit dem der Detektiv ihn oft fixierte, vor allem, wenn Teresa im gleichen Raum war.

»Ich warte nur, bis ich mich von Teresa verabschieden kann«, sagte Bergen zu Silver, nachdem er sein Jackett aus dem Schrank in der Diele geholt hatte.

»Himmel«, sagte Silver, »das könnte tagelang dauern.« Er senkte die Stimme. »Sie schläft viel.«

»Das ist in Ordnung«, sagte Bergen. »Ich habe Zeit.«

Sobald sie von der Beerdigung zurückgekehrt waren, war Teresa in ihrem Zimmer verschwunden und hatte achtzehn Stunden hintereinander geschlafen. In ihren Träumen hatten sich zwei schwarze Schmetterlinge auf ihre Schultern gesetzt. Obwohl ihre Flügel zart waren, hoben die Schmetterlinge Teresa vom Boden. Noch nach dem Aufwachen spürte Teresa diese Schmetterlinge auf ihrer Haut; beim Gehen stellte sie sich vor, ihre Füße schwebten Zentimeter über den Dielen.

Sie ließ alle in dem Glauben, ihr Anfall dauere viel länger, als es tatsächlich der Fall war. Sie blieb in ihrem Zimmer und wartete bis lange nach Mitternacht, ehe sie in die Küche hinunterging, egal wie hungrig sie sich fühlte. In den Tagen nach der Beerdigung war es Teresa gelungen, allen aus dem Weg zu gehen, doch nachts in ihrem Zimmer schaute sie aus dem Fenster und betrachtete die Sterne; schon jetzt vermißte sie Dina, schon jetzt war sie verzweifelt. An dem Tag, an dem Bergen abfuhr, kam Silver zu ihrem Zimmer; er legte ein Ohr an die Tür und lauschte auf einen Seufzer oder das Rascheln eines Lakens. Als er anklopfte, wollte Teresa zuerst nicht antworten. Sie hätte sich schlafend stellen können, aber die Wände ihres Schlafzimmers schlossen sich um sie, und sosehr sie sich auch einen langen Schlafanfall wünschte, sie war wach und einsam, und schließlich öffnete sie die Tür.

»Bergen fährt ab«, sagte Silver zu ihr. »Endlich. Er will sich verabschieden.«

Als sie nach unten gingen, hielt Teresa sich am Geländer fest; sie hörte das Schwirren von Schmetterlingsflügeln direkt über ihrem Kopf, und auf der letzten Stufe wäre sie beinahe gestolpert. Silver legte einen Arm um ihre Taille, um sie zu stützen, doch sobald er Bergen sah, ließ er Teresa los. Er griff in seine Tasche, um eine Zigarette herauszuholen, aber er machte keine Anstalten, Bergen mit seiner Schwester allein zu lassen; er stellte fest, daß er Angst davor hatte, was sie vielleicht sagen würde.

Bergen schüttelte Teresa förmlich die Hand. Seine Kleider waren zerknittert; er trug eine braune Einkaufstüte, die er öffnete, um Teresa den Inhalt zu zeigen.

»Sag mir, wenn du nicht möchtest, daß ich diese Sachen nehme«, sagte Bergen.

In der Tüte waren ein paar Forsythienzweige, die Bergen in ein Stück Alufolie gewickelt hatte, die schwarzweiße Wolldecke, die immer auf Dinas Bett gelegen hatte, und eine Flasche Parfum von Chanel, das er ihr einmal zu Weihnachten geschenkt hatte, das Dina aber nicht benutzt hatte, weil sie es zu teuer fand.

Teresa machte die Papiertüte wieder zu. »Das ist dein Haus«, sagte sie zu Bergen. »Es gehört dir, und wenn einer gehen sollte, dann bin ich das.«

Lee war in der Küche und buk einen Zitronenkuchen, den sie später am Tag servieren wollte, wenn ihre Mutter und Schwester zu Besuch kamen. Sie hielt die Rührschüssel auf dem Tresen fest, als das Telefon läutete, und rief dann nach Silver. Und so tat Silver widerstrebend genau das, was er nicht gewollt hatte. Er ließ Teresa und Bergen allein und sprach mit dem Barkeeper des Dragon, der etwas Kokain kaufen wollte. Während Silver seine Vereinbarungen traf, begleitete Teresa Bergen nach draußen zu seinem Wagen.

»Ich werde dich vermissen«, gestand sie. »Ich hab' mich an dich gewöhnt.«

Bergen öffnete den Kofferraum und stellte die Papiertüte mit Dinas Habseligkeiten hinein. Die Forsythienzweige nahm er heraus und legte sie in den Wagen auf den Beifahrersitz.

»Was soll ich jetzt tun?« fragte Teresa Bergen, nachdem er den Kofferraum abgeschlossen hatte.

»Ich kann dir nicht sagen, was du tun sollst«, sagte Bergen. Es hatte endlich zu regnen aufgehört, aber überall auf der Divisadero Street standen Schlammpfützen. »Also gut«, sagte Bergen. »Willst du wissen, was du meiner Meinung nach tun solltest?«

Teresa nickte eifrig mit dem Kopf. »Ja.«

»Alles, was du willst«, sagte Bergen. »Alles, außer mit ihm gehen.«

In diesem Augenblick trat Silver aus dem Haus; er warf die Tür hinter sich zu, winkte Teresa, stieg in seinen Camaro und ließ den Motor an. Bergens Mund zog sich zusammen, als habe er in eine Zitrone gebissen. Er hatte Silver nie getraut, vom ersten Tag an nicht, als Silver noch ein ruppiger Junge gewesen war, der für sich ein gefährliches Leben erhoffte. Gegen Ende hatte sogar Dina zugegeben, daß Silver Schwierigkeiten geradezu suchte; gegen Ende war er nicht mehr ihr liebstes Kind gewesen. Und das lag nicht daran, daß er geheiratet hatte und fortgezogen war, sondern daran, daß sie angefangen hatte, ihn mit Bergen zu vergleichen, und im Vergleich zu Freundlichkeit schienen ihr blinder Mut und Rücksichtslosigkeit trivial. Und ein Mann, der durch orangefarbene Mondnächte ritt, die nach Wildblumen dufteten und drückend heiß waren, erschien ihr plötzlich weniger begehrenswert als ein Mann, der auf der hinteren Veranda saß und stundenlang ihre Hand hielt, ohne ein Wort zu sagen.

Doch Dina hatte Teresa nie von ihrer Desillusionierung in bezug auf die Arias und in bezug auf Silver erzählt, und als Silver wegfuhr, starrte Teresa ihm nach; aber selbst wenn Dina Teresa gewarnt hätte, hätte das wohl nicht viel genützt, denn noch heute dachte Teresa nie über die Abschiedsworte ihrer Großmutter nach. Worüber sie nachdachte, war Silver.

»Du hast um Rat gefragt, also werde ich ihn dir geben«, sagte Bergen. »Fang an neues Leben an. Denke nicht, du bräuchtest jemanden, der dich beschützt – das hat deine Mutter zwanzig Jahre lang getan, und du weißt, was sie davon gehabt hat. Deshalb habe ich sie nie gedrängt, mich hier einziehen zu lassen. Es ist nicht gut, jemanden mehr zu brauchen als ihn zu wollen. Und manchmal muß man einfach von vorn anfangen.«

Nachdem Bergen fort war, ging Teresa ins Haus zurück. Einen Augenblick lang fragte sie sich, ob der Detektiv vielleicht von ihr und Silver wußte, ob er es einfach gespürt oder irgendeinen Beweis gefunden hatte. Doch Bergen hatte Silver eindeutig nie gemocht, gewiß war es nichts weiter als das. Später an diesem Tag, als der Detektiv wieder in San Francisco war und die Sonne tiefer am Himmel stand, würde Teresa mit Lee und ihrer Mutter und Schwester zusammensitzen; sie würde einen Teller voller Zitronenkuchen halten und eine Tasse heißen Tee trinken. Doch jetzt, allein im Wohnzimmer, wo sie Lee in der Küche das Frühstücksgeschirr abwaschen hörte, fragte sich Teresa, was sie als nächstes tun würde, und sie war nicht sicher, ob es nicht am besten wäre, einfach zu verschwinden und nichts zurückzulassen als eine dünne, tintenfarbige Zeile der Verzweiflung.

Am Morgen des Tages, an dem sie Santa Rosa verlassen sollten, wachte Lee früh auf. Sie stand auf, während der Himmel noch dunkel war; zog ihr schwarzes Kleid an und ging dann zu dem tragbaren Kinderbettchen, um Jackie aufzunehmen; sie legte ihm die Hand auf den Mund, damit er nicht schrie und Silver weckte. Barfuß ging sie nach unten, und am Ende der Treppe blieb sie vor dem ovalen Spiegel stehen und betrachtete den Bluterguß auf ihrer Wange – der Fleck selbst war gelb, aber rundherum hatte sich die Haut violett verfärbt. Um drei Uhr morgens, als alle Nachbarn in der Divisadero Street fest schliefen, hatte Silver sie geschlagen, war ohne jeden Grund auf sie losgegangen. Er hatte im Dragon zuviel getrunken, und dann hatte er nicht schlafen können, war im Zimmer auf und ab gegangen, hatte das Fenster geöffnet und den Kopf geneigt, als lausche er auf eine Stimme, die er nicht recht hören konnte. Da war Lee zu ihm gegangen, hatte die Arme um ihn gelegt und ihm gesagt, er solle wieder ins Bett kommen.

»Sag mir nicht, was ich zu tun habe«, sagte Silver, und vielleicht hätte sie so klug sein sollen, sich ruhig zu verhalten, doch jeder Tag, den sie in Santa Rosa verbrachten, schien ihn weiter von ihr zu entfernen. Also stemmte Lee die Hand in die Hüfte und trieb ihn zu weit.

»Worauf zum Teufel horchst du eigentlich?« sagte sie. »Verdammt, was glaubst du eigentlich, was du mitten in der Nacht hören wirst?«

Mehr hatte sie nicht gesagt, und da war er auf sie losgegangen. Danach hatte es ihm leid getan, er hatte sie geküßt und Liebling genannt und ins Bett zurückgeführt. Lee war so verblüfft gewesen, daß sie nicht einmal geweint hatte. Sie stritten sich oft, das war nichts Neues; es gab Wochen, in denen es so aussah, als täten sie nichts anderes. Aber früher hatte Silver sich immer wieder beruhigt; er hatte sie vielleicht schlagen wollen, es aber nicht getan. Während sie ihr Gesicht im Morgenlicht betrachtete und in die Küche ging, um Jackie das Frühstück zu machen, war Lee sicher: Das, worauf Silver gelauscht hatte, hatte ihn veranlaßt, sie zu schlagen; es ist Santa Rosa, dachte sie, es ist, weil er zu Hause ist.

Lee setzte Jackie auf den Fußboden und gab ihm eine Schüssel Haferflocken; sie nahm eine Pepsi für sich selbst aus dem Kühlschrank und beobachtete ihren Sohn. Sie machte sich mit jedem Tag mehr Sorgen um ihn. Er war so uninteressiert, so still. Lee hatte zu große Angst, um ihn zu einem Arzt zu bringen; sie hoffte, er sei ein Spätentwickler, nur ein bißchen langsam. Zuerst hatte sie jeden Tag unablässig zu ihm gesprochen in der Hoffnung, früher oder später werde er reagieren; wenn sie jetzt mit ihrem Sohn zusammen war, war sie genauso still wie Jackie, und sie beobachtete ihn mit einem merkwürdigen Gefühl des Mißtrauens.

Lee hatte ihre Pepsi halb ausgetrunken, als sie die Kellertreppe knarren hörte; sie griff auf das Abtropfbrett und nahm ein Messer. Sie versuchte, nicht zu atmen. Als sich die Kellertür öffnete und Teresa dastand, in einem Baumwollnachthemd, das ihr bis über die Knie reichte, warf Lee den Kopf zurück und lachte.

»Beinahe hätte ich dich umgebracht«, sagte sie zu Teresa und zeigte ihr das Messer.

»Ein Einbrecher müßte verrückt sein, wenn er in dieses Haus käme«, sagte Teresa. »Hier gibt es nichts außer dem da.« Sie hielt ein Glas hoch, das sie gefunden hatte; es war Brombeermarmelade, der Rest von der, die Dina letzten Sommer gekocht hatte. »Ich war hungrig«, erklärte Teresa, aber in Wirklichkeit hatte sie die ganze Nacht von Dina geträumt: Dina, wie sie in der Küche stand und Einmachgläser mit sauren Tomaten und Marmelade füllte. Teresa ließ Wasser in den Teekessel laufen und hielt dann das Marmeladenglas unter heißes Wasser. Als sie den Deckel abschraubte, erfüllte der Duft nach Sommer den Raum. Sie nahm einen Löffel aus der Schublade, setzte sich an den Tisch und fing an, die Marmelade gleich aus dem Glas zu essen. Lee saß ihr gegenüber und schlürfte ihre Pepsi, und in diesem Augenblick bemerkte Teresa den Bluterguß.

»Was ist passiert?« fragte Teresa. Sie streckte die Hand aus und berührte Lees Gesicht.

Lee rieb sich über die Wange, als wolle sie Rouge wegwischen. »Es ist nichts«, sagte Lee. »Ich habe mich gestoßen.«

Teresa zog die Füße hoch und bedeckte ihre Knie mit dem Nachthemd; ihr Haar fiel ihr unordentlich auf die Schultern – wie schwarze Perlenschnüre. Sie spürte, wie sie eifersüchtig wurde; die Spuren der Brombeermarmelade um ihren Mund herum hatten die gleiche Farbe wie Lees Bluterguß.

»War er das?« fragte Teresa. »Hast du dich an ihm gestoßen?«

Jackie hatte sein Frühstück aufgegessen und war in eine Ecke gelaufen. Die Kante des Linoleumbodens, den Bergen vor Jahren verlegt hatte, stand wie eine Messerklinge in die Höhe. Jackie schnitt sich an der scharfen Kante und begann zu weinen; binnen Sekunden wurde das Weinen zu einem tiefen Heulen. Lee rannte zu ihrem Sohn und ließ sich auf Hände und Knie nieder. Als ihre besänftigende Stimme Jackie nicht trösten konnte, legte sie dem Jungen die Hand auf den Mund.

»Verdammt«, flüsterte sie Jackie zu, »du wirst ihn aufwecken.«

Doch Silver in seinem alten Zimmer im ersten Stock war bereits wach. Er hatte entschieden, daß es nicht zu umgehen war: Teresa würde mitkommen und bei ihnen wohnen müssen. Er hatte sich nicht die Mühe gemacht, diesen Entschluß mit Lee zu diskutieren, und je mehr er darüber nachdachte, desto mehr erschien ihm das Zusammenleben als einzige Möglichkeit, ganz gleich, wie unbequem es für sie alle sein würde. Er zog sich rasch an, saubere Jeans und ein weißes Hemd, und ließ die schmutzigen Sachen auf dem Bett liegen, damit Lee sie einpackte. Auf dem Weg zur Tür stolperte er über Lees hochhackige Schuhe, und so murmelte er schon etwas über die Dummheit seiner Frau vor sich hin, während er die Treppe hinunterging. Schlecht gelaunt erreichte er die Küche und fand Lee auf dem Boden kauernd bei ihrem Sohn. Angewidert starrte er sie an, ging dann zum Tisch und betrachtete die halbleere Pepsiflasche.

»Was zum Teufel soll das?« fragte er Lee. Er hielt die Flasche hoch und ging zu seiner Frau; er stand so dicht bei ihr, daß er auf ihren Rocksaum trat. »Es wird dich vielleicht schockieren, aber die meisten menschlichen Wesen trinken morgens Kaffee.«

Teresa versuchte, die beiden nicht anzusehen; sie hatte Angst, ihre Eifersucht würde sich in dem offenen Marmeladenglas spiegeln. Sie stand auf und goß kochendes Wasser durch den Kaffeefilter in die Kanne.

»Gott sei Dank weiß hier jemand, wie man Kaffee macht«, sagte Silver. Er streckte die Hand aus und zog Lee auf die Füße. »Wenn es überhaupt was gibt, was du richtig machen kannst, dann wünschte ich, jemand würd's mir sagen.«

»Jemand anderer wüßte mich vielleicht zu schätzen«, sagte Lee. »Ein anderer Mann würde finden, daß ich eine Menge Dinge richtig mache.«

»Ach, wirklich?« sagte Silver. »Sag mir eines, nur eines.«

»Hört doch auf!« sagte Teresa zu beiden. »Hört auf.«

Silver und Lee verstummten und sahen einander nicht an. Teresa trug zwei Tassen Kaffee zum Tisch und setzte sich; sie schloß die Augen und lehnte den Kopf weit zurück. Silver löffelte Zucker in beide Tassen.

»Komm«, sagte er zu Teresa. »Trink das. Du hast zuviel geschlafen«, sagte er besorgter, als Lee ihn je gehört hatte.

Teresa tat wie geheißen. »Ich kann das nicht hören«, sagte sie. »Streite nicht mit ihr.«

»Ich kann für mich selbst einstehen«, sagte Lee. »Du brauchst mich nicht zu beschützen.«

»Zieh dich an, wenn du deinen Kaffee getrunken hast«, sagte Silver zu Teresa. »Ich nehme dich mit zu uns nach San Francisco.«

»Wann ist das beschlossen worden?« fragte Lee.

Teresa schüttelte den Kopf. »Ich gehe heute wieder zur Arbeit.«

»Vielleicht hat Silver recht«, sagte Lee in der Hoffnung, ihn zu versöhnen. »Hier ist es deprimierend, gefährlich. Du kannst hier nicht allein wohnen.«

Je mehr Lee sagte, desto unruhiger wurde Silver. Er nahm die Autoschlüssel aus der Tasche und spielte mit ihnen; er stellte sich vor, wie sie zu dritt im selben Haus wohnten, so dicht beieinander: eine Schlafzimmerwand, ein Frühstückstisch mit braunen Schüsseln voller Orangenscheiben. Jede Nacht, wenn die Lichter ausgingen und die Quilts auf dem Bett noch kalt waren, würde Silver neben Lee schlafen, aber die ganze Zeit würde er an Teresa denken und sich Sorgen machen, sie könnte eines Tages beschließen, alles auszuplaudern, was zwischen ihnen geschehen war.

»Du willst nicht nach San Francisco?« sagte Silver zu Teresa. »Ist es das?«

Als Teresa nicht antwortete, wuchs Lees Spannung; sie war sicher, daß Silver seiner Schwester den Kopf zurechtrücken würde, aber er lehnte sich nur an den Herd und sagte: »Wenn du hierbleiben willst, zwinge ich dich nicht mitzugehen.«

»Ich weiß nicht, was ich will«, sagte Teresa. Ihre Stimme klang gefährlich dünn.

»Okay«, sagte Silver sanft.

Teresa stand so rasch auf, daß ihr Stuhl umfiel und eines der Holzbeine zersplitterte, als es auf den Boden auftraf. »Glaubst du, du könntest nach all der Zeit einfach zurückkommen?« Silver wandte sich ab. Er sah aus dem Küchenfenster und beobachtete zwei Amseln, die über das Geländer der Veranda trippelten. »Du kannst nicht erwarten, daß ich bei euch wohne«, sagte Teresa zu ihm.

»In Ordnung«, sagte Silver. »Schon gut, in Ordnung, bleib hier, wenn du willst.«

Teresa lief aus der Küche; sie ging nach oben und warf ihre Tür zu. Während Teresa ihre Kellnerinnenuniform aus dem Schrank nahm, wandte sich Silver vom Fenster ab und sah, daß seine Frau ihn anstarrte; ihre Augen waren so blau, daß sie wie Glassplitter wirkten.

»Was zum Teufel starrst du so?« fragte Silver sie.

Später, nachdem Lee alle ihre Kleider eingepackt hatte und Silver draußen war, um das Auto zu beladen, ging Lee in die Küche zurück. Die Hintertür stand offen, und durch das Fliegengitter konnte sie Teresa durch den Garten gehen sehen, gekleidet in eine weiße Uniform und die Jacke, die Silver ihr zum letzten Geburtstag geschickt hatte. Teresa ging quer durch den Garten und dann aus dem Seitentor; sie vermied die Einfahrt, wo Silver nun den Ölstand des Camaro prüfte. Allein in der Küche, beobachtete Lee ihre Schwägerin; sie hätte alles dafür gegeben zu erfahren, warum Teresa sich von Silver noch mehr verlassen fühlte als sie selbst, doch als sie den Mut gefaßt hatte, sie zu fragen, lief Teresa schon die Divisadero Street hinunter und war bald darauf verschwunden.

Den ganzen Frühling und Sommer hindurch arbeitete Teresa weiter in Max's Café. Jeden Donnerstagabend bekam sie ihren Scheck, und dafür schrieb sie Bestellungen auf, wischte die Theke sauber, servierte heiße Spiegeleier und Hamburger. Es gab zwei Kellnerinnen bei Max's – Teresa und Lucy, eine Frau, die in der High School in der gleichen Klasse wie Silver gewesen war und sich noch erinnerte, wie sie Teresas Bruder sehnsüchtig betrachtet und sich schließlich das Herz gefaßt hatte, eine verliebte Nachricht in seinen Spind zu legen, eine Nachricht, die zu lesen Silver sich nie die Mühe gemacht hatte, von einer Antwort ganz zu schweigen. Den ganzen Sommer lang war Lucy die einzige Person in der Stadt, mit der Teresa regelmäßig sprach; nach der Arbeit war Teresa immer allein. Abends machte sie ihre Einkäufe. Die riesigen Gänge im Safeway, wo Reuben einst gearbeitet hatte, machten sie benommen, und so kaufte sie in einem Lebensmittelladen an der Ecke der Divisadero Street ein, einem kleinen Laden, wo der Kopfsalat in einer Holzkiste gestapelt war und Staub die Gläser mit Aprikosen in Sirup bedeckte. Spätabends hörte sie Radio; sie lernte alte Schlager auswendig und kannte jedes Wort, das Roy Orbison und die Drifters je gesungen hatten. Der Apparat war ein alter Magnavox, den King Connors gekauft hatte; Teresa hatte ihn auf ihren Nachttisch gestellt, wo die Wählskala auch leuchtete, wenn sie schlief, und ein endloses Schlaflied aus blauen Akkorden ihr Gesellschaft leistete. Sie ließ den Sender KCAX eingestellt und lernte die Lieblingsmusik jedes Diskjockeys kennen. Musik kroch in die Ecken des Hauses, selbst in die Zimmer, die Teresa jetzt mied: Dinas Schlafzimmer, Silvers Zimmer und das Wohnzimmer, wo seit Monaten die Jalousien heruntergelassen waren.

Außer den Diskjockeys von KCAX war da nur Lucy, und die Gespräche mit ihr waren so unergiebig wie ein Wetterbericht. Lucy redete über Männer, immer Kunden

– einen Lastwagenfahrer, der ein Trinkgeld von fünf Dollar hinterlassen hatte, einen Jungen, der Teresa so lange angestarrt hatte, daß sein Hamburger kalt geworden war und er Max's Café verlassen hatte, ohne zu Mittag zu essen.

»Du könntest einfach *so* zu einer Verabredung kommen«, sagte Lucy immer wieder und schnippte dabei mit den Fingern. »Du müßtest nicht jeden Abend allein zu Hause sitzen und Radio hören.«

Eines Nachmittags, als die beiden Frauen zwischen den Mahlzeiten eine Pause hatten, entschloß sich Lucy, Teresa einen ernsten Rat zu geben. Teresa aß ein Thunfischsandwich, das sie sich vor mehr als einer Stunde gemacht hatte, Lucy einen Salat ohne Dressing.

»Wenn du ein bißchen freundlicher wärst, könntest du jeden Mann haben, der hier hereinkommt«, sagte Lucy. »Wenn du so weitermachst, wirst du eines Tages allein dastehen.«

»Einen von unseren Kunden?« sagte Teresa. »Vergiß es.«

»Ich finde sie gar nicht so übel«, sagte Lucy.

»Doch«, sagte Teresa. »Sie sind es.«

»Ich treffe mich mit einem, den ich hier kennengelernt habe – Sal, ihm gehört der Laden für Autoersatzteile unten in der Straße. Das Problem mit dir ist, daß du eingebildet bist. Deswegen hast du keine einzige Verabredung.«

»Vielleicht ist es mir egal«, sagte Teresa. Sie legte ihr halbgegessenes Sandwich weg und ging ans andere Ende der Theke.

Lucy folgte ihr und legte einen Arm um sie. »Du brauchst ja nicht nach jedem Kerl verrückt zu sein, mit dem du ausgehst«, sagte sie. »Du brauchst ihn nicht einmal zu mögen. Es gibt andere Gründe, mit einem Mann auszugehen.«

Teresa sah Lucy an. »Welche anderen Gründe?« fragte sie.

»Verflixt«, sagte Lucy. »Ich bin keine reiche Erbin und du auch nicht.«

»Redest du von Geld?« sagte Teresa. »Davon, mit einem Mann auszugehen und dafür Geld zu bekommen?«

Lucy sah Teresa an, dann warf sie einen kurzen Blick auf den Koch hinter dem Grill. »Ich rede davon, ein bißchen was zurückzubekommen für das, was du ausgibst«, flüsterte sie. »Das ist alles.«

»Ach, das ist widerlich«, sagte Teresa. »Man nennt das Prostitution.«

»Ach ja?« sagte Lucy. »Wirklich? Ich wüßte nicht, was falsch daran ist, etwas zurückzukriegen. Ich rede nicht von Millionen. Dreißig Dollar für einen netten Abend, zwanzig, wenn ich das, was sie wollen, tun kann, ohne mich auszuziehen.«

»Ich will davon nichts mehr hören«, sagte Teresa. Sie fing an, mit Windex die Theke zu putzen und summte dabei ein Lied von Bob Dylan vor sich hin, das sie am gleichen Morgen auf KCAX gehört hatte.

»Ich könnte dir jederzeit jemanden besorgen«, flüsterte Lucy. »Weißt du, es ist nicht alles Arbeit. Manchmal macht es Spaß. Was ist falsch daran, sich zu amüsieren?«

Als Teresa an diesem Abend von der Arbeit nach Hause ging, fühlte sie sich einsamer denn je. Nichts half, nicht Atlas, der an der Tür auf sie wartete, nicht das Radio und nicht die Stimme ihres bevorzugten Diskjokkeys. Der Sommer war beinahe zu Ende, seit Dinas Beerdigung waren fünf Monate vergangen, und in der ganzen Zeit war Teresa nicht einmal tanzen gegangen, hatte nicht einen Gin Tonic getrunken, war nicht einmal auf den Mund geküßt worden. Sie sah ihren Schrank durch – nichts war neu. Sie betrachtete ihr Gesicht im Spiegel und legte sorgfältig Lidschatten auf. An diesem Abend hörte Teresa Radio, ohne wirklich einen Text zu verstehen; sie wusch sich das Haar und bürstete es dann, bis es glänzte. Sie wusch einen Spitzenslip, von dem sie vergessen hatte, daß sie ihn besaß, und blieb bis lange nach Mitternacht auf, um ein Paar hochhackiger Schule aufzupolieren, die sie seit der High School nicht mehr getragen hatte. Am folgenden Tag, als sie zur Arbeit ging, fühlte Teresa sich erschöpft, aber sie sah schick aus – sie trug Lidschatten und die Schuhe mit den hohen Absätzen, und Lucy wußte sofort, daß Teresa beschlossen hatte, ihr Leben zu ändern. Aber sie drängte sie nicht, sie wartete, bis Teresa zu ihr kam, und eines Nachmittags trat Teresa zu Lucy und schaute ihr direkt in die Augen.

»Mit wem wirst du mich zuerst bekannt machen?« fragte Teresa.

»Du bist das Alleinsein leid.« Lucy nickte.

»Weiß ich nicht«, sagte Teresa. »Ich glaube eher, daß ich einfach müde bin.«

An einem Freitagabend in der letzten Augustwoche trug Teresa einen schwarzen Rock und eine rote Satinbluse. Sie wartete seit fünfzehn Minuten vor dem Dragon – lange genug, um es sich anders zu überlegen, aber nicht lange genug, um danach zu handeln –, als Lucy in ihrem gelben Pinto vorfuhr.

»Erwarte nicht zuviel«, sagte Lucy, als die beiden Frauen in der Dunkelheit standen. Sie fuhr sich mit einem Kamm durch die Haare. »Er ist ein Freund von Sal, er ist verheiratet, und er will sich einen netten Abend machen.«

»Tja, ich auch«, sagte Teresa. »Ich möchte tanzen gehen. Ich möchte überall hingehen.«

»Probieren wir's vorerst mit der Bar«, sagte Lucy, während sie das Dragon betraten. »Weißt du, er ist nicht gerade ein Hollywoodstar.«

Wie sich herausstellte, war sein Name Roger, und als er Teresa sah, wünschte er sich, seine Frau wäre für länger als nur für eine Nacht zu Besuch zu ihrer Schwester gefahren; er wünschte sich, einige hundert Dollar in der Tasche und in seinem Inneren mehr als einen Funken Hoffnung übrig zu haben. Er spendierte ihr zwei Drinks – Gin Tonics mit Zitronenscheiben, die ihr den Gaumen verbrannten. Sie verließen das Dragon nach weniger als einer Stunde, nur sie beide, und waren fort, ehe Lucy und Sal ihre Abwesenheit bemerkten. Sie fuhren zu einem Club in Petaluma und tanzten bis Mitternacht, doch selbst danach hatte Teresa noch nicht genug. Auf einer überfüllten Tanzfläche in der letzten Augustwoche hatte sie ein Gegenmittel gegen die Einsamkeit gefunden; jedesmal, wenn sie die Tanzfläche betrat, wurde ein weiterer Pfeil aus ihrem Fleisch entfernt und hinterließ nichts als eine winzige Wunde, die nur bei Sternenlicht zu sehen war.

»Nun komm«, sagte Roger schließlich zu ihr. »Wir haben Besseres zu tun.«

Sie fuhren nach Santa Rosa zurück; während Roger in das Büro des Lamplighters ging, um ein Zimmer zu nehmen, griff Teresa unter ihren Rock und zog ihren Slip aus; ihre Beine waren glühend heiß, sie brannten. Als sie Roger zum Auto zurückkommen sah, den Zimmerschlüssel in der Hand, öffnete Teresa das Handschuhfach und warf den Slip hinein. Dann stieg sie aus und folgte Roger am Pool vorbei, der von bernsteinfarbenen Laternen gesäumt war und nach Chlor roch. Die Nachtluft strich kühl um ihre nackten Beine. Sie dachte kurz daran umzukehren, aber sie tat es nicht.

Sie liebten sich auf einem Bett, mit einer orangefarbenen Bettdecke; die weißen Laken hatten in der Mitte ein Brandloch, wo jemand achtlos eine Zigarette hatte fallen lassen. Sie schalteten kein Licht ein, und während der ganzen Zeit, die sie sich in den Armen hielten, konnte Teresa den Motor der Eismaschine hören, die in einem Hof gleich hinter ihrem Zimmer stand. Er flüsterte ihr Dinge zu: wie schön sie sei, wie sehr er sie begehre, daß er immer eine Frau wie sie gewollt habe, eine dunkle Frau, deren Haut sich unter seinen Fingern kühl anfühle, jemanden, der wisse, wann man still sein und wann man laut seufzen müsse. Zuerst hatte Teresa das Gefühl, als glühe jeder Zentimeter ihres Körpers vor Verlangen; sie hoffte, daß der Fremde, den sie umarmte, der Mann ihrer Träume wäre, daß dies die Nacht aller Nächte sein würde, daß alle anderen Erinnerungen vergingen. Aber dem war nicht so; wenn sie Roger küßte, wenn sie die Augen schloß, stellte sie sich die Küsse eines anderen Mannes vor, den Herzschlag eines anderen Mannes, eines Mannes, der, wenn er gewußt hätte, wo sie war, die ganze Nacht gefahren wäre, um sie zu finden, der aus seinem Auto gesprungen wäre, der notfalls die Tür des Motels eingetreten hätte, nur, um zu ihr zu kommen, nur, um sie wiederzufinden. Es war Silver, an den sie in dieser Nacht dachte, und ihre Gedanken schockierten sie. Noch immer war es Silver, dessen Name in ihrem Kopf pochte und der von jeder Fliese, von jedem Möbelstück des Motelzimmers widerhallte.

Als Roger sie am nächsten Morgen nach Hause fuhr, stieg Teresa aus dem Wagen und drehte sich nicht um. Atlas war die ganze Nacht draußen gewesen, und als Teresa durch den Garten zur Hintertür ging, kam der Hund nicht, um sie zu begrüßen; statt dessen setzte er sich unter den Eukalyptusbaum und starrte sie voller Trauer an.

»Ach, nun komm schon«, sagte Teresa zu ihm.

Atlas rührte sich nicht vom Fleck. Zwei Sonnenblumen blühten in dem verwilderten Garten, sie standen da wie Zeugen und blickten nach Osten. Teresa setzte sich auf die Stufen der hinteren Veranda und weinte. Sie wollte nicht an Silver denken, wollte nicht jeden Mann mit ihm vergleichen. Mit der Manschette ihrer Satinbluse wischte sie sich die Augen; sie zog ihren Rock herunter, damit er ihre nackten Knie bedeckte. Langsam kam Atlas zu ihr herüber; die Erde war staubig und der Himmel so blau wie Vogelfedern. Als der Collie sich neben sie auf die Veranda setzte und hustete wie ein alter Mann nach einer schlaflosen Nacht, fiel Teresa ein, daß sie vergessen hatte, von Roger die dreißig Dollar zu verlangen, die er für eine durchtanzte Nacht versprochen hatte, für eine Nacht voll roter Sterne und Verführung, für eine Nacht mit einer Frau wie ihr.

Obwohl Lucy ärgerlich war, als Teresa gestand, daß sie keinen Cent von Roger bekommen hatte, lachte sie laut auf, als sie erfuhr, daß Teresa ihren Slip im Handschuhfach des Wagens gelassen hatte.

»Das kostet ihn mehr als dreißig Dollar, wenn seine Frau ihn findet!« krähte Lucy. »Aber vergiß nicht, was du willst«, erinnerte sie Teresa. »Sonst machst du es schwer für mich – ich muß überleben, weißt du. Ich brauche Benzin für mein Auto und Geld für den Friseur. Denk daran, was du willst, ist Bargeld.«

Trotzdem nahm Teresa fast nie Geld, obwohl sie mitternächtliche Essen, Gin Tonics, Weinflaschen und Betten in Motels akzeptierte, in denen die Tapete sich löste und die Laken alles andere als weiß waren. Jedesmal, wenn sie einen neuen Mann traf, begann Teresa den Abend mit einer verrückten Hoffnung; jedesmal bestand die Möglichkeit, daß ein Fremder sie den Tag am Stausee vergessen machte, und in letzter Zeit hatte sie angefangen, die ganze Zeit daran zu denken. Selbst wenn die Versprechungen all der Fremden hohl waren, war Teresa fest entschlossen: Sie wollte beweisen, daß es einen Mann in ihrem Leben geben konnte, der nicht Silver war; sie würde ihn finden. Den ganzen Herbst lang suchte sie nach diesem Beweis. Sie kaufte neue Blusen mit Bändern, sie trug hochhackige Schuhe, die sie vom Schuster rot hatte färben lassen, sie flocht blaue Perlen in ihr Haar, sie bot sich jedem an, der sie wollte, jedem, der den Mut hatte, neben einer Frau zu schlafen, die ihre Enttäuschung nicht verbergen konnte und dies niemals auch nur versuchte. Wenn Bergen anrief, zwei- oder dreimal im Monat, sagte Teresa ihm immer dasselbe: Sie brauche weder Geld noch Gesellschaft. Sie belog den Detektiv und sagte ihm, sie habe genügend Geld gespart; sie beschrieb ihm den Garten, eine imaginäre Aufzählung von Wildblumen und Winterzwiebeln anstelle der rötlichen Unkrautpflanzen und Schlammpfützen. Sie behauptete, es ginge ihr fabelhaft.

Acht Monate nach Dinas Tod fürchtete Teresa sich noch immer davor, allein zu Abend zu essen; die Küchenwände bedrückten sie, und sie ließ abends die Hintertür offen. An einem Oktoberabend, als die Luft seltsam warm war und Amseln im Eukalyptusbaum zwitscherten, vom falschen Versprechen des Sommers getäuscht, hatte Teresa an einem Freitag zum ersten Mal seit Monaten keine Verabredung. Sie aß allein zu Abend, schaltete KCAX ein und sang die Schlager mit, während sie das Geschirr spülte. Atlas war auf der hinteren Veranda; er lehnte am Fliegengitter, und jedesmal, wenn er atmete, knarrte der Metallrahmen der Tür. Als Teresa mit dem Abwasch fast fertig war, begann Atlas zu bellen; Teresa ignorierte ihn. Sie hörte die Pfoten des Hundes auf den Holzstufen, als er in den Garten lief, aber sie war sicher, daß der Collie unter den Büschen, die die Gärten trennten und wo Teresa und ihre Freundin Maureen sich als Kinder versteckt hatten, die Katze des Nachbarn jagte. Die Raleighs wohnten nicht mehr nebenan; kurz nach Maureens Fortgang hatten sie ihr Haus verkauft, und Teresa hatte nie erfahren, ob ihre Freundin ihr Baby behalten hatte und ob es ein Mädchen oder ein Junge gewesen war. Dennoch dachte Teresa an das Nachbarhaus noch immer als »Maureens Haus«, und sie war sicher, daß Atlas dorthin gelaufen war.

In Wirklichkeit bellte Atlas keine Katze an, sondern einen Fremden, der durch den Garten kam. Wenn der Collie jünger gewesen wäre, hätte er sich vielleicht auf die hintere Veranda gestellt und dem Fremden den Weg versperrt, aber Atlas war fast zehn Jahre alt; er hatte nicht die Kraft, mehr zu tun als unter dem Eukalyptusbaum zu stehen und zu jaulen, bis seine Stimme versagte. Als Teresa sich von dem Schrank abwandte, in den sie das saubere Geschirr gestellt hatte, war der Fremde bereits im Haus. Teresa lehnte sich an das Spülbecken und starrte den Mann an, der an drei Fingern goldene Ringe trug.

»Ich tue Ihnen nichts«, sagte er zu Teresa, nachdem er die Tür hinter sich geschlossen hatte.

»Sie sind ziemlich unverfroren«, sagte Teresa. Sie strich sich lose Haarsträhnen aus den Augen. »Sie hätten wenigstens anrufen können. Ich habe Lucy gesagt, daß sie meine Adresse nicht angeben soll – nur meine Telefonnummer. Sie sind wirklich ziemlich unverfroren.«

Teresa trug keine Spur von Make-up, ihre Füße waren

nackt; sie hatte nicht mit Gesellschaft gerechnet, aber als sie die Augen verengte und das Gesicht des Fremden betrachtete, begann sie sich zu fragen, ob der Mann in ihrer Küche vielleicht derjenige sein könnte, der Silver aus ihren Gedanken vertrieb. Teresa gab ihm die Hand.

»Komm nach oben«, sagte sie zu dem Fremden.

»Einen Moment«, sagte er, aber er lächelte. »Du kennst nicht mal meinen Namen.«

»Laß mich raten«, sagte Teresa, während sie ihn aus der Küche und dann nach oben führte. »Arthur«, riet sie. »Lloyd. Robert, aber sie nennen dich Bobby.«

»Bis jetzt hast du noch nicht richtig geraten«, sagte der Fremde, als sie ihn in ihr Schlafzimmer führte.

Wenn Teresa Silver vor Jahren je gefragt hätte, was er die ganze Nacht mache und für wen er arbeite, hätte sie den Namen des Mannes gekannt, den sie mit in ihr Bett nahm. Wenn sie je mit Silver ins Dragon gegangen wäre, spät am Abend, wenn alle Sterne in der Mitte des Himmels standen, dann hätte sie vielleicht den Mann kennengelernt, der nun zusah, wie sie ihre Kleider auszog und über die Rückenlehne eines hölzernen Stuhls hängte; sie hätte gewußt, daß der Mann, den sie küßte, in Wirklichkeit überhaupt kein Fremder war. Es war Angel Gregory, und er hatte seit fast vier Jahren vorgehabt, dem Haus in der Divisadero Street einen Besuch abzustatten, aber nie, niemals hatte er damit gerechnet, auf diese Weise begrüßt zu werden.

Als sie sich liebten, waren beide zaghaft – Gregory, weil er nie erwartet hatte, in ihr Schlafzimmer mitgenommen zu werden, und Teresa, weil sie zum ersten Mal nicht an Silver dachte, während sie einen anderen Mann umarmte. Statt dessen dachte sie an Wüste und Hoffnung – und sie ertappte sich bei der Überlegung, welche Art von Mann sie vor ihrer eigenen Hintertür entdeckt hatte. Jedesmal, wenn sie auf Gregorys Berührung reagierte, war Teresa schockiert von der Zärtlichkeit, die sie für diesen Fremden empfand. Nachdem sie sich geliebt hatten, spürte sie noch immer den Drang, ihn zu halten, als bestünde endlich die Möglichkeit, doch nicht für immer einsam zu bleiben. Gregory streichelte mit den Fingerspitzen Teresas Hals; sie lagen nebeneinander, und es gab keinen Grund zu sprechen. Doch als Gregory sprach, verdarb er alles, denn als erstes erwähnte er Silvers Namen.

»Deswegen bin ich hier«, gestand Gregory. »Ich suche deinen Bruder.«

Teresa beäugte ihn, als liege eine Kobra auf ihrem Kissen.

»Er wohnt nicht mehr hier, also kannst du ebensogut gehen, wenn du nur deswegen da bist.«

»Lüg mich nicht an«, warnte Gregory. »Ich hasse Unehrlichkeit. Ich hasse sie mehr als Mord.«

Teresa blinzelte. »Reden wir nicht von Mord«, sagte sie zu dem Mann in ihrem Bett. Jetzt wünschte sie, die Hintertür zweimal verschlossen zu haben.

Gregory stand auf und zog seine Jeans an; er stand nur Zentimeter von der Wand entfernt, die zwischen ihnen und Silvers ehemaligem Zimmer lag. Er warf Teresa ihren Morgenrock zu und nickte dann in Richtung Tür.

»Ich bin am Verhungern. Ich hab' im Gefängnis dreißig Pfund abgenommen. Egal, was ich esse, ich nehme nie zu, und ich bin immer hungrig.«

Sie hatte nicht viel im Haus, doch Teresa kochte ihm ein Abendessen aus grünen Tomaten und Reis; als sie mit der heißen Bratpfanne in der Hand zum Tisch ging, drohte Gregory ihr mit dem Finger.

»Wirf nicht mit dem Ding nach mir«, warnte er. »Das ist nicht persönlich gemeint. Ich habe nichts gegen dich.

Ich mag dich«, gestand er. Teresa betrachtete ihn kalt. »Vorhin warst du ziemlich freundlich«, sagte Gregory, »als du nicht einmal wußtest, wer ich bin.«

Teresa lehnte sich an den Tresen und sah Gregory beim Essen zu; sie hatte den Lohn einer ganzen Woche für den seidenen Morgenrock ausgegeben, den sie trug, und der Mann, der gerade aus dem Gefängnis gekommen war, hatte ihn überhaupt nicht beachtet.

»Silver lebt jetzt in San Francisco«, sagte sie, als Gregory mit dem Essen fertig war und keine Anstalten machte zu gehen. »Hier wirst du ihn nicht finden.«

»Vielleicht lügst du, weil du ihn beschützen willst. Vielleicht kommt er jeden Augenblick zur Tür herein.«

Gregory blieb also; bald wurde Teresa ihm gegenüber kühner – sie ließ Atlas herein, machte dann eine Kanne Kaffee und setzte sich Gregory gegenüber an den Tisch.

»Bin ich die erste Frau, mit der du zusammen warst, seit du draußen bist?« fragte sie.

»Und wennschon«, sagte Gregory scherzhaft. »Bedeutet das, daß wir verlobt sind?«

»Wie ist es im Gefängnis?« fragte Teresa.

»Ich will darüber nicht reden«, sagte Gregory. Er krempelte einen Ärmel hoch. »Das ist das einzig Gute, was ich in Vacaville bekommen habe.«

Teresa beugte sich vor und betrachtete seinen Arm, auf den ein roter Hund tätowiert war, der den Kopf zurückgeworfen hatte, als jaulte er, und dessen vier Pfoten sprungbereit dicht beieinander standen.

»Der ist nicht wie dein Hund.« Gregory nickte in Richtung des alten Collies, der mit zwischen den Pfoten vergrabener Schnauze schlief. »Dieser Hund ist ein Jäger.« Gregory lächelte. »Wie ich. Ich werde Silver folgen, bis ich ihn finde, und wenn ich ihn gefunden habe, dann lasse ich ihn nicht mehr los.«

Die Nähe, die Teresa vorhin empfunden hatte, als sie sich liebten, kehrte zurück, und Gregory erschien ihr immer weniger wie ein Fremder. Wenn er von Silver sprach, hatte Teresa das Gefühl, als benutze er Worte, die ihr gehörten, und als es beinahe Mitternacht war und Gregory aufstand, um seinen Teller ins Spülbecken zu stellen, merkte Teresa, daß sie nicht wollte, daß er ging.

»Ich habe so lange auf Silver gewartet«, sagte Gregory zu Teresa. »Ich kann auch noch ein bißchen länger warten. Ich könnte versuchen, dich dazu zu bringen, daß du mir seine Adresse und seine Telefonnummer gibst, aber ich will dich nicht in diese Geschichte hineinziehen. Ich will dich nicht zwingen, eine Wahl zu treffen.«

»Wieso glaubst du, daß es eine Wahl gibt?« sagte Teresa. »Er ist mein Bruder.«

»Na und?« sagte Gregory. »Deswegen weißt du trotzdem, wie er ist.«

Als Teresa Gregory nach draußen begleitete, schien kein Mond, und die Luft war warm; es war eine Nacht im Spätsommer, und zum ersten Mal seit Jahren hatte Teresa das Gefühl, einen Freund zu besitzen.

»Er hat dich ins Gefängnis gebracht«, vermutete sie, und Gregory nickte zustimmend mit dem Kopf.

»Ich hab' den Fehler gemacht, Silver bloß für einen dummen Jungen zu halten. Er ließ mich einbuchten, und dann übernahm er selbst das Geschäft.«

Draußen auf der Veranda fühlte sich Teresa in Gregorys Gesellschaft vollkommen wohl – die Dunkelheit bot angenehmen Schutz: kein blendendes Sonnenlicht, keine Falken über ihnen am Himmel. Teresa nahm Gregorys Hand in die ihre und öffnete seine Faust, um seine Handfläche zu betrachten, aber es war zu dunkel, um seine Liebeslinie zu sehen, zu dunkel, um die Lebenslinie auf seiner Haut zu erkennen.

»Ich dachte immer, er würde eines Tages zu mir zurückkommen, aber das hat er nicht getan«, flüsterte Teresa, und die Worte kamen heraus, ehe sie sie zurückhalten konnte.

»Es ist ein Jammer, daß du ihn nicht aufgeben kannst«, sagte Gregory, der verstand, daß Silver in Teresas Blut übergegangen war, genau wie in das seine. »Und es ist ein Jammer, daß ich das auch nicht kann«, gestand er. »Ich werde dich nicht auffordern, dich zwischen uns zu entscheiden. Ruf ihn an«, sagte Gregory zu Teresa, bevor er in dieser Nacht ging. »Er soll wissen, daß ich ihn suche. Ich verstehe, daß du das tun mußt, genau wie du verstehst, daß ich ihn früher oder später finden werde.«

Noch ehe er den Garten verlassen und den alten blauen Ford Falcon bestiegen hatte, den er Anfang der Woche gekauft hatte, fing Teresa an, ihn zu vermissen; sie vermißte es, mit jemandem in der Dunkelheit zu stehen, der wie sie die ganze Zeit an Silver dachte. Zusammen war es ihnen gelungen, Silver so lebensecht heraufzubeschwören, daß sie seinen Atem hören konnte; nun war sie allein, und plötzlich gab es hundert andere Geräusche ringsum – Grillen auf dem Rasen, das Klappern der Fliegengittertür, Sonnenblumenkerne, die zu Boden fielen, einer nach dem anderen. Sie ging wieder ins Haus und dann nach oben in ihr Zimmer; sie hatte entschieden, daß sie Silver nicht anrufen würde, obwohl Gregory es ihr aufgetragen hatte. Ein Anruf bei Silver fühlte sich wie ein Verrat an dem Mann an, der ihr das Verlangen nach etwas hinterlassen hatte, das sie nicht genau benennen konnte, das Bedürfnis nach Gesellschaft, nach einem Freund, dem all ihre Geheimnisse zu erzählen sie sich nicht scheute. Doch Teresa konnte die ganze Nacht nicht schlafen. Sie schaltete das Radio ein und rief Atlas, der sich auf ihr Bett legte und eindöste. Sie verfolgte den

Schlaf wie ein Jäger und hatte das Gefühl zu verbrennen. Irgendwann gegen Morgen konnte sie ihre loyalen Gefühle Silver gegenüber nicht mehr bekämpfen. Sie schlüpfte in ihren Morgenrock, ging nach unten und rief Silver an. Als das Telefon läutete, stellte Teresa sich vor, wie ihr Bruder durch eine Diele ging, noch benommen von einer Nacht auf den Straßen, in Bars, Cadillacs und dunklen Gassen. Als er endlich den Hörer abnahm, war Teresa hypnotisiert vom Klang seiner Stimme; sie konnte nicht sprechen, bis Silver mehrmals gefragt hatte, wer da sei, und schon auflegen wollte.

»Ich bin's«, flüsterte Teresa endlich.

»Du«, sagte Silver. Er setzte sich auf einen Stuhl neben dem Telefon und schloß die Augen. Einer seiner Kunden, Rudy, ein regelmäßiger Klient, der von Silver Kokain kaufte und es dann in Oakland weiterverkaufte, hatte für Silver eine Verabredung mit einer seiner Kusinen getroffen, einer Frau, die mit Silver ins Bett gegangen war und alles getan hatte, was er verlangte. Dafür mußte er ihr nur einen Fingerhut voll Kokain versprechen, und sie fixierte ihn mit ihren merkwürdig geformten Augen, die viel zu weit auseinander standen, und nannte ihn ihren hübschesten Freund. Doch Rudys Kusine hatte ihn an Teresa erinnert – es war ihr langes dunkles Haar, ihr weißes Baumwollkleid –, und Silver hatte sie mitten in der Nacht verlassen. Er dachte nicht an Lee, als er Rudys Kusine verließ, er füchtete nicht, seine Frau würde das Parfum einer anderen riechen, sondern hatte Angst vor dem, was vor langer Zeit in Santa Rosa passiert war, hatte Angst davor, wie oft er sich bei Gedanken an diese Zeit ertappte. Als Teresa nur ein paar Stunden nach seinem Zusammensein mit Rudys Kusine anrief, dachte Silver, Teresa könne vielleicht hellsehen – es war, als wisse sie, wann er an sie dachte. Entfernung konnte sie einfach nicht trennen oder das Schuldgefühl mindern, das Silver immer empfand, wenn er ihre Stimme hörte.

»Jemand sucht dich«, sagte Teresa zu ihrem Bruder. Sie konnte förmlich fühlen, wie sein Puls sich beschleunigte. Sie glaubte, ihn eine Zigarette anzünden und daran ziehen zu hören. »Angel Gregory«, sagte Teresa. »Er ist aus dem Gefängnis entlassen worden.«

»Schließ deine Tür ab«, sagte Silver sofort.

»Er war schon hier und ist wieder weg«, sagte Teresa.

»Schließ die Tür ab und bleib, wo du bist«, sagte Silver. Er griff nach seinen Stiefeln und verfluchte sich, Teresa jemals alleingelassen zu haben, obwohl er ihr versprochen hatte, das nie zu tun.

»Mach dir keine Sorgen um mich«, sagte Teresa. »Gregory sucht nach dir. Hierher wird er nicht zurückkommen.«

»Ich komme dich holen«, sagte Silver. »Ich fahre sofort los.«

Nun, da sie Silver angerufen hatte, war sie ein bißchen ängstlich, was sie da losgetreten hatte; sie dachte an Gregorys Rat, Silver aufzugeben, und fragte sich, wie lange sie sich von ihm würde fernhalten können, wenn sie mit ihm nach San Francisco zurückfuhr.

»Bitte«, flüsterte Teresa. Sie hätte nie gedacht, daß sie versuchen könne, ihn daran zu hindern, sie zu holen. »Tu nichts. Komm nicht her.«

Silver hörte nicht auf sie; er griff nach seiner Jacke und hatte die Autoschlüssel schon in der linken Hand. »Warte auf mich«, sagte er zu ihr.

Als er aufgelegt hatte, starrte Teresa den Telefonhörer an. Sie hätte glücklich sein sollen; sie hatte sich immer vorgestellt, sie würde glücklich sein an dem Tag, an dem er nach Santa Rosa zurückkäme, um sie zu holen, doch statt dessen fühlte sie sich schwindlig. Sie konnte kaum sehen, alles im Haus schien mit Gazeschichten bedeckt. Sie fing an, durch sämtliche Zimmer zu gehen, die sie seit Dinas Tod gemieden hatte. Im Wohnraum hingen lange Staubfäden von der Decke, und in Silvers Schlafzimmer waren die beiden Betten noch immer zusammengeschoben, seit er mit Lee im Haus gewohnt hatte. Teresa fand es schwieriger, Dinas Zimmer zu betreten. Endlich stieß sie die Tür auf. Sie hatte Spinnweben erwartet, dicke Schichten Staub auf allen Möbeln, doch als Teresa hineinging, das Fenster öffnete und die Jalousie hochzog, war der Raum merkwürdig sauber. Ein cremefarbener Schal hing über der Lehne eines Holzstuhls, die Tapete sah aus wie Seide, und als Teresa sich auf das Bett setzte, fiel ihr auf, daß auf der Matratze noch immer der Abdruck eines Frauenkörpers zu sehen war. Von den Federkissen stieg der Duft schwarzen Kaffees auf. Teresa wollte sich einen Augenblick ausruhen; sie hatte eine schlaflose Nacht hinter sich, und das Bett schien so warm. Ohne es zu wollen, fiel sie in tiefen, traumlosen Schlaf. Draußen in der Diele ging Atlas hin und her; er spähte in Dinas Zimmer, wollte es aber nicht betreten. Im Garten wirbelten die Amseln Staub auf, und während Teresa schlief, ging die Sonne auf. Die nackte Glyzinie über der hinteren Veranda schimmerte in ihrem eigenen blauen Licht, und alles in diesem Haus in der Divisadero Street schien vollkommen still; das einzige Anzeichen von Leben war ein Herzschlag, ein alter Hund und ein Mädchen auf einem weißen Bett, das einen traumlosen Schlaf schlief.

Am nächsten Morgen arbeitete nur eine Kellnerin in Max's Café. Lucy bediente die Kunden an ihren und auch an Teresas Tischen, und um die Mittagszeit hatte sie bereits eine alte Freundin in Rio Negro angerufen, um ihr

Teresas Job anzubieten. Früh am gleichen Morgen war Atlas durch die Hintertür aus dem Haus getrottet, doch das Fliegengitter war hinter ihm zugeschlagen, und er hatte nicht wieder ins Haus gelangen können. Als Silver vorfuhr, kurz nach sechs, umkreiste der Hund den Garten; Haare aus seinem Fell schwebten über den Rasen und schlugen Wurzeln wie seltsame Blumen. Silver ging ins Haus und dann nach oben. Die Tür zu Dinas Zimmer war angelehnt, und mit dem Fuß stieß Silver sie auf.

Um neun Uhr an diesem Morgen hatte Silver sämtliche Kleider von Teresa eingepackt. Röcke und Kleider, die nicht mehr in die Koffer paßten, trug er auf ihren Drahtbügeln ins Auto. Silver ließ Teresa den ganzen Tag schlafen, und eine Zeitlang schlummerte er auf der Couch im Wohnzimmer, doch er erwachte ruckartig, sicher, das Geräusch von King Connors' Motor in der Einfahrt gehört zu haben. Am frühen Abend ging Silver zum Laden an der Ecke und kaufte eine Sechserpackung Bier. Er saß auf der vorderen Veranda, trank die vierte Dose leer und warf Steine, die der Collie apportierte, als Teresa schließlich aufwachte, sich anzog und nach unten kam. Er spürte sie, ehe er sie sah; es war, als näherte sich pure Elektrizität. Seine ältesten Erinnerungen überrollten ihn wie eine Lawine. Seine Schwester setzte sich neben ihn. Sie nahm eine der vollen Bierdosen und hielt sie an die Stirn, um ihre Haut zu kühlen. In allen anderen Häusern ihrer Straße war das Abendessen schon vorüber, Geschirr wurde gespült, Fernseher eingeschaltet. In ihrer Küche jedoch war niemand; nur die Überreste von Gregorys Abendessen am Tag zuvor – grüne Tomaten auf einem Porzellanteller – standen noch da, ein Löffel steckte in der Zuckerdose, und in langsamem, stetigem Rhythmus tropfte Wasser aus dem Hahn.

»Ich hab' keine Angst vor Gregory«, sagte Silver zu

Teresa, während sie auf der Terrasse saßen und die Mükken verjagten, die immer erschienen, sobald der Himmel dunkel war. »Er redet bloß so daher. Aber ich will nicht, daß er dich belästigt. Ich will nicht mal, daß er mit dir redet. Sehen wir den Tatsachen ins Auge«, sagte Silver leise, »du kannst hier nicht mehr wohnen.«

Er ließ sie draußen auf der Terrasse sitzen und ging hinein, schaltete alle Lichter aus, spülte das Geschirr im Spülbecken, trug durch die Hintertür den Abfalleimer hinaus und kam dann zur Einfahrt zurück. Er öffnete die Tür seines neuen Camaro und ließ Atlas auf den Rücksitz klettern; dann ging er zur Fahrertür und setzte sich hinter das Steuer. Das Zirpen der Grillen im Garten war leise; es war das Ende ihrer Saison. Sie hatte gewollt, daß er zurückkam, doch nicht so, nicht, wenn ihr Ziel eine Wohnung im Mission District war, wo eine Ehefrau und ein Kind warteten. Nicht an einem Oktoberabend, an dem sie alte Blue jeans trug und es für die Sterne noch zu früh war. Wenn er nicht alle Türen verschlossen hätte, wäre Teresa ins Haus gelaufen, hätte sich versteckt, bis die richtige Zeit kommen würde – bis sie an einem Abend, an dem sie einen langen Rock aus Leinen oder Seide trug, von ihrem offenen Fenster aus beobachten könnte, wie er auf das Haus zukäme. Aber er wartete auf sie, und die Beifahrertür stand offen; also erhob sie sich und ging zum Wagen, und sie blickte nicht zurück zum Haus, nicht ein einziges Mal. Sie hielt die Hände gefaltet, doch jedesmal, wenn Silver schaltete, war seine Hand der ihren so nahe, daß sie seine Hitze spüren konnte; sie blieb distanziert, sie wollte nicht mit ihm reden, weder als er vorschlug, zum Abendessen haltzumachen, noch als er sie fragte, welchen Sender er im Autoradio einstellen solle. Auf dem Rücksitz streckte der Collie die Schnauze aus dem Fenster und haarte die saubere Polsterung voll. Auf dem ganzen Weg in die Stadt hatte Teresa nur einen einzigen Wunsch: daß er entweder überhaupt nicht gekommen wäre, um sie zu holen, oder daß er gewartet hätte, bis sie an den Rand des Ozeans fahren konnten, bis nur sie beide schneller dahinjagten, als ein Falke fliegen konnte. Sie sagte ihm nie, wie enttäuscht sie war, doch Silver wußte es trotzdem. Er streckte die Hand aus und streichelte ihren Arm, und es war, als sei seit dem Tag am Stausee überhaupt keine Zeit verstrichen; sie erinnerte sich an alles. Und als sie sich ihm zuwandte, war es so, wie es immer gewesen war: Sie sah nichts als ihn, nur ihn, immer nur ihn.

Im folgenden Winter herrschte Trockenheit; die Stadtverwaltung riet der Bevölkerung, mit dem Spülwasser die Gärten zu gießen und mit dem Badewasser die Fußböden zu putzen. Die Hügel rings um die Stadt blieben braun, und auf den Dächern im ganzen Mission District kämpften die Tauben um jeden Tropfen Wasser. In Silvers und Lees Wohnung war der Fußboden im Erdgeschoß immer staubig, ganz gleich, wie oft Lee ihn wischte; es schien, als habe Teresa Staub aus Santa Rosa mitgebracht. Die beiden Frauen versuchten, freundlich zueinander zu sein. Sie saßen jeden Morgen in der Küche, tranken Kaffee, falteten Wäsche und taten so, als sei kein Mensch da, der noch im vorderen Zimmer schlief. Doch sobald Silver aufwachte, trat seine Gegenwart zwischen sie. Jede seiner Bewegungen, ob er nach einer Zigarette oder nach dem Telefonhörer griff, trennte Lee und Teresa und veranlaßte sie, einander mit kühler Verachtung zu beäugen.

Am Anfang hatte Lee gehofft, sie würden eine richtige Familie sein. Sie war so viel allein, daß sie dankbar für Teresas Gesellschaft war, obwohl ihre Schwägerin verschlossen oder vielleicht einfach nur schüchtern war. Und vor allem hatte Lee gehofft, wenn Teresa erst bei ihnen wohnte, würde Silver nicht die ganze Zeit so verdammt wütend wirken; sie dachte, er mache sich Sorgen darüber, daß seine Schwester allein lebte. Doch nachdem Teresa eingezogen war, wurde es mit Silver noch schlimmer. Er litt an Schlaflosigkeit und konnte oft erst einschlafen, wenn die Sonne schon aufgegangen war, und dann träumte er, er würde verfolgt und jede seiner Bewegungen durch Ferngläser beobachtet. Er war so reizbar, daß es gefährlich war, ihm eine Frage zu stellen, und unmöglich, ein wenig Zuneigung zu erbitten. Eines Abends im November fand Silver eine Schachtel von Lees Zigaretten zwischen zwei Seidenslips in der obersten Kommodenschublade versteckt. Teresa und Jackie waren im Wohnzimmer; sie hatten KSAN eingeschaltet, und Teresa trug Jackie auf dem Arm und tanzte mit ihm. Sie war so mit dem Versuch beschäftigt, ihren schweigsamen Neffen dazu zu bringen, den Schlagertext zu wiederholen, daß sie nicht hörte, wie Silver Lee ins Badezimmer zerrte. Silver verschloß die Tür und hielt Lee ein Päckchen Virginia Slims vor die Nase.

»Ich habe dir doch gesagt, ich will nicht, daß du rauchst«, sagte er zu seiner Frau.

»Du rauchst ja auch«, gab Lee zurück. »Du rauchst jeden Tag mehr als eine Schachtel Marlboros.«

Silver nahm eine der Zigaretten heraus und hielt sie so dicht vor Lees Gesicht, daß sie ihre Lippen streifte. »Denk dran, wir haben ein Kind. Bilde dir nicht ein, du könntest dir einen Krebs holen und den Jungen mir überlassen.«

Silver leerte die Zigarettenschachtel über der Toilette aus, spülte sie hinunter und schlug dann den Toilettendeckel zu.

»Ich will, daß du aufhörst, verstanden?«

»Nein«, sagte Lee.

Er packte sie; mit den Händen um ihren Hals betrachtete er sie, als wolle er sie erwürgen. Dann wandte er sich von ihr ab.

»Du bringst mich um«, sagte er zu Lee.

»Du haßt mich«, flüsterte Lee. »Ich habe dir nichts getan, und du haßt mich.«

Silver setzte sich auf den Rand der Badewanne; er konnte im Wohnzimmer das Radio hören; das Lied war »Imagine«, und Silver fühlte sich plötzlich müde.

»Ich hasse dich nicht«, sagte er zu seiner Frau.

Lee setzte sich auf den Toilettendeckel und fing an zu weinen. »Doch«, sagte sie. »Du haßt mich. Seit Teresa eingezogen ist, ist es noch schlimmer geworden.«

»Hör mir zu.« Silver streckte die Hand aus und ergriff Lees Hand. »Alles wird gut.«

»Ich tue alles, was du von mir willst«, sagte Lee. »Sag mir bloß, was ich tun soll. Ich möchte, daß du mich liebst.«

Silver ließ ihre Hand los. »Immer mußt du Druck machen. Ich bin doch hier, oder? Ich bin mit dir verheiratet. Also laß es gut sein.«

»Sag's mir doch«, flüsterte Lee. »Ich tue alles, was du willst.«

Silver griff in seine Hemdtasche und nahm eine seiner Zigaretten heraus; er warf das Streichholz ins Waschbekken und zog an der Zigarette. Lee saß mit im Schoß gefalteten Händen da; ihre Schultern waren mager, ihre blaßblauen Augen grün gesprenkelt, und sie sah heute jünger aus als in den Nächten, in denen sie aus ihrem Schlafzimmerfenster geklettert war, um zu Silvers Auto zu laufen. Obwohl Silver sie seit Jahren kannte, und obwohl er nun weniger als einen Fuß von ihr entfernt in ihrem eigenen Badezimmer saß, hätte Lee eine x-beliebige Frau sein können: eine Fremde auf der Straße, ein junges Mädchen, das er für eine Nacht mitgenommen hatte.

»Hör mir zu, Schatz«, sagte er. Seine Stimme hallte von den Fliesen das Badezimmers wider. »Wozu streiten wir uns?«

Lee ergriff Silvers Hand, hob sie an den Mund, küßte seine Handflächen und dann seine Finger, und die ganze Zeit wünschte sie sich, der Mann, der sie geheiratet hatte, würde sich eines Tages in sie verlieben oder sie wenigstens nicht mehr so ansehen, als lägen Millionen Meilen zwischen ihnen.

Doch nichts änderte sich zwischen ihnen, und Lee rauchte weiter, heimlich, ein winziger Akt der Rebellion, eine unsichtbare Rache an ihm. Eines Tages in der Mitte des Winters, als es noch immer nicht geregnet hatte, entschloß sich Lee, das Rauchen nicht mehr vor Teresa zu verbergen. Sie ging zum Schrank, wo das Geschirr stand, und holte hinter den Untertassen und Tellern eine Schachtel Virginia Slims hervor.

»Tu mir einen Gefallen«, sagte sie zu Teresa, nachdem sie ein Streichholz angezündet und inhaliert hatte, »wenn er aufwacht und hier hereinkommt, sag, die Zigarette sei von dir. Dich anzuschreien traut er sich nicht.« Lee lächelte. »Manchmal denke ich, er hat Angst vor dir.«

»Ich wußte nicht, daß du rauchst«, sagte Teresa.

»Keiner weiß das«, sagte Lee. Sie streifte die Asche in eine leere Kaffeetasse und betrachtete ihre Schwägerin. Es war nicht nur Silvers Sorge um seine Schwester, die Lee eifersüchtig machte, es war die Art, wie Teresa ihn ansah, wenn sie dachte, keiner bemerke es. »Ich weiß nicht, ob ich dir trauen soll. Vielleicht sagst du es Silver, wo ihr beiden euch doch so nahesteht und alles.«

Teresa stand auf und goß sich eine Tasse Kaffee ein; sie

wollte nicht, daß Lee sie ansah; sie fürchtete, ihre Schwägerin könnte in ihrem Gesicht lesen wie in einem offenen Buch.

»Letzte Nacht hat Silver im Schlaf geredet. Das macht er neuerdings«, sagte Lee zu Teresa. Sie ging zum Spülbecken, löschte die Zigarette unter fließendem Wasser und verbarg die Kippe dann sorgfältig im Abfalleimer. Wieder war sie Teresa nahe, nahe genug, um ihr direkt in die Augen zu sehen. »Letzte Nacht hat er im Schlaf von dir geredet.«

»Er hat nicht von mir geredet«, sagte Teresa sofort.

»Und ob er das hat«, sagte Lee. »Er sagte deinen Namen.«

Jackie war draußen; Teresa ging zur Glastür und beobachtete ihn. Er hatte Staub aufgewirbelt, der wie Armbänder um seine Handgelenke lag. Seine Augen waren so blaßblau wie die von Lee, und er hatte auch ihr aschblondes Haar.

»Die Leute meinen, ich hätte Glück gehabt«, sagte Lee. »Ich weiß, daß andere Frauen gern an meiner Stelle wären.« Sie senkte die Stimme. »Ich liebe ihn, weißt du.«

Teresa öffnete die Glastür und ging hinaus. Eine Gardenie, die Lee mit gebrauchtem Spülwasser gegossen hatte, war noch grün, doch die Gräser waren verwelkt, und der Rasen im Garten war braun. Lee kam heraus und stellte sich hinter Teresa; sie wollte jetzt nicht zu reden aufhören. Selbst draußen in der frischen Luft roch sie noch leicht nach Rauch.

»Ich werde ihn nicht gehen lassen«, sagte Lee. »Keine wird ihn bekommen. Niemals.«

Jackie sammelte Steine; rote Glasscherben waren darunter, aber sie waren stumpf, hatten keine scharfen Ränder, und jede war so dünn wie eine Münze.

»Ich bin nicht blöd«, sagte Lee und atmete schwer, als koste es sie ihre ganze Kraft weiterzusprechen. »Ich sehe, wie du ihn ansiehst. Genauso sehen die Frauen auf der Straße ihn an.«

»Ich sehe ihn nicht an«, behauptete Teresa.

»Viele Frauen wollten mir Silver wegnehmen«, sagte Lee. »Aber keine hat es geschafft. Vielleicht hatten sie ihn für eine Nacht, aber das ist alles. Und keine wird ihn je bekommen.« Lee hielt die Hand hoch und betrachtete ihren Ehering. »Wir sind verheiratet«, sagte sie. »Wir sind verheiratet, und zwar für immer.«

Teresa wandte sich nach ihrer Schwägerin um; in einem plötzlichen Anfall von Kaltblütigkeit lächelte sie sie an.

»Daran brauchst du mich nicht zu erinnern«, sagte sie zu Lee. »Ich war dabei, weißt du noch? Ich war dabei, im selben Zimmer.«

Silver wollte Arnie Bergen nicht in die Wohnung lassen; er war überzeugt, der alte Detektiv bringe Unglück. Doch Teresa telefonierte noch immer mit Bergen, manchmal sogar jede Woche. Bergen zog es vor, von seiner Sozialversicherung und seiner Rente zu leben, statt die Scheidungsfälle zu übernehmen, die sich ihm gelegentlich boten. Mit dieser Art von Geschäften war er fertig. Statt dessen verbrachte er seine Tage damit, seine alten Akten durchzusehen. Da er keine Einkünfte hatte, vermietete er im Januar das Haus in der Divisadero Street. Den größten Teil der Möbel überließ er den neuen Bewohnern, und zum ersten Mal seit Monaten war er in der Lage, die Grundsteuer zu bezahlen.

»Verkauf das Haus«, riet Teresa Bergen ständig, doch als er sich weigerte, war sie erleichtert; sie konnte sich nicht vorstellen, daß das Haus einer anderen Familie gehörte, und sie konnte sich nicht vorstellen, nach Santa Rosa zurückzukehren, ohne dort ein Zuhause zu haben. Im gleichen Monat, in dem Bergen das Haus in Santa Rosa vermietete, nahm Teresa einen Job in der Crescent Incense Factory in der Nähe der Union Street an. Endlich konnte sie die Wohnung verlassen. Sie ging um acht Uhr morgens aus dem Haus und kam erst nach vier zurück. Endlich konnte sie Lees mißtrauischen Augen entgehen. Sie konnte Silver aus dem Weg gehen und damit der Sehnsucht, die sie jedesmal spürte, wenn sie ihm im Flur begegnete, wenn sie ihm gegenüber am Küchentisch saß. Doch es dauerte nicht lange, bis Teresa merkte, daß sie ihren Job haßte. Sie packte so viele Stunden am Tag Räucherstäbchen ein, daß ihre Hände Krämpfe bekamen; Vanillestaub bedeckte ihre Haut, und all ihre Kleider rochen nach Zedern und Sandelholz.

Wenn Carlos, der Besitzer der Fabrik, nicht seit Jahren sein Marihuana bei Silver gekauft hätte, hätte er Teresa nach der ersten Woche entlassen. Er versuchte die Tatsache zu ignorieren, daß sie an dem hölzernen Packtisch einschlief und ihr langes Haar sich über die Naturseifen und die runden Schachteln mit Räucherwerk legte. Teresa konnte kaum die Augen offenhalten, ihre alte Schlafkrankheit überfiel sie von neuem. Sie verpackte Patschuli mit Vanille und verwechselte Räucherkerzen mit Zimtaroma mit solchen aus Lavendel. Obwohl sie sich wünschte, die Wohnung zu verlassen, begann Teresa in der Fabrik zu fehlen. Sie schlief viele Stunden hintereinander, und ihre Schlafanfälle erschreckten Lee; sie ließ Teresa nicht mehr auf Jackie aufpassen, und wenn Teresa das Abendessen zubereitete, behielt Lee sie im Auge, damit sie nicht einen Schlafanfall bekam, wenn sie das Gas angezündet hatte. Teresa fing an, in Bussen einzuschlafen, sie fiel in einem Supermarkt um und warf einen Ständer mit Kräutertees zu Boden. Im Februar verlor sie ihren Job in der Crescent Incense Factory.

»Es ist nicht so, daß ich Sie nicht mag«, sagte Carlos zu ihr. »Im Gegenteil. Aber es ist gefährlich, daß Sie hier arbeiten, Sie könnten sich verletzen. Es ist kein Unglück, diesen Job zu verlieren. Jeder Idiot könnte hier arbeiten; ich könnte Affen dazu abrichten, diese Kartons zu füllen. Hören Sie, Teresa, die Arbeit ist langweilig, daher schlafen Sie ein – ich kann das verstehen, aber ich muß Sie entlassen.«

Nachdem sie entlassen worden war, ging Teresa weiterhin jeden Morgen zur üblichen Zeit aus dem Haus; sie kaufte eine Flasche Parfum, das nach Vanille duftete, und besprühte sich damit, ehe sie nach Hause ging. Sie wollte ihre Nachmittage nicht mit Lee verbringen, also suchte sie nach einer anderen Stelle, doch nach einer Weile gab sie auf. Selbst wenn sie von einem der Restaurants oder Büros genommen würde, bei denen sie sich beworben hatte, war sie sicher, daß es nicht lange dauern würde – sie würde zu oft fehlen und schon am ersten Tag einschlafen.

Ende Februar, als Teresa die ziellosen Busfahrten durch die ganze Stadt leid war, ging sie zu Bergens Wohnung. Sie hatte das nicht geplant; eines Morgens stand sie plötzlich in der Dolores Street, ganz in der Nähe der Wohnung im ersten Stock, in der der Detektiv lebte. Sie war nie zuvor bei ihm gewesen, und Bergen hatte nicht mit Besuch gerechnet; seine Wohnung war unordentlich, und er hatte seit Wochen nicht geputzt. An den Fenstern hingen keine Vorhänge, aber sie gingen nach Süden hinaus, und er hatte einen großen Käfig mit einem gelben Kanarienvogel vor das hellste Fenster gehängt. Weil das Schlafzimmer voll war mit Kartons aus seinem Büro und mit Dinas persönlichen Habseligkeiten, die er am Wochenende vor dem Einzug der neuen Mieter aus der Divisadero Street geholt hatte, schlief Bergen jetzt auf der Klappcouch im Wohnzimmer. Manchmal hatte er Besuch: ein Versicherungsagent namens Molloy, den Bergen seit Jahren kannte, kam donnerstags abends, um Karten zu spielen; eine Witwe aus dem zweiten Stock brachte ihm ab und an Kaffeekuchen. Tatsächlich wurde ihm seine Einsamkeit nicht beim Schlafengehen oder mitten in der Nacht bewußt, wie es manchen Männern ergeht, sondern morgens, wenn der ganze Tag vor ihm lag – und sein ganzes Leben sich vor ihm auszudehnen schien, sein Leben ohne Dina.

Als er an diesem Morgen die Tür aufmachte und Teresa sah, war Bergen entzückt. Er hatte sich Sorgen um sie gemacht, hatte sogar im Telefonbuch Silvers Adresse nachgeschlagen und war ein paarmal an seiner Wohnung vorbeigefahren.

»Na, so was!« sagte Bergen. »Du hast Glück, ich war gestern einkaufen und habe zufällig Schokoladengebäck im Haus.«

Bergen ging in die Küche, um Tee zu kochen, und Teresa sah sich in seiner Wohnung um. Sie schaute in den Käfig des Kanarienvogels. »Wie lange hast du ihn schon?« fragte sie, als Bergen mit zwei Tassen Tee und Schokoladenplätzchen zurückkam.

»Zu lange«, sagte Bergen. Er legte die Kekse auf Papierservietten. »Ich hab' ihn gekauft, um Gesellschaft zu haben, aber er macht mich verrückt.«

Teresa setzte sich und streifte die Schuhe ab; sie entschuldigte sich, weil sie den Detektiv nicht zum Abendessen zu Lee und Silver eingeladen hatte.

»Bring Silver und mich nicht zusammen, wenn du deinen Frieden haben willst«, sagte Bergen.

»Ich kann nicht mehr bei ihnen wohnen«, sagte Teresa

und erkannte plötzlich, daß das stimmte. Das Leben zwischen Silver und Lee zwang Teresa, wie ein Akrobat zwischen Wachen und Schlaf zu balancieren, zwischen Verlangen und Lüge. Die Wände, die sie von Silver trennten, wurden jeden Tag dünner.

»Vielleicht kann ich nach Santa Rosa zurückgehen, wenn die neuen Mieter ausziehen«, sagte Teresa.

»Sie wollen das Haus kaufen«, sagte Bergen verlegen. Er trank von seinem Tee. »Kaffee zu kochen ist sinnlos«, sagte er zu Teresa. »Ich kann ihn nie so machen, wie Dina das tat; was ich auch mache, er schmeckt immer zu schwach.«

»Verkauf das Haus«, sagte Teresa. Sie stand auf, und als sie durch das Zimmer ging, bemerkte sie Dinge, die sie vorhin nicht gesehen hatte; überall waren Kleinigkeiten aus dem Haus in Santa Rosa: eine Spitzentischdecke, ein niedriger Couchtisch aus Eiche, ein Foto von Dina in einem Silberrahmen, das blauweiße Geschirr in einer Glasvitrine.

Teresa sah den Detektiv an. »Du bist einsam«, sagte sie.

»Ich hab' ja den verdammten Kanarienvogel«, sagte Bergen. »Zufällig macht er mich verrückt. Willst du ihn haben?« Teresa schüttelte den Kopf; Silver war nicht allzu glücklich, Atlas im Haus zu haben, er hätte nie einem weiteren Haustier zugestimmt, schon gar nicht einem, das vorher Bergen gehört hatte. »Kennst du jemanden, der ihn vielleicht nehmen würde?« fragte Bergen.

»Vielleicht solltest du mit einer anderen Frau ausgehen«, sagte Teresa.

Bergen sah sie an, als sei sie verrückt. »Ich bin nur manchmal einsam«, sagte er. »Die meiste Zeit kommt es mir vor, als wäre Dina noch am Leben. Ich kann gar nicht fassen, daß sie tot ist.«

Den ganzen Tag lang tranken sie im Sonnenlicht kalten Tee. Als es fast vier Uhr war, schickte Teresa sich an zu gehen.

»Ich hab' dich vermißt«, sagte Bergen, als er sie zur Tür brachte. Sie kamen am Schlafzimmer vorbei, und Teresa spähte in den dunklen Raum, in dem Dinas Habseligkeiten gestapelt waren.

»Ich könnte dir etwas von dem Kram geben«, sagte Bergen und nickte zu den Koffern voller Kleider und Wäsche, den Haarnadeln und Bürsten und Kämmen. »Eigentlich könntest du alles nehmen.«

»Ich habe keinen Platz dafür«, sagte Teresa. »Behalt die Sachen.«

»Und das Geschirr?« sagte Bergen. »Sie hätte gewollt, daß du das Geschirr bekommst.«

Teresa stand an der Wohnungstür des Detektivs und bedeckte mit einer Hand ihre Augen. In diesem Moment begriff sie, warum sie Bergen ausgewichen war. Sie hatte gewußt, daß sie weinen würde, sobald sie mit ihm zusammen war, sobald sie all die Dinge sah, die einst ihrer Mutter gehört hatten.

»Teresa«, sagte Bergen. »Was kann ich tun? Was würde dich glücklich machen?« Der Detektiv betrachtete das weinende Mädchen und griff nach seinem Scheckbuch. »Wenn ich dir zweihundert Dollar leihe, kannst du dir eine eigene Wohnung mieten, du brauchst nicht mehr bei Silver und Lee zu wohnen. Wie wäre das?«

Teresa winkte ab; sie schüttelte so heftig den Kopf, daß ihre Haarsträhnen die Wände der Diele berührten.

»Was?« sagte Bergen. »Was kann ich tun?«

Sie wollte nicht antworten oder konnte nicht, und so schwieg auch Bergen. Als sie zu weinen aufgehört hatte, legte Bergen einen Arm um sie und begleitete sie nach unten. Dann wartete er mit ihr auf den Bus. Teresa wollte ihm sagen, er solle gehen, er brauche nicht mit ihr an einer Straßenecke zu warten; es sah aus, als ob es endlich regnen würde. Doch als sie zu sprechen versuchte, brach ihre Stimme, und ihre Zunge wollte keine Worte bilden. Der Detektiv schien ihre Schwierigkeiten nicht zu bemerken; er schlug den Kragen seines Jacketts hoch und hielt Ausschau nach dem Bus.

»Weißt du, was ich mich dauernd frage«, sagte Bergen, als der Bus gerade erschien. »Was war das Geheimnis von Dinas Kaffee? Warum schmeckte er so wunderbar?«

Obwohl Teresa einwilligte, Bergen am Donnerstag der folgenden Woche zu treffen, verriet sie dem alten Detektiv nicht, daß Dinas Geheimnis ganz einfach war: Zimt. Sie ließ ihn in dem Glauben, die Zutat, deren Namen er nicht kannte, sei so kompliziert wie ein Samenkorn, das man unmittelbar vor dem Kochen ins Wasser werfen mußte, oder wie die Feder einer Amsel im Kaffeemehl, und dabei war der Unterschied doch nur die Hingabe, mit der Dina Kaffee bereitet hatte.

Sie sahen sich jede Woche, und für Bergen spielte es keine Rolle, ob Teresa überhaupt redete; er war mit Dinas Tochter zusammen, dem Mädchen, das er jetzt als seine eigene Tochter betrachtete. Sie hätte es sogar sein können, wenn er und Dina sich nur einige Jahre früher getroffen hätten. Gewöhnlich sahen sie sich donnerstags. Lee bemerkte nicht, daß Teresa morgens Atlas mitnahm, wenn das Wetter gut war, und dann machten Teresa und Bergen mit ihm lange Spaziergänge durch die Stadt und blieben an Straßenecken stehen, damit der alte Hund sich ausruhen konnte. Wenn es regnete, was es jetzt fast dauernd tat, gingen sie ins Aquarium und brachten Stunden damit zu, die langsamen Bewegungen des Lamantins in einem Becken mit grünem, stillem Wasser zu beobachten. Es gab Zeiten, da erschien Teresa nicht in seiner Wohnung, und an diesen Tagen wußte Bergen, daß sie wieder ihre Schlafkrankheit hatte. Teresa schlief immer mehr, und Bergen machte sich darüber Gedanken; er wünschte sich, er hätte von Anfang an im Haus in der Divisadero Street gewohnt, und fragte sich, ob das einen Unterschied gemacht hätte.

Bergen war überzeugt, daß es all diese Geschichten über die Arias waren, die Teresa in einem Gewebe aus Schlaf festhielten. Das erste Mal hatten Dina und er über Arias gesprochen, als sie eines Abends darauf warteten, daß Teresa schlafen ging, damit sie endlich Dinas Bett aufdecken und sich lieben konnten, bevor er ins Lamplighter Motel zurückfuhr. Bergen hatte eine Stunde lang unten in der Küche gesessen und Solitaire gespielt, während Dina nach oben gegangen war, um ihre Tochter zu Bett zu bringen. Als er ziemlich sicher war, daß Dina in ihrem eigenen Schlafzimmer auf ihn wartete, packte er das Kartenspiel ein und ging nach oben.

Der Flur war dunkel, doch die Tür zu Teresas Zimmer stand offen, und er konnte Dinas Stimme hören, hypnotisierend und verführerisch wie der Schlaf. Bergen schlich sich näher, angezogen von Dinas Stimme und dem Lichtschein von einer Kerze auf Teresas Nachttisch. Da hörte er zum ersten Mal die Geschichte, die Dinas Vater vor so langer Zeit erzählt hatte, als der Himmel wild war und der Geruch von Salbei in der Luft lag. Langsam zählte Dina den Inhalt der Satteltasche eines Aria auf; sie hatte die Geschichten, die ihr Vater ihr erzählt hatte, so lange ausgeschmückt, bis sie sicher war, jedes Detail über die Männer zu kennen, die durch die Wüste zogen.

»Er hat eine Karte in seiner Satteltasche«, flüsterte sie an diesem Abend Teresa zu. Das Mädchen lag unter der Decke und hatte die Augen geschlossen. Jedesmal, wenn

Teresa einen weiteren Gegenstand aus dem Besitz des Aria aufzählte, konnte Teresa ihn vor sich sehen; sie konnte die Landkarte und die Türkisringe sehen, den Kanister mit Eiswasser, das Hemd zum Wechseln mit den sauberen weißen Manschetten, die Rubinhalskette, die Wildblumen, die es irgendwie schafften, noch Tage nach dem Pflücken zu blühen.

Zuerst dachte Bergen, Dina spreche von einer frühen Liebesbeziehung und erzähle Teresa als Gutenachtgeschichte von den zarten Flirts ihrer Jugend. Doch bald erkannte er, daß der Mann, den sie als Aria bezeichnete, nie existiert hatte, zumindest nicht wirklich aus Fleisch und Blut; kein Aria hatte jemals an Dinas Tür geklopft oder seine Arme um ihre Taille gelegt und bis zum Morgengrauen mit ihr getanzt. Und während Bergen lauschend hinter der Tür stand, wurde ihm noch etwas klar: Der Mann, den Dina beschrieb, sah genauso aus wie Silver.

»Er hat dunkles Haar«, flüsterte Dina, während ihre Tochter einschlief; im Traum durchquerte Teresa bereits die Mesa, die sie nie gesehen hatte. »Seine Augen sind wie Ebenholz, seine Haut riecht nach Feuer, und keine Frau kann den Blick von ihm abwenden, wenn er ein Zimmer betritt. Das weiße Hemd, das er trägt, sieht wie Baumwolle aus, ist in Wirklichkeit aber aus feinster Seide. Und manchmal scheint es, als würdest du lange auf ihn warten, eine Ewigkeit, doch die ganze Zeit zieht er immer engere Kreise um dich. Aber er ist die Art Mann, die man nicht drängen darf, die viel Zeit für sich allein braucht – Zeit, um nach Wasser zu suchen und über die höchsten Ebenen zu ziehen, wo der Himmel immer purpurrot ist und Sternschnuppen auf die Erde fallen.«

Nachdem Teresa eingeschlafen war, blies Dina die

Kerze aus und ging hinaus in den Flur. Als sie Bergen sah, stieß sie einen kleinen Schrei aus; sie hatte nicht damit gerechnet, ihn unmittelbar hinter der Tür zu finden.

»Warum versteckst du dich hier?« fragte Dina. »Mein Mann pflegte auch dauernd zu horchen – ich hasse das.«

Als Dina auf ihr Zimmer zugehen wollte, nervös, weil Bergen gelauscht hatte, hielt der Detektiv sie zurück.

»Was war das für eine Geschichte?« fragte er Dina.

»Eine Gutenachtgeschichte.« Dina zuckte mit den Achseln und nickte in Richtung Schlafzimmer. »Komm, wir haben nicht die ganze Nacht Zeit«, flüsterte sie.

»Ist es eine erfundene Geschichte?« fragte Bergen, obwohl ihr Ton vorher ihn schon davon überzeugt hatte, daß Dina an jedes ihrer Worte glaubte.

»Natürlich«, sagte Dina zu Bergen. »Erfunden.«

Später, nachdem sie sich geliebt hatten und als er Dina in den Armen hielt, begann Bergen zu weinen. Diskret ignorierte Dina seine Tränen, aber sie streichelte ihm mit den Fingerspitzen die Stirn.

»Du glaubst an die Geschichte. Du wartest immer noch auf einen anderen«, flüsterte Bergen, als er wieder sprechen konnte. »Irgendeinen Mann, der aus der Wüste geritten kommt. Ich bin zu alt, um einen Rivalen zu haben, vor allem einen, der in Wirklichkeit gar nicht existiert.«

»Aber es gibt Arias«, sagte Dina im Brustton der Überzeugung. »Wenn du wirklich die Wahrheit wissen willst – Silver ist einer von ihnen.«

»Du wirst feststellen, daß ich recht habe«, sagte Bergen. Er küßte sie und hörte sie seufzen. »Du wirst feststellen, daß ich dich mehr liebe als ein Dutzend Arias.«

Und viel später, als sie angefangen hatte, ihm jede

Nacht Briefe zu schreiben, gestand sie schüchtern ein, daß sie nicht mehr an Arias glaubte. Bergen wünschte sich jetzt, er könne Teresa ihre Briefe zeigen, aber er bezweifelte, daß irgendeiner dieser Briefe den Bann jahrelanger Gutenachtgeschichten lösen konnte, den Bann vieler Stunden, in denen sie der Vollkommenheit von Dinas erfundenen Männern gelauscht hatte.

Bergen dachte noch immer über die Arias nach, als er Teresa im Aquarium traf, um ihren Geburtstag zu feiern. Wenn es nicht regnete, wollten sie sich im Park Sandwiches teilen, aber zuerst wanderten sie von Raum zu Raum und betrachteten Pazifikfische in riesigen, dunklen Becken. Es war Teresas neunzehnter Geburtstag, und Silver hatte ihr einen kleinen blauen Saphir an einer Platinkette geschenkt. Sie hatte das Schmuckstück nach dem Erwachen auf ihrer Kommode gefunden, und das Wissen, daß Silver in ihrem Zimmer gewesen war, während sie schlief, machte sie benommener als das Geschenk selbst. Silver schlief noch, als Teresa aus dem Haus ging, um Bergen zu treffen, daher würde sie sich erst später bei ihm bedanken können. Sie hatte nicht gewagt, im Haus die Kette umzulegen, aus Angst, Lee könnte sehen, welches teure Geschenk Silver ihr gemacht hatte. In dem abgestuften Raum, in dem sie standen und die Delphine und Seelöwen betrachteten, hatte Bergen den Saphir sofort gesehen.

»Ein Freund?« riet Bergen.

Teresa schüttelte den Kopf und lachte. Für Bergen sah das Geschenk ganz nach etwas aus, was ein Aria in seiner Satteltasche haben könnte.

»Das einzige Geschenk, das ich habe, sind zwei Käsesandwiches«, sagte Bergen. »Und das hier.« Er gab ihr eine kleine, in Seidenpapier gewickelte Schachtel. Darin lag der Schildpattkamm, den Dina vor langer Zeit von ihrem Vater bekommen hatte. Teresa nahm ein paar Haarsträhnen und steckte sie damit hoch; dann drehte sie sich, damit Bergen sie bewundern konnte.

»Sehr hübsch«, sagte Bergen distanziert. Er war zerstreut, dachte an den Brief von Dina, den er mitgebracht hatte, um ihn Teresa zu zeigen, und fragte sich, ob es vielleicht ein schrecklicher Vertrauensbruch sei, Dinas Briefe jemandem zu zeigen, sogar wenn dieser Jemand ihre Tochter war.

Als sie vor dem Musikpavillon ihr Mittagessen verzehrten, schien die Sonne, und Dinas Brief war noch immer in Bergens Jackentasche. Später, als er Teresa nach Hause fuhr und darauf achtete, nicht vor der Wohnung zu parken, damit Silver seinen Wagen nicht sah, war Bergen noch immer unsicher, ob er Teresa einen Brief zeigen würde, der nur für ihn bestimmt gewesen war.

»Das war ein toller Geburtstag«, sagte Teresa, als Bergen den Wagen anhielt. »Ich kann kaum glauben, daß es nicht geregnet hat.«

Der Brief, den Bergen bei sich trug, war einer der letzten, die Dina geschrieben hatte. Dina glaubte nicht mehr an Arias, und damit war auch ihre Leidenschaft für Silver erloschen.

»Es ist nicht so, daß ich ihn weniger liebe«, hatte sie über ihren Sohn geschrieben, »vielleicht liebe ich ihn sogar mehr als vorher. Es ist nur so, daß ich ihn plötzlich kenne, und wenn ich daran denke, wer er ist, habe ich das Gefühl, daß es meine Schuld ist, und dann kann ich nicht anders, ich muß weinen.«

»Ich habe noch ein Geschenk für dich«, sagte Bergen zu Teresa. Er griff in die Tasche und reichte Teresa den Brief. Sie erkannte Dinas Handschrift sofort. Verwirrt sah sie den Detektiv an.

»Sie schrieb mir dauernd Briefe«, erklärte Bergen. »Sie schrieb über das, woran sie glaubte, und über das, woran sie geglaubt hatte.«

Teresa nahm den Brief aus dem Umschlag und strich das Papier glatt.

»Sie schrieb über Arias«, sagte Bergen leise.

Teresas Gesicht wurde heiß. »Sie hat dir von den Arias erzählt?« sagte sie anklagend. Sie war immer sicher gewesen, daß die Geschichten, die Dina ihr erzählte, Familiengeheimnisse waren, die keinem Fremden verraten wurden, nicht einmal Bergen.

»Sie sagte mir, daß sie nicht mehr an sie glaubte, daß Silver keiner von ihnen ist, daß eine Frau, die auf einen Aria wartet, ihr ganzes Leben lang warten wird.«

Teresa ignorierte den Detektiv und las Dinas Brief; die Tinte verschwamm vor ihren Augen, und die Worte liefen zu einer dunklen, verzweifelten Linie zusammen.

»Nichts davon ist wahr«, sagte Teresa zu Bergen.

Wieder betrachtete sie den Brief; sie konnte nicht glauben, daß ihre Mutter die Worte geschrieben hatte, die sie las, daß ihre Mutter so grausam zu Silver hatte sein können und ihn praktisch mit ein paar Federstrichen verleugnet hatte.

Teresa gab Bergen den Brief zurück. »Sie hatte Krebs. Sie delirierte. Sie wußte nicht, was sie sagte.« Teresa drehte sich um und schaute aus dem Fenster; die Luft war grau und neblig. Sie schloß einen Augenblick die Augen, und sofort sah sie einen orangefarbenen Mond am Himmel und einen Jungen, der ein weißes Hemd trug, einen Jungen mit einer Satteltasche voller Landkarten.

»Ich mach mir Sorgen um dich«, gestand Bergen. »Deshalb hab' ich dir diesen Brief gezeigt. Ich mach mir Sorgen wegen deiner Schlafanfälle und weil du bei Silver wohnst und kein eigenes Leben hast.«

»Daß du glaubst, du wüßtest über die Arias Bescheid, bedeutet nicht, daß du irgend etwas begreifst«, sagte Teresa zu Bergen. »Du begreifst überhaupt nichts.«

Teresa stieg aus dem Wagen und schlug die Tür zu. Sie blieb stehen, als sie die Ecke vor Silvers und Lees Wohnung erreichte, und dann drehte sie sich um, um sicher zu sein, daß Bergen wegfuhr. Widerstrebend tat er das, den Brief wieder in der Tasche, und Teresa wartete, bis die Rücklichter seines Autos verschwunden waren. Sie überlegte, was ein alter Mann wie Bergen wohl von dunklen Nächten wußte und von einer Leidenschaft, so scharf wie Dolche; von Männern, die wilder waren als die ungezähmten Pferde, die sie ritten. Und während sie Bergen wegfahren sah, dachte Teresa an den Lamantin in seinem grünen Wasserkäfig im Aquarium und an all die Stunden, die sie mit Bergen verbracht hatte, um darauf zu warten, daß das scheue Geschöpf sich ihnen zuwandte, und in diesem Augenblick erschienen ihr all diese Stunden plötzlich vergeudet. Während sie den Rest zu Silvers Wohnung zurücklegte, beschloß sie, daß sie Bergen später in der Woche anrufen und ihr Donnerstagstreffen mit ihm absagen würde; als sie die Tür der Wohnung aufschloß, wußte sie, daß es sehr lange dauern würde, bis sie es wagte, den alten Mann wiederzusehen.

5

Einmal im Monat traf Silver den Mann namens Vallais in einer Wohnung auf dem Russian Hill. Vallais konnte man nicht anrufen. Der einzige Weg, ihn zu erreichen und eine Verabredung zu treffen, führte über ein Postfach, und seine Adresse war das Wichtigste, was Silver aus Angel Gregorys Wohnung gestohlen hatte, ehe Gregory in das Vacaville-Gefängnis gesperrt wurde. Zuerst hatte Vallais gefragt, wieso Gregory nicht mehr käme und Silver an seine Stelle getreten sei, aber nach einer Weile hatte er nicht mehr gefragt; für ihn machte es keinen großen Unterschied, ob er Kokain und Marihuana an diesen oder jenen Mann oder an den Feind dieses Mannes verkaufte. Außerdem war Silver ein perfekter Kunde; er stellte keine Fragen, trug seinen schwarzen Leinenanzug so eng, daß er ein Teil von ihm zu sein schien, beklagte sich nie, war immer höflich. Doch stundenlang auf Vallais zu warten, wenn er sich verspätete, ärgerte Silver. Jedesmal, wenn er zum Russian Hill fuhr, grübelte Silver darüber nach, einen Weg zu finden, Vallais zu umgehen. Er würde selbst in die kleinen mexikanischen Dörfer fahren, wo nie ein Wind ging; er würde selbst nach Kolumbien reisen, in Orte, wo die Erde die Farbe von Geranien hatte; er würde nicht mehr von Vallais abhängig sein und keinen anderen Mann mehr anlächeln müssen, wenn er das nicht wollte.

Zuerst hatte Silver nicht einmal ein paar Unzen Marihuana zurückbehalten, wenn er die Drogen weiterverkaufte, die er von Vallais erwarb. Er machte sich nicht viel aus Drogen, er fühlte sich gern hellwach. Wenn er über die Straße ging, war er wachsam und kampfbereit, nichts entging ihm – kein Flüstern, keine Bewegung. Doch in letzter Zeit hatte es Nächte gegeben, in denen er nicht schlafen konnte. Da griff Silver nach der geschnitzten Holzdose, in der er neuerdings etwas Marihuana aufbewahrte, rollte sich einen Joint, saß im Dunkeln und sah zu, wie Lee schlief. Erst viel später, wenn der Himmel gerade hell wurde, würde Silver endlich den Kopf aufs Kissen legen, und selbst dann konnte er manchmal nicht einschlafen; er mußte oft an den Sommer denken, den er in Neumexiko verbracht hatte, und morgens kam es ihm immer vor, als wüchsen die Rosensträucher seiner Großmutter neben dem Haus und bedeckten die Fensterscheiben mit Dornen und Blütenblättern, deren Duft hypnotisierend süß war.

Im Frühjahr dieses Jahres, nachdem Teresa zu ihnen gezogen war, merkte Silver, daß er verfolgt wurde. Jedesmal, wenn er die Straßen entlangging, hörte er Schritte hinter sich und spürte den Herzschlag eines anderen Mannes. Wenn er durch die Stadt fuhr, sah er im Verkehrsstrom immer wieder einen blauen Ford Falcon, und er fragte sich, ob er Halluzinationen hatte. Bald gab es einen Schatten an jeder Straßenecke, viel bedrohlicher als jeder Feind aus Fleisch und Blut; kein Ort schien sicher, kein Raum war dunkel genug, und es gab keinen einzigen Mann, den Silver seinen Freund nennen konnte. Früh an einem Abend erspähte Silver seinen Feind zum ersten Mal. Er war in eine Bar namens El Calderon gegangen, weniger als zwei Blocks von seiner Wohnung entfernt, um Rudy zu treffen. Das El Calderon war ein Lokal, das Silver als sein eigenes betrachtete, ein Ort, der nun nicht mehr sicher schien, als er einen Fremden an der Bar bemerkte. Als der Fremde seine Rechnung bezahlt hatte und gerade gehen wollte, sah Silver eine blutrote Tätowierung auf seinem Arm und ein irgendwie vertrautes Paar Stiefel.

»Kennst du den Kerl?« fragte Silver Rudy.

»Welchen Kerl?« sagte Rudy, denn als er sich umdrehte, war der Fremde bereits gegangen.

In dieser Nacht ging Silver früh nach Hause, lange vor Mitternacht. Rudy nahm Silvers Einladung an, mit ihm zu Fuß zur Wohnung zurückzugehen; er war überrascht, daß Silver nach zwei Jahren plötzlich so gesellig war, doch er wäre nie auf die Idee gekommen, daß Silver nicht allein nach Hause gehen wollte und sein eigener Wohnblock ihm gefährlich und so fremdartig vorkam wie der Mars. In der Wohnung nahm Rudy etwas von dem Kokain heraus, das er gerade von Silver gekauft hatte, und legte das Pulver in langen, schmalen Streifen auf eine Platte. In dieser Nacht lehnte Silver das Kokain nicht ab. Als Lee Stimmen hörte, streifte sie ihren Morgenrock über, ging ins Wohnzimmer und fand Silver, wie er gerade Kokain schnupfte.

»Ich will hier drin keine Drogen«, sagte sie zu ihrem Mann.

»Ach, kommen Sie«, sagte Rudy zu ihr. Er stellte sich vor und sagte, wie erfreut er sei, endlich Silvers Frau kennenzulernen. »Sie leben mit diesem Mann«, sagte er, »das ganze Haus muß voller Stoff sein, Sie müßten sich inzwischen daran gewöhnt haben.«

»Das ist was anderes«, sagte Lee. »Vielleicht sind Drogen in diesem Haus, aber keiner benutzt sie.« Lee hatte sich nie darum gekümmert, womit Silver Geld verdiente, solange sie keine Einzelheiten kannte. Und so hatte sich Silver auch nie die Mühe gemacht, ihr zu sagen, wohin er nachts ging, er hatte nie erwähnt, daß er die Dielenbretter unter dem Bett gelockert hatte, so daß Lee jede Nacht über einem Versteck mit Quaalud und Haschisch schlief. »Ich hab' ein Kind hier«, sagte Lee zu Silver, zeigte auf die Schlafzimmertür und senkte die Stimme. »Ich will nicht, daß er in einem Haus aufwächst, in dem Drogen genommen werden.«

Silver setzte sich auf die Couch und zündete sich eine Zigarette an. Atlas setzte sich zu ihm, und abwesend streichelte er dem Collie den Kopf. »Geh wieder schlafen«, riet er Lee.

»Ich sag dir, das paßt mir nicht.« Doch noch während sie sprach, sah Lee, daß Streiten keinen Sinn hatte; sie beobachtete, wie Silver die Asche seiner Zigarette in eine Konfektschale schnippte, die ein Hochzeitsgeschenk war, und sie fühlte sich viel älter als das Mädchen, das sich in Silver verliebt hatte. Mindestens ein Jahrhundert war vergangen, seit sie ihm gesagt hatte, daß sie schwanger war; damals hatte sie geglaubt, sie sei im Begriff, alles zu bekommen, was sie sich je gewünscht hatte.

»Es paßt ihr nicht«, äffte Silver sie nach. »Glaubst du, das interessiert mich?« sagte er zu Lee. »Glaubst du, ich höre auch nur auf ein Wort von dem, was du sagst?«

Lee kehrte ins Schlafzimmer zurück, und ehe er ging, gratulierte Rudy Silver dazu, daß er verstand, mit seiner Frau umzugehen. Doch wenn Rudy dachte, Silver würde Lee bald ins Schlafzimmer folgen und mit ihr schlafen, dann irrte er sich. Silver hatte beschlossen, die Nacht auf der Couch zu verbringen. Er behielt seine Stiefel an, versuchte, sich das Gesicht des Fremden im El Calderon vorzustellen, aber er konnte es nicht. Er versuchte zu schlafen, lag aber wach bis zum Morgen. Der Collie trottete durch die Wohnung, seine Pfoten kratzten auf den hölzernen Dielen, und die Wände im Wohnzimmer schienen zu atmen. Silver stellte fest, daß es ihn zum

Fenster zog; er spähte durch die Scheibe, sicher, daß da draußen jemand war, sicher, daß der Mann, der ihm folgte, Angel Gregory sein mußte. Er wünschte sich, Teresa würde aus ihrem Zimmer kommen und ihm versichern, daß Gregory in Wirklichkeit nie in das Haus in der Divisadero Street gekommen war, oder ihm einen Talisman geben – einen Streifen von ihrem Slip oder eine Haarsträhne –, etwas, das ihn vor einem unsichtbaren Feind beschützte oder wenigstens Mut machte.

Doch weder an diesem noch an irgendeinem anderen Abend kam Teresa aus ihrem Zimmer, und Gregory zeigte sich nie. Da waren nur die endlosen Nächte, in denen er Schritte hörte, in denen er sich bedroht fühlte, und noch bevor es Mai wurde, litt Silver an chronischer Schlaflosigkeit. Er begann, bei Vallais große Mengen Amphetamine zu bestellen, er trank mehr Kaffee als je zuvor, und seine Wangenknochen stachen scharf aus seinem Gesicht. Silver verzehrte sich, er konnte nicht eine Minute stillsitzen. Früher hatte er nie den Wunsch gehabt, Lee auszuführen, jetzt stimmte er allem zu, was ihn in Bewegung hielt – wenn er zu lange in irgendeinem Raum blieb, begann er auf und ab zu gehen, als werde er von Bienen verfolgt, die ihn stechen würden, sobald er langsamer würde. Jedem, der ihn sah, war es klar: Silver stand kurz vor einer Explosion. Jedem, außer Teresa. Für sie war Silver immer derselbe; immer dieser Junge, der saubere weiße Hemden trug und nach Feuer roch, der niemals vor etwas Angst hatte, nicht einmal an dem Tag, an dem er sie zum Stausee geführt und sie in den Armen gehalten hatte. Sie schaffte es noch immer nicht, ihn als verheirateten Mann zu sehen; Lee und Jackie wirkten wie blonde Fremde, denen es irgendwie gelungen war, sich in sein Leben zu schleichen. Den Hochzeitstag von Lee und Silver wollte Teresa am liebsten ignorieren, doch Silver bestand darauf, daß sie ausgingen und feierten, alle drei.

»Warum muß sie mit uns gehen?« flüsterte Lee ihrem Mann zu, als sie sich anzog, um ins Black Turtle zu gehen, ein Restaurant, von dem Silver früher immer behauptet hatte, es sei zu teuer. Am anderen Ende des Flurs befestigte Teresa die Saphirkette um ihren Hals und steckte sich Dinas Schildpattkamm ins Haar. »Das ist *unser* Hochzeitstag«, sagte Lee.

»Klar«, sagte Silver. »Nur zu. Verdirb nur den Abend, bevor er überhaupt begonnen hat.«

Lee wußte, daß Silver jeden Tag dem Abgrund näher kam; ein falscher Schritt konnte bewirken, daß die ganze Nacht nur aus Vorwürfen bestand. Sie wünschte sich, sie könnte Silvers düstere Stimmungen verjagen, ihn mit der Berührung ihrer Handfläche besänftigen, und wenn es ihm nicht feierlich genug zu sein schien, mit seiner Frau allein zusammenzusein, dann wollte Lee ganz gewiß nicht, daß die Gesellschaft seiner Schwester ihn mehr beglückte. So war sie froh, daß Silver sie im Restaurant beide ignorierte, daß er auf seinem Stuhl hin und her rutschte und mit den Fingern einen verrückten Rhythmus auf die Tischplatte trommelte. Er bestellte zwei Tequilas und ein Bier, ehe der Kellner ihre Essensbestellung aufnahm, und bis der Kellner die Salate servierte und die Steaks brachte, konnte Silver nicht mehr stillsitzen; er stand auf und ging an der Bar vorbei zur Herrentoilette. Dort, in der metallenen Kabine, rauchte er einen Joint, doch das verbesserte seine Stimmung nicht. Überall, wo er hinsah, schienen die Wände mit Kummer bemalt. Auf dem Rückweg zum Tisch war ihm schwindlig, er fühlte sich unsicher, und in dem Augenblick, als er an der langen Bar aus Mahagoni vorbeiging, sah er Angel Gregory, den nur allzu vertrauten Fremden, den Mann, der ihn so viele Monate lang durch die Nächte verfolgt hatte.

Silver war so erschrocken, daß er nicht stehenzubleiben wagte; er ging zum Tisch zurück und setzte sich hin, wobei er der Bar den Rücken zuwandte. Er bestellte noch einen Tequila und noch ein Bier. Er versuchte, gelassen auszusehen, doch als die Steaks serviert wurden, konnte er nichts essen, er versuchte es nicht einmal. Er schaute über seine Schulter; er konnte den Blick nicht von Gregory wenden. Teresa wußte, daß etwas nicht stimmte, und bis die Karte mit den Desserts gebracht wurde, hatte sie Gregory erspäht. Sie hatte sich gestattet, Angel Gregory zu vergessen – sie hatte sich zum Vergessen gezwungen. Wenn sie auch nur anfing, an ihn zu denken, schien Santa Rosa viel zu nahe; der Geruch des Flusses zog seine Spur durch jeden Garten, Grillen zirpten unter einem lila Himmel. Sie war seit dieser Nacht mit keinem Mann mehr zusammen gewesen, und als sie Gregory an der Bar sah, hatte sie das merkwürdige Gefühl, sie sei erst vor Stunden bei ihm gewesen und er sei noch immer ihr Liebhaber. Sie errötete und konnte Silver nicht ansehen; sie fühlte sich, als hätten sie und Gregory ein Geheimnis zu verbergen. In dieser Oktobernacht hatte Teresa das Gefühl gehabt, niemals jemanden so gut gekannt zu haben, wie sie Angel Gregory kannte. Sie wußte, was er morgens als erstes dachte, was er während der ganzen Nacht träumte; sie wußte, daß er nicht weiter kam als bis zu jenem Tag in Santa Rosa, an dem ein Junge ihn verraten hatte, ein Junge in einem weißen Hemd, der sich nie vor etwas gefürchtet hatte.

»Gehen wir nach Hause«, sagte Teresa zu ihrem Bruder. »Ist mir egal, was man über dieses Restaurant sagt – so toll finde ich es nicht. Ich bin müde«, flüsterte sie. »Gehen wir.«

»Noch nicht«, sagte Lee. Sie hielt die Karte mit den Desserts hoch. »Sie haben hier Mousse au chocolat. Und es gibt Rumkuchen mit Rosinen.«

Teresa starrte Silver an. »Bitte«, sagte sie, »bring mich nach Hause.«

Nicht weit entfernt war ein Mann, der Bourbon mit Wasser trank, ein Mann, der so lange an Silver gedacht hatte, daß er nicht überrascht gewesen wäre, wenn jemand seine Adern aufgeschnitten und darin Silvers Blut gefunden hätte. Als er Silvers Blick auffing, nickte er. Und auf der anderen Seite des Raumes an seinem Tisch hatte Silver einen trockenen Hals.

»Er macht mich fertig«, sagte Silver. »Das hat er all diese Monate gemacht. Mich fertiggemacht.«

»Wovon redest du?« sagte Lee.

»Geht dich das was an?« sagte Silver. »Betrifft dich das?« Er zündete sich eine Zigarette an und schaute zur Bar. »Jetzt will er's wissen. Er hätte weiter im Dunkeln herumschleichen sollen, er hätte warten sollen, er hätte mich kleinkriegen können. Jetzt, wo ich ihn sehe, habe ich überhaupt keine Angst mehr vor ihm.«

Silver legte seine Serviette auf den Tisch; er drückte seine Zigarette aus, ohne auch nur ein einziges Mal daran gezogen zu haben.

»Geh nicht hin«, sagte Teresa. Sie hatte Angst vor Gregory; seine Anwesenheit bewirkte, daß alles falsch schien, auch Silver.

»Was soll ich tun?« sagte Silver. Er stand auf, und sein Schatten fiel über das Leinentischtuch und die Teller mit Goldrand. »Weglaufen? Soll ich das tun?«

»Verdammt, was ist hier eigentlich los?« fragte Lee, als Silver zur Bar ging. Sie sah, wie Gregory dem Barmann ein Zeichen gab, ihm noch einen Drink zu bringen. »Kenne ich diesen Typen?« fragte sie.

Im Dragon in Santa Rosa hatte Lee dutzendemal mit Gregory an einem Tisch gesessen, hatte mit ihm getrunken und Nacht für Nacht gehört, wie Silver sich über ihn beklagte. Doch die Beleuchtung im Dragon war schummrig gewesen, man hatte kaum jemanden erkennen können, und damals hatte Lee niemanden außer Silver gesehen. Sie hatte nie daran gedacht, einen anderen Mann anzuschauen.

»Das ist jemand aus Santa Rosa«, sagte Teresa. Sie wußte, Silver war nicht erpicht darauf, daß Lee allzuviel über seine Geschäfte wußte, und so rief sie den Kellner. »Bestellen wir uns Brandy«, schlug Teresa vor in der Hoffnung, ihre Schwägerin abzulenken. »Laß uns euren Hochzeitstag richtig feiern.«

An der Bar setzte sich Silver auf den Hocker dicht neben Gregory und bestellte ein Glas Tequila.

»In so einem schicken Lokal bestellst du Tequila?« sagte Gregory. »Schäm dich.«

Silver wandte sich dem anderen Mann zu, als sei es die natürlichste Sache der Welt, nebeneinanderzusitzen und zusammen etwas zu trinken. »Wer hat dich rausgelassen?« fragte er.

»Ich habe meine Zeit abgesessen.« Gregory zuckte mit den Schultern. »Dafür hast du ja gesorgt.« Er nahm einen Schluck von seinem Drink. »Ich sehe, daß du Teresa bei dir hast.« Er drehte sich nach ihr um; Teresa starrte ihn an, wie sie es in jener Nacht getan hatte, als sie wie Verbündete schienen, wie lange verlorene Freunde, die aufzählten, wie oft Silver sie verraten hatte; seine Treuebrüche waren so zahlreich wie die Sterne am Himmel. Doch als Gregory jetzt sein Glas hob, um ihr zuzutrinken, senkte Teresa rasch den Blick. »Sie ist schön«, sagte Gregory. »Aber in einem Punkt ist sie dumm – sie ist dir gegenüber loyal.« Er sah Silver direkt in die Augen. Er trank einen Schluck Bourbon, wartete und sagte schließlich: »Sie ist so loyal wie eine Ehefrau.«

Silver achtete darauf, keine Reaktion zu zeigen. Er trank sein Glas leer und stellte es hin. Als er aufstand, überragte er Gregory. Er sprach sehr leise, damit ihn niemand hören konnte. »Wenn du weiter meine Schwester ansiehst, könnte ich was dagegen unternehmen.«

»Ach ja?« Gregory lächelte.

»Ich weiß, was du machst. Ich weiß genau Bescheid. Du versuchst, mich unter Druck zu setzen. Du bist mir gefolgt, wolltest mich nervös machen. Damit ist jetzt Schluß. Du wirst das bleiben lassen.«

»Du weißt, daß ich das nicht kann«, sagte Gregory. »Ich hab' Tag und Nacht an dich gedacht. Seit ich nach Vacaville gekommen bin. Wie kannst du da erwarten, daß ich aufhöre? Daß ich es bleiben lasse?«

»Tja, wenn du mich weiter verfolgst, könnte jemandem was zustoßen«, sagte Silver und sorgte dafür, daß jedes Wort sich wie ein drohendes Messer anhörte.

»Das stimmt wahrscheinlich«, sagte Gregory. »Das stimmt sogar höchst wahrscheinlich.«

Aus der Nähe sah Gregory viel älter aus, als Silver ihn in Erinnerung hatte. Der Mann hatte vier Jahre hinter Gittern verbracht, und das sah man. Silver hätte spüren sollen, daß er im Vorteil war, vielleicht hätte er das auch getan, wenn Gregory einen wirklichen Kampf begonnen hätte, wenn er Silver mit einer echten Waffe verfolgt hätte – einem Messer oder einer Pistole. Aber Gregory rührte sich nicht; er war von eisiger Ruhe, nahm eine Zwanzigdollarnote heraus und bezahlte seinen und Silvers Drink. Es war nur der rote Hund auf Gregorys Arm, der blutrünstig wirkte, und dieser Hund jaulte einen fernen Mond an, dieser Hund ließ Silver einen Schauer über den Rücken laufen.

»Du willst dich rächen?« flüsterte Silver. »Du willst mich umbringen? Dann komm jetzt mit mir nach draußen. Gehen wir raus und erledigen die Sache.«

Gregory lächelte und bestellte noch einen Drink. »So funktioniert das nicht. Es ist soweit, wenn ich es sage. Diesmal bin ich derjenige, der sagt, wann die Schüsse fallen, und du wirst niemals auch nur wissen, was dich getroffen hat.«

»Ach ja?« sagte Silver. Er wünschte sich, er hätte nicht ganz soviel getrunken, denn er fühlte sich unsicher und so unerfahren wie vor Jahren, als er Gregory von seinem ersten Raub erzählte und mit den zweihundert Dollar prahlte, die er erbeutet hatte. »Vielleicht fange ich an, dich zu verfolgen. Vielleicht solltest du dir klarmachen, daß du derjenige bist, dem etwas passieren wird, wenn du mir weiter auf den Fersen bleibst.«

»Versuch's nur, Silver«, sagte Gregory. »Du kannst ja mal versuchen, mir was anzutun«, flüsterte er.

Als Silver zu seinem Tisch zurückging, fühlte er sich erschöpft; seine Knie waren weich, sein Kopf leicht, und er gab all den Amphetaminen die Schuld, die er genommen hatte, und seinen schlaflosen Nächten.

»Das ist vielleicht ein Abend«, sagte er zu Lee und Teresa.

Teresa schob ihre Kaffeetasse weg und griff nach ihrer Jacke. Sie fühlte sich von Gregory beobachtet und wollte das Restaurant so schnell wie möglich verlassen, es war, als krabbelten Grillen durch ihre Haarsträhnen und betäubten sie mit ihrem Zirpen. Aber Lee wollte noch nicht gehen.

»Ich hab' meinen Brandy noch nicht ausgetrunken«, sagte sie. Als sie das Glas an ihren Mund führte, streckte Silver die Hand aus und packte ihren Arm. Er stieß das Brandyglas so heftig auf den Tisch zurück, daß es zitterte, und einen Augenblick glaubten alle, es würde zerbrechen.

»Geh mir nicht auf die Nerven«, flüsterte Silver. Er war erstaunt über seine Erleichterung, daß das Glas nicht zerbrach; der geringste Vorfall konnte Gregory verraten, wie wirksam die Zeit gewesen war, in der er Silver verfolgt hatte. »Hol deinen Mantel«, sagte Silver zu Lee. »Sofort.«

»Was wollte dieser Mann an der Bar?« fragte Lee. »Der versteht's jedenfalls, dir die Laune zu verderben.«

»Hast du mich verstanden?« sagte Silver. »Verdammt, hast du ein Wort von dem verstanden, was ich gesagt habe?«

Während Silver zum Parkplatz ging, um den Camaro zu holen, warteten Lee und Teresa vor der Eingangstür. Lee beobachtete, wie Silver wegging. Dann nahm sie eine Zigarette aus ihrer Handtasche.

»Schöner Hochzeitstag«, sagte sie. In kurzen, abgehackten Atemstößen blies sie den Rauch aus.

»Er ist bloß müde«, sagte Teresa, aber sie hatte Silver noch nie zuvor so außer Fassung gesehen. Sie wünschte sich, sie könnte zurück an die Bar laufen und Gregory bitten, sie in Ruhe zu lassen, ihn bitten, Silver nicht mehr zu verfolgen. Aber sie hatte Angst vor Gregory, Angst, daß er nein sagen würde, Angst, daß er ihr, wenn sie neben ihm an der Bar säße, mehr erzählen könnte, als sie wissen wollte, und Angst, Santa Rosa würde vor ihnen erscheinen – dort an der Mahagonibar würde die Hitze unerträglich werden, der Tag würde blendend hell sein, Falken würden ihre Federn neben die kalten Gläser mit Bourbon und Eis fallen lassen.

»Erzähl mir nicht, was mit meinem Mann los ist«, sagte Lee zu Teresa. »Er ist nicht müde. Er hat zuviel getrunken, und jetzt ist er einfach verdammt gemein.«

Als die Scheinwerfer des Camaro erschienen, warf Lee ihre Zigarette in den Rinnstein; im Wagen nörgelte sie weiter. »Was für ein toller Abend. Ein Hochzeitstag, der mir unvergeßlich bleiben wird.«

»Fang keinen Streit an«, warnte Silver sie. »Nicht heute abend, Lee.«

Heute abend fühlte Silver sich zum Bruch bereit; er wollte durch die Jahre zurückgehen und beinahe alles anders machen, was geschehen war. Er wollte kein Mann sein, der seinen Hochzeitstag feierte, kein Mann mit Verantwortlichkeiten und Feinden und wenig Hoffnung.

»Dir liegt überhaupt nichts an mir«, sagte Lee zu ihm. »Und an Jackie auch nicht. Ich werde dir sagen, was ich denke«, fügte sie hinzu und starrte Teresa an. »Ich denke, daß Jackie gegen diesen verdammten Hund allergisch ist.« Sie sah wieder Silver an. »Ein anderer Mann wäre um seine Frau und seinen Sohn besorgt.«

»Ein anderer Mann«, sagte Silver. »Geh doch und such dir einen anderen. Ich zahl dir die Fahrkarte. Ich pack deine Koffer.«

Er schaute in den Rückspiegel; Gregorys blauer Ford folgte ihnen nicht, aber Teresa starrte ihn an, und nachdem ihre Blicke sich getroffen hatten, merkte Silver, daß er die Augen nicht abwenden konnte; sie führte ihn rückwärts durch die Zeit.

Beinahe hätte Silver eine rote Ampel überfahren; im letzten Moment hielt er an, und er merkte nicht, daß Lee eine Zigarette aus ihrer Tasche genommen hatte, bis Rauch den Wagen zu füllen begann.

»Mach sie aus«, sagte er. »Ich hab's dir doch gesagt – ich will nicht, daß du rauchst.«

Lee ignorierte ihn und sog wild den Rauch ein. »Wenn dir nichts an mir liegt, hast du kein Recht, mir zu sagen, was ich tun soll. Ich bin nicht deine Sklavin.«

Silver war schnell gefahren; jetzt trat er auf die Bremse und fuhr an den Straßenrand. Teresa wunderte sich, wieso Lee nicht merkte, daß dies der denkbar schlechteste Abend war, um einen Streit vom Zaun zu brechen; nun griff Silver an Lee vorbei und öffnete die Beifahrertür.

»Steig aus«, sagte er.

»Nie sagst du mir was«, sagte Lee. »Nie stellst du mich deinen Freunden vor. Du hast dein eigenes geheimes Leben. Nun, ich kann auch mein eigenes Leben führen, weißt du.«

»Du willst dein eigenes Leben?« sagte Silver. »Zuerst wolltest du geheiratet werden, also hab' ich dich geheiratet. Jetzt willst du dein eigenes Leben? Nur zu«, sagte er zu ihr. »Nur zu.«

Wie immer spürte Lee, daß sie nachgiebig wurde. Sie dachte an die Nächte, in denen sie aus ihrem Schlafzimmerfenster geklettert war, um ihn zu treffen, dachte an seine ersten Küsse und die Art, wie alle Mädchen auf der Straße sich nach ihm umdrehten.

»Mach sie aus«, sagte Silver.

Lee streckte die Hand aus und drückte ihre Zigarette im Aschenbecher aus. Dann lehnte sie sich zurück. So endete es gewöhnlich – wenn sie bei einem Streit klein beigab, wurde sie von Silver grimmig ignoriert, und dann wußte sie, daß der Kampf vorbei war. Aber nicht diesmal; diesmal beruhigte Silver sich nicht, diesmal schob er sie in Richtung Tür.

»Ich will, daß du aussteigst«, sagte er.

Lee sah ihn an, überrascht, daß er nicht wieder startete und nach Hause fuhr; sie hatte keine Ahnung, daß seine Vergangenheit ihn die ganze Nacht gejagt hatte, daß sie ihn schon jahrelang verfolgte.

»Nun sind wir schon so viele Jahre verheiratet, und da

du so verdammt unglücklich bist, solltest du besser gehen.« Er drückte fester, und sie mußte sich an die Polsterung des Camaro klammern, um nicht aus dem Wagen zu fallen. »Steig aus«, sagte Silver zu ihr.

»Nein«, sagte Lee, erschrocken über das, was sie da ausgelöst hatte.

Silver zog die Handbremse an; er stieg aus, ging um den Wagen herum und zerrte Lee auf den Gehsteig.

»Hast du mich verstanden?« sagte er. »Los, geh.«

»Tu das bitte nicht«, flüsterte Lee.

Auf dem Rücksitz hatte Teresa sich von ihnen abgewandt; sie konnte sie noch immer hören, obwohl sie sich die Ohren zuhielt, und sie hörte, wie sie sich gegenseitig zerfleischten. Sie wollte verschwinden, aber still, rasch und ohne ein Wort, damit sie nicht sehen mußte, wie grausam Silver sein konnte.

Jetzt griff Silver in den Wagen, nahm Lees Handtasche und schleuderte sie zu Boden. Sie landete vor Lees Füßen; ein Lippenstift fiel heraus und rollte auf die Straße.

»Hör doch auf«, flehte Lee. »Ich liebe dich«, sagte sie.

»Nun, dann hör damit auf«, sagte Silver zu ihr. Kalt starrte er sie an. »Es tut dir nicht gut, also hör damit auf.«

Er wandte sich von ihr ab, schlug die Beifahrertür zu, ging um den Wagen herum und stieg wieder ein. Er startete und trat so fest auf das Gaspedal, daß Teresa auf ihrem Sitz nach hinten fiel. Während sie wegfuhren, drehte Teresa sich um und wischte die beschlagene Heckscheibe an einer Stelle klar; Lee rannte ihnen nach; sie folgte ihnen fast einen Block weit, bis sie sich den Fuß verknackste und einer ihrer Absätze abbrach.

Silver fuhr schnell. Er scherte sich um keine Geschwindigkeitsbegrenzung, überfuhr eine rote Ampel, und bei einer zweiten hielt er schließlich an. Als der

Wagen stand, kletterte Teresa auf den Vordersitz. Sie nahm eine Marlboro aus dem Päckchen auf dem Armaturenbrett, zündete sie an und gab sie Silver. Er nahm die Zigarette dankbar, lächelte und dachte, daß seine Schwester wußte, was er brauchte, bevor er selbst es merkte. Danach fuhr er vorsichtig; zum erstenmal in dieser Nacht fühlte er sich wieder ein bißchen wie früher – wie ein Mann, der nicht vor Angst zitterte, sobald ein alter Feind auf der Bildfläche erschien; wie ein Mann, der nicht im selben Augenblick hochging, in dem seine Frau ein falsches Wort sagte.

»Sie hat es darauf angelegt«, erklärte er Teresa. »Sie macht mich wahnsinnig.«

Teresa saß mit dem Rücken zur Beifahrertür, damit sie ihn betrachten konnte.

»Ich mach mir keine Sorgen um Lee«, sagte Silver. »Früher oder später wird sie nach Hause kommen. Oder sie fährt zu ihrer Mutter und ruft mich morgen früh an, heult und bittet mich, sie holen zu kommen. Das wird sie tun – sie wird mich den ganzen verdammten Weg nach Santa Rosa fahren lassen.«

Die Worte, die Lee und Silver sich gesagt hatten, echoten in Teresas Ohren. »Hast du sie nur geheiratet, weil sie das wollte?« fragte sie.

»Was hätte ich denn tun sollen?« sagte Silver. »Hätte ich verschwinden sollen, als sie schwanger wurde, einfach abhauen und nach Los Angeles gehen?« Er wollte nicht wie King Connors sein, und jetzt, während sie nach Hause fuhren, fragte er sich, ob sein Vater je wieder geheiratet hatte, ob er eine ganze Reihe von Frauen verlassen und jedesmal eine neue Entschuldigung vorgebracht hatte: ein Gang an die Ecke, um Zigaretten zu holen, ein Job in einer anderen Stadt, eine nächtliche Angelpartie, von der er nie zurückkam. »Ich hätte das machen können«, sagte Silver zu Teresa. »Ich hätte es ohne weiteres machen können, bloß – es war nicht richtig. Das war der Grund.« Er zuckte mit den Schultern. »Ich habe das getan, was richtig war.«

Auf dem restlichen Heimweg schwieg Teresa, aber als sie die Wohnung erreicht hatten und Silver den Wagen abstellte, wandte sie sich ihm wieder zu.

»Es war nicht, weil du sie liebtest?« fragte sie.

Silver drehte den Schlüssel im Zündschloß und schaltete die Scheinwerfer aus; er wußte, was sie wissen wollte, und er beugte sich ganz nahe zu ihr.

»Was glaubst du denn?« sagte Silver. »Glaubst du, sie wäre die große Liebe meines Lebens?«

Teresa stieg aus dem Wagen und rannte zur Wohnungstür. Seit Jahren hatte sie ihn fragen wollen, seit Jahren hatte sie es ihn laut sagen hören wollen, und nun war sie endlich sicher: Er liebte Lee nicht. Das war alles. Als Silver auf die Veranda kam, um die Haustür aufzuschließen, legte Teresa einen Arm um seine Taille; im Schatten der Veranda sah er genauso aus wie immer, nichts an ihm schien sich jemals zu verändern, und die Zweifel, die Teresa in bezug auf ihren Bruder verspürt hatte, als sie im Restaurant Angel Gregory sah, verschwanden.

»Du hast keine Angst vor Gregory«, sagte Teresa.

»Ich?« sagte Silver spöttisch. »Angst?«

»Er tut dir nichts«, sagte Teresa.

»Der alte Mann? Er würde es nicht wagen.«

Silver sah sein Spiegelbild in Teresas Augen, und er fühlte sich, als könnte er niemals Angst haben; wenn sie ihn so ansah, konnte er fast vergessen, daß sie seine Schwester war.

Teresa wollte die Haustür aufstoßen, aber er hielt sie an und sagte dann leise: »Du bist die einzige, die mich wirklich kennt. Die einzige, die mich versteht.«

In der Wohnung war der Babysitter, ein fünfzehnjähriges Mädchen, das den ganzen Abend Ferngespräche geführt und wahllos Nummern gewählt hatte in der Hoffnung, seinen Lieblingsstar zu erreichen. Und in Lees und Silvers Schlafzimmer schlief Jackie in einem Bettchen, das viel zu klein war, und träumte von Räumen, in denen niemand redete.

»Komm her«, sagte Silver und zog Teresa an sich, ehe sie antworten konnte. »Wir sind nie allein«, flüsterte er. »Und du hast mir gefehlt. Du hast mir sehr gefehlt.«

Silver hob das Haar von ihrem Hals; er beugte sich nieder und küßte sie mit einem Kuß, der ein rosenförmiges Mal hinterließ, den Abdruck seiner Zunge.

Teresa schloß die Augen; sie wünschte, er würde nie aufhören. »Ich wünschte, sie würde nie nach Hause kommen«, sagte sie, und sie flüsterte, als sei ein aufmerksamer Erwachsener in der Wohnung statt eines jungen Mädchens, das gerade gelernt hatte, wie man Wimperntusche benutzt.

»Du liebst sie nicht«, sagte Teresa. »Du hast gesagt, daß du sie nicht liebst.«

Eine Sekunde lang fühlte Silver sich ganz nüchtern. »Vergiß es. Vergiß das Ganze.« Er öffnete ihr die Haustür. »Geh rein.«

»Du liebst sie nicht«, flüsterte Teresa, ehe sie hineinging. »Und ich weiß, daß du sie nicht liebst.«

Sie gingen in die Küche, Teresa hinter Silver. Silver nahm eine Flasche Bier aus dem Kühlschrank, und Teresa setzte sich neben Marie, den Babysitter. Sie fühlte sich atemlos und wütend. Sie wünschte sich, sie und Silver wären Fremde; sie war sicher, wenn sie Fremde wären, wenn sie sich gerade kennengelernt hätten und nicht denselben Nachnamen tragen würden, dann hätte er niemals nach einem Kuß aufgehört.

»Hast du wieder diese Ferngespräche geführt?« fragte Silver das Mädchen.

»Was für Ferngespräche?« sagte Marie.

»Komm«, sagte Silver zu Marie. Er stellte die halbleere Bierflasche auf den Tisch. »Ich fahr dich nach Hause. Dabei können wir über die Anrufe nach Los Angeles reden, die du gemacht hast, als du letztes Mal hier warst.«

»Ich kann allein nach Hause gehen«, sagte Marie, aber Silver ließ nicht locker.

»Kommt nicht in Frage«, sagte er. Er wollte die Wohnung verlassen, Teresas Glaube an ihn hatte ihn mutig gemacht; er wünschte sich, Gregory würde heute nacht kommen und ihn auf der Straße stellen; er war sicher, jeden Kampf zu gewinnen, außer vielleicht den Kampf, sich von Teresa fernzuhalten. Sie saß am Tisch und beobachtete ihn mit diesen Augen, mit diesen tiefschwarzen Augen.

»Gehen wir«, sagte Silver zu Marie. »Ich habe deinen Eltern versprochen, daß du früh nach Hause kommst.«

»Du hast Glück«, sagte Teresa zu dem Babysitter, als das Mädchen seinen Mantel anzog und nach dem Stapel Filmzeitschriften griff, in denen sie den ganzen Abend gelesen hatte. »Viele Mädchen würden wer weiß was dafür geben, von Silver nach Hause gebracht zu werden.«

»Ach ja?« sagte Marie. Ihr erschien Silver viel zu alt für eine Romanze.

»Was sind das für Mädchen?« fragte Silver scherzend. »Gib mir ihre Telefonnummern. Gib mir ihre Adressen.« Als Marie bereits an der Haustür auf ihn wartete, senkte er die Stimme. »Was sind das für Mädchen?« flüsterte er.

Erst jetzt bemerkte Silver, daß die Küche nicht aufgeräumt war; Lee hatte das Geschirr nicht abgewaschen, eine Kaffeetasse mit Spuren von ihrem Lippenstift stand auf dem Tresen, und über der Rückenlehne eines Stuhls hing eine graue Wolljacke.

»Vielleicht hat sie mich beim Wort genommen«, sagte Silver. »Vielleicht kommt sie heute nacht nicht nach Hause.«

Er nahm die Tasse mit dem Lippenstift, wusch sie ab und stellte sie dann sorgfältig auf das Abtropfbrett.

»Und was wäre dann?« fragte Teresa und merkte überrascht, daß sie in demselben Tonfall sprach wie mit ihren Liebhabern aus Santa Rosa, Dutzenden von Männern, von denen sie sofort gewußt hatte, daß sie mit ihr ins Bett gehen würden. »Was wäre, wenn sie nicht nach Hause kommt?«

»Ohne sie ist es gefährlich hier«, sagte Silver einfach. »Und es gefällt mir nicht.« Silver ertappte sich dabei, daß er an Rosen dachte. Er stellte sich ein Bett vor, bedeckt mit seidigen Blütenblättern. »Vielleicht solltest du heute nacht besser in ein Motel gehen«, sagte er zu seiner Schwester. »Oder zu Bergen. Vielleicht solltest du besser nicht hier sein, wenn ich wiederkomme.«

Doch als Silver ging, um Marie nach Hause zu bringen, rief Teresa kein Taxi, reservierte kein Motelzimmer und rief auch nicht Bergen an, obwohl sie wußte, daß der alte Detektiv in weniger als fünfzehn Minuten mit seinem Wagen dasein und sie abholen könnte. Statt dessen öffnete sie die Tür zu Lees und Silvers Schlafzimmer und vergewisserte sich, daß Jackie schlief. Sie brachte Atlas hinaus auf die hintere Veranda, ging dann ins Wohnzimmer und ließ alle Jalousien herunter. Nachdem sie das Bett in ihrem Zimmer mit kalten, sauberen Laken bezogen hatte, bemerkte sie, daß ihre Fingerknöchel weiß waren und die Venen an ihren Handgelenken so grün wie Wasser. Sie zog all ihre Kleider aus und löschte das Licht. Sie wußte, in dieser Nacht konnte sie Silver haben, wenn sie wollte; solange Lee nicht nach Hause kam, gehörte er ihr. Teresa legte den Kopf auf das Kissen und stellte sich vor, sie liege in ihrem eigenen Bett in Santa Rosa; draußen wuchsen Iris von der Farbe des Himmels, und in dem Nebenzimmer waren die Laken auf Silvers leerem Bett noch zerwühlt von seinem Schlaf bis Mittag. Dina saß am Fußende ihres Bettes, trug einen Mohairschal mit Fransen und erzählte flüsternd eine Geschichte über die nächtlichen Reiter, die immer nach Westen zogen.

»Du hörst ihre Pferde lange, bevor du sie siehst«, sagte Dina zu ihr. »Die Erde zittert, und dann siehst du, daß ein Pferd an die vordere Veranda gebunden ist. Wenn dieses Pferd den Kopf schüttelt, ist seine Mähne schneeweiß, und du weißt, nur ein Aria besitzt ein solches Pferd, nur ein Aria wagt es, mitten in der Nacht bis vor deine Haustür zu reiten.«

Als Silver nach Hause kam, war es beinahe mitten in der Nacht. Er hatte mit dem Gedanken gespielt, überhaupt nicht zurückzugehen; er hätte die Nacht auf dem Rücksitz des Camaro verbringen oder eine Frau finden können, die ihn bis zum Morgen mit nach Hause nahm. Er war im El Calderon gewesen, hatte zwei Bier getrunken und eine Frau in schwarzer Samthose beobachtet, die allein zu einem Lied aus der Musicbox tanzte, aber schließlich war er nach Hause gegangen; er hatte nicht anders gekonnt. In der Nachbarschaft war alles ruhig, seine Stiefel hallten auf dem Asphalt, und sobald er die Wohnung betreten hatte, wußte er, daß Lee nicht nach Hause gekommen war. Er dachte nicht nach, er ging geradewegs zu Teresas Schlafzimmer. Teresa war dicht an die Wand gerückt, um ihm Platz zu lassen. Er zog sein

Hemd aus, aber er war noch immer halb bekleidet, als er sich neben sie legte; er wagte nicht, sich Zeit zum Überlegen zu lassen. Sobald er neben ihr lag, schienen die Laken brennend heiß. Er legte die Arme um sie, und sie schlang ihre Beine um ihn; als sie sich küßten, stieg ihre Einsamkeit hoch wie ein Knoten, und Teresa spürte, wie sie erschauerte.

»Das ist Wahnsinn«, murmelte Silver. »Wahnsinn.«

Und später, als er sich schon bewegt und sich auf sie gelegt hatte, konnte Silver nicht anders, er mußte weitermachen; er versuchte, sich zu bremsen, er flüsterte ihr seine Zweifel zu.

»Wenn das jemand wüßte...« sagte er. »Wenn Lee nach Hause käme...«

Teresas Augen waren geschlossen; sie berührte seine Lippen mit der Zunge, flüsterte immer wieder seinen Namen, und der Laut gab ihm Mut. Er stieg aus dem Bett und legte seine schwarze Leinenhose über einen Stuhl. Er beeilte sich, denn er wußte, daß sie auf ihn wartete, wußte, daß sie noch immer seinen Namen sagte, und er redete sich ein, niemand werde es je erfahren. Er ging wieder zum Bett und legte sich auf die Laken, die noch vor ein paar Stunden kalt gewesen waren, und er klammerte sich an sie wie ein Ertrinkender, wie ein Mann, der es nicht wagte, länger zu warten und seine Leidenschaft auf die Probe zu stellen.

Silver hatte richtig vermutet, Lee dachte wirklich daran, nach Santa Rosa zurückzugehen, aber sie kam nur bis zum Busbahnhof in der Market Street. Stundenlang saß sie dort, überwältigt von dem Gefühl, wenn sie in dieser Nacht nicht nach Hause ginge, würde es zu spät sein und sie könnte vielleicht nie wieder zurückkehren. Sie dachte an Dinas Beerdigung, an die Nacht, als Silver sie geschlagen und es dann bereut hatte. Sie dachte an seine Anzüge, die neben ihren Kleidern und Röcken im Schlafzimmer hingen, stellte sich vor, wie er im Dunkeln dasaß in den Nächten, in denen seine Schlaflosigkeit ihm keine Ruhe ließ und er meinte, sie schliefe, obwohl sie in Wirklichkeit mit offenen Augen im Bett lag und darauf wartete, daß er zu ihr zurückkam. Sie verließ die Busstation und nahm ein Taxi nach Hause; sie schloß die Haustür auf und trat ein. Weil Jackie schlief, zog sie die Schuhe aus und ging leise durchs Haus, doch obwohl Lee draußen den Camaro gesehen hatte, war Silver nicht im Bett, nicht im Wohnzimmer und auch nicht in der Küche. Lee ging ins Badezimmer und stand vor dem Becken, aber sie wusch sich nicht; sie starrte sich im Spiegel an und war überrascht, wie müde und verängstigt sie aussah. Sie ging durch den Gang zu Teresas Zimmer, das eigentlich Jakkies Zimmer hätte sein sollen – er war zu alt, um Lees und Silvers Schlafzimmer zu teilen, zu alt, um in einem Kinderbett zu schlafen. Lee stand lange vor der Schlafzimmertür, und selbst, als sie die Tür schließlich öffnete, wollte sie das eigentlich nicht, aber ihre Hand handelte aus eigenem Willen, und anscheinend konnte sie nichts dagegen tun, sie konnte nur zusehen, wie ihre Finger den Türknopf drehten, und nachdem sie das getan hatte, war es gewiß zu spät, die Tür zu schließen, in ihr Schlafzimmer zurückzugehen und darauf zu warten, daß Silver ins Bett käme.

Teresa hatte die Augen die ganze Zeit geschlossen gehalten, seit sie zusammen waren, doch selbst mit geschlossenen Augen konnte sie Silver sehen, als sei jeder seiner Gesichtszüge auf die Innenseite ihrer Augenlider geprägt. Mit geschlossenen Augen konnte sie sein dunkles Haar, seine hohen Wangenknochen, die Augen sehen, die genau die gleiche Farbe hatten wie ihre eigenen. Als er in ihr war, als sie anfingen, sich gemeinsam zu bewegen, schloß sie die Augen fester, und dabei sah sie ihn noch deutlicher, sah ihn, als werde er von tausend elektrischen Birnen beleuchtet. Er leckte ihre Haut, kostete sie, gab ihr das Gefühl, kein Raum trenne sie und nichts werde ihre Körper jemals voneinander lösen können. Als die Tür geöffnet wurde, hörte Teresa das Holz knarren. Sie drehte sich rasch um, öffnete die Augen und sah Lee dort stehen und sie anschauen, als sei sie auf das Schlimmste gestoßen, das sie jemals gesehen hatte, als habe sie etwas entdeckt, das schlimmer war als Mord.

Licht fiel aus der Diele in das Zimmer auf Silvers Rücken und Schultern, und er spürte, wie es durch seine Haut drang. Er wandte sich zur Tür, blinzelte, konnte aber nichts erkennen. In diesem Augenblick schaute Teresa ihn wirklich an, zum erstenmal, seit er ins Bett gekommen war, und vielleicht war es die Kombination aus Dunkelheit und Helle im Zimmer, vielleicht lag es an ihren Augen, doch einen Augenblick lang wußte sie nicht, wer er war. Eine Sekunde lang war ihre Kehle trocken, und ihr Herz stand vollkommen still. Silver war ein Fremder; er war nicht der Junge, mit dem sie zu schlafen geglaubt hatte, sein Gesicht war falsch, alles war falsch. Seine Augen waren nicht so dunkel, wie sie hätten sein sollen, seine Züge waren viel zu scharf. Teresa wich vor ihm zurück, drückte sich an die kalte Gipswand und versuchte zu atmen, aber jeder Atemzug war wie eine Faust, die in ihrem Hals steckte und keine Luft hereinlassen wollte.

Kaum hatten Silvers Augen sich der Beleuchtung angepaßt und Lee in der Tür erkannt, sprang er aus dem Bett. Er rannte zur Tür und trat sie mit dem Fuß so wild zu, daß das Holz rings um die Angeln splitterte, und beinahe hätte die Tür Lee ins Gesicht getroffen. Silver stand bewegungslos und starrte auf die geschlossene Tür, bis er merkte, daß er zitterte; das kleine Schlafzimmer erschien ihm plötzlich eiskalt. Er drehte sich zu Teresa um. Sie saß aufrecht, den Rücken an der Wand, keuchte und bekam keine Luft. Silver ging zum Bett und nahm sie in die Arme.

»Atme«, sagte er. »Atme einfach.«

Endlich wußte Teresa, wer er war, endlich begann sie zu husten und dann schließlich wieder zu atmen.

»In Ordnung?« flüsterte Silver, und als Teresa nickte, sammelte Silver seine Kleider ein und begann sich anzuziehen.

Jetzt konnten beide Lee hören; sie war in die Küche gegangen, öffnete alle Schränke, nahm jedes Glas, jeden Keramikbecher heraus, alles, was zerbrechlich war, und schleuderte die Gegenstände an die Wand. Jackie war wach geworden, und seine Schreie hallten durchs Haus, daß es bebte. Die Luft im Schlafzimmer war drückend; es war die gleiche Luft wie bei einem Erdbeben, obwohl der Himmel vor dem Fenster draußen still war, und in nur wenigen Stunden würde die Sonne den Hintergarten mit schmalen, orangefarbenen Lichtstreifen überziehen.

»Es gibt keinen Grund, warum sich jemand aufregen müßte«, sagte Silver leise. Er knöpfte sorgfältig all seine Hemdknöpfe zu, und seine Finger zitterten. »Hier ist gar nichts passiert.«

Silver stopfte sein Hemd in die Hose, griff nach dem Kamm auf Teresas Kommode und fuhr sich damit durchs Haar.

Teresa hatte noch immer Schwierigkeiten mit dem Atmen, sie mußte zwischen den Worten innehalten. »Silver, sie hat uns gesehen.«

»Was gesehen?« sagte Silver. Er setzte sich auf das Bett und zog seine Stiefel an; er griff nach seinem Hosenschlitz, ärgerlich, weil seine Erektion nicht so schnell verschwunden war wie seine Erinnerung. »Sie hat nichts gesehen«, sagte er zu Teresa. »Sie wird glauben, was immer ich ihr erzähle, und ich werde ihr erzählen, daß nichts passiert ist.«

Teresa wickelte sich in das Laken. »Warum willst du das tun?« fragte sie. »Das ist gelogen.«

Gerade, als er sie wieder richtig ansah, verdarb er alles, lief zurück zu Lee, lief fort von ihr, tat so, als hätten sie nichts weiter ausgetauscht als einen unschuldigen Kuß.

»Was soll ich ihr denn sagen?« fragte Silver. »Die Wahrheit?«

Teresas Mund war zu einer schmalen Linie zusammengepreßt. »Du hast Angst«, sagte sie.

»Scheiße«, sagte Silver. »Angst?«

Draußen in der Küche hatte Lee angefangen, den gesamten Inhalt des Kühlschranks auf den Boden zu werfen: Milchtüten, Senfgläser, Salat, Bier.

»Hör mir zu«, sagte Silver zu Teresa. »Es ist falsch, kapiert? Kapierst du, was das Wort bedeutet? Also sieh mich nicht mehr mit diesen Augen an, komme mir nicht mehr mit deiner kleinen Zunge.«

»Ich!« sagte Teresa. »Ich? Du tust, als sei alles meine Schuld.«

»Vergiß es«, sagte Silver. »Vergiß, wessen Schuld es war.«

Er schnallte seinen Gürtel zu, ging zur Tür und konzentrierte sich auf die möglichen Entschuldigungen, die er Lee gegenüber vorbringen konnte.

»Wo gehst du hin?« sagte Teresa.

Silver öffnete die Tür einen Spalt und spähte hinaus; er drehte sich wieder nach Teresa um, legte einen Finger auf die Lippen, um sie zum Schweigen zu bringen, und nickte in Richtung Küche.

Teresa erhob sich auf die Knie. »Geh nicht«, flüsterte sie. »Laß mich hier nicht allein.«

»Nur die Ruhe«, sagte Silver. »Ich kümmere mich um alles.«

»Geh jetzt nicht raus zu ihr«, sagte Teresa, und ihre Stimme hob sich, wurde gefährlich laut.

Silver kam zurück zum Bett und legte seine Hand auf ihren Hals; seine Finger berührten ihren Puls, und ihre Haut war so heiß, daß er die Finger zurückzog, als hätte er sich verbrannt. »Sei still«, flüsterte er. »Schrei nicht so«, drängte er sie. »Wir werden uns alle beruhigen. Wir werden alle schlafen gehen.«

Teresa nickte und wich zur Wand zurück; ihre Handflächen und Fußsohlen waren eiskalt.

»Ich meine, es wird ja schon bald hell, nicht?« flüsterte Silver.

Teresa sagte kein Wort.

»Oder?« sagte Silver.

»Es ist fast Morgen«, flüsterte Teresa.

»Zeit, sich zu beruhigen«, sagte Silver sanft, als rede er mit einem Kind. Er griff nach einer Decke, die zu Boden gefallen war, und legte sie um Teresas Schultern. »Ich werd' mich um alles kümmern«, versprach er.

Als er das Zimmer verließ, zog Teresa die Knie an und starrte auf die geschlossene Tür. Bis morgen würde Silver es schaffen, Lee einzureden, sie habe ihn nicht mit Teresa im Bett gesehen. Er würde sie mit Küssen blenden, sie mit Lügen überzeugen, weil sie ihm glauben wollte. Zwar konnte Teresa jetzt Lee in der Küche kreischen hören, aber bis morgen würde Lee bereit sein, alles zu glauben, was Silver ihr erzählte, und Teresa konnte ihr keinen Vorwurf machen. Noch jetzt, allein in ihrem Bett, konnte Teresa sein Gesicht vor sich sehen. Sie bemühte sich, die Augen offen zu halten; sie konnte nicht riskieren, an ihn zu denken, ihm zu vergeben, und ganz sicher konnte sie es nicht riskieren einzuschlafen. Teresa hatte beschlossen, daß sie morgen, wenn Silver und Lee endlich zu streiten aufgehört hatten und eng umschlungen eingeschlafen waren, das Haus schon verlassen haben würde.

Später packte sie ihre Koffer und nahm alles mit, was sie besaß. Sie schlüpfte aus der Haustür, ging um das Haus herum, um Atlas aus dem Garten zu holen, und lief dann die Straße hinunter, so schnell sie konnte. Als Silver später an diesem Tag in Teresas Zimmer ging, sah er Teresas Umriß auf dem Laken, und unwillkürlich fragte er sich, was geschehen wäre, wenn er Lee jedes Glas im Haus hätte zerschmettern lassen, wenn er sich Teresa statt seiner Frau zugewandt und es gewagt hätte, die ganze Nacht bei ihr zu bleiben.

Teresas erster Gedanke war, nach Norden zu fahren; weil sie mit Atlas nicht den Bus nehmen konnte, fuhr sie per Anhalter nach Sonoma, und zwar mit zwei Frauen, die wegen einer Babydusche den ganzen Weg nach Santa Rosa zurücklegen wollten. Teresa und Atlas saßen hinten neben einer mit Seidenbändern verzierten Kinderwiege. Die Sonne schien, während sie aus San Francisco herausfuhren, der Himmel glänzte wie ein Spiegel. Teresa fühlte sich benommen, das Radio war eingeschaltet, und sie und die beiden Frauen sangen die Schlager mit, die sie auswendig kannten. Doch je näher sie der Ausfahrt nach Santa Rosa kamen, desto klarer wurde Teresa, daß sie nicht in diese Stadt zurückkehren konnte. Das Haus in der Divisadero Street war inzwischen sicher verkauft, und sie hatte keinen einzigen Verwandten oder Freund mehr in der Stadt. Die beiden Frauen waren verblüfft, als Teresa draußen auf dem

Highway abgesetzt werden wollte, und weil sie noch immer keine Ahnung hatte, wohin sie gehen sollte, machte es Teresa nichts aus, eine Stunde in der heißen Sonne auf einen anderen Wagen zu warten, der sie mitnahm. Selbst danach, als ein Kombiwagen an den Straßenrand gefahren war und Teresa die rückwärtige Tür geöffnet hatte, damit Atlas hineinklettern konnte, konnte sie sich kein anderes Ziel als ihr Zuhause vorstellen.

Harper Ryan, die Frau, die den Kombi fuhr, war gerade in Petaluma gewesen, um einen neuen Vergaser in ihr Auto einbauen zu lassen; gewöhnlich nahm sie keine Anhalter mit, aber heute abend mußte sie nicht wie gewöhnlich in Nina's Lounge Cocktails servieren, und der alte Mercury-Kombi fuhr sich wie ein Traum. Kaum war Teresa eingestiegen und hatte gestanden, daß sie nicht wußte, wohin sie wollte, war Harper klar, daß das Anhalten ein Fehler gewesen war.

»Was meinen Sie?« fragte sie Teresa. »Was soll ich mit Ihnen anfangen?«

Teresa lehnte den Kopf an die Polsterung und zuckte mit den Schultern; im Wagen roch es nach Rosmarin und Minze und Benzin, und Teresa merkte, wie müde sie war.

»Ich laufe weg«, sagte sie. »Ich hatte keine Zeit, mir zu überlegen, wohin ich gehen soll.«

Harper war selbst einmal weggelaufen; vor Jahren hatte sie die Ostküste von Maryland und eine Ehe verlassen, von der sie von Anfang an gewußt hatte, daß sie ein Fehler war. Ihr Mann hieß Tim und aß Freitag abends gern fritiertes Huhn, und obwohl sie drei Jahre verheiratet gewesen waren, hatte Harper es nie geschafft, das Huhn lange genug zu fritieren – am Knochen war das Fleisch immer rosa, und selbst jetzt konnte sie nicht einmal einen Hühnersalat essen, ohne sich vage krank zu fühlen und an Tim zu denken.

»Sie laufen vor Ihrem Mann weg«, sagte Harper. Als Teresa verneinend den Kopf schüttelte, riet Harper erneut: »Vor einem Freund, der Sie mies behandelt?«

Vom Straßenrand des Highway, wo der Wagen stand, konnte Teresa die Ausfahrt nach Santa Rosa fast sehen; sie dachte an Brombeermarmelade und Küsse und einen Jungen, der aufs Dach kletterte, um Marihuana zu rauchen und die Sterne zu betrachten.

»Sie können nicht einfach rumlaufen, ohne zu wissen, wo Sie hin sollen«, sagte Harper zu Teresa. »Hören Sie auf meinen Rat. Gehen Sie zu ihm zurück.«

»Er ist verheiratet«, sagte Teresa.

»Herrgott«, sagte Harper. »Ich war auch mal verheiratet – das hat nicht unbedingt sehr viel zu bedeuten.« Harper drehte sich um und tätschelte Atlas den Kopf; vor zehn Jahren hatte sie Salisbury, Maryland, mit fünfhundert Dollar und eben diesem Mercury-Kombi verlassen, nachdem sie entschieden hatte, ein weiteres Abendessen aus fritiertem Huhn nicht mehr ertragen zu können. »Ich wette, Sie haben überhaupt kein Geld«, sagte sie zu Teresa.

»Setzen Sie mich einfach irgendwo ab«, sagte Teresa.

»Na, klar«, sagte Harper. »Und wenn Sie dann mitten in der Nacht ermordet werden, brauche ich mich bloß für den Rest meines Lebens schuldig zu fühlen.«

Als sie an Santa Rosa vorbeifuhren, schloß Teresa die Augen und atmete so tief sie konnte; sie dachte an Silver, sie bekam einfach nicht genug Luft, und Harper streckte die Hand aus und klopfte ihr auf den Rücken.

»Asthma?« fragte Harper, als Teresa etwas leichter atmete. »Wenn Sie Asthma haben, dann weiß ich etwas, das Sie wieder in Ordnung bringt – ein Tonikum aus Efeu und Knoblauch und Schwarzdorn.«

»Ich habe kein Asthma«, sagte Teresa. Sie fuhren jetzt

auf den Fluß zu. Harper nahm die Ausfahrt nach Guerneville, und nachdem sie den Highway verlassen hatten, fühlte Teresa sich sofort wohler; sie zog die Füße unter sich und lehnte sich gegen die Tür. »Ich bin bloß müde«, sagte sie. »Sonst ist mit mir alles in Ordnung.«

»Wenn Sie je Asthma kriegen, lassen Sie es mich wissen«, sagte Harper gerade. Sie sah Teresa an, doch Teresa war schon eingeschlafen. Sie träumte von Silver, bewegte sich aber auf das Labyrinth des Schlafes zu, in dem es keine Träume mehr gab.

Harper schaltete das Radio ein, doch sie stellte es leise, und sie fuhr weiter nach Villa Lobo, einer Stadt, die sich in der Nähe eines Holzfällerlagers am Fluß entwickelt und irgendwie überlebt hatte, obwohl das Lager schon seit Jahren verlassen war. Überall am Highway entlang und oben in den Hügeln war das Gras verdorrt gewesen, doch als Harper den Mercury in die River Road lenkte, schien sie in eine andere Jahreszeit zu wechseln – die Temperatur fiel um etliche Grade, Sonnenblumen und Farne wuchsen unter den höchsten Bäumen, die Mammutbäume waren so hoch, daß einige Gärten immer im Schatten lagen, und selbst die Nachtschnecken wurden getäuscht und krochen bis Mittag auf den Kopfsalatblättern herum. Das Flußbett war beinahe ausgetrocknet; nur in der Mitte rann ein Bach von ein paar Fuß Breite nach Westen; hin und wieder hatten sich sienafarbene Tümpel angesammelt, die Kinder zu gefährlichen Tauchversuchen, Kopfsprüngen und Salti verlockten. Harpers Haus war nur wenige Meter vom Fluß entfernt, doch das Flußbett in Villa Lobo war im Sommer immer trocken. Gästehäuser, die Zimmer an Angler vermieteten, waren nie voll, und Wasserfrösche versammelten sich im Sand, als warteten sie schon auf den Winterregen und die grünen Fluten des Novembers.

Harper traf eigentlich nicht die Entscheidung, Teresa mit nach Hause zu nehmen; sie wußte einfach nicht, was sie sonst tun sollte, sie hätte dasselbe auch mit einer streunenden Katze oder einem Schwan mit gebrochenem Flügel getan. Nachdem sie den Wagen geparkt hatte, ließ Harper Atlas heraus, aber sie weckte Teresa nicht auf. Später, als es dunkel wurde und eine Mondsichel am Himmel stand, ging Harper hinaus zu dem Kombiwagen, um Teresa ins Haus zu rufen. Sie öffnete die Beifahrertür, sagte Teresa, es sei spät, und als Teresa noch immer nicht die Augen öffnete, schnalzte sie dicht an ihren Ohren mit den Fingern.

»Guter Gott«, sagte Harper schließlich zu Teresa, »Sie werden anscheinend nicht wach, oder?«

Jemand anderer wäre vielleicht in Panik geraten, jemand anderer hätte vielleicht die örtliche Polizei oder einen Krankenwagen gerufen, doch Harper streckte Teresa einfach auf dem Vordersitz aus, damit sie keine Krämpfe in den Beinen hatte, wenn sie aufwachte. Harper war an mysteriöse Krankheiten gewöhnt, sie hatte sie zeitlebens gekannt. Sie war im Haus ihrer Großmutter in Maryland aufgewachsen und hatte jahrelang mit einer alten Frau gelebt, die an Liebestränke und Mondsüchtigkeit glaubte und Tees brauen konnte, mit denen sich Fieber, Melancholie und Kopfschmerzen vertreiben ließen.

Nachts, wenn der Vollmond am östlichen Himmel stand, hatte die Großmutter Harper zu Spaziergängen mitgenommen, bei denen sie die Magnolienbäume und die Gärten und die Holzpfosten, an denen Lämmer angebunden waren, weit hinter sich ließen. Entlang eines Flusses, keine Meile von ihrem Haus entfernt, hatte Harpers Großmutter Pilze und Schafgarbe, Wolfsmilch, Antilopensalbei und Lavendel gesucht, und Harper hatte die Aufgabe, alle Kräuter voneinander getrennt zu halten. Mit elf, zwölf Jahren folgte sie ihrer Großmutter, paßte auf, um nicht im Schlamm auszurutschen, und schichtete im Schein der Sterne die Kräuter in Blechdosen.

Tage später pflegte dann etwas auf dem Herd zu kochen – Nelkenwurz oder Wacholderbeeren –, und immer kamen ein paar Frauen aus der Stadt vorbei. Sie sagten zwar, sie seien nur zu Besuch gekommen, um ein Stück Mohnkuchen zu essen oder einen Becher Limonade zu trinken, aber wenn sie gingen, hinterließen sie immer einen Dollar auf dem Küchentisch, und immer nahmen sie etwas in die Stadt mit – ein Heilmittel gegen Fieber, ein Aphrodisiakum, Feigensaft in einem Pappbecher gegen Halsweh. So hatte Harper ganz ohne Absicht die Heilmittel ihrer Großmutter kennengelernt; als Teenager allerdings hatte sie sich plötzlich geweigert, die alte Frau zum Fluß zu begleiten, hatte keinen Pfefferminztee mehr trinken wollen, sondern statt dessen Unmengen schwarzen Kaffees in sich hineingeschüttet. Es war ihr peinlich, daß ihre Großmutter an Kräutermedizin glaubte. In der High School flüsterte sie ihren Freundinnen zu, sie sei gezwungen, mit einer Verrückten zu leben; sie blieb jede Nacht lange aus und verbrachte die Vollmondnächte in Autokinos statt am Fluß, wo der wilde Lavendel wuchs.

Erst als Harper achtzehn und verheiratet war und das Haus ihrer Großmutter schon seit fast einem Jahr verlassen hatte, kam sie nach Hause zurück und bat ihre Großmutter um eines ihrer Heilmittel, denn sie hatte entdeckt, daß das, was sie am wenigsten wollte, die Ehe war, und das galt auch für ein Kind. Harpers Großmutter war inzwischen eine sehr alte Frau, sechs Monate später würde sie im Schlaf sterben, und Harper würde staunen, wie viele Leute aus der Stadt zu ihrer Beerdigung kamen. Doch in der Nacht, in der Harper wegen eines Heilmittels nach Hause kam, waren nur sie beide im Haus.

»Ich weiß, weswegen du hier bist«, hatte ihre Großmutter gleich gesagt. »Deine Periode hat sich verspätet. Versuch bloß nicht, mir zu erzählen, daß das nicht stimmt, denn ich habe recht.«

Harper wartete in der Küche ihrer Großmutter, während die alte Frau nach draußen ging; sie brauchte nicht weit zu gehen, nur zur benachbarten Wiese, wo sie eine Baumwollpflanze ausgrub und davon die Wurzel aufhob. Später in dieser Nacht gab sie Harper den Extrakt der Rinde zu trinken und bereitete ein Bündel Tee aus Poleiminze vor. Drei Abende lang trank Harper Poleiminzetee mit Bierhefe; sie brachte das Wasser zum Kochen, während ihr Mann sich im Fernsehen ein Baseballspiel ansah, und schlürfte den Tee, wenn er schon fest schlafend im Bett lag. Eine Woche später hatte Harper eine Fehlgeburt, und sie beschloß, sollte es ihr gelingen, aus Salisbury und dem Haus ihres Mannes herauszukommen, in ihrem Garten ein Beet für Kräuter zu reservieren und alle Heilrezepte ihrer Großmutter aufzuschreiben, die sie noch nicht vergessen hatte.

Und so war Harper an dem Abend, als Teresa nicht aufwachen wollte, klug genug, Wacholderbeeren, Kamille und Birkenblätter zu mischen. Sie trug die Mischung hinaus zum Wagen und löffelte etwas von der Flüssigkeit zwischen Teresas Lippen, doch das nützte überhaupt nichts, und Harper blieb nichts anderes übrig, als Teresa die Nacht im Mercury verbringen zu lassen. Während Teresa schlief, fragte sich Harper, ob ihre Großmutter von einem Schlaf gewußt hatte, der so stark war, daß keine Hausmittel ihn brechen konnten, einem Schlaf, der stärker war als alle im Sternenlicht gesammelten Kräuter. Spät in dieser Nacht ertappte Harper sich bei dem Wunsch, sie hätte das Haus ihrer Großmutter nicht so früh verlassen; sie brachte Wasser für Pfefferminztee zum Kochen, goß sich eine Tasse ein und versuchte dann, aus den Blättern, die sich auf dem Boden der Tasse sammelten, die Zukunft zu lesen, doch sie erblickte nur die Vergangenheit, ein wiederkehrendes Muster eines fliehenden Vogelschwarms.

Der Weg zu Harpers Haus war mit Feldsteinen markiert. Draußen im Hof standen blau angestrichene Liegestühle und wilde Himbeersträucher. Ein niedriger Zaun umgab den Kräutergarten; eine Vogelscheuche aus einem Besenstiel und einem breitkrempigen Hut verscheuchte die Eichelhäher von Dill und Minze und süßem Majoran und hielt sie davon ab, an Heidekraut, Blutkraut und süßen Wildzwiebeln zu picken. Nach der ersten im Auto verbrachten Nacht begann Teresa, auf der Wohnzimmercouch zu schlafen, und sie sah gern aus dem Fenster in den Garten, wenn sie morgens Tee trank. Nachmittags ging Teresa durch das Städtchen, und weil Villa Lobo nur aus einem Postamt, einem Waschsalon und einem Gemischtwarenladen bestand, der auch Fischköder verkaufte, war sie rechtzeitig wieder bei Harper, um das Haus zu putzen.

Teresa stellte sich vor, sie könne sich Kost und Logis verdienen, indem sie die Böden schrubbte, alles Geschirr spülte und Harpers Kleidung in den Waschsalon brachte, wo sie sorgfältig alle Jeans und Blusen wusch, trocknete und bügelte.

»Du brauchst mein Haus nicht zu putzen«, sagte Harper zu ihr, als sie am späten Nachmittag aufwachte. Harper arbeitete nachts bei Nina's, und sie war oft erst um vier Uhr früh zu Hause; sie schlief den ganzen Tag und hatte nachmittags Zeit, um über den Gartenzaun zu steigen und Dill und Minze zu pflücken, ehe sie ihre Augen mit Kajal umrahmte und ihre schwarzweiße Uniform anzog und um sechs zu Nina's fuhr. »Das ist lächerlich«, sagte Harper, als Teresa fast zwei Wochen in ihrem Haus war. »Du mußt dir entweder einen Job und eine eigene Wohnung suchen oder zu ihm zurückgehen.«

»Ich suche mir einen Job«, versicherte Teresa.

Teresa hatte angefangen, sich Harpers Kleider auszuleihen; allmählich wußte sie, wo sich in der Küche jeder Topf und jede Pfanne befand. Mit jemandem im Haus zu leben, war nicht so schrecklich, wie Harper es sich vorgestellt hatte, aber Sorgen machten ihr die Tage, an denen Teresa nicht aufwachte.

»Zu allem Überfluß bist du auch noch krank«, fuhr Harper fort. »Du bist krank, und du hast kein Geld, und wenn ich du wäre, würde ich mir gut überlegen, ob ich nicht zu dem Mann zurückginge, den du verlassen hast.«

Es gab noch einen Grund, warum Harper Teresa aus dem Haus haben wollte, sie und ihren Hund, der den ganzen Wohnzimmerteppich mit Haaren bedeckte. Sie hatte einen Liebhaber, und sie wollte nicht, daß Teresa ihn kennenlernte. Harper hatte Joey am Tag nach Teresas Ankunft angerufen und ihm gesagt, sie sei nach ihrer sechstägigen Schicht bei Nina's müde, und sie hatte ihm geraten, nicht bei ihr vorbeizukommen. Wenn sie Zeit hätte, würde sie ihn auf dem Campingplatz besuchen, wo er Aufseher war. Ihr Anruf kam nicht unerwartet. Sie hatten einander in letzter Zeit seltener gesehen und sich jedesmal gezankt, wenn sie die Nacht zusammen verbracht hatten. Es paßte Joey nicht, daß sie nachts als Bedienung arbeitete; er mochte ihre Arbeitszeit nicht, die Kräuter, die in ihrem Garten wuchsen, machten ihn nervös, und die Tatsache, daß sie behauptete, als gebranntes Kind nicht an die Ehe zu glauben, ließ ihn die Wände hochgehen. Obwohl sie mehr Zeit mit Streiten als mit Liebe verbracht hatten, wollte Harper Joey eigentlich nicht aufgeben; nachdem sie so viel Energie darauf verwendet hatte, ihm begreiflich zu machen, wer sie war, wollte sie ihn nicht an eine zufällig vorbeigekommene Fremde verlieren, und sie war sicher, wenn Joey Teresa träfe, würde genau das geschehen.

Schließlich geschah es tatsächlich, an einem Dienstagabend Ende Juli, als Harper arbeitete und gerade eine Bestellung über zwei Whiskey Sour und einen Tequila Sunrise entgegennahm. Joey war sauer auf Harper – sie ging ihm aus dem Weg, ignorierte ihn, und was hatten sie überhaupt gemeinsam? Er hatte beschlossen, bei ihr zu Hause zu warten, bis sie von Nina's zurückkam. Wenn Harper die Haustür öffnete, würde Joey auf der Couch sitzen, die langen Beine vor sich ausgestreckt, bereit für einen Streit. Als Joey an diesem Abend zu Harpers Haus kam, waren alle Lichter eingeschaltet; als er durch das vordere Fenster spähte, nahm er an, die Frau in Harpers Kleidern, die Solitaire spielte, sei Harper, sie habe sich einen freien Abend genommen und sich noch nicht einmal die Mühe gemacht, ihm das zu sagen. Durch das Fenster sah er zu, wie die Frau Karos und Herzen in sauberen Reihen auf der Tischplatte auslegte. Die Nacht war klar, und die Milchstraße schien nur Zentimeter über dem Dach des Hauses zu stehen.

Als Joey zur Haustür ging und sie öffnete, wußte er gleich, daß etwas verändert war; ein alter Hund stand auf der Schwelle und versperrte ihm den Weg. Der Collie bellte und fletschte die Zähne, und Joey blieb stehen, obwohl er den Hund leicht mit einem Tritt aus dem Weg hätte befördern können. Teresa stand vom Tisch auf und lief zur Tür; sie packte Atlas am Halsband und zog ihn weg.

»Sie verwechseln mich«, sagte Teresa gleich. »Harper ist noch bei der Arbeit.«

Sobald er sie sah, fragte sich Joey, wie er Teresa mit Harper hatte verwechseln können; sobald er sie sah, stellte er sich Teresa in seinem Wohnwagen vor, in seinem Bett hinter einem Fenster, vor dem Passionsblumen wuchsen.

»Ich verwechsle Sie keineswegs«, sagte Joey an diesem Abend zu Teresa. »Sie sind jemand, nach dem ich mein ganzes verdammtes Leben lang gesucht habe.« Wie aus Dankbarkeit lächelte Teresa ihm still zu. Sofort fand Joey, ihr Lächeln sei ein vollkommenes Geschenk, das Geschenk einer Frau, die so lange auf ihre Rettung gewartet hatte, daß es Jahre dauern konnte, bis ihr Mund imstande war, Worte zu bilden, und noch länger, ehe sie die Kraft aufzubringen vermochte, ein Wort wie Nein zu sagen.

Wochen, bevor sie in seinen Wohnwagen zog, waren sie ein Liebespaar. Während Harper in Nina's Lounge arbeitete, liebten Joey und Teresa sich in ihrem Bett und glätteten hinterher sorgfältig die Laken. Jedesmal, wenn sie miteinander schliefen, zählte Teresa im stillen bis tausend, sagte im Kopf die Hauptstädte aller Staaten, das Alphabet und die Wochentage auf, alles, um sich nicht vorstellen zu müssen, daß ein anderer Mann sie in den Armen hielt, und als Joey ihr sagte, er liebe sie, waren die Worte wie Steine.

»Bitte, sag das nicht«, sagte sie zu ihm. »Du sollst mich nicht lieben«, sagte sie, aber jedesmal, wenn sie ihn aufforderte, sich nicht in sie zu verlieben, erneuerte das seine Leidenschaft. Er war sicher, wenn er ihr genug Zeit gäbe, würde sie seine Liebe erwidern, würde ihm dafür dankbar sein, daß er sie an diesem ersten Abend in Harpers Wohnzimmer entdeckt hatte, und geloben, nie einen anderen Mann anzusehen.

Manchmal verließ Joey Teresa um zwei Uhr nachts, nur um nachmittags ins Haus zurückzukehren, nachdem Harper aufgewacht war; er bemühte sich, sich Teresa gegenüber so distanziert zu benehmen wie beim ersten Mal, als Harper sie miteinander bekannt gemacht hatte – da waren Teresa und Joey schon seit Tagen ein Liebespaar gewesen. Harper wußte, daß etwas passiert war, aber sie zuckte nicht mit der Wimper, wenn sie bemerkte, daß Joey Teresa anstarrte; sie zog nicht einmal in Erwägung, die Haut in der Nähe ihres Herzens mit Basilikum zu bestäuben, damit Joey ihr treu blieb. Und als Harper Teresa schließlich bat, sie solle ausziehen, war sie nicht im geringsten überrascht zu erfahren, daß Joey Teresa aufgefordert hatte, in seinen Wohnwagen zu ziehen.

»Es ist nur vorübergehend«, sagte Teresa an dem Tag, an dem sie ging, zu Harper.

»Klar«, sagte Harper. »Gib's ruhig zu. Er ist verrückt nach dir.«

»Ich hab's nicht drauf angelegt«, sagte Teresa. »Er möchte, daß ich ihn liebe, aber das tue ich nicht.«

»Spinnst du?« hatte Harper darauf gesagt. »Du erzählst *mir* deine Probleme? Du beklagst dich bei *mir* über Joey?« Sie schüttelte den Kopf. »Herrgott, heul mir nichts vor, weil Joey im Bett nicht zärtlich genug zu dir ist oder weil du ihn nicht liebst. Großer Gott, Teresa, werde erwachsen.«

»Du bist mir böse«, sagte Teresa. »Du haßt mich.«

»Ach Gott«, seufzte Harper. »Schau«, sagte sie zu Teresa, »Joey und ich hätten es niemals ein weiteres Jahr miteinander ausgehalten – du hast die Sache nur beschleunigt. Und jetzt gehört er dir. Das ist alles – er gehört dir.«

Und so zog Teresa in Joeys Wohnwagen, und sie lebten von seinem monatlichen Aufsehergehalt. Es war Spätsommer, und auf dem Campingplatz war es stiller als im Juni und Juli; die meisten der Sommergäste waren schon wieder nach Hause gefahren, und in manchen Nächten, wenn der Mond orangefarben war, fühlte sich Teresa, als lebe sie in einer Geisterstadt. Als das Wetter kälter wurde und der Platz bis auf ein paar Angler leer war, als Joey die Fenster seines Wohnwagens vernageln mußte, um den Flußwind abzuhalten, entdeckte Teresa, daß sie die ganze Nacht an jemandes Seite wach liegen konnte, ohne jemals über ihre Schlaflosigkeit reden zu müssen. Sie lernte, die Gerichte zu kochen, die Joey mochte, lernte, das Radio auf den Sender mit Country- und Westernmusik einzustellen, den er hörte, und nach einer Weile merkte sie, daß sie die Texte einiger der Lieder auswendig kannte. Fichtennadeln bedeckten den Boden des Campingplatzes, und Atlas konnte so lautlos umhergehen, daß die schwarzgeschwänzten Eichhörnchen ihn nicht hörten; einmal fing er eines und trug es zur Tür des Wohnwagens.

Im Oktober, als sie schon fast zwei Monate zusammenlebten und der Mond beinahe jede Nacht orangefarben war, verließ der letzte Angler den Campingplatz. Sie waren allein, und genauso wollte Joey es haben. Er traute Teresa nicht. Er hatte angefangen, Harper zu verdächtigen, sie wolle sich an ihm rächen, und er wollte dafür sorgen, daß Teresa sie nicht zufällig traf. Also hatte er ein Auge auf Teresa, wollte nicht einmal, daß sie die Wäsche in die Stadt brachte, und er sah aus dem Fenster zu, wenn sie Handtücher und Laken auf die Wäscheleine hängte, die von der Veranda des Wohnwagens zur nächsten Fichte gespannt war. Sie waren fast die ganze Zeit zusammen, frühstückten zusammen und aßen zusammen zu Abend, und um neun gingen sie zu Bett. Doch jeden Tag gab es einige Stunden, in denen Joey sie allein lassen mußte, Stunden, in denen er die Fenster aller Wohnwagen mit Brettern vernageln und die Fichtennadeln wegfegen und die ausgetretenen Wege ausbessern mußte. Teresa sah ihm aus der Tür nach, wenn er über den Campingplatz ging. Er war groß, fast so groß wie King Connors, und trug sein Haar lang, und immer hatte er dieselbe Jeansjacke an, ganz gleich, welche Temperatur draußen herrschte. Er sieht gut aus, dachte Teresa, wenn sie ihn aus der Ferne beobachtete, aber er erschien ihr mehr und mehr wie ein Fremder, und sie war dankbar für die Zeiten, in denen sie die Tür schließen und allein im Wohnwagen sein konnte.

Nun, da das Wetter schlechter wurde, verbrachte Atlas seine Tage nicht mehr im Freien; statt dessen schlief er in der Küche, und seine Kiefer zuckten im Schlaf, wenn er von Katzen und Schmetterlingen träumte. Weil nun Herbst war und weil Fichten rund um den Wohnwagen standen, schienen die Nachmittage dunkler denn je, und wenn Teresa allein war, spähte sie durch die Ritzen zwischen den Brettern, die Joey befestigt hatte, um die Fenster zu schützen. Und obwohl sie versuchte, weder an die Zukunft noch an die Vergangenheit zu denken, obwohl sie sich zu erinnern versuchte, daß sie jetzt mit einem Mann lebte, der versprochen hatte, sie immer zu lieben, ertappte Teresa sich dabei, daß sie an den Sommer dachte, an einen Himmel, klarer als Topas, an einen Mann, der Perlen und Verlangen so sorglos in den Händen trug wie ein anderer vielleicht einen Apfel oder eine Birne. Und gegen ihren Willen fragte sie sich, was Silver gedacht hatte, als er die Tür ihres Zimmers geöffnet und ein leeres Bett vorgefunden hatte; gegen ihren Willen wünschte sie sich, daß er sie noch immer vermißte.

Es war schon November, als Lee klar wurde, daß sie sich so an Stille gewöhnt hatte, daß das Läuten des Telefons oder der Türglocke sie zusammenfahren ließ. Sie konnte das Summen des Fernsehers oder das Motorengeräusch eines Flugzeugs nicht ertragen. Zum Glück respektierte Silver ihr Bedürfnis nach Ruhe; er hinterließ Zettel, wenn er besonders lange ausbleiben würde, und immer, wenn sie im gleichen Zimmer waren, umkreisten sie einander wortlos und wie in verschiedenen Träumen gefangen. Erst im November erkannte Lee, wie sehr sie sich vor der Zeit fürchtete, in der sie endlich miteinander sprechen würden, in der sie Silver fragen würde, was Teresa ihm bedeutete, in der sie schließlich fragen würde, wie lange sie seiner Meinung nach so weitermachen könnten.

Jackie ging jetzt vormittags zur Schule, aber noch immer war er stiller als alle anderen Kinder, die Lee kannte. Er hatte Atlas nie beim Namen genannt, als der Hund noch bei ihnen lebte, doch nun rief er gelegentlich laut nach ihm, obwohl er wußte, daß der Hund fort war und mit ihm seine Tante, eine Frau mit langen Haaren, die zu Liedern aus dem Radio tanzte. Nicht, daß Jackie sie oder den Hund wirklich vermißt hätte – er hatte nichts dagegen, die meiste Zeit allein zu sein, es gefiel ihm. Was ihm nicht gefiel, war die Zeit, wenn sein Vater nach Hause kam. Dann veränderte sich die Luft im Haus; wenn Silver zur Tür hereinkam, schien sich ein Feuer durch den Korridor zu fressen, das die Eichendielen verzehrte, die Poster an der Wand, das Verlangen nach Stille, das Jackie mit seiner Mutter gemeinsam hatte.

Etwas war mit Silver passiert – vielleicht war es Teresas Verschwinden oder die Tatsache, daß Lee sie ertappt hatte; vielleicht lag es auch an seiner Gewißheit, daß Gregory ihn noch immer verfolgte. Es war ihm gleichgültig, ob seine Blue jeans gebügelt waren oder nicht, er gab zuviel Geld aus, und er ging nur dann auf die Straße, wenn er unbedingt mußte; er hatte keinen Spaß mehr an mondlosen Nächten, den Stunden um Mitternacht und dem Geräusch seiner Stiefel auf kaltem Zement. Er fühlte sich alt. Er dachte daran, einen Privatdetektiv zu engagieren, um Teresa zu suchen, aber er wußte nicht genau, was er tun würde, wenn sie gefunden war – er war nicht bereit zu vergessen, daß sie seine Schwester war, aber allmählich spielte das keine Rolle mehr. Er war einsam, einsamer als je zuvor, und gleichzeitig hatte er das Gefühl, er sei nie allein, ihn beobachte jemand Tag und Nacht. Eines Nachts erwachte Lee kurz vor der Morgendämmerung und merkte, daß Silver sie in dem dunklen Schlafzimmer anstarrte, und selbst in der Finsternis konnte sie seine Verzweiflung deutlich sehen.

»Sag mir, was los ist«, bat sie, und ihre Stimme klang schrecklich laut in dem stillen Zimmer.

Silver schüttelte den Kopf; er ging zum Fenster und sah hinaus. Er schrie sie nicht an, sagte nicht, sie solle sich um ihre eigenen Angelegenheiten kümmern; er fuhr mit dem Daumen über die Scheibe und betrachtete die Straße. Lee griff nach einer Zigarette und zündete sie an; sie rauchte nicht mehr heimlich, und er sagte nun kein Wort mehr dazu. Sie ging zum Fenster und stellte sich neben ihn.

»Wir könnten einen neuen Anfang machen«, sagte sie zu ihm.

»So tun, als hätten wir uns gerade erst kennengelernt?« sagte Silver.

»Sicher«, flüsterte Lee.

»Du würdest in eine Bar gehen«, sagte Silver lächelnd, »und ich würde dir folgen. Ich würde mich neben dich setzen und dir sagen, was du für schöne blaue Augen hast.«

»Hast du das je gedacht?« fragte Lee.

»Ich hab' dich doch ausgesucht, oder?« Silver nahm Lee die Zigarette aus der Hand, zog daran und drückte sie dann in dem Aschenbecher auf der Kommode aus.

Lee schüttelte den Kopf. »Ich war diejenige, die dich ausgesucht hat. Und ich würde es wieder tun. Ich würde dich in meine Wohnung einladen, und ich würde mich so dicht neben dich setzen, daß du einfach merken müßtest, daß ich dich küssen will. Und dann, später, wenn du mir sagen würdest, ich sei schön, während wir miteinander schlafen, wäre es mir egal, wenn du lügst.«

»Das ist nicht dein Ernst«, sagte Silver.

»Und ob das mein Ernst ist«, sagte Lee zu ihm. »Erzähl mir Lügen. Erzähl mir Dutzende von Lügen.«

»Du kannst doch nicht immer noch mit mir verheiratet sein wollen«, sagte Silver darauf.

»Doch«, sagte Lee, und ein paar Sekunden lang dachte sie, weil Silver sie weder ausgelacht noch sich abgewandt hatte, ihre Angst vor einer Aussprache sei verrückt gewesen; sie dachte, sie hätten vielleicht doch eine Chance.

»Du kannst das nicht wollen«, sagte Silver schließlich. »Keine Frau will mit jemandem verheiratet sein, der sie nicht liebt.«

»Oh«, sagte Lee. Sie legte sich wieder ins Bett und zog die Decken hoch. Draußen am Himmel bewegte sich ein Düsenflugzeug ostwärts, und sein Motorengeräusch ließ Lee erschauern. Silver kam herüber und setzte sich auf den Bettrand.

»Es ist nicht so, als ob ich mir nichts aus dir machte«,

sagte er zu ihr. »Du bist für mich ein Teil meiner Familie.«

»Wie eine Schwester?« sagte Lee bitter. »Ist es das, was ich für dich bin?«

Daß er darauf nicht antwortete, verletzte sie mehr als alles andere. Lees Blut erkaltete, das Verlangen verließ sie in dieser Nacht, und es verließ sie für immer. Danach sprachen sie nicht mehr miteinander; Wochen vergingen, ohne daß sie ein Wort wechselten. Lee machte sich nicht mehr die Mühe, sich morgens anzuziehen, warum sollte sie auch, sie ging ja nirgendwohin. Wenn Jackie zur Schule aufgebrochen war, rief sie im Lebensmittelladen an und bestellte, was sie geliefert haben wollte, und dann saß sie in der Küche, betrachtete den Garten, starrte in die Wolken, und ehe sie sich versah, wachte Silver auf. Sie hörte ihn dann, jeden Tag, hörte die Dusche im Badezimmer, hörte, wie die Schranktür in ihrem Schlafzimmer geöffnet und geschlossen wurde, aber er kam nie in die Küche, um mit ihr zu reden, und wenn er endlich weg war, wenn sie die Haustür zuschlagen und den Motor des Camaro draußen auf der Straße anspringen hörte, weinte Lee. Jeden Tag weinte sie, und jeden Tag war sie schokkiert über die Entdeckung, daß in ihrem Inneren noch immer Tränen übrig waren.

Selbst wenn er mit ihr gesprochen hätte, hätte Silver Lee nicht alles erzählt, was vor sich ging. Er hätte nicht erwähnt, daß die Reifen des Camaro vier Tage hintereinander zerstochen gewesen waren, so daß er nicht nur einen Ersatzreifen im Kofferraum mit sich führte, sondern einen zusätzlichen auf dem Rücksitz. Er hätte ihr nicht gesagt, daß er eines Abends eine Taube mit durchschnittener Kehle in einem blauen Handtuch auf ihrer Vordertreppe gefunden hatte oder daß jeden Tag an ihn adressierte, aber leere Umschläge in ihrem Briefkasten lagen. Silver glaubte, mit diesen Drohungen allein fertig werden zu können; er versuchte sich einzureden, daß es die Drohungen eines Mannes waren, dem es an Mut fehlte. Und am Ende war es eine Kleinigkeit, die ihn aus der Fassung brachte. Silver ging eines Nachmittags in die Reinigung, um seinen schwarzen Anzug abzuholen. Der Angestellte entschuldigte sich, aber was konnte er tun, es hatte keinen Sinn, im Hinterzimmer zu suchen, denn jemand hatte Silvers Anzug bereits abgeholt; ein Mann in einer marineblauen Jacke hatte behauptet, Silver habe ihn geschickt.

Der Angestellte bot ihm an, ihm einen neuen Anzug zu bezahlen, aber Silver schüttelte den Kopf; das war nicht das, was er wollte. An diesem Abend konnte Silver sich nicht aufraffen, zur Arbeit zu gehen. Er verpaßte zwei Treffen im Süden San Franciscos mit Dealern, die bestimmt Kokain im Wert von Tausenden von Dollars kaufen wollten; er war sicher, daß Gregory irgendwo in der Stadt einen schwarzen Leinenanzug trug und jeden Knopf des maßgeschneiderten Jacketts mit langen, ruhigen Fingern zuknöpfte. Als Silver nach Hause kam, ging er geradewegs zum Dielenschrank, wo Dinge aufbewahrt wurden, die man nie benutzte, aber auch nicht wegwerfen konnte. In einer Pappschachtel unter einem Tablett mit Dinas Silber, das Lee nach der Beerdigung mitgenommen, aber nie verwendet hatte, weil die Gabeln so schnell anliefen, lag die Pistole, die Silver vor Jahren von dem Tellerwäscher in Santa Rosa gekauft hatte. Er nahm sie heraus und ölte sie; Munition fand er in einer kleineren Schachtel, die auch Fotos und Schlüssel enthielt, die zu keinem Schloß mehr paßten. Irgendwo hatte Gregory seine marineblaue Jacke weggeworfen und sich ganz in Schwarz gekleidet. Er hatte seine Brieftasche, seine Autoschlüssel und sein goldenes Feuerzeug in die Innentasche des Jacketts gesteckt. Irgendwo wartete er auf Silver.

Silver eilte ins Schlafzimmer und zog die oberste Kommodenschublade auf. Lee wußte nicht einmal, daß er zu Hause war; sie hatte angenommen, er sei unterwegs wie jede Nacht, und hatte ihn nicht im Dielenschrank kramen hören. Als er in das Zimmer stürmte, lag Lee im Bett und las in einer Zeitschrift. Sie hatte gerade angefangen, einen Artikel über eine neue Art von Dauerwelle zu lesen, die das Haar nicht mehr beschädigte. Als er die Tür aufriß und zur Kommode lief, sah Lee, daß er eine Waffe trug. Sie war überzeugt, daß er sie umbringen würde. Sie zog die Knie an, die Träger des Nachthemds rutschten ihr von den Schultern, und die Haut unter der Spitze errötete.

»Tu mir nichts!« sagte sie.

Silver schloß die Schublade und drehte sich um. Er hatte die Pistole in der linken Hand und einen Umschlag in der rechten. Er setzte sich neben Lee auf das Bett; sie hielt sich die Augen zu, und sie hatte überall Gänsehaut. Silver legte die Pistole aufs Bett und griff in den Umschlag.

»Schau dir das an«, sagte er zu ihr.

»Tu's nicht«, flüsterte Lee. »Erschieß mich nicht.«

»Red keinen Unsinn«, sagte Silver. »Verdammt, schau dir an, was ich dir zeigen will.«

Lee nahm die Hand von einem Auge. Silver hatte mehr als zehntausend Dollar Bargeld aus dem Umschlag geholt. Lee nahm die Hand auch von dem anderen Auge.

»Ich dachte, wir hätten nur siebenhundert Dollar auf unserem Sparkonto.«

»Daran siehst du, wieviel du weißt«, sagte Silver. Er schob die Scheine wieder in den Umschlag und gab ihn dann Lee. »Nimm das«, sagte er zu ihr.

»Warum?« fragte Lee. Sie kniff die Augen zusammen; sie war noch immer nicht sicher, daß er sie nicht umbringen wollte.

»Nimm es«, befahl Silver. Schließlich streckte Lee die Hand aus, nahm ihre Handtasche und ließ den Umschlag hineinfallen. »Was ich tue, ist gefährlich«, erklärte Silver ihr jetzt. »Darum ist das hier eine Art Versicherung, falls du als Witwe endest.« Er streckte sich auf dem Bett aus und lehnte den Kopf an das hölzerne Kopfende. »Himmel, wenn mir etwas passieren würde, wüßtest du nicht, was du tun sollst«, sagte Silver.

Plötzlich wurde Lee leichter ums Herz: Ihr Mann wollte sie nicht ermorden, sie hatte zehntausend Dollar in der Handtasche, und sie wußte sofort, was sie tun würde, falls Silver sterben sollte.

»Ich würde nach Hause gehen«, sagte sie zu Silver. »Ich würde zu meiner Mutter ziehen, und Jackie könnte in Santa Rosa zur Schule gehen.«

»Mit ihr zu leben würde dich verrückt machen«, sagte Silver, überrascht, daß Lee so weit vorausdenken konnte. Er stand auf, zog sich aus und legte sich dann zu ihr unter die Decke. »Mann, o Mann«, flüsterte er. »Sie würde dich wahnsinnig machen.«

Jetzt, da sie angefangen hatte, an Santa Rosa zu denken, merkte Lee, daß sie damit nicht aufhören konnte. Sie hatte nie nach San Francisco kommen wollen, hatte sich nie einen eingezäunten Hof gewünscht, wo die Tauben gurrten und im Sommer die Feuerwerkskörper knallten. Sie wünschte sich einen Ort, wo es eine Vorderveranda und Sterne gab, ein Bett, wo der Mann neben ihr sie nicht als Schwester betrachtete. Sie dachte weiter darüber nach. Er betrachtete sie als Schwester, er konnte neben ihr liegen ohne den Wunsch, sie zu berühren, er bat sie nicht, ihr Nachthemd auszuziehen, er hielt nicht einmal ihre Hand.

»Ich würde mir einen Job in einem klimatisierten Büro suchen«, sagte Lee jetzt. Nach der Arbeit würde sie barfuß nach Hause gehen und dann im Sommer auf der vorderen Veranda sitzen und Gin Tonic trinken; sie würde einen Mann kennenlernen, der sie so lange bitten würde, mit ihm tanzen zu gehen, bis sie schließlich einwilligte. Und selbst dann würde sie darauf bestehen, ihre Drinks selbst zu bezahlen; sie würde ihm von Anfang an klarmachen, daß sie einmal geliebt hatte und nicht vorhatte, das in nächster Zeit wieder zu tun.

»Du hast dir schon alles überlegt«, sagte Silver anklagend. »Ich bin noch nicht mal tot, und du hast schon entschieden, welches Kleid du zu deinem Bewerbungsgespräch anziehen wirst.«

»So ist es nicht«, sagte Lee. »Es hat nichts damit zu tun, daß du stirbst. Du wirst nicht sterben«, sagte sie zu Silver. »Aber ich sehe nicht ein, warum ich warten sollte, bis ich Witwe bin.«

Vor langer Zeit war Lee sicher gewesen, daß es ein Rezept für die Liebe gab und daß sie es nur kennenzulernen brauchte, um Silvers Herz zu gewinnen. Doch nun, nachdem sie sich fast fünf Jahre kannten, sah sie sich, wann immer sie sich die Zukunft mit Silver vorstellte, in einem kalten Bett, allzeit auf die Zuneigung seines Herzens wartend. Sie wußte, sie war Witwe, ob sie nun in Schwarz an einem Grab stand oder neben Silver am Spülbecken in der Küche, und als sie an ihren Sohn dachte, der im hinteren Schlafzimmer schlief, war ihr danach zumute, laut aufzuschluchzen. Jackie hatte die gleichen blauen Augen wie sie, die gleichen Ängste: Er fürchtete sich vor Gesprächen und vor einem Vater, der so fern und dunkel war wie Onyx. Es wäre leicht, bei Silver zu bleiben bis zu dem Tag, an dem einer von ihnen starb; sie waren durch Ehegelübde aneinander gebunden, durch Enttäuschungen zusammengeschweißt. Doch als sie versuchte, sich Jackie erwachsen und im gleichen Haus mit seinem Vater vorzustellen, konnte sie es nicht. Jetzt zog Jackie sich zurück, wenn Silver nach Hause kam, ging in sein Zimmer und machte die Tür zu; früher oder später würde er heranwachsen, würde reden, streiten und sich seinem Vater stellen müssen. Früher oder später würde Lee einen von ihnen verlieren, und an diesem Abend, als Silver ihr zehntausend Dollar gab, sah Lee ihre Zukunft klar und deutlich vor sich, glaubte sogar das träge Rascheln von Salbei rings um einen Patio zu hören, wo eine Frau allein saß, während oben, in einem gelbgestrichenen Schlafzimmer, ein Junge Gitarre übte, ohne daß ihm jemand sagte, er solle ruhig sein.

»Ich weiß, daß du versucht hast, das Richtige zu tun«, sagte Lee zu Silver, »aber es ist nur Falsches dabei herausgekommen.«

Sie stand auf und begann sich anzuziehen. Sie streifte einen Rock und einen grünen Pullover über und schlüpfte in ihre hochhackigen Schuhe, ohne sich mit Strümpfen aufzuhalten.

»Mach keinen Unsinn«, sagte Silver. Er griff nach einer Zigarette, und als er ein Streichholz anzündete, sah seine Hand fremd aus, als gehöre sie ihm nicht. »Du kannst nicht für dich selbst sorgen. Du kannst nicht für Jackie sorgen. Ich habe immer alles gemacht. Alles«, sagte er zu ihr. »Du hattest immer zu essen und ein Dach über dem Kopf. Ich komme vielleicht spät nach Hause, aber ich komme, jeden Abend.«

»Na und?« sagte Lee.

»Na und?« wiederholte Silver. »Wir sind eben verheiratet.«

»Du liebst mich nicht«, sagte Lee ruhig.

»Was zum Teufel hat das damit zu tun?« sagte Silver.

»Ich werd' dir sagen, was ich denke«, sagte Lee. Sie hatte fertig gepackt und stellte ihren Koffer an die Tür.

Dann ging sie zum Bett, setzte sich hin und nahm eine letzte Zigarette. »Ich denke, wenn du überhaupt jemanden liebst, dann ist das Teresa.«

»Das ist verrückt«, sagte Silver. Er packte Lee bei der Schulter und fühlte die Träger ihres Hemdes unter ihrem Pullover. »Sag nie wieder so etwas über Teresa und mich.«

»Schon gut«, sagte Lee.

»Und glaub bloß nicht, nach allem, was ich getan habe, könntest du einfach weggehen. Vielleicht nehme ich dir das Geld wieder ab. Was würde dann aus all deinen Plänen?«

Er packte ihre Schulter fester, und er wußte, daß er ihr weh tat, aber Lee zuckte nicht mit der Wimper. »Hör auf«, sagte sie, und er tat es; er kam sich töricht vor, er hatte sich benommen, als wollte er, daß sie bei ihm bliebe, obwohl er sich während all ihrer Ehejahre gewünscht hatte, er hätte sie nie getroffen. Als er sie losließ, drückte Lee ihre Zigarette aus und stand vom Bett auf. Je näher der Morgen kam, desto mehr wünschte sich Silver, Lee würde einfach den Mund halten und ins Bett kommen, doch statt dessen trat sie vor den Kommodenspiegel und bürstete sich das Haar. »Wenn du die Wahrheit wissen willst«, sagte sie, »dann bist du derjenige, der mich verlassen hat.« Der Himmel draußen wurde langsam hell; Lee steckte kleine Rubinohrringe in ihre Ohren. »Vielleicht lasse ich mich einfach scheiden«, sagte sie.

»Na klar«, sagte Silver. »Du verläßt mich, und in einer Woche bist du wieder hier.«

»Und wenn ich mich scheiden lasse, werde ich allen im Gerichtssaal die Wahrheit sagen«, sagte Lee, bevor sie ihren Koffer und ihre Tasche nahm. Später, wenn der Himmel schon ziemlich hell sein würde, würde sie einen weiteren Koffer mit Jackies Kleidern packen und nach einem Taxi telefonieren. Doch im Augenblick waren die Wolken im Mission District preußischblau, und am Ende der Diele im hinteren Schlafzimmer träumte Jackie in dem Bett, in dem einst Teresa geschlafen hatte, und Silver fing an zu glauben, daß seine Frau ihn vielleicht wirklich verlassen würde.

»Ich werde es jedem sagen, den ich sehe«, flüsterte Lee, ehe sie aus der Tür ging. »Du warst derjenige, der mich verlassen hat.«

Der Winter kam langsam nach Villa Lobo, aber mit der Stetigkeit eines riesigen, dunklen Wolfes. Mit jedem Tag wurden die Hügel und Abhänge grüner, bald hatten sie die Farbe heller Jade. Der Regen, der im Herbst eingesetzt hatte, fiel nun ständig. Im Ort legten die Geschäftsinhaber hölzerne Planken über die Schlammpfützen, die sich auf der Hauptstraße bildeten, wilde Eichelhäher saßen wie eine Räuberbande auf Verandageländern, und alte Frauen, deren längst verstorbene Männer sie nach Villa Lobo gebracht hatten, als es hier noch ein Holzfällerlager gab, trugen hohe Gummistiefel und banden sich dicke, bestickte Kopftücher um, wann immer sie ihre Häuser verließen.

In Joeys Wohnwagen, in einem Bett, das Harper immer zu durchgelegen gefunden hatte, um darin gut schlafen zu können, verschlief Teresa so viele Stunden, daß Joey sich Sorgen machte. Er kochte Dosensuppen, erbot sich, ihr Amphetamine zu besorgen, sie ins Krankenhaus von Santa Rosa zu fahren, ihr bis zur Dämmerung schwarzen Kaffee zu bringen.

»Hör doch auf, dir Sorgen zu machen«, sagte Teresa zu ihm. »Ich hatte immer ein Problem mit dem Schlafen. Aber in ein paar Tagen geht es mir besser. Das ist immer so«, versprach sie.

Doch ihre Anfälle wurden schlimmer; sie schlief mehr, als sie in jenem Sommer in Neumexiko oder in ihrem Schlafzimmer im ersten Stock in Santa Rosa geschlafen hatte. Nach einer Weile merkte Joey, daß er nicht mehr besorgt war, und er begann die Stille im Wohnwagen zu genießen. Wenn sie schlief, war er umgeben vom Geräusch ihres stetigen Atems und von dem Rosenduft, der von ihrem Bett aufzusteigen schien. Er begann an ihre wachen Stunden so zu denken, wie ein anderer Mann vielleicht an einen Rivalen denkt – wenn sie in seinem Bett schlief, gehörte sie ihm allein, und manchmal wurde seine Leidenschaft unkontrollierbar, und er liebte sie, während sie schlief. Das kam Joey nicht wie eine Vergewaltigung vor, denn er war sicher, daß sie auf ihn reagierte: Ihre Arme umschlangen ihn, und sie flüsterte etwas, das Joey für seinen Namen hielt. Doch dann beging er den Fehler, diese besondere Art der Liebe mit ihr besprechen zu wollen. Eines Nachts, als Teresa aufwachte und Joey bei sich im Bett fand, fragte er sie, wovon sie geträumt habe. Teresas Haut war von einem dünnen Schweißfilm bedeckt, ihr Haar wirr, und ihre Augen waren noch trüb vom Schlaf.

»Ich habe nicht geträumt«, sagte sie zu ihm. »Ich hab' geschlafen wie ein Stein.«

Er liebte sie nie wieder auf diese Weise; statt dessen beobachtete er sie nur und atmete den Rosenduft ein. Er bemerkte, daß sich der Wohnwagen, wenn Teresa schlief, mit pflaumenfarbigem Licht füllte, und er fühlte sich so friedvoll, daß jeder Atemzug, den er tat, wie ein schweres Betäubungsmittel war.

Im gleichen Jahr zu Weihnachten tauschten Joey und Teresa schmale goldene Ringe. Es regnete so stark, daß der Fluß der Hochwassermarke nahe war. Kurz vor Neujahr begann Teresa unter Alpträumen zu leiden, unter

Träumen, die ihr sowohl das Wachen wie das Schlafen unerträglich machten. Ihre Visionen waren voller Naturkatastrophen: Erdbeben, die das Haus erschütterten, Tornados, die Pferde und Autos hochwirbelten, Blitzschläge mit der Energie von tausend Engeln. Sie träumte von Dina in einem schwarzen Kleid auf einer Wiese voller Lilien, von ihrem Bruder Reuben, der sich in der Wüste verirrt hatte und verdurstete. Sie träumte, daß alle Liebhaber, die sie je gehabt hatte, sie durch eine Landschaft jagten, wo die Erde lachsrot und der Himmel von einem zu hellen Blau war. Am meisten träumte sie von Silver – er geisterte voller Verzweiflung durch ihre Träume, ritt durch eine Tundra, die von so fremdartigen Felsen gesäumt war, daß sie vom Saturn auf die Erde hätten gestürzt sein können. In ihren Träumen rief Silver ihren Namen; er war umgeben von einem Ring aus Feuer, wurde von Flammen verzehrt, und manchmal, wenn sie aus diesen Träumen aufwachte, hatte Teresa das Gefühl, ihr Fleisch sei versengt, und sie suchte im Spiegel nach Verbrennungen.

Teresa hatte schreckliche Angst, in einen endlosen Schlaf zu fallen und auf ewig durch Alpträume wandern zu müssen. Sie konnte Joey nicht um Hilfe bitten, sie konnte nicht einmal mit ihm darüber reden; er würde über die geträumten Erdbeben und Unwetter lachen, und er würde schockiert sein, daß sie so oft von ihrem Bruder träumte und nie von ihm. Sie beschloß, Harper zu besuchen, und sie hoffte, daß der Kräutergarten hinter dem Haus etwas gegen ihre Träume enthielt.

»Sag bloß nicht«, meinte Harper, als sie die Tür öffnete und Teresa auf den regennassen Stufen der Veranda sah, »daß du nun auch noch mein Auto haben willst, nachdem du mir Joey weggenommen hast.«

»Ich möchte bloß mit dir reden«, sagte Teresa. Von da,

wo sie stand, konnte sie in das Wohnzimmer und die Küche sehen. Ein Kupferkessel stand auf dem Herd, am vorderen Fenster hing Farnkraut, und eine blaue Jacke war über die Rückenlehne eines Schaukelstuhls geworfen, der sich noch bewegte.

Harper öffnete die Tür weiter und trat zur Seite; sie bemerkte, daß Teresa Joeys gelben Regenmantel trug. Sie war ziemlich sicher, daß Teresa mehr wollte als nur reden, aber sie goß erst Kamillentee auf, bevor sie sie danach fragte.

»Wenn du zu dem Schluß gekommen bist, daß du Joey nicht mehr willst und ich ihn zurücknehmen soll, dann vergiß es«, sagte Harper. »Ich weiß, was er sucht – er möchte eine Kapelle zwischen den Fichten und eine Ehefrau, die noch nie einen anderen Mann auch nur angesehen hat.«

»Es ist nicht wegen Joey«, sagte Teresa. »Ich habe Alpträume.«

»Du ziehst zu einem Mann und fängst an, Alpträume zu haben«, sagte Harper nickend. »Wenn ich du wäre, würde ich zwei und zwei zusammenzählen.«

»Du mußt doch etwas gegen böse Träume haben.«

»Meine Großmutter benutzte eine Baldrianmischung«, gab Harper zu.

»In Ordnung«, sagte Teresa. »Fein. Ich nehme sie.«

»Einen Augenblick«, sagte Harper. »Ich werde bezahlt, weißt du. Ich bin kein Wohltätigkeitsverein.«

Teresa griff in ihre Tasche nach dem Lebensmittelgeld, das Joey ihr am Tag zuvor gegeben hatte. Sie legte zwei Dollar auf den Tisch und hoffte, Joey werde nicht nach dem Wechselgeld fragen.

»Hui, kannst du dir das leisten?« fragte Harper, aber ehe Teresa das Haus verließ, hatte Harper ihr eine Mischung aus Anis und Baldrianwurzel und ein Päckchen

Rosmarin gegeben, das sie unter ihr Kopfkissen legen sollte. Jeden Abend nahm Teresa einen Teelöffel von der Mischung, und sie stopfte das Rosmarinbündel in ihr Kissen, damit Joey es nicht fand. Sie wußte, daß Joey nicht an das glaubte, was er Harpers »Gebräu« nannte, daß er nicht einmal wollte, daß Teresa mit Harper sprach. Doch nach weniger als einer Woche hatten Teresas Alpträume aufgehört, und ihre Träume füllten sich mit gewöhnlichen Dingen: Patios und Pastinaken, Orangen und Wildblumen. Wenn sie ihr Haar kämmte, strömte der Duft von Rosmarin aus jeder Strähne, und wenn sie aufwachte, fühlte sie sich ausgeruht: Niemand hatte sie verfolgt, und in keinem ihrer Träume war Silver vorgekommen. Sie war begeistert über den Erfolg und fragte sich nun, ob Harper vielleicht auch ihre Schlafanfälle heilen könnte. Selbst als Harper den Kopf schüttelte, gab Teresa nicht auf.

»Ich bin bei Ärzten gewesen«, sagte Teresa. »Sie konnten nicht feststellen, was ich habe. Ich möchte ja nur, daß du es versuchst, und ich würde dich wirklich gut bezahlen.«

»Ach ja?« sagte Harper. Es regnete seit Wochen, und Teresa hatte Joey endlich überredet, sie die Wäsche in die Stadt bringen zu lassen. Sie hatte sich dort mit Harper verabredet, und nun saßen sie auf einer Holzbank neben den Waschmaschinen, und der Geruch nach Waschpulver ließ Harper die Nase rümpfen. »Wie willst du mich bezahlen? Ich weiß, daß du kein eigenes Geld hast.«

Teresa griff in den Ausschnitt ihres dicken Pullovers und zog die Platinkette hervor, die sie um den Hals trug; sie hielt den Saphir hoch, den Silver ihr einst geschenkt hatte. Im Licht des Waschsalons war der Stein eisblau und glänzte wie Wasser. Gegen ihren Willen merkte Harper, daß sie die Kette haben wollte; sie hatte nie

Schmuck besessen außer einem Ehering, den sie nicht mehr trug, und ein Paar Ohrringen aus Perlen.

»Das wäre Diebstahl«, sagte Harper zu Teresa. »Selbst wenn ich ein wirksames Heilmittel finden würde, wäre es so viel nicht wert.«

»Für mich schon«, sagte Teresa.

Ihre Anfälle wurden mit jedem Tag schlimmer, und zum erstenmal seit ihrer Kindheit, als sie geheimnisvoll und neu gewesen waren, fürchtete sich Teresa vor ihnen. Sie waren nicht mehr tröstlich, sie waren keine Erleichterung mehr, und sie dauerten zu lange; jedesmal, wenn sie schlief, hatte Teresa das Gefühl, sie sei von Hoffnungslosigkeit umgeben. Deshalb war sie entzückt,als Harper ihr in der folgenden Woche ein großes Glas mit Rosmarintee gab. Mehrere Nächte hindurch schlief Teresa mit einem neuen Päckchen Rosmarin unter dem Kissen und trank morgens und nachmittags Rosmarintee, zubereitet aus dem Glas, das sie unter der Spüle im Wohnwagen hinter den Putzmitteln versteckt hatte. Doch ihre Schlafanfälle hielten an, einmal mehr als vierzehn Stunden hintereinander; allerdings waren ihre Träume nun voller blauer Lichtkugeln. Als sie an einem Abend, an dem Joey zum Pokern nach Santa Rosa gefahren war, wieder zu Harper ging, bekam Teresa eine neue Mischung, diesmal mit Misteln.

»Sei vorsichtig damit«, riet Harper ihr. »Meine Großmutter hat das immer verwendet. Es beschleunigt Puls und Herzschlag. Unmöglich, daß du einschläfst, wenn du davon getrunken hast.«

Doch als Teresa zwei Wochen später anrief, konnte Harper am Ton ihrer Stimme hören, daß der Misteltee versagt hatte. Sie beschloß, in ihren Mercury zu steigen und nach Cotati zu fahren, um Harriet Vance zu besuchen, eine Frau, die fast so alt war wie Harpers Großmutter kurz vor ihrem Tode. Harriet hatte Ingredienzen, die man nicht in Reformhäusern kaufen oder im Garten anbauen konnte, Pflanzen, die nirgends sonst im Land zu finden waren. Als Harper das Haus erreichte, saß unter dem Fenster eine alte, orangefarbene Katze in der Sonne, und ein Zitronenbaum wuchs so dicht vor der Haustür, daß Harper sich bücken mußte, um die Türglocke zu erreichen. Die beiden Frauen tranken zusammen Jasmintee, und dann sagte Harper Harriet, diesmal sei sie auf der Suche nach einem besonderen Heilmittel.

»Willst du damit sagen, daß diese Frau bei Ärzten war und daß die nichts finden konnten, nichts an ihrem Nervensystem und auch keinen Virus?« Als Harper nickte, ging Harriet zu dem Schrank, in dem sie ihre Kräuter aufbewahrte, und nahm eine braune Tüte voller Blätter heraus. »Vielleicht hat sie ein Problem mit dem Stoffwechsel – so etwas übersehen die Ärzte dauernd. Sie könnte aber auch etwas haben, was niemand heilen kann; vielleicht hätte es nicht einmal deine Großmutter gekonnt.«

»Du redest von einer hysterischen Reaktion«, sagte Harper.

»Ich glaube nicht an hysterische Erkrankungen. Diese Frau hat wirklich etwas, wir müssen bloß herausfinden, was es ist.«

Harper bekam etwas mexikanische Damiana, die sie mit Minze und Palmitobeeren zu einem Tee verarbeiten sollte. Später, als Harriet Harper zum Wagen begleitete, blieb die alte Frau stehen, um von dem Baum vor ihrer Haustür eine Zitrone zu pflücken. »Ehrlich gesagt, halte ich heißen Zitronensaft und ein bißchen Zeit in den meisten Fällen für das beste Heilmittel«, sagte sie zu Harper.

Ehe sie in ihren Wagen stieg, nahm Harper eine Fünfdollarnote und versuchte, der alten Frau die Damiana zu bezahlen, doch Harriet wollte das Geld nicht. »Komm schon«, beharrte Harper. »Ich bekomme einen verdammten Saphir für dieses Heilmittel, da kann ich dir doch wenigstens fünf Dollar bezahlen.«

»Einen Saphir?« sagte Harriet. »Einen echten?« Sie nahm die fünf Dollar von Harper und fragte dann: »Ist diese Freundin von dir reich?«

»Sie hat keinen Cent«, gestand Harper.

»Dann will diese Frau mehr als ein Heilmittel gegen ihre Schlafanfälle, auch wenn sie es selber vielleicht gar nicht weiß. Sie will diesen Saphir loswerden. Er hat etwas mit ihrem Schlaf zu tun, und sie will, daß du ihn ihr abnimmst.«

Harriet spürte, wie ihr Gesicht heiß wurde. »Ich fühle mich benutzt«, sagte sie.

»Und wennschon?« sagte Harriet. Sie gab Harper die Zitrone von ihrem Baum. »Du kannst ihr keinen größeren Gefallen tun, als ihr den Saphir zu nehmen. Wenn du beschließt, ihn zu verkaufen, kannst du mich zum Essen zu Nina's einladen, und ich bestelle mir eine Portion von allem, was auf der Speisekarte steht.«

Harper stieg in den Wagen und ließ den Motor an, doch ehe sie wegfuhr, rief sie durchs Fenster: »Und was ist, wenn es ansteckend ist?«.

»Es ist nicht ansteckend«, versicherte ihr die alte Frau. »Es ist etwas, das allein dieser Frau gehört.«

Als Teresa endlich wieder zu Harper kam, entschuldigte sie sich für ihr langes Fernbleiben – sie schlief mehr denn je, und es wurde immer schwieriger, den Wohnwagen zu verlassen, ohne daß Joey davon Wind bekam.

»Du bist verrückt, dich von ihm so abhängig zu machen«, sagte Harper, während sie die Damiana-Mischung in ein Glas füllte. »Du könntest genausogut mit ihm verheiratet sein, wenn du dich so von ihm herumkommandieren läßt. Mein Exmann hat mal eine Liste von allen Gerichten an die Wand gehängt, die ich nicht zum Abendessen kochen sollte: Makkaroni mit Käse, Hamburger, Thunfischauflauf. Ein einziges Mal habe ich ihm Spinat mit Tofu gemacht, und da hat er die Liste schnell wieder abgenommen.«

»Sobald ich diese Schlafanfälle los bin, suche ich mir einen Job«, sagte Teresa. Sie nahm die Medizin und ging zur Tür; sie hatte das Glas unter Joeys gelbem Regenmantel versteckt, damit er es nicht sah, falls er vor ihr zum Wohnwagen zurückgekehrt war.

Als Teresa in einem viel zu großen Mantel an der Tür stand, sah sie nicht älter aus als zwölf, und Harper wurde weich ums Herz.

»Die Medizin wird nicht wirken, oder?« sagte Harper.

»Vielleicht doch«, sagte Teresa, aber dann schüttelte sie den Kopf. »Diese Schlafanfälle haben immer nur aufgehört, wenn er in der Nähe war.«

»Wer?« sagte Harper. »Joey? Das kannst du mir nicht erzählen – seit du zu ihm gezogen bist, geht es dir immer schlechter.«

»Nicht Joey«, sagte Teresa.

Harper folgte Teresa auf die Veranda, wo Atlas wartete. »Es ist der andere Mann«, sagte Harper. »Der, vor dem du weggelaufen bist. Und er ist auch der, der dir die Halskette geschenkt hat, stimmt's? Vergiß es, falls du annimmst, daß du dich von ihm freikaufen kannst, indem du mir die Kette gibst.«

»Tut mir leid, daß ich dich da reingezogen habe«, sagte Teresa, während sie die Verandastufen hinunterging. »Ich hätte dich nicht um Hilfe bitten sollen – es wird sowieso nichts nützen.«

Harper lehnte am Geländer der Veranda. Sie konnte

den Fluß um Baumstämme rauschen und der Flutlinie entgegensteigen hören, die nur wenige Schritte von ihrem Haus entfernt war. »Ich möchte dir helfen«, rief sie. »Aber ich kann nichts tun, wenn du weiterhin glaubst, daß du nicht geheilt werden kannst.«

Teresa hörte sie nicht oder wollte sie nicht hören; sie ging einfach weiter, gefolgt von dem Collie, und nach einer Weile kehrte Harper ins Haus zurück. Sie fühlte sich so traurig wie noch nie; sie wußte, daß auch dieses dritte Heilmittel nicht helfen würde. Und als sie später in dieser Woche die Halskette in einem verschlossenen, weißen Briefumschlag in ihrem Briefkasten fand, merkte Harper, daß sie noch immer ein wenig Angst davor hatte; sie stellte sich vor, daß sie das herausforderte, was Teresa in einem tiefen, traumlosen Bann hielt, wenn sie die Kette annahm.

Das dauerte ein oder zwei Tage, doch danach begann Harper über ihren eigenen Aberglauben zu lachen; sie fing an, die Kette zu tragen. An einem Freitagabend, als sie frei hatte, stand sie vor ihrem Badezimmerspiegel und legte die Kette um den Hals, und sie starrte auf den eisblauen Stein, ehe sie ihre Augen schminkte. Dann ging sie tanzen; in einem Club in Forestville verbrachte sie den ganzen Abend in den Armen eines Fremden, eines Mannes mit blauen Augen, der sich gleich nach Mitternacht über sie beugte und sie küßte. Sie mußte an Teresa denken, und für einen albernen Augenblick lief sie von der Tanzfläche, um die Kette abzunehmen und den blauen Stein loszuwerden, der ein Teil von Teresas Krankheit gewesen war. Doch als sie auf der Damentoilette war und sich frisiert und ihr Gesicht mit kaltem Wasser erfrischt hatte, spürte Harper, daß sie wieder ruhig wurde; was Teresa hatte, war nicht ansteckend. Harper war nicht einmal sicher, ob es wirklich existierte.

Ehe sie zu dem Mann zurückging, der auf der Tanzfläche auf sie wartete, schaute Harper in den fleckigen Spiegel über dem Waschbecken, und einen Moment lang schien ihr, als sehe der Stein, den sie trug, nun grün aus, genau wie ihre Augen.

Als Joey das Rosmarinbündel unter Teresas Kissen fand, fühlte er sich betrogen. Und als Teresa aus der Stadt zurückkam, stellte sie fest, daß Atlas aus dem Wohnwagen ausgesperrt war und ihr gepackter Koffer vor der Tür stand. Sie ging hinein; Joey saß im Sessel, drei leere Bierdosen vor sich.

»Draußen ist es zu kalt für Atlas«, sagte Teresa.

Joey hielt das Rosmarinbündel hoch. »Was zum Teufel soll das sein?« fragte er sie.

Teresa stellte eine Tüte mit Lebensmitteln hin und begann, die Büchsen mit Suppe und Bohnen in die Schränke zu räumen. Sie überlegte, wohin sie gehen könnte, falls Joey sie hinauswarf, aber ihr fiel nichts ein; sie konnte nur bis zur Tür des Wohnwagens denken und keinen Schritt weiter. Joey kam zu ihr und packte ihren Arm.

»Ich hab' dich gefragt, was das ist«, sagte er und hielt ihr das Bündel hin.

»Schon gut«, sagte Teresa. »Ich hab' es von Harper.«

»Na, großartig«, sagte Joey. Er entfernte sich von ihr. »Ich hab' dir doch gesagt, ich will nicht, daß du Harper siehst.«

»Ich wollte nur ein paar von ihren Heilmitteln ausprobieren«, erklärte Teresa.

»Ihren Heilmitteln!« schrie Joey. »Sie ist eine Kellnerin aus Maryland, die sich einbildet, die Geheimnisse des Universums zu kennen, und du gehst zu ihr, um dir Heilmittel geben zu lassen?«

Es hatte wieder zu regnen begonnen, und Teresa konnte Atlas vor der Tür leise jaulen hören. »Ich hatte Alpträume«, sagte sie mit zaghafter Stimme.

Nun kam Joey wieder zu ihr und nahm sie in die Arme. »Baby, du sollst zu mir kommen, wenn etwas nicht in Ordnung ist.«

»Okay«, flüsterte Teresa.

»Komm zu mir«, sagte Joey zu ihr. »Sonst sehe ich keinen Sinn darin, daß wir zusammenleben.«

»In Ordnung«, willigte Teresa ein. Unter der Spüle standen die drei Gläser, die die drei Heilmittel enthalten hatten, und auf einem Regal hinter Kaffee und Tee war eine Büchse mit dem Rest der Baldrianwurzel.

»Du kannst gehen«, sagte Joey. »Ich zwinge dich nicht, bei mir zu bleiben. Du kannst immer noch gehen.«

Draußen kratzte Atlas an der Tür, und der Wind vom Fluß wurde stärker und hinterließ überall seinen wäßrigen Geruch: in den Fichtennadeln, an dem Drahtzaun, der den Campingplatz umgab, auf jedem der safranfarbenen Gräser, die rings um den Wohnwagen wuchsen.

»Ich will nicht gehen«, sagte Teresa. Und in diesem Augenblick glaubte sie, daß es keinen Sinn mehr hatte, länger auf Silver zu warten, daß es keinen Sinn mehr hatte, seit er sich in jener Nacht entschlossen hatte, sie allein in dem kleinen Schlafzimmer auf der Rückseite des Hauses zurückzulassen und zu Lee zu gehen.

»Wir brauchen keine anderen Leute«, sagte Joey zu ihr. »Und schon gar nicht Harper und ihre verdammten Tees.« Er ging hinüber zu Teresa, nahm sie in die Arme, zog den Reißverschluß des Regenmantels auf und knöpfte ihre Bluse auf; er hielt ihre Brüste so fest, daß sie fast keine Luft mehr bekam, beugte sich vor und leckte ihre Brustwarzen, und obwohl seine Zunge heiß war, fühlte Teresa kalte Schauer über ihre Haut laufen.

»Ich möchte, daß wir heiraten«, sagte Joey zu ihr, und seine Stimme klang drängend und heiser.

Teresa wandte den Blick von ihm ab; wenn das Fenster des Wohnwagens nicht vernagelt gewesen wäre, hätte sie ihren Koffer da draußen im Regen sehen können; sie hätte über den Campingplatz hinweg und durch den Zaun die Straße sehen können, die sich durch die Hügel schlängelte und in einer Richtung nach Santa Rosa, in der anderen an den Pazifik führte.

»Heiraten?« sagte Teresa.

»Ich möchte für immer mit dir zusammensein«, sagte Joey. »Ich möchte mit dir nach Santa Rosa fahren und dir das schönste Kleid kaufen, das du je gesehen hast.«

»Dazu braucht man nicht nach Santa Rosa fahren«, sagte Teresa, die um nichts auf der Welt in die Nähe der Divisadero Street kommen wollte. »Es gibt ein Kleidergeschäft in Guerneville.«

Joey lächelte und küßte sie auf den Mund. »Du sagst also ja«, ächzte er.

Teresa ging zur Tür und öffnete sie; Atlas kam herein und schüttelte sich trocken. Etwas weiter westlich gab es Pelikane und Möwen mit dunklen Schwingen, aber näher, in einer Straße in Guerneville, gab es ein Geschäft, in dem Kleider mit blauen Bändern und Schals aus elfenbeinfarbener Spitze verkauft wurden. Von da, wo sie an diesem Abend stand, konnte Teresa nicht weiter sehen als bis zum Straßenrand; es fuhren keine Autos, keine Scheinwerfer durchschnitten den Regen, keine Wölfe standen auf dem Höhenrücken und warfen die Köpfe zurück, um zu heulen, erschreckt vom Geräusch von Hufschlägen auf der feuchten Erde. Teresa schloß die Tür und wandte sich wieder Joey zu.

»Ich werde dich heiraten«, sagte sie zu ihm. »Wann immer du willst.«

An diesem Abend machte Teresa das Essen, wusch alles Geschirr ab und schlief dann mit dem Mann, den zu heiraten sie soeben eingewilligt hatte. Später, als Joey sie in den Armen hielt, antwortete Teresa nicht, als er ihren Namen flüsterte. Er war sicher, daß sie träumte – von dem Kleid, das sie kaufen würde, von Schuhen mit goldenen Schnallen und ihrem Hochzeitstag. Doch Teresa dachte die ganze Nacht an die Einsamkeit und an die Enttäuschung, die auf lebenslängliches Warten folgt, und sie lag noch wach, als Joey schon längst eingeschlafen war; gegen ihren Willen wünschte sie sich, Silver würde sie finden. Jetzt, bevor sie nach Guerneville fuhr, um ihr Hochzeitskleid zu kaufen, jetzt gleich, denn wenn er nicht bald über die Straße vor dem Campingplatz kam, war sie sicher, daß er den Weg nie finden würde, nicht einmal in einer Vollmondnacht; er würde nicht durch die Holzbretter sehen können, die die Fenster des Wohnwagens schützten, und selbst wenn er es sich anders überlegte und endlich losfuhr, um sie zu suchen, würde er niemals sehen, daß sie innerlich gestorben war.

6

Spät am Abend, am letzten Tag im Februar, stand ein Mann in einem schwarzen Leinenanzug an einer Straßenecke und dachte über Rache nach. Er hatte entschieden, daß Rache nicht sonderlich süß war, sondern kalt; sie war wie eine Welle, die ihn weit unter die Wasseroberfläche drückte. Er konnte sie flüstern hören, eine verschwommene Stimme, Worte aus dem Mund einer vollkommenen Muschel. Nichts überstürzen, sagte sie ihm, und das wußte er schon; er hatte vier Jahre in einer Gefängniszelle verbracht, wo Schritte vor seiner verschlossenen Tür oft unerträglicher zu sein schienen als die Vorstellung von einem sauber gebrochenen Genick. Unternimm nichts, was auf der Hand liegt, sagte ihm die Stimme, und er wußte auch das; er hatte Silver fast acht Monate lang verfolgt, und noch immer konnte er die Gelegenheiten, bei denen er ihm sein Gesicht gezeigt hatte, an den Fingern einer Hand abzählen. Bald, drängte ihn die Stimme, und ihm war gerade klargeworden, daß er, wenn er nicht in den nächsten paar Tagen den endgültigen Schritt unternahm, Silver vielleicht für den Rest seines Lebens verfolgen würde, immer einen Schritt hinter ihm, immer auf den perfekten Moment wartend.

Silver fing an, ihn überall zu sehen. Wenn er zum Abendessen in ein Restaurant in der Nähe seiner Wohnung ging, saß Angel Gregory am Nebentisch; morgens, wenn er Kaffeewasser aufsetzte, konnte er aus dem Küchenfenster Gregory am Steuer des geparkten blauen Falcon sitzen sehen; nachts stand Gregory gleich auf der gegenüberliegenden Straßenseite unter einer Laterne; er machte sich nicht mehr die Mühe, sich zu verstecken, und wenn er den Arm hob, um sich eine Zigarette anzuzünden, zeigte der rote Hund seine langen, blutfarbenen Krallen. Es nützte nichts, sich mitten auf die Straße zu stellen und ihn anzuschreien, er solle verschwinden; es war sinnlos, die Küchenvorhänge zuzuziehen oder ein anderes Restaurant aufzusuchen. Silver hatte all das versucht, aber Gregory folgte ihm weiterhin; nachts träumte Silver von dem roten Hund, der ihn durch blumen- und baumloses Marschland verfolgte, dessen Lefzen nur Zentimeter von seinen Fußknöcheln entfernt waren.

Silver ging nicht mehr zu Vallais auf den Russian Hill, er fuhr nicht mehr durch die Stadt, um Kokain und Haschisch zu verkaufen; er blieb zu Hause, wanderte durch alle Zimmer, und das Flattern einer Taube auf dem Fensterbrett reichte, um ihm kalte Schauer den Rücken herunterlaufen zu lassen. Ohne Lee wirkte die Wohnung riesig; die Schränke waren halb leer, in den Küchenschränken standen keine Lebensmittel, auf dem Boden lagen keine Spielsachen herum, und es gab keine sauberen Laken mehr. Schon nach ein paar Tagen war Silver klargeworden, daß Lee nicht zurückkommen würde, und ihm war dies recht; die Luft in der Wohnung wirkte sauberer, weniger von Parfum und Rauch geschwängert. Sogar die Wände schienen weißer, und die leeren Kleiderbügel im Schrank sahen irgendwie passend aus. Er machte sich nicht die Mühe, Lee im Haus ihrer Mutter in Santa Rosa anzurufen; er nahm an, sie habe sich bereits eingerichtet und vermisse ihn kein bißchen. Lee hatte sicher bereits ausgepackt und schlief im gleichen Zimmer, aus dem sie vor so langer Zeit geklettert war, um sich mit ihm zu treffen, und ihre goldene Uhr lag auf einer weißlackierten Kommode. Silver war überzeugt, daß Jackie unter dem Dach sein eigenes Zimmer hatte; wahrscheinlich kannte er inzwischen schon die Namen der Straßen in Santa Rosa und beobachtete jeden Abend, wie in der Dämmerung sich Dunst über die Rasenflächen legte.

Es dauerte nicht lange, bis Silver gänzlich aufgehört hatte, an Jackie und Lee zu denken; es war, als hätten sie nie existiert. Alles war jetzt viel einfacher. In der Küche verwendete Silver nur noch einen Löffel und eine Tasse, die er jedesmal nach Gebrauch abwusch. Es war, als habe er vergessen, daß es Schränke voller Geschirr gab und Schubladen voller Besteck, als habe er vergessen, daß es einmal eine Zeit gegeben hatte, als noch kein Feind draußen vor seiner Tür auf ihn wartete. Es schien Jahre her zu sein, seit Silver das Haus zuletzt verlassen hatte, aber es waren nur zwei Wochen; zwei Wochen, in denen er nicht einmal auf die hintere Veranda gegangen war, um frische Luft zu schnappen, zwei Wochen, in denen er Angst gehabt hatte, aus der Haustür zu treten. Er fühlte sich, als würde seine Wohnung belagert; er saß am Fenster und beobachtete Gregory stundenlang; er starrte so lange, bis er Gregory deutlich vor sich sah, wenn er die Augen schloß. Ihm gingen Lebensmittel und Zigaretten aus. Wenn das Telefon läutete, meldete er sich nicht. Er begann sich vorzustellen, er könne das Blut durch seinen eigenen Körper strömen hören; es pochte in seinen Ohren und hinterließ ein leises Summen in seinem Kopf.

Und dann, eines Tages nach diesen zwei Wochen des Versteckspiels, kam eine Art wilder Wagemut über ihn. Auf einmal war er fähig, sich seinen eigenen Tod vorzustellen; er konnte die Art von Messer sehen, die Gregory benutzen würde, er konnte sich seine letzten Minuten auf Erden vorstellen. Und nun fürchtete er sich nicht mehr vor dem, was geschehen würde – er wollte Gregory von Angesicht zu Angesicht gegenübertreten und es hinter sich bringen. Was Erschöpfung gewesen war, wurde jetzt zu blindem Mut; plötzlich war er noch rücksichtsloser, als er als Junge gewesen war. Er schloß alle Türen der Wohnung auf und forderte Gregory auf hundert Arten heraus. Er fing wieder an, aus dem Haus zu gehen, trug weiße Hemden, die im Mondschein leuchteten, öffnete alle Fenster und ließ den Nebel herein, der Decken und Böden mit so dichtem Dunst füllte, daß er kaum die Wände finden, geschweige denn einen Feind in seiner eigenen Diele entdecken konnte. Er trug die Pistole immer bei sich, in der Jackentasche oder im Handschuhfach des Camaro. Überall, wohin Silver ging, schien er eine Spur von Asche zu hinterlassen; seine Augen waren riesig und schwarz, und er wußte, die Zeit würde kommen, da er sich allen Dingen seiner Vergangenheit stellen mußte, denn die Vergangenheit schien ihn jeden Tag ein wenig mehr zu verschlucken.

Um diese Zeit fing er an, an Teresa zu denken, und sogar in seinen Gedanken war er schonungslos. Er redete sich nicht mehr ein, zwischen ihm und Teresa wäre niemals etwas geschehen, wenn er nicht betrunken gewesen wäre – jetzt glaubte er, es habe einfach so sein müssen. Er gestattete sich die Vorstellung, sie in Zimmern voller Sonnenlicht zu lieben; er dachte daran, ihr Diamanten, rote, hochhackige Schuhe und Orchideenbuketts zu kaufen. Es würde ein Schlafzimmer mit dünnen Vorhängen geben, in dem Teresa am Fenster sitzen und ihr Haar kämmen würde, nur mit einem weißen Slip und einem violetten Band um den Hals bekleidet. Er stellte sich vor, sie mit Spitzenbändern ans Bett zu fesseln und sie immer wieder zu lieben, bis er so müde war, daß er sie nur noch ansehen konnte, und selbst dann glaubte er, nicht genug von ihr zu haben. Es kümmerte ihn wenig, wie die Dinge zu sein schienen, und allmählich glaubte er, er müsse Teresa auf der Stelle sehen, so schnell wie möglich. Die Nähe seines eigenen Todes steigerte sein Verlangen, und so rief Silver eines Abends, als Gregory in weniger als hundert Yard Entfernung vor seiner Haustür stand, die Auskunft an und ließ sich Arnie Bergens Telefonnummer geben. Er atmete tief ein, ehe er die Nummer des Detektivs wählte, und er wußte, dieser Anruf war nur der erste Schritt. Er hatte etwas angefangen, womit er nie wieder würde aufhören können: Er würde Teresa finden.

Bergen hatte sich einen Hund zugelegt. Das war Zufall, er hatte eigentlich nie ein Haustier gewollt; als der Kanarienvogel gestorben war, hatte er keine Minute lang getrauert. Der Hund war ein ungarischer Hirtenhund und hatte dem Mieter aus dem zweiten Stock gehört, der heimlich ausgezogen war, ohne die Miete zu bezahlen, ohne eine Adresse oder Möbel zu hinterlassen, nichts als den Hund. Bergen hatte versucht, das Jaulen und das Tappen von Pfoten über seinem Kopf zu ignorieren. Doch schließlich war er nach oben gegangen und hatte die Tür aufgemacht, und obwohl der Detektiv eine Annonce im *Examiner* aufgegeben und versucht hatte, den alten Besitzer zu finden, hatte er dem Hund nach weniger als einem Monat einen neuen Namen gegeben – Bobby – und ihm ein Halsband und eine Leine gekauft.

Merkwürdigerweise vermißte Bergen Dina mehr denn je, seit er Bobby hatte. Er kämmte das lange, wirre Fell des Hundes und steckte es ihm mit einer Klammer aus den Augen, denn er wußte, daß Dina verfilztes Fell gehaßt hätte. Er verbrachte Stunden im Schlafzimmer, wo Dinas Habseligkeiten gelagert waren. Er dachte sogar an sie, wenn er Poker spielte, und selbst in seinen Träumen sah er das schöne Mädchen, das in einer Sommernacht weggelaufen war, die Frau, die ihm mit purpurner Tinte nächtliche Briefe schrieb. Er wünschte, Teresa würde ihn nach wie vor anrufen; dann hätte sie mit Bobby und Atlas an warmen Tagen hinunter zur Bucht gehen können, die Hunde an zueinander passenden Leinen haltend, und er hätte mit Teresa über Dinas Vorliebe für Tomaten und Sonnenblumen gesprochen. Er rechnete damit, daß Teresa ihn eines Tages wieder anrufen würde. Dinas Porzellan stand in einem Karton bereit, damit Teresa es mitnehmen konnte, sobald sie Zeit und Platz hatte. Doch dann rief Silver an, nicht Teresa, und Bergen war sehr überrascht, wie anders Silvers Stimme klang, wie gefährlich, wie leise.

»Sie wissen, weshalb ich Sie anrufe«, flüsterte Silver.

Bergen war sicher, daß Dinas Sohn das Geld aus dem Verkauf des Hauses in Santa Rosa wollte. Der Detektiv hatte es vor mehr als einem Jahr verkauft, aber noch immer hatte er keinen Cent von dem Geld angerührt; er bewahrte es für Teresa auf, und nun mußte er zugeben, daß es nicht fair war, einem von Dinas Kindern so viel zu geben und dem anderen so wenig.

»Ich gebe dir die Hälfte des Geldes für das Haus«, sagte Bergen.

»Das Haus?« sagte Silver. »Das Haus ist mir egal. Ich suche Teresa. Ich will wissen, wo sie ist.«

»Ich dachte, sie würde bei dir und Lee wohnen«, sagte Bergen und begann sich Sorgen zu machen. Hätte er nicht versuchen sollen, auch dann noch mit Teresa Kontakt zu halten, nachdem sie ihm gesagt hatte, sie habe keine Zeit mehr, ihn zu treffen?

»Hat sie Sie angerufen?« fragte Silver. »Lügen Sie mich nicht an.«

»Hör zu, ich habe Dinas Geschirr hier für sie bereitstehen, ich habe Kartons voller Zeug, und wenn ich wüßte, wo sie ist, bräuchte ich mein Schlafzimmer nicht als Lagerraum zu benutzen.«

Nach diesem ersten Anruf rief Silver den Detektiv jede Woche an. Silver war sicher, daß es nur eine Sache von Tagen war, bis Teresa sich bei Bergen meldete, und jedesmal, wenn er den Hörer aufgelegt hatte, war Bergen sicherer, daß er Silver nicht gesagt hätte, wo Teresa war, auch wenn er es gewußt hätte. Bergen stellte sich gern vor, daß Teresa nicht wirklich verschwunden war, sondern sich ihr letztes Gespräch zu Herzen genommen hatte und von ihrem Bruder weggezogen war; vielleicht war sie sogar noch in San Francisco, lebte in einer Wohnung in der Nähe der Marina und goß jeden Morgen die Farne rings um eine Terrasse aus Rotholz. Dann wiederum hatte Bergen das unbehagliche Gefühl, etwas Schreckliches sei geschehen; er bekam Angst, Teresa könnte jahrelang verschwunden bleiben wie einst Dina. Doch da Silver so sicher war, daß Teresa sich eines Tages bei dem Detektiv melden würde, glaubte Bergen das bald auch. Er kaufte einen Anrufbeantworter, damit er ihren Anruf nicht verpaßte, wenn er Bobby ausführte oder unter der Dusche war. Als sie schließlich Anfang März anrief, traf es Bergen trotzdem wie ein Blitz aus heiterem Himmel. Das Telefon klingelte, als Bergen Bobby schon an die Leine genommen hatte; der Detektiv trug seinen Regenmantel, der Hund kratzte an der Tür, und Bergen war in Eile, als er nach dem Hörer griff – er war sicher, daß es wieder die Gasfirma war, die den Scheck für letzten Monat anmahnen würde. Als er Teresas Stimme erkannte, konnte Bergen nicht gleich antworten; er setzte sich hin und knöpfte seinen Regenmantel auf, er vergaß Silvers Anrufe und verspürte nur eine große Freude.

Teresa stand in der Telefonzelle vor dem Lebensmittelladen in Villa Lobo. Auf dem Heimweg vom Einkaufen hatte sie impulsiv haltgemacht, um Bergen anzurufen, und als sie hörte, wie erfreut er klang, wünschte sie, sie hätte mit diesem Anruf nicht ganz so lange gewartet.

»Ich habe an dich gedacht«, sagte sie zu ihm. »Ich habe mich gefragt, wie es dir geht.«

»Ich habe jetzt einen Hund«, sagte Bergen. Seine Stimme klang heiser, seine Kehle war trocken, und plötzlich war ihm nach Weinen zumute. »Bobby«, sagte er. »Die Wahrheit ist – er ist nicht wie andere Hunde.«

»Schön für dich«, sagte Teresa. »Genau, was du brauchtest. Du solltest Atlas sehen – er ist wie ein alter Mann. Er hinkt. Wenn ich mit ihm spazierengehe, muß ich immer warten, bis er mich einholt.«

»Geht es dir gut?« fragte Bergen zögernd.

»Natürlich geht's mir gut«, sagte Teresa.

Bergen griff nach einer Halspastille aus der Schachtel in seiner Manteltasche; Teresa konnte ihn husten und dann schlucken hören.

»Silver hat mindestens einmal in der Woche bei mir angerufen, weil er dich sucht«, sagte der Detektiv jetzt zu ihr.

Die Telefonzelle vor dem Lebensmittelladen hatte keine Tür, und der Wind vom Fluß her erschwerte das Hören, aber Teresa hatte Bergen sehr wohl verstanden – sie antwortete nur nicht.

»Leg nicht auf«, bat Bergen.

»Nein, tu ich nicht«, sagte Teresa. »Ich bin noch da.«

»Er tut, als ginge es um einen verdammten Notfall«, fuhr Bergen fort. »Er tut so, als würde er tot umfallen, wenn er nicht schnellstens mit dir reden kann. Ich dachte, du wolltest ihn nicht sehen – ich dachte, du hättest vielleicht endlich meinen Rat befolgt.« Teresa antwortete nicht, aber Bergen konnte das Summen in der Leitung noch immer hören. »Du lebst doch nicht in einer Wohnung unten an der Marina, oder?« fragte er sie.

»Nein«, sagte Teresa. »Wie kommst du darauf?«

»Ich dachte, du hättest da unten vielleicht eine Wohnung«, sagte Bergen sehnsüchtig. »Eine von denen mit einer hölzernen Veranda.«

»Ich werde heiraten«, sagte Teresa plötzlich.

»Wundervoll!« sagte Bergen. »Darf ich gratulieren?«

Es wurde dunkel in Villa Lobo, und weniger als eine halbe Meile entfernt wartete Joey im Wohnwagen auf sie; auf einmal merkte Teresa, daß sie Angst davor hatte, allein nach Hause zu gehen.

»Warum will er mich sehen?« fragte Teresa. Etwas von der Hoffnung, die sie aufgegeben hatte, als sie beschloß, Joey zu heiraten, stieg wieder in ihr hoch.

»Keine Ahnung«, sagte Bergen. »Ich bin noch immer nicht dahintergekommen, wie das Gehirn eines Irren funktioniert.«

»Hast du mich vermißt?« fragte Teresa jetzt.

»Was denkst du denn?« sagte Bergen. »Natürlich hab' ich dich vermißt.«

»Und was ist mit Silver?« fragte Teresa beiläufig. »Hat er mich auch vermißt?«

»Kann ich nicht sagen«, sagte Bergen. »Das mußt du ihn schon selber fragen.«

Doch den Gedanken, sich Silver zuzuwenden und dann wieder eine Enttäuschung zu erleben, konnte Teresa nicht ertragen, obwohl sie an nichts anderes als an Silver zu denken vermochte, nachdem sie aufgelegt hatte. Sie merkte, daß sie schon dabei war, ihm diese letzte Nacht in San Francisco zu verzeihen.

Als Silver am nächsten Tag anrief, war Bergen froh, daß Teresa ihm nicht gesagt hatte, wo sie war.

»Wollen Sie damit sagen, daß Sie mit ihr gesprochen haben, ohne ihre Adresse zu erfahren?« fragte Silver wütend.

»Ganz recht«, sagte Bergen fröhlich. »Aber mach dir keine Sorgen um sie. Es geht ihr bestens.«

»Wenn sie das nächste Mal anruft, lassen Sie sich gefälligst die Adresse geben«, warnte ihn Silver.

»Willst du mir drohen?« fragte Bergen. »Vielleicht sollte ich dich daran erinnern, daß du mir keine Angst machen kannst.«

»Soll ich zu Ihnen kommen und Ihnen eine Lektion erteilen?« sagte Silver.

»Komm nur her«, sagte Bergen. »Aber du solltest wissen, daß ich hier einen Kampfhund habe.« Er schaute hinüber zur Couch, wo Bobby schlief. »Auf Befehl reißt er dich in Stücke.«

»Machen Sie mir nichts vor, Alter«, sagte Silver zu Bergen, ehe er auflegte. »Tun Sie, was ich Ihnen gesagt habe. Finden Sie heraus, wo sie ist.«

Silver hatte keine Zeit, mit dem alten Mann zu streiten; er hatte jetzt einen Plan, der schon früher einmal funktioniert hatte: Er setzte seine ganze Energie ein, um Gregory wieder in das Gefängnis von Vacaville zu bringen. An einem kalten Märzabend unternahm Silver die ersten Schritte – er ging zu Vallais und kaufte mehrere Unzen Heroin und Kokain. Gregorys Ford Falcon folgte ihm zum Russian Hill und dann zurück in den Mission District, und als er zu Hause war, vergewisserte sich Silver, daß der Ford draußen geparkt war. Dann löschte er in der ganzen Wohnung das Licht, als wolle er schlafen gehen. Doch in dieser Nacht schlief er nicht. Er saß im dunklen Wohnzimmer und starrte aus dem Fenster, sicher, daß Gregory früher oder später seinen Posten vor der Wohnung verlassen mußte; er mußte irgendwo hingehen und schlafen. Als er das tat, folgte Silver ihm; irgendwann kurz vor Morgengrauen schlich er sich aus der Haustür, sobald er den Falcon losfahren sah, folgte ihm so schnell wie möglich zu Fuß, blieb aber dabei mindestens einen Block hinter Gregory.

Gregory parkte und betrat ein Apartmenthaus, das nicht weiter als vier Blocks von Silvers Wohnung entfernt war. Silver stand im Schatten und beobachtete, wie im ersten Stock ein Licht anging; da lächelte Silver und atmete die kalte Morgenluft ein. Er wußte, daß es für ihn an der Zeit war, Gregory zu stellen. Er war sicher, daß ein Plan, der einmal funktioniert hatte, auch beim zweiten Mal funktionieren konnte. Binnen weniger Tage würde er wieder frei sein, würde Teresa finden.

Am folgenden Abend wartete Silver wieder am Fenster, doch diesmal schaltete er alle Lichter ein, drehte das Radio auf volle Lautstärke und vergewisserte sich, daß Gregory draußen vor der Haustür geparkt hatte. Dann zog er Jeans und ein schwarzes T-Shirt an, sprang aus dem Badezimmerfenster, schlich durch den Hintergarten und kletterte über den hohen Holzzaun auf die Straße. Er mußte einen Umweg machen, um ungesehen zu Gregorys Wohnung zu gelangen, aber trotzdem war er in weniger als fünfzehn Minuten am Ziel. Er kletterte die Feuerleiter hoch und drang durch ein Fenster in Gregorys Küche ein, wo er vorsichtig in das Spülbecken trat, ehe er zu Boden sprang. Alles war dunkel, doch ein roter Neonschlitz aus einer Bar gegenüber erhellte alle paar Sekunden die Wand. Im Wohnzimmer legte Silver vorsichtig Heroin und Kokain hin. Alles verlief nach Plan, er lächelte in sich hinein, doch als er sich umdrehte, um zu gehen, beschleunigte sich sein Puls, und einen Augenblick lang hätte er beinahe die Nerven verloren. Dort, in Gregorys Wohnzimmer, war Silver über ein Paar seiner eigenen Stiefel gestolpert, Stiefel, die er vor Monaten in die Mülltonne geworfen hatte.

Unwillkürlich griff er nach der Schnur, die von der Decke hing, und schaltete das Licht ein. Schockiert sah er eine alte Kommode von Jackie, die er ausrangiert hatte, und auf der Kommode stand eine Reihe von Fotos. Da war eines von ihm, wie er in den Camaro stieg, eines von Teresa ganz in Weiß auf der hinteren Veranda, ein drittes von Lee und Jackie, die mit Tüten voller Lebensmittel die Haustür öffneten, mehrere von Silver, wie er hinter seinem eigenen Wohnzimmerfenster stand und auf die Straße hinausstarrte. In Panik streckte Silver die Hand aus und löschte das Licht. Nachdem seine Augen sich wieder an die Dunkelheit gewöhnt hatten, sammelte er rasch die Fotos ein, stopfte sie in den Bund seiner Jeans und griff dann nach den alten Stiefeln. Wenn er die Polizei anrief und ihr einen Tip wegen Gregory gab, durften keine Sachen von ihm in der Wohnung herumliegen: Ein Stiefel konnte leicht ein Hinweis sein, ein Foto konnte direkt zu ihm führen. Als er die Wohnung durchs Küchenfenster verließ, fühlte er sich mehr wie ein Opfer denn wie ein Dieb, und als er die Feuertreppe hinunterstieg, hatte er das merkwürdige Gefühl, gerade beraubt worden zu sein.

Er rannte die ganze Strecke nach Hause und kehrte auf dem gleichen Weg in seine Wohnung zurück. Nachdem er wieder in seinem eigenen Wohnzimmer war, ging er zum Fenster, um sich zu vergewissern, daß Gregory noch draußen war. Als er seinen Feind hinter dem Steuer des geparkten Falcon sah, ging Silver zum Telefon und rief die Polizei. Er gab Gregorys Adresse und Namen an und bezeichnete sich als besorgten Bürger, der in seinem Viertel eine Kampagne gegen Drogen starten wollte. Danach wickelte Silver die alten Stiefel in Zeitungspapier, warf sie in den Abfalleimer in der Küche, kämmte sich, zog ein sauberes weißes Hemd an und nahm seine Autoschlüssel. Er war bereit, Gregory auf einer Verfolgungsjagd durch die ganze Stadt zu locken, damit er nicht in seine Wohnung zurückkehrte, bevor die Polizei mit ihrer Durchsuchung fertig war. Als er zu seinem Camaro hinausging, war die Luft angenehm frisch; er stieg ein, sah im Rückspiegel Gregorys Ford und ließ den Motor an. Er dachte, er könnte Gregory über die Bay Bridge nach Oakland und zurück führen; er würde das Radio einschalten und alle Fenster des Camaro öffnen und auf die Stadt im Mondlicht zurückblicken.

Als Silver den Gang eingelegt hatte und aufs Gas trat, war er sicher, daß Gregory dasselbe tat; er war so lange verfolgt worden, daß er die Gedankengänge seines Feindes zu kennen glaubte. Aber in dieser Nacht trat der Mond zwischen den Wolken hervor und verschwand wieder, und Silver konnte nicht weit genug sehen; doch selbst wenn er vorsichtiger gewesen wäre, hätte er vielleicht nicht gemerkt, daß kein Fahrer hinter dem Steuer des Ford Falcon saß, daß er nicht der einzige war, der bestimmen wollte, was als nächstes geschah. Als Silver losfuhr, konnte er nicht wissen, daß genau jener Augenblick bevorstand, an den Gregory all die Jahre gedacht hatte, jener Augenblick, in dem eine Sekunde lang genug war, um Gregory vor den Camaro springen zu lassen.

Sobald Silver in Gregorys Augen sah, konnte er nicht wegschauen. Er war geblendet von den Augen eines anderen Mannes, und sein Fuß auf dem Gaspedal und der Wagen selbst schienen sich mit verschiedenen Geschwindigkeiten zu bewegen. Silver war sicher, daß sie einander stundenlang anstarrten, Stunden, in denen Silver hinter dem Steuer saß und Gregory genau vor die Räder des Camaro trat. Gregory trug Silvers schwarzen Anzug; sein Gesicht war so ruhig wie das eines Schwimmers, und als der Camaro ihn traf, klang das Geräusch eher nach einem Seufzer als nach einem Aufprall. Nun begann die Zeit sich wieder normaler zu bewegen, Silver trat so hart auf die Bremse, daß sein Kopf gegen den Rückspiegel prallte. Das Glas zerbrach und zerschnitt ihm die Wange. Silver ignorierte das Blut auf seinem Gesicht, sprang aus dem Wagen und rannte zu Gregory, aber da lag Gregory schon auf der Straße, und als Silver seinen Kopf anhob, waren seine Augen so ausdruckslos wie Steine. Silver hockte sich neben ihn; die Nacht war dunkel, die Straße leer, und Silvers Mund war trocken. Blut lief über seine Wange und tropfte auf Angel Gregorys Stirn.

»Steh auf«, flüsterte Silver Gregory zu. Er hielt den Mund dicht an Gregorys Ohr. »Verdammt, steh auf«, sagte er zu ihm. »Wenn ich dich umbringen wollte, würde ich's tun. Und ich würde es richtig erledigen. Also komm«, drängte Silver den anderen Mann. »Verschwinden wir von hier.« Silver hob Gregorys Kopf und Schultern vom Boden auf, aber er sprach mit einem Toten, und sobald Silver das erkannte, legte er Gregorys Kopf vorsichtig wieder hin, und zwar neben den Randstein, auf den ein Mädchen den Namen des Jungen, den sie liebte, mit blauer Kreide neben ihren eigenen geschrieben hatte, umgeben von einem pfeildurchbohrten Herzen.

Silver machte sich davon, so schnell er konnte, aber er brauchte eine Stunde, bis er zu zittern aufhörte, und selbst danach blutete der Schnitt in seinem Gesicht noch immer, sooft er ihn auch mit dem Ärmel seines Hemdes abwischte. Selbst danach sah er Gregorys Augen in jeder Ampel. Silver fuhr immer weiter; er hatte Angst, wenn er den Wagen anhalten würde, würde auch sein Herz stehenbleiben. Bei dem Gedanken, irgendein Indiz könne auf ihn hinweisen, geriet er in Panik, und er wußte sofort, daß das, was geschehen war, kein Unfall gewesen war; Gregory hatte dafür gesorgt, daß Silver für alle Zeit verfolgt wurde – wenn nicht von der Polizei, dann wenigstens von den leeren Augen eines toten Mannes.

Silver wagte nicht, in seine Wohnung zurückzukehren. Er stellte sich vor, daß unmittelbar vor seinem Haus schon ein Krankenwagen und mehrere Streifenwagen standen. Er wagte nicht, in eine Ambulanz oder eine Arztpraxis zu gehen, um sein Gesicht nähen zu lassen; vielleicht wurde er schon steckbrieflich gesucht, vielleicht hatte jemand seine Autonummer aufgeschrieben; eine Krankenschwester könnte seine Panik sehen. Also fuhr er. Er umrundete die Stadt, versuchte, sich zu beruhigen und zu überlegen, was er als nächstes tun würde. Spät in dieser Nacht verpfändete er die Uhr, die er trug, baute die Stereoanlage aus dem Camaro aus und verkaufte auch sie, und dann fuhr er zu einer Imbißhalle am Stadtrand, wo niemand sein Gesicht oder seinen Namen kannte. In der Morgendämmerung saß er an der Theke und bestellte Kaffee und machte sich nicht die Mühe, der Kellnerin zu antworten, die ihn fragte, wo er denn ihr ganzes Leben lang gewesen sei. Er ging in die Herrentoilette, wusch sich das Gesicht und versuchte mit einem Papierhandtuch, die Glassplitter aus dem Schnitt in seiner Wange zu entfernen. Und als die Sonne aufgegangen war und man Gregory von der Straße geschafft hatte, bezahlte Silver seinen Kaffee, ohne ein Trinkgeld zu hinterlassen, stieg wieder in seinen Wagen und schlug die Richtung zu Bergens Wohnung in der Dolores Street ein.

Nachdem sie das Hochzeitskleid, ein neues Hemd und eine neue Krawatte gekauft hatten, gingen Teresa und Joey Hamburger essen. Sie saßen in einer roten Plastiknische in einem Lokal, das Judy's Cottage hieß, und vor ihnen standen große Teller mit Essen.

»Ich glaube nicht, daß ich essen kann«, gestand Teresa. »Ich bin nervös.«

»Es gibt keinen Grund, nervös zu sein«, sagte Joey zu ihr. »Jeden Tag heiraten Hunderte von Leuten. Glaubst du, die würden das alle tun, wenn es so schrecklich wäre?«

Teresa winkte Judy und bestellte schwarzen Kaffee.

»Dieses Zeug macht dir noch die Eingeweide kaputt«, warnte Joey sie. »Du bekommst davon Bauchspeicheldrüsenkrebs.«

Teresa lehnte sich in der Nische zurück, als sei sie gestochen worden. »Du hörst dich an wie mein Vater«, sagte sie, und von ihrem Platz aus konnte sie durch das Fenster des Lokals die Stelle sehen, wo King Connors damals geparkt hatte, während sie über die Straße gelaufen war, um eine Cola zu kaufen.

»Dann muß er ein schlauer Bursche gewesen sein.« Joey zwinkerte, und während er seine neue Krawatte aus der Einkaufstüte nahm, um sie bei Licht zu betrachten, dachte Teresa an King und fragte sich, ob ihr die Art von Hochzeit gefallen hätte, bei der er sie durch das Kirchenschiff führte. Sie würden Arm in Arm gehen, und King Connors wäre der größte Mann im Raum. Er würde Cowboystiefel und einen neuen blauen Anzug tragen, und nach der Zeremonie würde er dafür sorgen, daß Champagner und ein Fruchtsalat mit Orangenscheiben und den besten Erdbeeren serviert würden. Oder vielleicht, dachte Teresa, würde er eher in einem abgetragenen grauen Anzug kommen, um Stunden zu spät, nachdem die Feier schon begonnen hätte, und dann würde er gehen, ehe die Sandwiches gereicht würden; sein Lieferwagen würde mit laufendem Motor vor der Tür stehen, und auf dem Beifahrersitz würde eine Frau sitzen und im Rückspiegel ihr Make-up überprüfen. In Wirklichkeit aber würde er, wenn sie ihn finden und ihm eine Einladung schicken würde, einfach überhaupt nicht kommen.

Teresa und Joey hatten die Eheerlaubnis bekommen, und Joey hatte einen Termin beim Standesamt von Santa Rosa vereinbart. Nun legte er seine neue Krawatte wieder zusammen und goß Ketchup über seine Pommes frites. »Wir sollten an eine Hochzeitsreise denken«, sagte er zu Teresa. »Wir könnten nach Eureka hinauffahren und in ein Motel gehen, falls die Straßen nicht überschwemmt sind.«

»Ich möchte, daß jemand dabei ist«, sagte Teresa.

»Nicht auf unserer Hochzeitsreise«, sagte Joey lächelnd. »Nur du und ich.«

»Ich möchte, daß jemand mich dir gibt«, beharrte Teresa.

»Wenn du nicht weißt, wie du deinen Vater erreichen kannst, wie wär's dann mit einem deiner Brüder?« fragte Joey. Er fühlte sich großzügig, seit Teresa eingewilligt hatte, ihn zu heiraten; wenn sie an ihrem Hochzeitstag Familie um sich haben wollte, dann würde Joey damit einverstanden sein, selbst wenn er sie nicht gern teilte, nicht einmal für ein paar Stunden.

»Wo die sind, weiß ich auch nicht«, sagte Teresa, und ihre Augen dort in der Nische bei Judy's füllten sich mit Tränen.

Joey griff über den Tisch und nahm ihre Hand in seine. »Gibt's denn da niemanden?« fragte er.

Teresa schüttelte den Kopf; Joey nahm ein paar Kartoffelchips und kaute sie nachdenklich.

»Keine Menschenseele?« fragte er.

»Bloß Bergen«, sagte Teresa achselzuckend.

»Ja, zum Teufel«, sagte Joey begeistert. »Ruf Bergen. Ruf, wen immer du willst.«

»Er war der Freund meiner Mutter«, sagte Teresa.

»Der Freund deiner Mutter?« sagte Joey. »Das ist fast ein Verwandter. Also los, dann soll er dich zum Altar führen.«

Als Teresa Bergen anrief, versteckte sich Silver schon seit über einer Woche in der Wohnung des Detektivs. Bergen hatte alles versucht, um Silver loszuwerden. Er war zur Bank gegangen, hatte achttausend Dollar abgehoben und sie ihm gegeben. Er hatte sich erboten, zum Flughafen zu fahren und ihm ein Ticket nach Südamerika oder Kanada zu kaufen, falls Silvers Schwierigkeiten so ernsthaft waren, daß er das Land verlassen wollte. Oder einen Rechtsanwalt – Bergen nannte ihm die Namen von einem Dutzend Anwälten, die Erfahrung in Drogenfällen hatten und bereit waren, gelegentlich einen Zeugen oder Richter zu bestechen. Doch Silver wollte nur Jod und einen Verband für sein Gesicht, er wollte Hamburger und Kaffee und jemanden, der ihm die Tageszeitung brachte, damit er sehen konnte, ob Gregorys Tod eine Nachricht wert war, und am meisten von allem wollte er Teresa. Er starrte auf das Telefon und schlief gleich daneben auf der Couch, mit einer Wolldecke zugedeckt, die einst Dina gehört hatte.

»Sie kann jeden Tag anrufen«, sagte er zu Bergen. »Und dann bin ich hier weg, und Sie können mich sofort vergessen.«

»Und was ist, wenn sie einen Monat lang nicht anruft?« fragte Bergen.

Silver grinste und rief Bobby zu sich auf die Couch. »Ich kann's mir hier auch für einen Monat gemütlich machen«, sagte er zu Bergen, einfach, weil er wußte, daß es den alten Mann ärgern würde.

»Wir sind nicht mal verwandt«, sagte Bergen. »Hast du keinen anderen Ort, wohin du gehen kannst?«

»Tun Sie's meiner Mutter zuliebe«, sagte Silver. Er griff nach der Sechserpackung Bier, die Bergen an diesem Morgen im Supermarkt gekauft hatte, nahm eine Dose und brachte einen Trinkspruch aus. »Es hätte ihr gefallen, wenn Sie mich als Ihren Sohn betrachtet hätten.«

Bergen zuckte zusammen, als Silver Dina erwähnte; wäre Dina nicht gewesen, hätte er die Polizei angerufen. Immer, wenn Silver fernsah oder auf der Couch schlief, betrachtete Bergen ihn und suchte nach einer Ähnlichkeit mit Dina, aber er konnte nichts an ihm entdecken, das ihn als ihren Sohn auswies.

An dem Abend, an dem das Telefon endlich klingelte, war Bergen in der Küche und kochte Eier für das Abendessen. Silver schlief auf der Couch. Der Detektiv versuchte, das Telefon als erster zu erreichen, doch Silver war vor ihm am Apparat. Seine Hände waren feucht, als er nach dem Hörer griff – er hatte von der Wüste geträumt, die Sonne war so heiß wie Feuer, und ein berittener Polizeitrupp verfolgte ihn gnadenlos. Als er Teresas Stimme hörte, hatte er auf der Stelle das Gefühl, er schwimme im kühlen Wasser.

»Leg nicht auf«, drängte er sie, sobald sie sich gemeldet hatte. »Bitte, bitte, leg nicht auf.«

»Was machst du da?« sagte Teresa zu ihm. »Ich will nicht mit dir reden.«

»Dann rede nicht«, sagte Silver. »Hör bloß zu – mehr brauchst du nicht zu tun. Hör zu.«

In der Telefonzelle in Villa Lobo klebte eine Libelle mit mitternachtsblauen Flügeln am Glas. Eine halbe Meile entfernt in dem fensterlosen Wohnwagen schlief

Joey. Er wußte nicht, daß Teresa ausgegangen war, um Bergen anzurufen, er wußte nicht, daß ihr jetzt kalte Schauer über den Rücken liefen.

»Ich werde heiraten«, sagte Teresa. »Ich rufe an, um Bergen zur Hochzeit einzuladen.« Silver drehte sich um, um Bergen anzusehen, der in der Tür zwischen Küche und Wohnzimmer stand.

»Lassen Sie mich doch allein«, zischte Silver dem Detektiv zu.

»Ich dachte immer, das wäre mein Telefon«, sagte Bergen, aber er ging zurück in die Küche, wich Silvers drohenden Blicken aus.

»Ich habe ein neues Leben angefangen«, fuhr Teresa fort.

»Ach, wirklich?« sagte Silver. »Willst du mir erzählen, daß du in diesen Burschen verliebt bist, den du heiraten willst?«

Als sie nicht antwortete, wußte Silver, daß er sie noch nicht verloren hatte. Er entspannte sich ein wenig; er griff nach einer Zigarette, zündete sie an und inhalierte tief. Mehr als fünfzig Meilen entfernt konnte Teresa hören, wie das Streichholz angerissen wurde, sie hörte Silver einatmen, sie konnte sich ein Zimmer voll mit blauem Qualm vorstellen.

»Ich weiß, daß du ihn nicht liebst«, sagte Silver, und obwohl er leise sprach, konnte Bergen ihn hören. Von seinem Platz hinter der Küchentür aus hörte sich Silver an wie ein Liebhaber; jedes Wort, das er sprach, klang nach Mitternacht, nach Federkissen, nach heimlichen Küssen in der Dunkelheit.

»Das kann dir doch egal sein«, sagte Teresa.

»Hör zu«, sagte Silver zu ihr. »Lee ist weg. Hörst du mich – ich bin sie losgeworden.«

In der Telefonzelle wurde Teresa schwindlig; sie war

auf drei Seiten von Glas und auf der vierten von einem dichten Regenvorhang umgeben. Sie wünschte, sie könnte den Hörer auflegen, aber Silvers Stimme erfüllte sie mit irgendeiner Hoffnung, jedes seiner Worte brachte sie in Versuchung, sich mit geschlossenen Augen in ihr Schicksal treiben zu lassen.

»Jetzt sind wirklich nur noch wir beide übrig«, sagte er.

»Tu nicht so, als läge dir was an mir«, sagte Teresa. »Erinnerst du dich an die Nacht, als du mich verlassen hast, um zu Lee in die Küche zu gehen? Erinnerst du dich an all die Anlässe, bei denen du mir gesagt hast, ich solle dich nicht anrühren? Keinem etwas verraten?«

»Okay«, sagte Silver. »Ich hab' ein paar Fehler gemacht. Vergiß sie.«

»Das versuche ich«, sagte Teresa zu ihm. »Ich versuche, dich völlig zu vergessen. Deshalb heirate ich. Also versprich mir nichts.«

Teresa kämpfte um Distanz, aber sie log, und keines ihrer Worte klang überzeugend, weder für Silver noch für sie selbst. Noch immer dachte sie jede Nacht an ihn, und jeder Kuß, den sie je bekommen hatte, war von ihm. Es war ihr noch immer unmöglich, sich ein Leben ohne ihn vorzustellen. Während sie den Hörer fest ans Ohr drückte, während sie seinem Atem lauschte – noch immer das einzige Geräusch, das ihr mitten durchs Herz schnitt –, versuchte Teresa, an Asche statt an Verführung zu denken. Sie dachte an blaue Monde und Mitternacht statt an die Mittagshitze des Stausees, an das Verlangen an dem Tag, da sie ihn zum erstenmal umarmt hatte, an dem Wildblumen und Wolfsmilch von ihrem nackten Rücken niedergepreßt wurden, an dem zwei Falkenfedern vom Himmel gefallen waren und ihre nackten Zehen gestreift hatten, ehe sie ins Gras schwebten.

»Gib mir Bergen«, sagte Teresa zu ihrem Bruder. »Ich

möchte, daß er zu meiner Hochzeit kommt und mich zum Altar führt.«

Silver weigerte sich, Bergen ans Telefon zu rufen. In dem Augenblick, da Gregory in den Rinnstein gefallen war, die Rockschöße des schwarzen Jacketts wie Flügel hinter sich ausgebreitet, hatte Silver beschlossen, daß er Teresa finden und mit ihr nach Mexiko gehen würde. So etwas wie einen Skandal gab es nicht mehr; er brauchte nicht weiter zu denken als bis zu einem Hotelzimmer in Mexiko, wo eine Frau mit langem schwarzen Haar auf ihn wartete.

»Keiner wird dich zum Altar führen«, sagte Silver. »Du heiratest bloß, um dich an mir zu rächen. Ich bitte dich, tu mir das nicht an. Nicht jetzt.«

In der Küche fragte sich Bergen, ob er träume oder ob jahrelanges Lauschen an Schlüssellöchern, während er Scheidungsfälle bearbeitete, ihn taub gemacht hatte für alles außer seltsamen, unwirklichen Unterhaltungen. Er schüttelte den Kopf, doch Silvers Worte dröhnten noch immer in seinem Ohr.

»Wir gehen nach Mexiko«, flüsterte Silver seiner Schwester zu. »Wir müssen. Für etwas anderes ist es zu spät. Gregory ist tot.«

Einen Augenblick schien Teresas Herz stillzustehen; sie stellte sich Gregory vor, wie er Silver umkreiste, bis er zu glühen begann, wie er so auf Silver fixiert war, daß er Feuer fing, daß alles an ihm in Flammen stand, von der roten Tätowierung auf seinem Arm bis zu den dunklen Augen, die nichts als Warten widerspiegelten – wie er sich in einer Sekunde auflöste.

»Er kann nicht tot sein«, sagte Teresa.

»Doch, er ist es«, sagte Silver. »Er ist so tot, wie man nur sein kann, und wenn ich nicht von hier verschwinde, könnten sie mich finden.«

»Du hast ihn umgebracht«, sagte Teresa. Sie war erstaunt über den Kummer, den sie empfand. Ein Mann war in einer meilenweit entfernten Stadt gestorben, und Teresa hielt den Telefonhörer so fest, daß ihre Hände weiß wurden.

»Ich hab' ihn nicht umgebracht«, versicherte Silver ihr. »Er ist bloß tot, das ist alles. Und sie werden sagen, ich hätte es getan – sie werden hinter mir her sein.«

In der Telefonzelle in Villa Lobo fühlte Teresa sich plötzlich entsetzlich einsam, als wäre Gregory, ein ehemaliger Sträfling, den sie kaum kannte, ihr einziger wahrer Freund gewesen.

»Vielleicht irrst du dich«, sagte Teresa. »Vielleicht lebt er noch.«

Silvers Stimme war leise, denn er wollte nicht, daß der Detektiv im anderen Zimmer ihn hörte. »Vergiß Gregory. Vergiß einfach alles außer mir.«

Silver brauchte nicht zu flüstern – Bergen lauschte nicht mehr, er hatte nicht den Mut, sich noch mehr anzuhören. Bobby kam zu ihm, die Leine in der Schnauze, doch Bergen ignorierte den Hund; er dachte an Teresa, erinnerte sich an ein Mädchen mit langen Zöpfen und Turnschuhen, ein Mädchen mit dunklen Augen, so tief wie ein Brunnen. Bergen hörte nicht, wie Silver Teresa nach ihrer Adresse fragte, er hörte nicht, wie eine Schreibtischschublade geöffnet wurde, als Silver nach einem Schreibblock suchte. Er fragte sich, ob er vor Jahren etwas hätte tun können, ob er darauf hätte bestehen sollen, in die Divisadero Street zu ziehen, statt im Lamplighter Motel zu bleiben, ob er darauf hätte bestehen sollen, daß Dina alle Geschichten zurücknahm, die sie Teresa erzählt hatte, und sorgfältig die erfundenen Männer, die sie Arias nannte, von dem Jungen trennte, der mit mißmutigem Gesicht am Küchentisch saß. Er fragte sich, was für ein Detektiv er war, wenn er nie die Täuschung gesehen hatte, die sich vor seinen Augen abspielte. Und er fühlte sich alt, wie er dort in der Küche stand, zu alt, um mehr zu tun als sich zu wünschen, Teresa möge inzwischen etwas über Täuschung gelernt haben. Er wünschte sich, Teresa möge so sicher sein wie er, daß ein Aria sich im hellen Sonnenlicht einfach auflösen mußte, daß er nicht mehr war als ein Bündel Zweige, mit Hoffnung zusammengeschnürt und auf ein reiterloses Pferd geworfen. Bergen hörte das Kratzen eines Stifts auf Papier, als Silver Teresas Adresse in Villa Lobo aufschrieb, er konnte Silvers Verlangen und die Unabänderlichkeit seines eigenen Schicksals so deutlich spüren, als sei endlich ein altes Geheimnis aufgedeckt, als erfülle eine Wolke von Rosenduft die Wohnung in der Dolores Street, und der alte Detektiv konnte nichts tun, als den Duft einzuatmen und unter der nackten Glühbirne, die an einem Draht von der Decke hing, zu frösteln.

Joey brauchte nicht lange, um zu merken, daß etwas schiefgegangen war. Er war an Teresas Schweigen, ihre langen Schlafanfälle, ihre Alpträume und ihre gelegentliche Angst vor der Dunkelheit gewöhnt. Doch nun war Teresa so ruhelos, daß sie im Wohnwagen auf und ab lief, an ihren Fingernägeln kaute, nicht essen wollte und sich beklagte, ihre Heiratspläne seien übereilt gemacht worden. Sie zweifelte an seiner Liebe, und langsam wurde Joey klar, daß er nichts richtig machen konnte.

Eines Morgens stand sie auf der Matratze ihres Bettes und öffnete das darüberliegende Fenster; davor befanden sich die Holzbretter, die Joey im Spätherbst angebracht hatte.

»Wir brauchen hier drinnen Licht«, sagte Teresa. »Ich kann nicht ertragen, daß es immer so dunkel ist.«

Joey ging zum Fenster hinüber, stieß Teresa beiseite und schlug es wieder zu. »Ohne diese Bretter würde jeder Sturm die Fenster eindrücken.«

Teresa setzte sich mürrisch auf das Bett. »Ist mir egal«, sagte sie.

»Ich dachte, der Wohnwagen würde dir gefallen.«

»Ich hasse ihn«, sagte Teresa wild. Sie sah sich um, schaute auf die billigen Möbel, die durchgelegene Matratze, die ungewaschenen Teller in der Spüle, und sie fühlte sich benommen. »Ich kann hier nicht leben«, sagte Teresa. Sie sprang vom Bett auf und ging wieder auf und ab, als laufe sie über glühende Kohlen.

»Wir brauchen nicht ewig hier zu leben«, sagte Joey. Er hatte nie wirklich daran gedacht, anderswo zu wohnen, aber es erschien ihm klug, sie jetzt zu besänftigen. »Wir können in ein Haus ziehen. In ein Landhaus am Fluß. Ich weiß eines, das zu vermieten ist.«

»Du weißt gar nichts«, sagte Teresa. »Mein Bruder wird herkommen, wußtest du etwa das?«

»Ich dachte, deine beiden Brüder wären verschwunden«, sagte Joey. »Ich dachte, ein alter Mann würde herkommen, um dich zum Altar zu führen.«

»Reuben ist derjenige, der verschwunden ist«, sagte Teresa. »Silver ist der, der herkommen wird.«

»Mir soll's recht sein.« Joey zuckte mit den Schultern. »Mir ist es egal, wer zu unserer Hochzeit kommt.« Er ging zum Schrank, nahm seine Jeans und einen Pullover heraus und zog sich an. »Es ist eiskalt«, sagte er. »Was ist bloß in dich gefahren, das Fenster aufzumachen?«

Teresa stand in der Mitte des Wohnwagens. »Ich hoffe, du begreifst, daß er nicht den ganzen Weg herkommt, um mich zum Altar zu führen.«

»Aha«, sagte Joey gedehnt. »Er ist also nicht einverstanden.«

»Es ist ernst«, sagte Teresa. »Er hat gerade jemanden umgebracht.«

»Was hat er getan?«

»Ach, ich weiß nicht«, sagte Teresa, ängstlich, daß sie Silver und sich selbst verraten würde.

Joey ging zu ihr und drehte sie um, so daß sie sich gegenüberstanden.

»Was hat er getan?«

»Er hat jemanden umgebracht«, flüsterte Teresa. »Und jetzt will er nicht, daß ich dich heirate.«

»Es ist mir egal, was er will«, sagte Joey. »Es ist mir egal, wen er umgebracht hat. Er wird uns nicht daran hindern zu heiraten.«

Teresa schüttelte den Kopf; überall an den Wänden des Wohnwagens sah sie Angel Gregory, und seine Augen waren noch trauriger als die des roten Hundes, den er auf der Haut trug.

»Du kennst Silver nicht«, sagte sie zu Joey.

»Wie kann er uns hindern?« fragte Joey. »Wir lieben uns.«

Teresa ging zur Tür und griff nach dem Regenmantel, der an einem hölzernen Haken hing. Dann öffnete sie die Tür und lief hinaus. Es regnete seit Tagen, und die Erde vor dem Wohnwagen war schlammig.

»Bist du verrückt?« rief Joey ihr nach, doch bis er seine Stiefel angezogen und nach seiner Jeansjacke gegriffen hatte, hatte Teresa schon einen Hammer aus dem Werkzeugkasten genommen. Sie hatte eine Kiste zum Fenster getragen und versuchte nun, die Nägel aus den Holzbrettern vor dem Fenster zu hebeln.

»Hör damit auf«, sagte Joey.

Teresa schaffte es, das erste Brett zu lösen; es fiel platschend auf die nasse Erde und versank in einer Pfütze.

»Hör auf«, sagte Joey. »Du wirst dich verletzen«, warnte er, aber Teresa hörte ihm nicht zu; mit aller Kraft zog sie an den Nägeln im zweiten Brett. Als Joey den Arm ausstreckte und sie von der Kiste zerrte, steckte der Hammer hinter dem Brett fest, und das zweite Brett wurde zusammen mit Teresa mit solcher Gewalt heruntergerissen, daß die zur Hälfte freigelegte Scheibe dahinter zerbrach. Glas fiel nach innen auf das Bett, Scherben fielen auf die Matratze, die Scheibe ragte mit scharfen Kanten aus dem Fensterrahmen, und einige der größten Scherben fielen nach draußen, auf sie zu, und landeten im Schlamm wie die Samen gefährlicher Pflanzen.

»Was ist mit dir los?« fragte Joey.

»Verstehst du nicht?« sagte Teresa zu ihm. »Ich mach mir Sorgen!«

Joey zog sie an sich und legte sein Kinn auf ihren Scheitel; Regentropfen liefen durch ihr Haar: riesig und klar und glitzernd wie Diamanten.

»Meinetwegen brauchst du dir keine Sorgen zu machen«, sagte Joey, und er brauchte nur ein paar Sekunden, bis er an ihrem Schweigen und ihren schlaff herunterhängenden Armen, die seine Umarmung nicht erwiderten, merkte, daß es nicht sein Wohlergehen war, um das sie sich Sorgen machte. Joey wich vor ihr zurück. »Machst du dir Sorgen wegen deines Bruders?« fragte er. »Machst du dir Sorgen, er könnte mich nicht gut genug finden?«

Teresa blickte zu Boden; er schien sich zu bewegen, der Schlamm schien zu fließen, als stünde sie auf einem dunklen Ozean.

»Rede!« schrie Joey. »Wenn du mich nicht heiraten willst, dann sag's mir.«

Teresa zitterte unter dem gelben Regenmantel. Selbst Joey konnte das sehen; ihre Hände zitterten, sie sah viel zu zerbrechlich aus, um da draußen im Regen zu stehen, naß bis auf die Haut, bis zu den Knöcheln im Schlamm, wo es doch nur noch ein paar Tage waren bis zu ihrer Hochzeit, Joey konnte nicht anders, er mußte zu ihr zurückgehen, sie in die Arme nehmen, sie küssen und sich entschuldigen.

»Ich bin verrückt«, sagte er. »Ich bin – es ist meine Schuld.« Er hob sie hoch und trug sie in den Wohnwagen, und als er fühlte, wie ihre Arme sich fester um seinen Hals legten, war er sicher, daß sie ihm seine Grausamkeit verziehen hatte. »Wir brauchen nicht über deinen Bruder zu reden«, sagte er, als sie wieder drinnen waren und die Tür hinter sich geschlossen hatten. »Wir werden heiraten, das ist alles, und wenn er denkt, er könnte das verhindern, dann wird er das Eingangstor verschlossen finden, und es wird zu spät sein, denn wir werden heiraten, ob ihm das gefällt oder nicht.«

Später an diesem Abend, nachdem Joey alle Glasscherben eingesammelt und das Fenster wieder vernagelt hatte, nachdem er zu Bett gegangen war, wartete Teresa im Sessel, bis sein Atem gleichmäßig ging und sie wußte, daß er zu träumen begonnen hatte. Sie war jetzt sicher, daß sie ihn nicht heiraten konnte, daß sie seinen Antrag nur angenommen hatte, weil sie geglaubt hatte, Silver würde es nie wagen, mit ihr davonzulaufen. Doch nun, nach all diesen Jahren, nun, da Silver endlich kam, um sie mitzunehmen, wußte Teresa nicht, was sie tun sollte. Als sie den Rucksack vom Schrank holte, gehorchten ihr ihre Hände nicht, und ihr Herz klopfte wild. Sie füllte den Rucksack mit Konserven, zog ein Paar Wanderstiefel an und schlüpfte in den gelben Regenmantel. Wenn sie blieb, wenn sie gezwungen war, draußen auf dem Campingplatz zwischen Joey und Silver zu stehen, dann würde sie vielleicht nicht den Mut haben, Joey zu sagen, daß sie ihn nicht heiraten konnte; sie würde vielleicht nicht den Mut haben, Arm in Arm mit Silver über den Platz zu gehen, wenn Joey ihnen nachstarrte, während Silver die Tür seines Camaro öffnete und Teresa sich auf den Beifahrersitz setzte. Doch als sie um Mitternacht den Wohnwagen verließ, die Tür vorsichtig nur einen Spalt öffnend, damit der Wind und der Geruch des Flusses nicht das Bett erreichten und Joey aufweckten, spürte Teresa, daß Silver sie trotzdem finden würde. Sie floh nicht vor Silver in dieser Nacht, sie wollte nur heraus aus dem dunklen Wohnwagen, heraus in den Mondschein, heraus in den Regen, der immer stärker wurde.

Teresa wartete auf den Stufen, bis Atlas sich durch die Tür gezwängt hatte; als der Hund draußen war und den strömenden Regen sah, wollte er sich umdrehen und wieder hineingehen, aber Teresa schloß die Tür, ging die Stufen hinunter und winkte dem Collie, ihr zu folgen. Und so trottete er neben ihr über den Campingplatz, durch das Tor und dann eine Meile die River Road hinunter. Dort glaubte Teresa, ein Auto gehört zu haben, und floh wie ein wildes Tier durch eine Lichtung in den Wald; Atlas hatte keine andere Wahl, als ihr zu folgen, als Teresa unter einem sternenlosen Himmel begann, auf den Fluß zuzugehen.

In dieser Nacht gab es einen der schlimmsten Stürme, die die Gegend je erlebt hatte; binnen weniger Stunden ertranken mehr Menschen als in den letzten fünf Jahren. Es war eine Nacht, in der die Fische nach Luft schnappten, Frösche auf die offene See hinausgespült wurden und riesige Baumstämme mit der Geschwindigkeit chinesischer Segelboote flußabwärts trieben. Wilde Erdbeeren waren von vier Fuß Wasser bedeckt, Eichelhäher hockten auf den obersten Zweigen der Eukalyptusbäume,

Spinnen woben Netze aus Wasser und Luft. Gegen Morgen wurden die Ruderboote aus den Schuppen geholt, um Vermißte zu suchen und Hunde und Katzen einzusammeln, die auf Hügelkämmen gestrandet waren. Straßenarbeiter bereiteten sich mit Sandsäcken auf weitere Überschwemmungen vor und fingen an, die weggeschwemmten Brücken und Straßen zu reparieren.

Der Sturm hatte Silver gezwungen, den Highway zu verlassen; er hatte die Nacht in einem Motel in San Rafael verbracht, und als er morgens nach Villa Lobo aufbrach, war der Himmel klar und die Sonne schien hell. Silver ließ sich Zeit mit der Fahrt; es war nicht nötig, sich zu beeilen, er war sicher, daß Teresa auf ihn wartete – vielleicht hatte sie schon ihre Koffer gepackt, sich von einem Mann verabschiedet, den sie nie geliebt hatte, und stand schon wartend vor der Tür.

Als Silver die Brücke erreichte, die über den Fluß und nach Villa Lobo führte, wurde er durch einen Mann mit einer Fahne angehalten, und einen Augenblick lang hätte er beinahe gewendet und wäre zum Highway zurückgefahren. Beim Anblick der roten Flagge dachte er, er hätte in Gregorys Wohnung Fingerabdrücke hinterlassen, oder Gregory wäre noch nicht ganz tot gewesen, als Silver ihn auf der Straße zurückgelassen hatte, und hätte noch Silvers Namen und seine Autonummer angeben können, bevor er in die Leichenhalle gebracht wurde. Aber keine Streifenwagen warteten auf Silver, und der Mann mit der Flagge gehörte nur zu den Straßenarbeitern, die die Brücke reparierten. Statt umzudrehen, fuhr Silver an den Straßenrand und reihte sich in eine Schlange von Autos ein, die darauf warteten, die Brücke zu überqueren. Der Fluß stand so hoch, daß selbst hier auf der River Road schlammiges Wasser um die Reifen des Camaro spritzte. Silver schaltete den Motor aus und beobachtete den

Fluß; als er an Teresa dachte und sich vorstellte, wie sie auf der vorderen Veranda des Wohnwagens saß, wartete und auf der Straße nach seinem Auto Ausschau hielt, mußte er unwillkürlich lächeln.

Doch Teresa wartete nicht auf der Veranda, sie befand sich schon mehr als fünfzehn Meilen westlich von Villa Lobo. Sie war den größten Teil der Nacht hindurch gegangen und dem Fluß gefolgt, bis sie erschöpft und völlig durchnäßt war. Sie hatte sich auf höhergelegenem Terrain gehalten und war den schlimmsten Überschwemmungen ausgewichen, doch sie rutschte beim Gehen dauernd aus, und ihre Kleider waren schlammbedeckt. Vor der Morgendämmerung, noch immer bei strömendem Regen, machte Teresa halt und kauerte sich mit Atlas zu ihren Füßen in ihrem Regenmantel zusammen. Sie schlief ein, aber in dieser Nacht hatte sie keine Träume, und es regnete weiter, so daß Teresa von einer Pfütze umgeben war. Der Fluß, nur wenige Yards von ihr entfernt, stieg weiter an. Zum ersten Mal seit Monaten hatte Teresa keine Angst vor einem Schlafanfall, sondern begrüßte ihn; jetzt, da Silver unterwegs war, wußte sie sicher, daß er sie finden würde. Als Joey sich endlich entschloß, zum Büro des Sheriffs zu gehen und sie als vermißt zu melden, schlief sie schon seit fast zehn Stunden.

Er füllte alle erforderlichen Formulare aus, dann fuhr er die River Road hinauf und herunter und quer durch Villa Lobo in der Hoffnung herauszufinden, wohin Teresa mitten in der Nacht gegangen war. Nachdem er mehrere Stunden ohne jeden Erfolg gesucht hatte, fuhr Joey zu einer Raststätte an der River Road und bestellte ein Bier, und er begann sich zu fragen, ob sie die ganze Zeit vorgehabt hatte, ihn zu verlassen, ob sie das Hochzeitskleid nur gekauft hatte, um ihn in Sicherheit zu wiegen, ob sie sich vorgenommen hatte, in einer Nacht zu verschwinden, in der die Luft kalt war und der Regen ihre Fußabdrücke wegspülte; vielleicht hatte sie ihn nie wirklich geliebt. Joey verbrachte den ganzen Nachmittag in dem Rasthaus und bestellte ein Bier nach dem anderen, und als Silver den Campingplatz erreichte, war er verlassen. Silver klopfte an die Türen aller Wohnwagen, dann setzte er sich auf die Motorhaube des Camaro. Er fürchtete, in eine Geisterstadt geraten zu sein. Vielleicht hatte Teresa ihm auch versehentlich die falsche Adresse gegeben. Als Joey auf den Campingplatz zurückkam, lief Silver sofort zu ihm hin. Wenn Joey nicht betrunken gewesen wäre, hätte er Silver vielleicht einen Haken versetzt, aber so streckte er nur die Hand aus wie zur Begrüßung.

Silver machte sich nicht die Mühe, höflich zu sein. »Ich will nur eines wissen«, sagte er zu Joey. »Wo ist meine Schwester?«

Joey hatte so viel Bier getrunken, daß er überzeugt war, daß Teresa ihn nicht wirklich hatte verlassen wollen; sicher wäre sie zu ihm zurückgekommen, wenn sie gekonnt hätte. Und wenn sie nicht zurückgekehrt war, so nur deshalb, weil sie von der Flut überrascht worden war; Joey stellte sich vor, daß sie in einem Brombeerdickicht festsaß, unfähig, sich wegen des höher steigenden Wassers von der Stelle zu rühren, bis sie in einem tiefen grünen Tümpel versank.

»Sie ist weg«, sagte Joey zu Silver.

Er wußte sofort, daß er Teresas Bruder vor sich hatte, den, der gegen die Hochzeit war, doch für Joey spielte das keine Rolle mehr; es gab nichts mehr, worüber man sich streiten mußte. Joey ging zu seinem Wohnwagen und blieb erst stehen, als Silver eine Hand auf seine Schulter legte.

»Was soll das heißen – weg?« fragte Silver. »Sie hat mich erwartet. Warum sollte sie da weggehen?«

Joey konnte nicht sagen, ob er wirklich den Fluß steigen hörte oder sich das Geräusch einer raschen Strömung nur einbildete. Er atmete tief durch; der Fluß war überall, füllte seine Brust.

»Sie ist letzte Nacht weggegangen«, sagte er zu Silver, aber noch während er sprach, hatte Joey das merkwürdige Gefühl, Teresa sei bei ihm und er könne ihre Anwesenheit in der Luft und in der Erde unter seinen Füßen spüren.

»Sie wollen mir was vormachen«, sagte Silver. »Ich weiß, daß sie hier ist. Sie haben sie irgendwo versteckt.«

Als Joey die Tür des Wohnwagens öffnete, stürmte Silver hinein, aber Teresa war nicht da. Silver starrte auf das ungemachte Bett, das weiße Kleid, das in dem offenen Schrank hing, das ungewaschene Geschirr im Ausguß. Und in diesem dunklen Wohnwagen standen zwei Männer, die sich nicht kannten, weniger als fünf Fuß voneinander entfernt, und jeder der beiden war überzeugt, wenn er die Augen schließen würde, könnte er Teresa sehen, würde er ihre Handfläche auf seiner Stirn spüren, ihre federleichte Berührung, und ihr Herz würde nur ihm gehören.

Teresa erwachte nach fast zwanzig Stunden Schlaf; es war später Nachmittag, Libellen schwirrten über der Wasseroberfläche, Wasserlilien, die sich vor dem Regen verschlossen hatten, öffneten sich jetzt, und ihre Blütenblätter waren weiß und blaßgrün. Keine einzige Wolke stand am Himmel, und abgesehen von dem gefährlich hohen Wasserstand des Flusses und der Feuchtigkeit der Erde war vom Sturm der gestrigen Nacht nichts mehr zu bemerken. Der Himmel war so ruhig, daß der Regen vielleicht nur in irgendwelchen Träumen vorgekommen war. Teresa war Meilen von Villa Lobo entfernt, und als sie zum Fluß ging, um ihre Hände und ihr Gesicht zu waschen, war es so still; nicht einmal ihre eigenen Schritte waren zu hören. Als sie sich bückte und ihre Hände in das schlammige Wasser am Ufer tauchte, fiel Teresa auf, daß sich in der Mitte, weit jenseits der Sandbänke, eine Stelle befand, die blau wie chinesisches Porzellan schimmerte und so tief aussah wie ein Ozean. Es war so still am Fluß, daß sie nur das träge Summen der Libellenflügel hörte; schließlich pfiff sie nach Atlas. Als der alte Hund mit schlammverklebtem Fell auftauchte, tätschelte Teresa ihm den Kopf. Dann nahm sie eine Büchse Sardinen aus dem Rucksack und teilte sie mit Atlas. Nachdem sie gegessen hatten, ging Teresa die paar Schritte zum Fluß und warf helle Steine ins Wasser, nur um das Geräusch zu hören. Jedesmal, wenn ein Stein fiel, klang es wie ein Glockenschlag, und jedesmal sprangen Fische hoch und schnappten danach, in der Hoffnung auf Mücken oder Brot.

Als Teresa den Wohnwagen verlassen hatte, hatte sie keinen Gedanken daran verschwendet, wohin sie gehen würde, und solange es hell war, konnte sie sich einreden, sie habe sich nicht verirrt; sie stellte sich vor, sie sei bei einem Picknick in der Wildnis, zu dem früher oder später Silver erscheinen würde. Doch als die Stunden vergingen und die Sonne allmählich unterging, geriet Teresa in Panik. Überall waren Schatten. Jetzt gab es zu viele Geräusche – zögernd schritten Wildtiere auf das Wasser zu, die Bäume bewegten sich und schienen ein Eigenleben zu haben. Teresa hatte Angst, da zu bleiben, wo sie war, doch als sie daran dachte, den Rückweg zur River Road zu suchen, bekam sie noch mehr Angst. Ihre Kleider könnten im Brombeergebüsch hängenbleiben, Scharen wilder Vögel könnten sie angreifen, ihre Haarsträhnen mit den Schnäbeln packen und sie auf die Baumwipfel tragen.

Um sich zu beruhigen, versuchte sie sich vorzustellen, wie Silver sie finden könnte. Sie wünschte sich, sie hätte eine Spur hinterlassen: die Steine einer Halskette, Stofffetzen von ihrer Bluse, harte Brotkrusten. Und falls er sie finden würde, fragte Teresa sich, würde sie dann mit ihm nach Mexiko gehen? In Mexiko würde sie keiner kennen. Sie könnten verschiedene Namen benutzen und ein Haus weit oben in den Hügeln mieten, sie müßten nie mit irgendwelchen Fremden sprechen. Vielleicht könnte sie dann all die Anlässe vergessen, bei denen Silver sich von ihr abgewandt hatte, vielleicht könnte sie dann vergessen, daß sie die Hoffnung aufgegeben hatte, daß sie sicher gewesen war, für alle Zeit auf ihn warten zu müssen. Sie würde sich nicht mehr an Angel Gregory erinnern; sie würde endlich fähig sein, nicht mehr an die Nacht zu denken, in der sie sich ihm näher gefühlt hatte als jedem anderen Menschen auf der Welt, eine Nacht, in der ihrer beider Erinnerung an Silver realer erschienen war als Silver selbst.

Als es noch dunkler wurde und der Mond aufging, zweifelte Teresa daran, daß Silver sie hier im Wald jemals würde finden können; selbst wenn er eine Landkarte und die Fäuste voller Diamanten hätte, die den Weg vor ihm beleuchteten wie tausend Laternen, könnte er sie verpassen, könnte er an ihr vorbeilaufen. Doch nach all den Jahren, die sie damit zugebracht hatte, auf ihn zu warten, hatte sie nun nicht mehr die Willenskraft, sich zu bewegen. Und so blieb Teresa, wo sie war. Atlas betrachtete sie verwirrt; er verstand nicht, warum sie an einem Ort blieben, wo alles nach Fluß duftete, einem Ort, wo die Frösche laut waren wie Trompeten und wo der Mond viel zu weit entfernt schien, wo sich Tiere und Vögel über ihnen bewegten, von einem Ast zum anderen kletterten und so an die Stille gewöhnt waren, daß sie gar nicht merkten, daß dort eine Frau allein saß, mit angezogenen Knien und noch immer feuchter Haut. Und später in dieser Nacht konnte Atlas sich nicht mehr beherrschen, er machte sich auf die Suche nach den Tieren, die er im Wald hörte. Und während er Waschbären und Fledermäusen und den Fröschen folgte, die am Fluß von einem Baumstamm zum anderen hüpften, schlief Teresa ein. Sie schlief gegen ihren Willen ein, und gegen ihren Willen träumte sie. Im Traum hörte sie das Gras neben sich rascheln, und als sie sich umwandte, war es nicht Atlas, der zurückgekommen war, war es kein Aria, der sie im Wald gefunden hatte, es war nur ein kleines, dunkles Pferd, das unter der nächsten Fichte stand.

Das Pferd war so nahe, daß seine Hufe den gelben Regenmantel streiften, auf den sie den Kopf gelegt hatte. Es war so nahe, daß Teresa seinen Atem sehen konnte. Sie konnte sehen, daß seine Mähne rot war, von der Farbe des Herzens oder bestimmter Rosen. Im Traum tat sie, als schliefe sie, aber sie beobachtete, wie es an ihr vorbeiging; sie sah orangefarbene Paradiesvögel zwischen seinen Hufen, und wenn sie die Hand ausgestreckt hätte, hätte sie es berühren können, aber sie ließ es an sich vorbei auf den Fluß zugehen.

Dann hörte sie im Traum ein platschendes Geräusch, und Teresa stand auf und erreichte das Ufer gerade noch rechtzeitig, um das Pferd eintauchen zu sehen. Es bewegte sich im Wasser sehr anmutig, das Wasser glitt von seinem Rücken und schimmerte im Mondschein. Wasserpflanzen und Blumen hefteten sich an seine Mähne, während es von den wilden Irisblüten graste, die auf den fernsten Sandbänken wuchsen. Teresa konnte jetzt sehen, daß die Mähne des Pferdes zwar rot, sein Fell aber von der gleichen Farbe wie der Fluß war – wacholderrindenbraun, braun wie der Sand an einem fremden Strand. Teresa sah die Irisstückchen zwischen seinen Zähnen, die Blütenblätter hatten die Farbe von Amethysten oder von Regen, der bei Nacht fällt. Endlich schwamm es flußabwärts, glitt still nach Westen, ohne Anstrengung, ohne sich auch nur zu bewegen. Und ehe Teresa sich versah, war das Pferd außer Sicht, und die Flußoberfläche war wieder glatt, und nichts verriet, daß es je dagewesen war. Es gab nur Baumstämme und Kaulquappen und stilles, klares Wasser.

Teresa hätte vielleicht noch stundenlang weitergeschlafen, wenn das platschende Geräusch nicht lauter geworden wäre, obwohl das Pferd schon lange flußabwärts verschwunden war. Als sie die Augen öffnete, war sie auf der Stelle wach, umgeben von Dunkelheit und den Lauten von etwas, das in der Nähe ertrank. Teresa stand auf und folgte dem Geräusch; sie rannte an den Uferbänken entlang, wo das Pferd aus ihrem Traum an Irisblüten geknabbert hatte. Sie konnte kaum sehen, das Wasser stand ihr schon bis an die Knöchel, sie stolperte über einen halb überschwemmten Baumstamm, und dann war das Wasser plötzlich knietief. Ihre Hände waren von unsichtbaren Mücken bedeckt, und ihre Haut schien zu singen. Teresa hörte Atlas, ehe sie ihn sah; sie brauchte eine Weile, um ihre Augen an die Dunkelheit zu gewöhnen. Als Teresa ins Wasser tauchte, folgte sie daher nur einem Geräusch: dem Geräusch eines Herzschlages im Wasser, dem Flüstern von Lungen, die zu müde waren, um zu atmen. Sie schwamm vom Ufer weg, und als sie die Mitte der Stelle erreichte, die so tief wie ein Ozean und so blau wie Porzellan war, sah sie Atlas endlich; er war am Ertrinken, er war gerade zum dritten

Mal untergegangen, und sein langhaariges Fell schwebte an der Oberfläche. Atlas war den Fröschen über die schlüpfrigen, im Wasser liegenden Baumstämme gefolgt, und nachdem er hineingefallen war, schien das Wasser ihn in die Mitte zu ziehen, genau an die tiefste Stelle.

Während sie auf den Hund zuschwamm, merkte Teresa, daß das sie umspülende Wasser laut toste. Sie packte Atlas und hob seinen Kopf aus dem Wasser, hielt ihn um die Mitte und kämpfte gegen die Strömung an. Nachdem es ihr gelungen war, die tiefe Stelle zu verlassen, atmete sie leichter, und als sie das Ufer erreicht hatte, zerrte sie Atlas aus dem Wasser. Sie legte ihr Ohr an seine Brust, aber sie konnte seinen Atem nicht hören. Sie kniete neben ihm nieder und drückte auf seinen Rükken, und langsam sickerte Wasser aus dem Maul des Collies, aber immer noch kam er ihr wie zerbrochen vor. Sie drückte eine Ewigkeit auf seinen Rücken, und als sie dann wieder das Ohr an seine Brust legte, hörte sie ein schwaches, unstetiges Einsaugen von Luft, die Verheißung von Atem.

Jetzt begann Teresa zu frösteln, jetzt erst merkte sie, wie die kalte Luft ihre Finger und Zehen blau werden ließ. Sie stand auf und beugte sich dann nieder, um den Hund aufzuheben. Er war zehnmal so schwer wie im Wasser, aber sie hob ihn so, daß er auf ihrer Schulter lag. Sie konnte den Fluß an seinem Fell und auf ihrer eigenen Haut riechen. Der Mond war nicht mehr zu sehen, aber Tausende von Sternen standen am Himmel, und ganz im Osten erkannte sie den Mars. Teresa stand da, den Hund auf den Schultern; er war schwerer als ein Sack Steine, schwerer als Satteltaschen voller Gold. Sie ging in die entgegengesetzte Richtung des einzigen Planeten, den sie am Himmel erkannte, entfernte sich vom Fluß und ging auf die Hügel zu. Stundenlang ging sie durch dornige, wilde Brombeersträucher, die ihr den Weg versperrten. Und als der Himmel heller zu werden begann, als es schon fast dämmerte, trat Teresa aus dem Wald heraus.

Über ihr, in den Hügeln, sah Teresa die Schatten eines Farmhauses; sie ging den Weg hinauf, der zum Haus führte, erschöpft vom Gewicht des Hundes und ihrer nassen Kleider. Was als felsiges Feld begann, wurde bald zu einem Feld voller Artischocken; große, purpurne Blüten waren stehengelassen worden, damit sie verwelkten und Samen ausstreuten, und die Erde war von den Hufen von Rindern und Schafen festgetreten. Über ihr zogen die Wolken immer schneller dahin, und Möwen kreischten. Teresa folgte dem ausgetretenen Pfad bis zur Tür des Farmhauses; vom Hügelkamm aus, auf dem das Haus stand, konnte sie nun tief unten die Mündung des Flusses sehen. Schwarze Felsen bildeten das Tor, das sich zum Pazifik öffnete, und während Teresa schaute, eilte der Fluß dahin, wurde in Windeseile zu Salzwasser in diesen letzten Stunden des Sternenlichts gleich unter einem Hügelkamm am äußersten Rand des Westens.

Teresa schlief in einem Messingbett unter einem Quilt, der von einer Generation auf die nächste vererbt worden war. Sie schlief nur ein paar Stunden und wachte vor Mittag wieder auf. Zum erstenmal seit Jahren dachte sie in diesen ersten wachen Augenblicken nicht an Silver, sondern verspürte eine wilde Freude, es allein an diesen Ort geschafft zu haben, und sie dachte an lange Abende, an Städte, in denen sie noch nie gewesen war, und an die Möglichkeit, sich zu verlieben, statt an der Liebe zu leiden. Als sie nach unten ging, barfuß und in geliehenen Jeans und Pullover, betrachtete sie alles, als sei sie gerade in einem fremden Land angekommen. In der Küche neben dem Gasherd stand Catherine, der das Haus gehörte, und kochte auf einer kleinen blauen Flamme braune Eier. Atlas schlief auf einer Flanelldecke, die den harten Fichtenholzboden polsterte. Teresa kauerte sich neben dem Hund nieder; die Mähne um seinen Hals war noch immer feucht.

»Der Hund kommt schon wieder in Ordnung«, versprach Catherine. Sie drehte die Flamme unter dem Eiertopf aus. »Alles Wasser ist draußen, und jetzt braucht er nur noch Ruhe.«

»Er sieht so müde aus«, sagte Teresa.

»Ich habe etwas, dem er sicher nicht widerstehen kann«, sagte Catherine. Sie ging zum Kühlschrank, nahm eine Flasche Milch und goß etwas in eine Bratpfanne. Dann stellte sie die Pfanne vor der Nase des Hundes auf den Boden; Atlas hob den Kopf, und als er zu trinken begann, lächelten die beiden Frauen einander triumphierend zu. Später, als Catherines Mann Dan mit ihrem zehnjährigen Sohn Mark nach Hause kam, richteten sie alle zusammen eine Kiste her, damit sie Atlas nach draußen in die Sonne tragen konnten.

»Ihr beide habt Glück gehabt, daß ihr nicht ertrunken seid«, sagte Dan zu Teresa. »Wir waren heute morgen unten am Fluß, er ist um mehr als fünfzehn Fuß gestiegen. Der Strand unten bei Goat's Rock ist fast weggespült.«

Selbst da hatte Teresa noch nicht das Gefühl, etwas Unmögliches geschafft zu haben, indem sie der Flut entkam und den Collie so viele Meilen weit trug. Unmöglich erschien einzig und allein, all diese Jahre auf Silver gewartet zu haben, auf eine Nacht, in der der Mond orangefarben und voll und der Erde so nah war, daß er die höchsten Äste der Eukalyptusbäume streifte. Unmöglich schien, niemals die seltene Art von Kühnheit gefühlt zu haben, die sie nun empfand. Und später, als es für

Teresa Zeit wurde, wieder zu gehen, und Catherine sie auf ihr verfilztes und verknotetes Haar aufmerksam machte, griff Teresa in eine Küchenschublade und nahm eine Schere heraus.

»Schneiden wir es ab«, sagte sie.

Catherine berührte ihr eigenes Haar. »O nein. Das wollen Sie doch nicht wirklich.«

Als Teresa ein Kind war und nachts stundenlang den Grillen lauschte, lehnte sie sich oft so weit aus ihrem Fenster, daß ihre Zöpfe über die halbe Höhe der Hausmauer reichten. Jetzt bestand sie darauf, daß Catherine ihr Haar schnitt; es schien sinnlos, die Knoten auskämmen zu wollen. Sie schlossen einen Kompromiß, und als Catherine fertig war, war Teresas Haar noch immer lang – es reichte ihr fast bis auf die Schultern –, aber es war leichter, umrahmte ihr Gesicht und kräuselte sich zu ihrer Überraschung um ihre Stirn. Und als Teresa vom Telefon im Wohnzimmer aus Bergen anrief, war der Haarschnitt das erste, wovon sie ihm erzählte.

»Warte, bis du es siehst«, sagte Teresa. »Ich sehe nagelneu aus.«

»Ich interessiere mich eher für Silver als für Haarschnitte«, sagte Bergen. »Er ist vor vier Tagen hier weggefahren und hat gesagt, er wolle direkt nach Villa Lobo fahren, um dich zu besuchen.«

»Ich bin nicht da«, gestand Teresa. »Ich bin weggelaufen. Ich werde nicht heiraten.«

»Nein?« sagte Bergen. Sein Hals war trocken; er schaute zu Dinas blauweißem Geschirr hinüber. »Ist es wegen Silver?« zwang er sich zu fragen.

»Nein«, sagte Teresa aufrichtig.

»Du kannst zu mir ehrlich sein«, sagte der Detektiv. »Ich weiß alles. Ich habe gehört, wie er mit dir telefonierte. Er hörte sich an, als sei er dein Liebhaber.«

Allein in Dans und Catherines Wohnzimmer, wünschte sich Teresa, sie könnte jedes Wort auslöschen, das der Detektiv gehört hatte. Sie dachte an seine Wohnung in der Dolores Street – das Fenster, wo der Käfig des Kanarienvogels gehangen hatte, das Zimmer mit Dinas so sorgfältig gepackten Habseligkeiten.

»In Wirklichkeit weißt du gar nichts«, sagte Teresa und wünschte, sie könnte ihn anlügen und behaupten, seine Vermutungen seien nicht wahr.

»Ich kann es erraten«, sagte Bergen. »Ich kann genug erraten, um mir sicher zu sein. Um Himmels willen, Teresa, ich verurteile dich nicht – ich rede gar nicht davon, was die Leute denken würden und was legal oder illegal ist, das alles interessiert mich nicht. Es ist die Tatsache, daß es Silver ist, daß du ihn immer noch für etwas hältst, was er nicht ist. Teresa, du kennst ihn nicht.«

»Vielleicht nicht mehr«, sagte Teresa. »Aber früher schon«, flüsterte sie.

In der Wohnung des Detektivs in San Francisco gab es ein Foto von Dina und ihren drei Kindern, das vor vielen Jahren von King Connors mit einer geliehenen Kamera aufgenommen worden war. Es war an einem Tag gemacht worden, an dem der Himmel so hell war, daß Teresa blinzelte, als King auf den Auslöser drückte, an einem Tag, an dem Teresa nicht älter als acht Jahre war und alles möglich schien: Männer auf weißen Pferden konnten mit verbundenen Augen durch die Wüste reiten, angezogen vom Herzschlag der Frau, die sie liebten; der Sand hatte eine eigene Stimme und konnte singen; niemand veränderte sich je oder wurde alt oder verschwand ohne jede Vorwarnung.

»Ja, früher schon«, stimmte Bergen zu.

Vor Catherines und Dans Haus lag Atlas in einer braunen Pappkiste, die mit Flanell ausgeschlagen war; durch das Wohnzimmerfenster konnte Teresa sehen, wie er sich in der Sonne streckte – langsam wurden seine Knochen wieder warm, und ein zehnjähriger Junge entfernte vorsichtig die Kletten aus dem Fell an seinem Hals.

»Er hatte immer dunklere Augen als alle anderen«, sagte Teresa zu Bergen. »Er pflegte weiße Hemden zu tragen, die perfekt gebügelt waren, und er trug dasselbe Hemd nie häufiger als einmal – es war immer sauber. Ich kannte ihn besser als jeder sonst; ich konnte allein am Klang seiner Schritte hören, ob er hinter mir ging.«

»Ein Aria«, sagte Bergen, und er wußte, daß Teresa sechzig Meilen entfernt bejahend mit dem Kopf nickte.

Früher gab es Zeiten, da streckte sich Teresa im Gras neben Atlas und dem alten Hund Reggie aus; sie legte sich irgendwo gleich neben den Sonnenblumen hin und starrte hinauf zu Silvers Schlafzimmerfenster. Sie konnte hören, wie King in der Einfahrt versuchte, seinen alten Lieferwagen zu starten, und sie hörte die Fliegengittertür zufallen, wenn Reuben das Haus verließ, um zum Safeway zu gehen. Manchmal wartete sie stundenlang draußen im Garten, während Silver noch schlief. Manchmal kam Dina heraus und setzte sich zu ihr, und dann starrten beide zu Silvers Fenster hinauf, schweigend wie zwei liebeskranke Mädchen.

»Ich mache mir Sorgen um dich«, sagte Bergen jetzt. »Sollte ich gar nicht – wir sind ja nicht wirklich verwandt. Aber ich tue es trotzdem.«

In wenigen Stunden würde in dem Haus, in dem Teresa die Nacht verbrachte hatte, Abendessenszeit sein. Catherine würde ihrem Sohn eine Keramikschüssel voller Karottenscheiben geben, und der Tisch würde mit irdenem Geschirr gedeckt sein. Wenn Teresa beschloß, Atlas dort zu lassen, würde er nur ein paar Fuß vom Tisch entfernt schlafen, die Schnauze in Flanell vergraben, und würde sich nicht rühren, bis Catherine die Reste in seinen Napf kratzte.

»Ich bin froh, daß du damals in unser Haus gekommen bist«, sagte Teresa zu Bergen.

»Bist du sicher, daß du es nicht bedauerst, daß statt dessen nicht King zurückgekommen ist?« fragte Bergen sie.

»Nur manchmal«, gestand Teresa. »Meistens bin ich froh, daß du es warst. Willst du ein Geheimnis wissen?« fragte sie plötzlich. In einer kleinen Weile würde sie mit einem feuchten Tuch ihre schlammigen Wanderstiefel säubern und hinübergehen zu Dans Kombiwagen, damit er sie nach Villa Lobo zurückfahren konnte. Die Luft würde salzig sein, und vom Hügelkamm aus würde der Ozean klar aussehen wie Glas. Pelikane würden auf den riesigen schwarzen Felsen hocken, und Atlas würde ein paar Fuß vom Artischockenfeld entfernt dösen. »Es war Zimt«, flüsterte Teresa, die Bergen Aufrichtigkeit schenken wollte, wie jemand anderer ihm vielleicht zerbrechliche Töpferwaren geschenkt hätte. »Den tat meine Mutter in den Kaffee.«

»Das kann nicht sein«, sagte Bergen.

»Das war das ganze Geheimnis«, sagte Teresa. »Ich weiß, du hast immer gedacht, es sei etwas Komplizierteres.« Sie fragte sich, ob sie dem Detektiv vielleicht das falsche Geschenk gemacht hatte. »Tut es dir leid, daß ich es dir gesagt habe?«

»Zimt«, sagte Bergen und spürte, wie seine Enttäuschung schmolz. »Nein«, sagte er zu Teresa. »Es ist immer viel besser, die Wahrheit zu wissen.«

An den drei Tagen nach Teresas Verschwinden verließ Joey den Wohnwagen frühmorgens und nahm eine Angel mit, aber wenn ihn jemand gefragt hätte, welchen Fisch er zu fangen gedachte, hätte er keine Antwort gewußt. Ihm lag überhaupt nichts am Angeln, und oft ließ er die Angelrute unbenutzt im hohen Gras liegen, wenn er den Fluß erreicht hatte. Lange vor der Dämmerung kauerte Joey dann am Ufer und starrte nach unten, als halte er nach Forellen Ausschau, aber in Wirklichkeit suchte er nach ganz anderen Lebenszeichen.

Im Gegensatz zu Silver glaubte Joey nicht, daß Teresa zum Campingplatz zurückkommen würde, doch er hatte es geschafft, sie zu finden. Wenn er am Fluß saß, erwartete er wirklich, Teresa aus den Tiefen aufsteigen zu sehen, Orchideen zwischen Fingern und Zehen. Joey fing an, die Stimmen gewisser Vögel zu erkennen, obwohl er ihre Namen sowenig kannte wie die Fischarten, die dem Meer zuschwammen. Er suchte in den Lokalzeitungen nicht länger die Namen derer, die bei dem Unwetter ertrunken waren, er rief nicht mehr im Büro des Sheriffs an, um die neuesten Berichte zu erfragen. Er vergaß alle Streitigkeiten, die Teresa und er gehabt hatten. Er fühlte sich ihr näher als je zuvor und liebte sie mehr denn je. Er glaubte, wenn er lange genug am Ufer säße, würde sie erscheinen, würde auf ihn zuschwimmen, und ihre Haut würde vollkommen sein, blaß und kühl. Und wenn sie vom Grund des Flusses aufstieg, würde er dasein, bereit, sie in die Arme zu nehmen.

Silver hatte drei Nächte auf dem nackten Fußboden eines verlassenen Wohnwagens geschlafen; sein Rücken schmerzte, und da Joey so oft weg war, fürchtete Silver nicht länger, Teresa könnte bei ihrer Rückkehr zuerst auf Joey treffen. Er beschloß, nach Santa Rosa zu fahren, ein Zimmer im Lamplighter zu nehmen und sich einen guten Nachtschlaf zu gönnen. Doch nachdem er beschlossen hatte, den Campingplatz zu verlassen, stellte Silver fest, daß er es gar nicht konnte. Die Räder des Camaro steckten im Schlamm fest, Silver ließ den Motor an und gab Gas, aber der Wagen grub sich nur tiefer und tiefer in den Schlamm.

Daraufhin ging er zu Joeys unverschlossenem Wohnwagen, entschlossen, alles, was darin zu finden war, als sein Eigentum zu betrachten. Er rasierte sich mit Joeys Rasierapparat und einer neuen Klinge, trank einen Viertelliter Orangensaft, aß einige Cracker, die er in einem Schrank fand, und machte dann ein Schläfchen in dem ungemachten Bett. Als er erwachte, tat sein Rücken nicht mehr weh, und er durchsuchte alle Schubladen des Wohnwagens, nur um zu sehen, was er finden würde, doch nichts interessierte ihn, bis er den Schrank öffnete und einige Kleider von Teresa fand. Er packte sie alle in eine braune Papiertüte, brachte sie hinaus zu dem Camaro und warf sie auf den Rücksitz.Und da niemand da war, der ihm hätte helfen oder den er hätte beauftragen können, ging er zu dem Werkzeugschuppen hinter Joeys Wohnwagen, holte eine Schaufel und begann, den Camaro aus dem Schlamm zu graben.

Er zog das einzige weiße Hemd aus, das er bei sich hatte, doch er konnte nicht vermeiden, daß seine Jeans und seine blankpolierten Lederstiefel mit Schlamm bespritzt wurden. Und so fand ihn Teresa – draußen in der Mitte des Campingplatzes, wo er große Schaufeln voll schwerer Erde anhob. Dan hatte sie eine Viertelmeile entfernt in der River Road abgesetzt, und weil Silver keinen Wagen gehört hatte, konnte Teresa ihn ungestört beobachten. Er hatte die Hinterräder freigeschaufelt und arbeitete jetzt an den Vorderrädern; sein Haar war dunkler als Krähenfedern, an seinen Armen traten die Muskeln wie Knoten hervor; er hätte irgendwer sein können, irgendein Mann, der an einem milden Märztag, an dem der Himmel so klar war wie ein Diamant, in der Sonne arbeitete.

Silver hatte seinen Rhythmus gefunden; der Schlamm flog von seinem Auto fort, als seien ihm Flügel gewachsen. Als er zufällig aufblickte und eine Frau am Tor stehen sah, kam er sofort aus dem Takt; er ließ die Schaufel fallen und starrte hinunter. Er hatte erwartet, sie würde spät am Abend zurückkommen, wenn er geduscht und sein Hemd mit dem Bügeleisen gebügelt hatte, das er in Joeys Wohnwagen unter dem Spülbecken gefunden hatte. Er hatte sich vorgestellt, sie würde ein weißes Kleid tragen, und der Saphir, den er ihr einst geschenkt hatte, würde um ihren Hals hängen; und jetzt, als sie im blendenden Sonnenlicht der letzten Wintertage über den Platz auf ihn zukam, in verblichenen Jeans und einem geliehenen Pullover, der eine Nummer zu groß war, beschattete Silver seine Augen, und einen Augenblick lang war er der Zukunft nicht halb so sicher wie noch Sekunden zuvor. Doch er faßte sich schnell, und als sie ihn erreicht hatte, lehnte er an dem Camaro und grinste.

»Hast du Joeys Wohnwagen beschlagnahmt?« fragte Teresa ihn.

»Dein Freund ist anscheinend abgehauen«, sagte Silver. »Du hast Glück, daß ich hier bin.«

Er bemerkte die Veränderung an Teresa, streckte die Hand aus und griff ihr ins Haar.

»Was hast du damit gemacht?« fragte er.

»Mir gefällt es so«, sagte Teresa achselzuckend.

Silver schüttelte mit gespielter Feierlichkeit den Kopf. »Immer, wenn ich nicht da bin, machst du Dummheiten.« Er ließ die Hand auf ihre Wange sinken und streichelte ihre Haut. »Du solltest besser dafür sorgen, daß du immer mit mir zusammen bist.«

Teresa schob seine Hand weg.

»Du wirst doch mir gegenüber nicht schüchtern, oder?« neckte Silver sie.

Teresa starrte auf die weiße Narbe in Silvers Gesicht. Vor langer Zeit, als ein Sommer ewig dauerte und der Himmel die Farbe von Hyazinthen hatte, hätte Teresa Silvers Gesicht mit verbundenen Augen in den Sand zeichnen können – so gut kannte sie ihn. Sie wußte, daß sein Atem durch die Schlafzimmerwand direkt in ihr Herz eindrang. Sie wußte, daß die Adern in seinen Armen indigofarben wurden, wenn er nach oben griff, um ein Fenster im Wohnzimmer zu schließen, daß er immer leise pfiff, wenn er die Treppe zur Vordertür hinunterlief. Jetzt schien nur die ganz frische Narbe vertraut; sie war das unverkennbare Mal von Kummer, der durch seine Haut an die Oberfläche trat.

Teresa wandte sich ab und ging zum Wohnwagen, wobei sie den Schlammpfützen sorgfältig auswich.

»Warte einen Moment«, rief Silver ihr nach. Als sie nicht einhielt, lief er ihr nach. Sie war schon im Wohnwagen und starrte in den offenen Schrank, als Silver sie erreichte.

»Ich hab' die Gelegenheit benutzt, deine Sachen zu packen«, sagte Silver zu ihr.

Teresa nahm einen Block und einen Stift und schrieb Joey einen kurzen Entschuldigungsbrief, in dem sie ihm versprach, ihm alles Geld zurückzuzahlen, das sie ihm schuldete, einschließlich der siebzig Dollar, die er für das Hochzeitskleid ausgegeben hatte, und der fünfzig Dollar, die sie aus dem Marmeladenglas unter dem Bett nehmen wollte, in dem er seine Ersparnisse aufbewahrte.

»Also da hebt er es auf«, sagte Silver lächelnd, als Teresa niederkniete und Joeys Ersparnisse herausnahm.

»Wo hast du meine Kleider hingetan?« fragte Teresa jetzt.

»Sie liegen im Camaro auf dem Rücksitz«, sagte Silver zu ihr. »Abfahrbereit.«

Teresa ging hinaus zum Wagen, und ehe er ihr folgte, steckte Silver den Rest von Joeys Ersparnissen ein; dann zerriß er Teresas Brief und warf die Papierfetzen in den Abfalleimer in der Küche. Draußen auf dem Platz nahm Teresa die Tüte mit Kleidern aus dem Auto.

»Wir müssen schnell weg von hier«, sagte Silver zu ihr. »Du kannst dir die Kleider später ansehen.«

Teresas Hals war trocken, trockener, als er bei vierzig Grad Hitze gewesen wäre. »Ich gehe nicht mit«, sagte sie.

»Was glaubst du eigentlich, mit wem du redest?« fragte Silver lächelnd. »Ich bin's. Silver. Ich weiß, was du tun wirst.« Er senkte die Stimme. »Ich weiß genau, was du willst.«

»Das wollte ich früher«, gestand Teresa.

»Was zum Teufel willst du damit sagen?« fragte Silver. »Willst du vielleicht behaupten, du hättest nicht die ganze Zeit auf mich gewartet?«

Unwillkürlich fragte sich Teresa, ob die Narbe auf Silvers Gesicht von Gregory stammte, ob er durch die Haut hatte schneiden wollen, um noch einmal den Jungen sehen zu können, der ihn in das Gefängnis von Vacaville gebracht hatte.

»Laß dir erzählen, wohin wir gehen«, sagte Silver jetzt zu ihr. »Da ist es so warm, daß du jeden Tag schwimmen gehen kannst, sogar im Winter. Sie haben Papageien da unten – ich wette, das hast du nicht gewußt. Und ich wette, daß du auch nicht weißt, daß der Mond in Mexiko doppelt so groß ist, er ist so hell, daß keiner elektrisches Licht braucht.«

In dieser Art Mondlicht würde es vermutlich unmöglich sein, etwas außer dieser weißen Narbe zu sehen; alle anderen Merkmale würden nicht zu erkennen sein.

Wenn es der Junge von früher gewesen wäre, der ihr jetzt auf dem Campingplatz gegenüberstand, dann wäre Teresa auf ihn zugerannt und ihm auch mitten in der Nacht nach Mexiko gefolgt. Aber es war nicht dieser Junge, der ihr jetzt einen Ort versprach, wo es wilde, rotgestreifte Papageien gab, einen Ort, wo niemand ihre Namen kannte.

»Wir gehören zusammen«, sagte Silver zu ihr. »So einfach ist das.«

»Ich kann nicht mit dir gehen«, sagte Teresa endlich. »Du bist nicht der, den ich liebe.«

Silvers Gesicht wurde heiß. »Natürlich liebst du mich.« Er ging zu ihr und faßte sie um die Taille. »Ich weiß es.«

Er hielt sie wie zum letztenmal; er atmete den Rosenduft ihrer Haut ein. »Bitte«, sagte er. »Ich weiß, daß du mich liebst.«

Als er sie losließ, nahm sie die Tüte mit ihren Kleidern, und selbst da konnte Silver nicht glauben, daß sie nicht zusammen nach Mexiko gehen würden. Er konnte nicht glauben, daß kein Hotelzimmer auf sie wartete, die Dekken schon zurückgeschlagen; daß Teresa nun unter einem Himmel, der langsam die Farbe dunklen Purpurs annahm, auf das Tor des Campingplatzes zuging. Er war noch immer sicher, wenn er den Camaro aus dem Schlamm ausgraben und ihr nachfahren würde, würde sie keine andere Wahl haben, als auf dem Beifahrersitz mitzufahren. Sie würde ihm so nahe sein, daß er die Hitze spüren konnte, die von ihrer Haut aufstieg, und er würde nichts weiter tun müssen als die Hand ausstrecken, und sie würde dasein. Silver packte die Schaufel und grub wie wild. Bald war er von Schlamm bedeckt und bemerkte nicht einmal, daß Teresa auf der River Road nach Osten ging, ohne sich ein einziges Mal umzudrehen.

Nach einer Weile strich die Sekretärin im Büro des Sheriffs Teresas Namen von der Liste der Vermißten und tippte ihn sauber an das Ende einer langen Aufzählung derer, die als dauerhaft vermißt galten und vermutlich ertrunken waren. Nach einer Weile war Joey fähig, in das flache Wasser des Flusses zu greifen und mit bloßer Hand Fische zu fangen, und Harper stellte fest, daß der Saphir, den Teresa ihr gegeben hatte, nicht länger von Blau zu Grün wechselte, sondern dauerhaft die reine Jadefarbe eines Grillenflügels angenommen hatte. Nach einer Weile war der Winter fast vergessen, und die Temperatur stieg höher als je zuvor. Die Überschwemmungen der vergangenen Saison hinterließen nur gelegentliche tiefe Stellen in einem Fluß, der spärlich nach Westen rann, und ein paar Falkenfedern, die vom Himmel gefallen waren, sammelten sich in den Untiefen.

Doch in der Nacht, in der Teresa Villa Lobo verließ, glänzte der Asphalt wie Eis, der Himmel war schwarz und voller Sterne und kalt. Sie war schon mehrere Meilen gegangen, als Silvers Camaro sie überholte und die Kurve der River Road so schnell nahm, daß Teresa gerade noch Zeit hatte, ihm auszuweichen. Und als der Wagen verschwunden war, wußte Teresa, daß Silver nicht angehalten hatte, weil er sich nie mit Fremden abgegeben hatte; er hatte sie einfach nicht erkannt auf der dunklen Straße, wo Reihen von Sandsäcken die Flut zurückhielten. Teresa hatte sein Gesicht im Rückspiegel des Camaro gesehen, und selbst wenn er zurückkehrte, wendete und sie am Straßenrand suchte – Teresa war sicher, daß er sie nicht finden konnte, weil es jetzt zu dunkel war und viel zu spät.

Als der Mond aufgegangen war, fuhr Teresa per Anhalter mit einem Mann in die Stadt, der beim Straßenbau arbeitete. Sie schlief ein paar rastlose Stunden im hinteren Teil seines Lieferwagens, der in einer ihr nicht vertrauten Straße in den Außenbezirken von Santa Rosa in der Einfahrt eines der neuen Reihenhäuser geparkt war. Früh am nächsten Morgen, als der Mann von der Straßenbaumannschaft noch im Bett lag, die Arme um seine Frau geschlungen, ging Teresa zur Webster Street. An der Theke von Max's Café bestellte sie Kaffee, und sie trank ihn so gelassen, als säße sie an ihrem eigenen Tisch. Von dem Geld, das sie sich von Joey ausgeliehen hatte, kaufte sie sich ein Frühstück, und dann ging sie über die Straße zu dem Billigladen, in dem Dina immer die Schals gekauft hatte, die sie auf ihren Wunsch tragen mußten, wenn sie draußen im Garten arbeiteten und Tomaten pflanzten.

Teresa wanderte durch die Gänge des Ladens, bis sie endlich ganz hinten einen Tisch fand, auf dem Schuhe gestapelt waren. Sie sah die hochhackigen Schuhe durch, dann die Lederschuhe mit Schnürsenkeln und Riemen sowie die Leinenschuhe, und schließlich, an der Wand hinter dem Tisch, fand Teresa ein ganzes Regal voller Mokassins aus starkem Leder. Sie griff nach einem Paar, das sternförmig mit Perlen bestickt war, lehnte sich an den Tisch und schnürte ihre Wanderstiefel auf. Als sie in die Mokassins schlüpfte, wußte sie, daß das genau die Schuhe waren, die sie gesucht hatte, und sie ließ die Stiefel einfach stehen, wo sie waren – in einem ruhigen Gang ganz hinten im Laden.

Als Teresa zur Kasse ging, konnte sie ihre eigenen Schritte nicht hören, und draußen auf der Straße fühlte sie durch die Ledersohlen den kalten Zement. Mit ihrer Kleidertüte ging sie die Webster Street hinunter, und leise wie ein Spion bog sie um die Ecke in die Divisadero Street ein. Es war die Jahreszeit, in der der Nebel vom Fluß jeden Morgen und jeden Abend durch die Stadt zog und sich wie ein Schwarm silbriger Fische um jeden Laternenpfahl legte. Als Teresa das Haus erreichte, sah sie, daß es frisch gestrichen war, in einem blassen Gelb mit grünen Einfassungen. Jemand wohnte jetzt dort; ein Radio spielte in der Küche, wo Dinas blauweißes Porzellan einst in den Schränken gestanden hatte, und Licht brannte im Wohnzimmer, wo King Connors seine Beine ausgestreckt hatte, um sie auf einen Lederhocker zu legen. In der Einfahrt stand ein Ford Mustang, und im hinteren Garten hing noch Wäsche vom Vortag auf der Leine; Nebel waberte um die Laken und Kissenbezüge und lief an der Wäscheleine entlang, als sei ein zweites Seil durch den Garten gespannt, ein Zwilling aus Wasser und Luft und Schlaf, die Art von Seil, die man nur in immer wiederkehrenden Träumen findet.

An genau dieser Stelle vor dem Haus in der Divisadero Street hatte Teresa Hunderte von Malen gestanden. Sie hatte den Beton unter ihren nackten Füßen gespürt, sie hatte im Garten gearbeitet, wo die neuen Besitzer Kopfsalat und gelben Sommerkürbis gepflanzt hatten. Es war noch früh, und keiner im Haus konnte bemerken, daß Teresa draußen stand, doch es schien, daß sie jetzt aufwachten; nach und nach gingen in allen Zimmern die Lichter an. Der Wind kam vom Fluß, wehte meilenweit und brachte die Verheißung kühlen Wassers mit sich. Wenn Teresa ihre Augen halb schloß, konnte sie durch die Fenster in die Zimmer sehen. Sie konnte Dina durch die obere Diele gehen sehen, einen Block mit violettem Briefpapier in der Hand, damit sie in ihrem Schlafzimmer einen langen Brief an Bergen schreiben konnte. Sie konnte King Connors und Reuben sehen, die beide von Südkalifornien träumten, von einem Ort, wo es Zitronenbäume gab und die Vergangenheit nur einen Tag zurückreichte. Und dann sah sie Silver. Nicht den Mann, der sie vor nur ein paar Stunden auf der River Road überholt hatte, sondern den Jungen von früher. Er stand am Fenster im ersten Stock, gefangen hinter der Scheibe.

Für einen Augenblick waren Teresa die Nächte wieder gegenwärtig, in denen sie gewartet hatte, die Nächte, in denen sie geglaubt hatte, sie und Silver seien mit Strikken aneinandergebunden und gezwungen, für alle Zeit auf dem Rücken eines weißen Pferdes zu reiten, dazu bestimmt, um Mitternacht durch die Wüste zu streifen, auf der Suche nach Orangen und Wasser und ein paar Stunden des Friedens. Er war noch immer da oben; dort im ersten Stock blieb er für immer derselbe, so wie Teresa ihn immer vor sich gesehen hatte, gefangen in einem Haus, das nun jemand anderem gehörte, eingesperrt hinter einer Glasscheibe, die um diese Jahreszeit immer bebte, wenn der Wind sich vom Fluß erhob. Und die Nächte waren voller Sterne, und die Glyzinie, die Dina vor so langer Zeit vor der Türe gepflanzt hatte, hatte gerade angefangen zu blühen.

An diesem Morgen, als der Himmel die Farbe von Perlen hatte und der Geruch des Flusses von einem Haus zum anderen durch die ganze Stadt zog, lauschte Teresa aufmerksam auf das Zirpen von Grillen, aber der einzige Laut, den sie hörte, war der, den der Junge erzeugte, als er mit den Fingernägeln über die Glasscheibe fuhr. Teresa starrte nach oben, und sie ließ sie gehen, einen nach dem anderen – Dina und Reuben und King Connors und endlich Silver. Langsam lösten sie sich vor ihren Augen auf, bis niemand mehr übrig war. Oben in ihrem Zimmer, wo sie so lange geschlafen hatte, rührte sich nichts hinter den Scheiben. Die Fenster waren offen, aber nur die dünnen Vorhänge wehten hin und her, und als Teresa sich von dem Haus abgewandt hatte, waren alle Fenster dunkel.